Atemstille

PAUL CARSON

ATEMSTILLE

Thriller

Aus dem Englischen
von Hubert Straßl

Weltbild

Die englische Originalausgabe erschien
2004 unter dem Titel *Ambush*.

Besuchen Sie uns im Internet:
www.weltbild.de

Genehmigte Lizenzausgabe für Verlagsgruppe Weltbild GmbH,
Steinerne Furt, 86167 Augsburg

Übersetzung: Hubert Straßl
Umschlaggestaltung: Jarzina Kommunikations-Design, Köln
Umschlagmotiv: © Daniel Smith/zefa/Corbis
Gesamtherstellung: CPI Moravia Books s.r.o.,
Brnenská 1024, CZ-69123 Pohorelice
Printed in Czech Republic

ISBN 3-8289-8300-6

2009 2008 2007 2006
Die letzte Jahreszahl gibt die aktuelle Lizenzausgabe an.

Für Jean

Folgenden Personen möchte ich herzlich danken:

Meinem Agenten Darley Anderson und seinen Mitarbeitern in der Darley Anderson Literary Agency.
Susan Sandon und Random House UK für ihre Unterstützung und ihren Ansporn.
Mein besonderer Dank gilt den Ärzten und Schwestern der Colman K. Byrne Unit, Damiens- und Cleary-Station, des Beaumont-Krankenhauses in Dublin.
Da Atemstille ein Roman über Bomben, Kugeln, Bordelle, Drogenhandel und verdeckte Polizeioperationen ist, möchte meine Quelle in diesen Bereichen anonym bleiben. Doch bei guter Führung könnte er in fünf Jahren wieder aus dem Knast sein.

Paul Carson

Der Übersetzer bedankt sich herzlich bei Herrn Dr. med. Klaus Dietz, der so freundlich war, die medizinischen und pharmakologischen Begriffe auf ihre Richtigkeit zu überprüfen.

Hubert Straßl

1

Sie trafen in den frühen Morgenstunden ein, als das erste Grau der Dämmerung durch die Dubliner Skyline brach.

»Macht auf!« Sean Kennedy klopfte auf der Fahrerseite eines schwarzen Toyota Corolla, und das Fenster glitt nach unten. Das Wageninnere war voller Qualm von billigen französischen Zigaretten, und Kennedy wartete, bis die Schwaden verflogen und die beiden kettenrauchenden Russen drinnen zu husten aufhörten. »Ich überhole euch am Ende der Straße. Haltet etwa fünf Minuten Abstand, sodass ich einen Parkplatz finden kann. Wenn ich herausfahre, parkt ihr ein und wartet, bis ihr von mir hört.« Kennedy kannte die Männer nur beim Vornamen, Alex und Matthe, und schätzte sie auf Mitte vierzig. Alex verstand besser Englisch, deshalb sprach Kennedy hauptsächlich mit ihm. »Haltet ständigen Kontakt.« Alex übersetzte alles seinem Partner, der sich vom Beifahrersitz herüberlehnte und verwirrt und gereizt wirkte, was sich auch nicht änderte, während er die Anweisungen erklärt bekam.

Sie standen in der Einfahrt eines georgianischen Hauses am Ende einer ruhigen Straße in einem wohlhabenden Vorort im Süden der Stadt. Hinter den verriegelten Türen lagen ein leitender Bankangestellter, seine Frau und seine drei Kinder gefesselt und geknebelt und versuchten sich verzweifelt zu befreien. Doch sie waren sicher verschnürt in einem Schlafzimmer, wo sie von Nachbarfenstern aus nicht gesehen werden konnten.

»Weiß Matthe genau, was er zu tun hat?« Kennedy hasste es, mit Outsidern zu arbeiten, und die beiden waren wenig Vertrauen erweckend. Ihr Englisch war schlecht, sie machten einen verschlagenen, hinterhältigen Eindruck und waren wie

Zigeuner angezogen. Doch sie waren erfahrene Killer und hatten ein kleines Arsenal von Handfeuerwaffen, Rauchbomben und Handgranaten dabei.
Alex schob seine rechte Hand aus dem Fenster und schnippte einen ausgedrückten Zigarettenstummel in ein traurig aussehendes Blumenbeet. Er richtete den Blick auf Kennedy, und sein Atem gefror in der kalten Morgenluft. »Er hat alles verstanden, Mr Kennedy. Ich habe es ihm erklärt, so wie Sie es mir sagten.« Er startete den Motor, und der Toyota fuhr aus der Einfahrt und glitt nach rechts die Straße hinab auf den Stoßverkehr zu, der hundertfünfzig Meter voraus auf der Hauptstraße bereits eingesetzt hatte.
Hoffentlich, dachte Kennedy, während er auf ein silberfarbenes Saab Coupé zuhumpelte, dessen Motor lief, um das Eis an den Scheiben aufzutauen. Beide Wagen gehörten dem verschnürten Bankier. Dass er sie ohne heftigeres Sträuben herausrückte, hatte das Gesicht seiner jüngsten Tochter davor bewahrt, mit einer zweiten brennenden Zigarette Bekanntschaft zu machen. Kennedy fröstelte in der Kälte und schlug den Kragen seines Mantels hoch. Er blieb in der Einfahrt stehen und sah in beide Richtungen. Dann kehrte er befriedigt zum Saab zurück. Niemand hatte sie beobachtet.
Die Straße war ein Gemisch von georgianischen Häuserreihen und einzeln stehenden großen, hohen Villen. Die Gegend stank nach Geld und Exklusivität mit elektronisch gesteuerten Toren und Überwachungskameras an den Einfahrten. Bäume säumten die Gehsteige, die Gärten waren gepflegt und sauber, ungewöhnlich für eine Stadt, in der es mit dem Aufräumen keiner so genau nahm. Die Anwohner waren gut situierte Geschäftsleute, Anwälte, Ärzte und hochrangige Botschaftsangehörige. Lichter brannten da und dort in den Schlafzimmern, als die Ersten erwachten und sich für den Tag fertig machten, und ein schwarzer Mercedes der Oberklasse rollte bereits aus einer Einfahrt in die Richtung der Hauptstraße und verschwand im dichten Verkehr in die City. Es war fünf nach sechs am Morgen des 10. Februar, ein frostiger Wintertag, des-

sen kalte Luft förmlich nach Schnee roch. Das Wetteramt hatte kräftige Schneefälle im Osten Irlands und vereiste Straßen im Landesinneren vorhergesagt. Dunkle, schwere Wolken trieben von Norden heran, die Temperatur fiel, und eine Eisschicht überzog alles.

In seinem Stadthaus in derselben Straße war Harry Power, der achtundfünfzigjährige Justizminister Irlands, bereits auf und angekleidet. Er war ein großer Mann, eins siebenundachtzig ohne Schuhe, mit kräftigem Körperbau und dicken grobschlächtigen Händen. Er hatte Blumenkohlohren und eine krumme Nase aus seinen Rugbyspieler-Tagen, aber trotz dieser Makel ein nicht unattraktives Gesicht. Power war mit einer zwei Zentimeter kleineren und um zwölf Jahre jüngeren Frau verheiratet, und das Paar war jedes Mal ein Blickfang, wenn es sich in der Dubliner Gesellschaft sehen ließ. Das geschah allerdings selten, denn dem Minister waren Smalltalk und Klatsch verhasst. Er verbrachte seine Zeit lieber zu Hause bei seiner Familie oder stürzte sich in die Arbeit.

Journalisten hatten ihm den Spitznamen »der harte Brocken« verpasst, was aber mehr mit seinem Auftreten als mit seiner Erscheinung zu tun hatte. Er war für seinen rauen Umgang mit der Presse bekannt. Er konnte Korrespondenten mit einem finsteren Blick zum Schweigen bringen oder sie mit einer treffenden beißenden Bemerkung mundtot machen. Und die mit ihm zu tun hatten, waren sich einig, dass es in letzter Zeit schlimmer mit ihm geworden war. Er ließ Toleranz fast völlig vermissen und kanzelte jeden unfreundlich ab, der ihn mit unwichtigen Dingen langweilte oder belästigte.

Alex fuhr langsam, sein Blick wanderte immer wieder zum Rückspiegel und zu den Außenspiegeln, um einen möglichen Verfolger auszumachen. Er war groß und glatzköpfig, mit einem buschigen Schnurrbart, der seine weiten Nasenöffnungen verdeckte. Er trug Jeans und Wanderschuhe und einen übergroßen Rollkragenpullover. Zwischen den Zigaretten kau-

te er ununterbrochen Kaugummi, als hätte er Angst, sein Gebiss würde ihm festfrieren, wenn er nur einen Augenblick innehielt.
Der Verkehrsfluss auf der zweispurigen Hauptstraße war gleichmäßig, und die Russen kamen bald an geschlossenen Geschäften vorbei, dann an einer Tankstelle, die gerade aufmachte und neben deren Eingang Milchkartons und die Morgenzeitung aufgestapelt waren. Ein orientalisch aussehender Junge gähnte, während er Benzinkanister in den Verkaufsraum schleppte. Nach und nach kam der Verkehr ins Stocken, und Bremslichter dominierten die Fahrzeugschlangen voraus. Radfahrer mit Schutzhelmen strampelten vorbei und schlängelten sich durch die Reihen der Fahrzeuge. Alex unternahm einen halsbrecherischen Spurwechsel auf die einzige Fahrspur stadteinwärts und stand gleich darauf wieder im Stau. Seine Gedanken begannen zu wandern, bis ihn ein Stoß in die Rippen in die Gegenwart zurückbrachte. Das silberne Saab Coupé stand mit eingeschaltetem Blinker auf einem Kurzparkstreifen. »Ja, das ist er«, brummte er, betätigte den Blinker des Toyota und lenkte den Wagen weiter nach rechts. Jetzt konnte er Sean Kennedy sehen, der sich den Hals verrenkte, um zu sehen, ob ihnen jemand folgte. Als der Saab herausfuhr, rollte Alex in die Parklücke und stellte den Motor ab. Er warf seinem Kumpel einen Blick zu und sah, dass er trotz der Kälte schwitzte. »Bud gatovi [Mach dich bereit]«, sagte er und packte die Hand, die in die Tasche greifen wollte. »Ja chatu videt [Keine Zigaretten, ich will etwas sehen].« Er befeuchtete seinen Schnurrbart mit der Zungenspitze und öffnete eine frische Packung Kaugummi, während er sich umsah, um sich mit der Umgebung vertraut zu machen.
Rechts befand sich ein Park, umgeben von einem schwarzen Geländer und einer dichten Hecke, links, auf der anderen Straßenseite, waren ein paar Geschäfte, darunter eine chemische Reinigung und eine Apotheke. Nirgends tat sich viel, nur gelegentlich hastete ein Fußgänger durch den kalten Morgen. »Das ist gut«, murmelte er, »verdammt gut.«

Matthe nickte, während er sich ebenfalls umsah. Matthe war klein und dunkel, mit einem unfrisierten schwarzen Haarschopf und langen seitlichen Locken und Strähnen, die sich über die Ohren ringelten. Er war ein unsicherer Mann, der sich immer wieder nervös umsah, während seine Finger ohne die gewohnte Zigarette rastlos auf dem Armaturenbrett trommelten.

Achtzehn Monate zuvor war Michael, der einzige Sohn des Justizministers Harry Power, ein sechzehnjähriger Junge mit einer glänzenden Zukunft, in einer dreckigen Innenstadt-Toilette tot aufgefunden worden. Eine Spritze steckte in einer Vene seines linken Armes. Als man die Tür aufbrach, hatte die Totenstarre bereits eingesetzt, und man musste den Körper Michaels so, wie man ihn fand, aus der Kabine hieven und in das Leichenschauhaus transportieren. Und der wuschelköpfige Junge befand sich noch immer in der halb gebückten, kauernden Haltung, als sein Vater kam, um die Leiche auf dem marmornen Autopsietisch zu identifizieren. Umgeben von Polizeibeamten, die nicht wussten, wohin sie den Blick wenden sollten, stand Harry Power bei seinem Sohn und weinte. Er griff nach einer bleichen Hand und versuchte verzweifelt, die geballten Finger zu öffnen. Dann hockte er sich hin und starrte in die leblosen Augen des Jungen, der mit einem fröhlichen »Tschüss« vor zwei Tagen fortgegangen war, der nur in die Stadt gehen und in ein paar Stunden wieder zurück sein wollte. Doch irgendwie hatte er auf seinem letzten Weg eine tödliche Dosis Heroin in die Finger bekommen. Niemand wusste, wer der Dealer war, und keiner von Michaels Freunden wollte etwas von seinen geheimen Ausflügen in die Drogenwelt wissen, noch, woher er das Geld dafür hatte oder wer ihn in das Milieu gebracht hatte. Auch Wochen später war Power nicht viel klüger, was ihm das Herz nur noch schwerer machte. Er konnte trauern, und das tat er und zeigte seinen tiefen Schmerz offen, aber er konnte den Tod seines Sohnes nicht verstehen. Was vermisste er denn im Leben, dass er Heroin brauchte? Er war jung und gescheit, ein Vorzugsschüler, bei seinen Mitschülern beliebt und ein begeisterter Sportler.

Sean Kennedy fuhr zur nächsten Ampel, bog rechts ab und nach einer halben Meile erneut. Er hatte freie Fahrt stadtauswärts und presste seinen guten Fuß aufs Gaspedal, und der Tacho stieg auf fünfzig in einer Dreißigerzone. Alles, was er sah, waren bereifte Dächer, vereiste Gehsteige und erleuchtete Fenster. Niemand war auf der Straße. Fünfzehn Minuten später bog er erneut rechts ab und überquerte drei schmale Seitenstraßen und war wieder in der Einfahrt am Ende der stillen Straße mit ihren georgianischen Häuserfronten und hinter Gärten verborgenen Luxusvillen. Er sah auf die Uhr. Sechs Uhr fünfunddreißig. Knapp, aber rechtzeitig genug. Der neunundzwanzigjährige Kennedy war ein geborener Dubliner und kam aus einem angesehenen Mittelklassevorort nahe dem Stadtzentrum. Er war eins achtundachtzig groß, hatte eisblaue Augen und schmale, verkniffene Lippen und sein blondes Haar zu einem Pferdeschwanz nach hinten gebunden. Er zog den linken Fuß nach, was er einem alten Messerstich verdankte, der einen Nerv durchtrennt hatte.

Harry Powers Kreuzzug begann zehn Wochen nach dem Begräbnis seines Sohnes. Er war nun ein Mann voller Wut und Rachsucht und entschlossen, dem zunehmenden Drogenhandel im Land einen Riegel vorzuschieben. Er peitschte eine Reihe von Maßnahmen durch das irische Parlament, darunter die Entkriminalisierung von weichen Drogen wie Haschisch, während der Besitz von harten Drogen wie Heroin oder Kokain mit fünfzehn Jahren Haft bestraft wurde.
Das Strafmaß für Drogenhandel und Verkauf, gleich ob weicher oder harter Drogen, wurde auf zwanzig Jahre ohne Bewährung angehoben. Powers Hauptziele jedoch waren die Verbrecherbanden, die Einfuhr und Nachschub kontrollierten. Durch die Anwendung der Anti-Terror-Gesetze genügte die eidesstattliche Aussage eines höheren Polizeibeamten für

die Verurteilung der Händler zu einer lebenslänglichen Haft. Und lebenslänglich bedeutete lebenslänglich, ohne jede Hoffnung auf Entlassung, außer in einem Sarg. Power verteidigte seine Politik später in Pressekonferenzen: »Dieser Abschaum terrorisiert unser Land. Es ist daher nur recht und billig, diese Gesetze auf sie anzuwenden. Die Beweislast ist jetzt anders, und sie werden keine Zeugen mehr bedrohen und unter Druck setzen, keine teuren Anwälte mehr engagieren oder gar ganze Gemeinden erpressen.«
Irlands Polizei, die Garda Siochana, wurde sofort aktiv. Jahrelang hatten ihnen unzureichende Beweise die Verurteilung bekannter Drogenbarone unmöglich gemacht. Zeugen widerriefen oftmals ihre Aussagen in letzter Minute oder erschienen nicht zur Verhandlung oder verschwanden spurlos. Jetzt waren frühmorgendliche Razzien an der Tagesordnung, wobei Kleinkriminelle und ihre Komplizen zu Verhören aufs Revier gebracht wurden. Es kristallisierte sich heraus, dass es in der Hauptsache fünf große Gruppen im Drogengeschäft gab, und in wenigen Wochen waren viele der Beteiligten entweder hinter Schloss und Riegel oder außer Landes geflohen.

Sean Kennedy rief Alex kurz übers Handy an, um sich über Standort und Bereitschaft zu informieren. Seine russischen Handlanger parkten noch immer an einer zweispurigen stadteinwärts führenden Einbahnstraße. Eine Spur war jedoch ausschließlich für Taxis und Busse reserviert, wodurch sich auf der anderen eine endlose Autokolonne gebildet hatte. Sein Saab parkte in der Vordereinfahrt der Bankiersvilla. Kennedy ließ den Motor laufen und die Heizung an und öffnete eine Aktentasche, die auf dem Beifahrersitz lag. Sie enthielt Papiere und Schreibutensilien und einen Taschenrechner, dessen Display Zahlen anzeigte. Er spielte planlos mit den Tasten. Der Kragen seines Kamelhaarmantels verbarg seinen Pferdeschwanz. Er sah aus wie ein normaler Geschäftsmann, der es eilig hatte, mit der Arbeit anzufangen, sobald die Tür hinter ihm zufiel. Unter den Papieren lag entsichert eine Heckler-

&-Koch-Pistole. Zu seinen Füßen lagen zwei AN-M8-Nebelgranaten und ein Reservemagazin mit 9-mm-Geschossen. Er öffnete den Hemdkragen und lockerte ihn mit einem Finger rund um den Hals. Dann stellte er die Heizung auf den Fußraum ein, wo er die Kälte zu spüren begann. Dunkle Wolken türmten sich jetzt über der Stadt und machten den Morgen wieder zur Nacht.

Harry Power küsste seine Frau flüchtig auf die Wange, während sie am Küchentisch damit beschäftigt war, das Frühstück für die Zwillinge zu bereiten. Sie war rothaarig, mit hohen Wangenknochen und vollen Lippen, und trug zu dieser frühen Stunde noch ihr Nachtgewand und flauschige Pantoffeln. »Jane, ich werde versuchen, früher nach Hause zu kommen«, sagte er und griff nach einem Brötchen und biss ab, ließ es jedoch wieder sein, als er die Brösel auf seinem Anzug sah. Jane putzte seine Jacke ab, zog seine Krawatte zurecht und gab ihm ein Küsschen auf den Mund. Dann sah sie ihn ernst an. »Die Mädchen erwarten dich im Konzert. Bitte, enttäusch sie nicht.« Power schlug sich auf die Stirn und verzog das Gesicht. Er wusste, wie wichtig diese Aktivitäten für die Zwillinge waren, und er wusste, wie sehr sich Jane um ein normales Familienleben bemühte. Seine Frau hatte nach dem Tod ihres Sohnes mit bewundernswerter Kraft dafür gesorgt, dass jeder das Seine tat und das Leben der Familie seinen gewohnten Gang ging. Jetzt sah er den beginnenden Ärger in ihrer Miene. »Ich werde die letzte Pressekonferenz absagen und bestimmt bis sechs zu Hause sein«, versprach er. Jane sagte eindringlich: »Das hoffe ich. Wir sind alle jetzt nicht so stark, Enttäuschungen zu verkraften.« Power ging in Gedanken das Tagesprogramm durch.
Es gab eine Kabinettsitzung um acht, bei der er Zwischenergebnisse seiner Anti-Drogen-Kampagne vorlegen wollte. Später würde er diese Fakten auch der Presse präsentieren. Der Rest seines Terminkalenders war voll gestopft mit Treffen, Konferenzen und einem geplanten Besuch im Gericht

am Nachmittag, einem Fototermin und einem Interview mit Sky News. Seine Kampagne wurde im Ausland aufmerksam verfolgt, und in manchen Ministerien hatte man insgeheim in Erwägung zu ziehen begonnen, das eine oder andere der umstrittenen irischen Gesetze auch in das eigene Strafgesetz zu übernehmen. »Ich werde es schaffen«, versprach er und floh vor ihrem warnenden Blick. Er griff in der Diele zum Telefon und wählte eine zehnstellige Nummer. »Ich bin so weit.« Seine gewohnt raue Stimme klang heiser, und er musste sich räuspern.

Sean Kennedy rollte ein Stück aus der Einfahrt und stoppte. Er sah, wie ein Zivilfahrzeug der Polizei am Haus des Justizministers vorfuhr, und zählte zwei Passagiere und den Fahrer. Er wusste, dass sie alle bewaffnet waren. Mit der aggressiven Drogenbekämpfung hatte sich Power Feinde gemacht und war zur Zielscheibe für Vergeltungsschläge geworden. Deshalb machte er jeden Tag bei seinen Leibwächtern einen Sicherheitscheck, bevor er das Haus verließ. Auch während der Nacht bewachten zwei bewaffnete Polizisten das untere Stockwerk und den Garten.

Kennedy sah auf die Uhr: 6 Uhr 45. Pünktlich auf die Minute. Die Windschutzscheibe hatte zu beschlagen begonnen. Er schob den Heizungsregler nach oben. Gleich darauf hatte er klare Sicht auf die vereiste Straße und was sich dort tat. »Sie werden in ein paar Minuten losfahren.« Kennedy sprach langsam und leise in sein Handy. Als niemand antwortete, überprüfte er die Batterien seines Gerätes. Keine Warnanzeige leuchtete, deshalb schnappte er wütend: »Könnt ihr mich hören? Wo, zum Teufel, seid ihr?« Sein Herz hämmerte bis zum Hals.

Eine gedehnte Stimme ließ seine Panik versiegen. »Ich höre jedes Wort, Mr Kennedy. Wir sind bereit.«

Jetzt sah Kennedy einen der Polizisten am Gehsteig hin und her gehen und die Umgebung checken. Dabei fiel der Blick des Mannes auf den Saab. Er trug einen langen offenen Trenchcoat und einen gelben Schal um den Hals, und seine Hand langte in die Tasche. Er holte ein Handy hervor und wählte. Kennedy erstarrte und tastete unter den Papieren nach dem beruhigenden Metall der Pistole. Dann lehnte er sich im Sitz zurück und hielt sein Handy ans Ohr, als telefonierte er. Der Leibwächter starrte noch immer in seine Richtung, dann drehte er sich abrupt um. Kennedy konnte nicht sehen, was passierte, und beugte sich beunruhigt nach vorn. Da kam die wuchtige Gestalt Harry Powers eilig ins Blickfeld, mit einer Aktentasche in einer Hand und einem dicken Mantel in der anderen. Kennedy stieß langsam den Atem aus, als der Polizeibeamte sein Handy wegsteckte. In der kalten Morgenluft vernebelte der Auspuff des Polizeiwagens einen Moment das Geschehen, aber er hörte Türen zuschlagen und den Wagen auf die Hauptstraße zu losfahren. »Sie sind in einem blauen Ford Mondeo mit getönten Scheiben und zwei Antennen auf dem Dach. Die Nummer ist 03 98 19 27 36. Vier Insassen. Unser Ziel sitzt hinter dem Fahrer.«

Harry Power war bester Laune. »Haben Sie das Spiel gestern gesehen?« Während er sich bequem zurechtsetzte, drohte ein Stapel Sitzungspapiere aus der Tasche auf seinen Knien zu rutschen. Ein Polizist in blauem Trainingsanzug und wollener Mütze saß neben ihm und beobachtete die Straßen und Gehsteige. Er brummte uninteressiert. Jedes Gespräch würde einseitig bleiben, bis der Justizminister sicher im Regierungsgebäude, gute drei Meilen und fünfzig Minuten Fahrzeit entfernt, abgeliefert war. »United war das Letzte, absolut das Letzte.« Power überflog halbherzig das oberste Schriftstück und schob es dann beiseite. »Giggs hat zwei todsichere Chancen vermasselt. Ich meine, er hatte fast freies Schussfeld und knallte ihn jedes Mal über die Latte.« Als keine Reaktion von seinen Begleitern kam, wandte er sich widerwillig wieder den Schriftstücken zu. Einmal blickte er auf seine Uhr und aus dem Fenster, um zu sehen, wo sie waren. Er erkannte einen kleinen Zeitungsstand wieder, an dessen Ladentisch ein einsamer Kunde stand. Sie hatten noch keine halbe Meile geschafft, und der Verkehr stadteinwärts staute sich bereits ein beträchtliches Stück. Die ersten Schneeflocken wirbelten im Wind, noch nicht sehr dicht, aber stetig.

Sean Kennedy überfuhr zwei rote Ampeln und überholte halsbrecherisch, um näher an den Ford Mondeo heranzukommen. Er ignorierte das wütende Hupen und die blinkenden Scheinwerfer und informierte Alex übers Handy über die laufende Situation. »Ich habe eben die Texaco-Tankstelle in der Collins Road passiert.« Und danach: »Sie sind etwa acht Wagen vor mir, aber es geht nur langsam voran. Ich schätze, wir sind in zehn Minuten bei euch.« Er befand sich auf einer breiten, zweispurigen Straße mit Bürogebäuden auf beiden Seiten, in denen bereits Lichter brannten und Menschen ihren Arbeitstag begannen. Einmal scherte er nach rechts auf einen für Busse reservierten Streifen aus und brachte drei Fahrzeuge hinter sich, bevor er sich wieder in die Reihe zwängte. Wieder Gehupe und Blinken und Drohgebärden. Er berichtete Alex: »Ich bin fünf Wagen hinter ihnen und sehe voraus die Ampel vom Hawkins-Kreisel.«

Sie hatten sich das Gebiet am Vortag genau angesehen, und diesmal antwortete Alex sofort, und in seiner Stimme schwang kaum unterdrückte Aufregung. »Sie sind fast da, Mr Kennedy.«

Der Fahrer des Polizeiwagens war ein vorsichtiger Mann mit Namen Liam Grimes mit einer zehnjährigen Überwachungs- und Personenschutz-Erfahrung. Der Motor des Ford Mondeo war aufgepäppelt für eine schnelle Flucht in gefährlichen Situationen, aber Grimes wusste, dass sie hier, eingekeilt zwischen den Fahrzeugen, kaum eine Chance zur Flucht hatten. Er warf einen Blick auf die Uhr am Armaturenbrett. Es war sieben Uhr vierzehn, und er wusste, dass der Justizminister spätestens um acht im Amtsgebäude sein musste. Na macht schon, drängte er lautlos. Bewegt euch. Bewegt euch! Er schaltete die Scheibenwischer ein, als die Flocken dichter fielen. »Sieht nach einem verdammt unfreundlichen Tag aus«, sagte er in die drückende Stille. Er erhielt nur eine halbherzige Antwort, und im Rückspiegel sah er, dass Power mit seinen Papieren beschäftigt war.

Das Schneetreiben wurde heftiger, die Flocken blieben auf den Gehsteigen liegen. Regenschirme wurden aufgespannt, und Grimes fragte sich, ob das alles den Stau noch verschlimmern würde. Dann sah er im Außenspiegel einen silbernen Saab aus der Fahrzeugkolonne ausscheren und sich gleich darauf wieder hineindrängen. Die Kolonne beruhigte sich wieder.

Grimes trat ein wenig aufs Gas. Er erwog, auf den Busfahrstreifen zu wechseln und nach vorn zu preschen, aber er wusste, der Minister wäre dagegen. Und die Medien hätten ihre Schlagzeilen: OBERSTER GESETZESHÜTER VERSTÖSST GEGEN SEINE EIGENEN GESETZE. So beschränkte er sich auf die flüchtige Beobachtung einer kleinen Menschenmenge an der Bushaltestelle, die meisten tief in ihre Jacken und Mäntel vergraben und von einem Bein auf das andere tretend, andere mit mürrischen Mienen die Gesichter in den vorbeifahrenden Wagen beobachtend. Es ging wieder ein Stück vorwärts, und Grimes konnte den Hawkins-Kreisel voraus sehen, in dem sich der dichte Verkehr gewöhnlich auflöste. Er blickte erneut in seinen Außenspiegel. Wer immer in dem Saab sitzt, dachte er, hat es verdammt eilig.

Kennedy war vier Wagen hinter dem Ford Mondeo, als die Kolonne den Kreisel erreichte. Von hier aus führten Straßen in die verschiedenen Außenbezirke Dublins, zwei nach Westen zu einer Autobahn, die um die Stadt herum verlief, eine andere zur Ostküste. Die vierte führte in ein großes Industriegebiet. Die letzte Ausfahrt schließlich brachte die verbliebenen Pkws, Lieferwagen und Laster ins Stadtzentrum. Kennedy wusste, dass Powers Leibwächter von hier aus immer dieselbe Route nahmen. Aber die Einfahrt in den Kreisverkehr war

ein Albtraum, denn Wagen rasten mit überhöhter Geschwindigkeit und wechselten Spuren, ohne sich um die Vorfahrt zu kümmern.
Das war der Augenblick, in dem Kennedy handelte, erst mit einem Schlenker auf den inneren Busstreifen, wo er aufs Gas trat und den Ford Mondeo überholte. Sekunden vor der Stadtmitte-Ausfahrt bahnte er sich einen Weg durch die dichten Fahrzeugreihen und schoss in die Ausfahrt, begleitet von erneutem Hupen und wütenden Gesten.
Aber Kennedy war jetzt an der geplanten Stelle und rief in sein Handy: »Ich bin da. Haltet Ausschau!«
Er zog eine Balaclava-Mütze aus seiner Manteltasche und legte sie auf seine Knie. Die Heckler & Koch steckte er in seinen Hosenbund. Er begann am Handy zu zählen: »Eins, zwei, drei ...« Die Scheibenwischer kämpften mit dem herantreibenden Schnee.

Die Russen hörten zu kauen auf. Beide hatten schwarze Lederjacken übergezogen und bis zum Hals geschlossen. Jeder hatte eine Handgranate auf der einen und eine Nebelgranate auf der anderen Seite, und Reservemagazine beulten ihre Hosentaschen. Kennedys Anweisung lautete, dass er am Handy bis zwanzig zählte, und Alex hatte bereits elf gehört. Er nickte seinem Kumpel zu, und beide zogen Wollmützen über die Köpfe und zogen die Augenöffnungen zurecht.
Matthe drehte sich unbeholfen herum, bis er auf dem Beifahrersitz kniete. Sein Kopf schlug gegen das Wagendach, während er seine Pistole entsicherte. Er öffnete die Tür ein wenig und spürte die eisige Luft an den Füßen. Er behielt die Straße im Auge, sah, wie jemand in einem dicken Mantel die Rollläden der Apotheke öffnete. Ein Stück weiter brannten bereits Lichter in der chemischen Reinigung. Der Vorort erwachte, mehrere Menschen warteten in den Hauseingängen auf den Bus. Dann sah er aus den Augenwinkeln ein erschrockenes Gesicht, das ihn anstarrte, als der Wagen vorbeiglitt.

Liam Grimes, Powers Fahrer, hatte Verdacht geschöpft. Er hatte das silberne Coupé nur kurz gesehen, als es am inneren Busstreifen vorbeischoss. Dann musste er sich auf den Verkehr in dem berüchtigten Kreisel konzentrieren und verlor es aus den Augen. Doch als der Ford Mondeo die Stadtmitte-Ausfahrt erreichte, war Grimes sicher, dass es irgendwo vor ihnen wie der Teufel fuhr. Das Schneetreiben ließ ihn kaum etwas erkennen. Gleich darauf geriet er auf der inneren Busspur erneut in den Stau.

»Aufgepasst, Leute!«, schnappte er, als er auf die Bremse trat, um eine Kollision mit einem VW Käfer zu vermeiden. Die drei Leibwächter erstarrten und griffen nach ihren Pistolen. Power fuhr von seinen Notizen hoch. »Was ist passiert?«

»Achtzehn, neunzehn.« Kennedy stemmte den Fuß auf das Bremspedal und wartete auf den unausbleiblichen Ruck, als der Wagen hinter ihm auf ihn auffuhr. »Zwanzig, greift an!« Dreißig Meter weiter hinten bremste der Polizeiwagen erneut heftig, als der ganze Verkehr stadteinwärts zum Halten kam. Grimes sah, wie sich die Tür eines schwarzen Toyota Corolla öffnete, und versuchte sofort umzudrehen.

»Los jetzt«, schrie Alex, als er die Fahrertür aufstieß. Er warf eine Nebelgranate direkt vor den wendenden Ford Mondeo. Nur Sekunden später gab es einen leisen Knall, und dichter weißer Rauch stieg auf.

Vorne sprang Kennedy aus seinem Saab. Die eisblauen Augen hinter der Mütze sondierten hastig die Umgebung. Es war wenigstens eine halbe Meile bis zur nächsten Kreuzung, und die Gegenfahrbahn war leer. Er hatte alles im Griff und richtete seine Pistole auf eine erschrockene junge Frau, die aus ihrem Datsun Primera aussteigen wollte. »Wenn du aussteigst, hast du ein paar Löcher im Kopf.« Er humpelte auf sie zu und trat die Tür zu, ohne sich um die Schreie im Inneren des Wagens zu kümmern. Dahinter stand ein Mann mittleren Alters in

Hemd und Hose mit verwirrter Miene neben seinem Honda CRV. Kennedy schoss in seine Windschutzscheibe und warf eine Nebelgranate tief über den Boden. Sie rollte etwa zehn Meter, explodierte mit einem gedämpften Knall und spuckte eine dichte weiße Wolke aus, die alles einhüllte. Noch immer fiel Schnee und überzog alles mit einer weichen weißen Schicht.

Im Inneren des Ford Mondeo lag Power auf dem Boden zwischen Vorder- und Rücksitz unter dem Körper eines bewaffneten Polizisten. Er hörte gedämpft wütende Rufe, dann Schüsse. Danach wilde Flüche und Schreie und eine weitere Salve von Schüssen. Er schloss die Augen und wartete.

Matthe war klein, aber schnell. Während der weiße Nebel um das Polizeiauto wirbelte, zerschoss er das Fahrerfenster und erledigte Grimes mit einem einzigen Kopfschuss. Alex war neben ihm und schoss in die Luft, um Fußgänger abzuschrecken, aber es war niemand zu sehen. Die Menschen duckten sich hinter ihre Wagen oder tief in die Hauseingänge, um dem Überfall zu entgehen. Dann wurden zwei Handgranaten durch das zerschossene Fenster des Ford Mondeo geworfen, und die Russen liefen in Deckung. Die Explosionen folgten fast sofort in nur Sekunden aufeinander und verwandelten den Wagen in ein verbeultes, zersplittertes Skelett. Von drinnen irgendwo kam ein schriller Schrei. Die Glut der Explosionen verwandelte den Tank in einen explodierenden Feuerball und füllte die Luft mit Flammen und dem Gestank brennenden Benzins.

Kennedy hüpfte von einem Fuß auf den anderen und überwachte, was zwischen dem Saab und dem brennenden Polizeiwagen geschah. Durch den Nebel und das Schneetreiben konnte er nur vage Gestalten ausmachen. Er hörte Entsetzensschreie und Schüsse, dann eine weitere Salve, gefolgt von wirren Rufen. Er sah, dass sich drei Wagen hinter ihm etwas bewegte und feuerte zwei Schüsse in die Luft, worauf die Bewegung erstarrte.

Alex und Matthe waren fertig. Der Ford Mondeo war ein brennender Schrotthaufen. Der Wagen dahinter wurde schwarz von Hitze und Rauch. Die beiden Insassen waren geflohen, als die Schießerei begann, und liefen noch immer. »Weg hier«, rief Alex und begann sich rasch in die Richtung der Spitze der stehenden Wagenkolonne zu bewegen. Matthe lief geduckt zwischen den Wagen hin und her und hielt nach Helden Ausschau, die sich ihnen in den Weg stellen könnten. Er sah Kennedy voraus, der ihn vorwärts winkte, und er begann zu laufen. Plötzlich zerriss knapp hinter ihm ein Feuerstoß einer automatischen Waffe die Luft. Matthe drehte sich um und sah, wie Alex herumgerissen wurde und zu Boden fiel. Gleich darauf tauchten zwei geduckte Gestalten in Kapuzen aus dem Nebel und den Schneeschleiern, die mit Maschinenpistolen bewaffnet waren. Eine lief zu dem sich windenden, blutüberströmten Alex, und es folgte eine weitere Salve.

Vorne beobachtete Kennedy aus seiner Deckung heraus das Geschehen ohne Gefühlsregung. Er hatte die schattenhaften Gestalten die Wagenkolonnen entlanglaufen gesehen und den Russen eine Warnung zugerufen. Dann hatte er das unverkennbare Feuer einer Maschinenpistole gehört und Alex im Kugelhagel zu Boden gehen gesehen. Und jetzt lief Matthe, der kleine, dunkle Russe mit den schlechten Zähnen und dem noch schlechteren Englisch, auf ihn zu. Er war noch gute zehn Meter vom Saab entfernt, ohne Wollmütze und mit vor Anstrengung und Furcht verzerrten Zügen. Dichtauf folgten die beiden Gestalten, die jetzt Pistolen in den Fäusten hatten. Matthes schwarze Lederjacke war weiß von Schnee, als er heranstolperte. Kennedy hörte ihn in Panik etwas rufen, das nicht zu verstehen war.
Kennedy wischte sich den Schnee aus dem Gesicht und warte-

te, bis ihn Matthe fast erreicht hatte. Dann erledigte er seinen russischen Handlanger mit vier raschen Schüssen in den Kopf und die Brust.

2

Scott Nolan stellte den Radiowecker ab, bevor er läutete, und drehte lauter, um die Schlagzeilen der Siebenuhrnachrichten zu hören.

> *Ein Selbstmord-Attentäter hat sich in einem voll besetzten Restaurant in Tel Aviv in die Luft gesprengt und dabei zwölf Menschen getötet und über dreißig weitere verwundet ... bei einer Polizeikontrolle wurden in Belfast zwei Männer verhaftet, nachdem im Kofferraum ihres Wagens die Leiche einer Frau entdeckt worden war. Das Opfer war offensichtlich durch Schüsse in den Kopf getötet worden ... zwei maskierte und bewaffnete Männer feuerten während eines versuchten Einbruchs in einen Supermarkt in einem von Corks nördlichen Vororten mehrere Schüsse ab ... die Polizei verhaftete eine Bande von Jugendlichen nach einem Krawall vor einem Dubliner Nachtclub, bei dem ein Teenager schwere Kopfverletzungen und ein anderer lebensgefährliche Stichwunden erlitt ...*

Scott griff nach dem Radio und schaltete es aus. Er sank zurück aufs Bett und starrte an die Decke. Kein nennenswerter Unterschied zu Detroit.

Er drehte sich ganz vorsichtig ein wenig herum und spürte gleich darauf eine Hand, die ihn am Gummi seiner Boxershorts festhielt. »Wo willst du denn hin?«

Er drehte sich zurück und kuschelte sich an seine Frau Laura.

Er streichelte ihren Rücken unter ihrem Baumwolltop. »Na

ja, ich muss irgendwann heute zur Arbeit und dachte, ich gehe unter die Dusche.« Fingerspitzen krochen sanft unter seine Shorts, und er spürte ein Kribbeln beginnender Erregung. »Andererseits könnte ich auch einmal zu spät kommen.«
Laura lachte neckend und rollte aus seinen Armen. »Das kannst du vergessen. Ich muss um Punkt neun im Büro sein, und wenn wir jetzt so was anfangen, brauchen wir viel mehr Zeit.« Sie beugte sich über ihn und küsste ihn leicht auf den Mund, dann schob sie das Federbett zur Seite. »Du machst Frühstück, und ich gehe zuerst unter die Dusche.«
Und ich werde zusehen, dachte Scott. Er wurde niemals müde, die aufregenden Kurven und einladenden Rundungen seiner siebenundzwanzig Jahre alten Frau zu bewundern, und wartete, bis er den Wasserstrahl hörte, dann schnappte er seine Brille und schlich sich ins Badezimmer. Er setzte sich auf den Klodeckel und gaffte, doch die Gläser seiner Brille beschlugen im Dampf sofort.
»Spanner«, sagte Laura, als sie ihn entdeckte.
»Exhibitionistin«, konterte er. »Mir ist noch keine Frau untergekommen, die sich so langsam einseift wie du, wenn ich zusehe.«
Eine nasse Hand tastete nach einem Handtuch, und Scott nahm seinen Bademantel und reichte ihn ihr. »Und wie viele duschende junge Frauen sind schon Opfer deiner begehrlichen Blicke geworden?«
Er grinste. Das war nun keine Frage, die er beantworten wollte. »Komm, ich trockne dich ab«, bot er ausweichend an. Laura stand nackt und tropfend vor ihm, doch durch die beschlagene Brille konnte er sie nicht deutlich sehen. Sie war eins dreiundsiebzig, mit kurzem schwarzem Haar, das sie jetzt mit den Fingern zurückstrich, und lebhaften blauen Augen, die spöttisch blitzten. Als Scott sie in seinen Bademantel hüllte und an sich drückte, wusste er, warum er nach Irland gekommen war. Laura war schön, intelligent und unabhängig und hatte einen ansteckenden Humor. Sie brachte ihn mehr zum Lachen als jede Frau zuvor, und im Bett brachte sie ihn um

den Verstand. Mehr brauchte es nicht, dachte er, um diesen leidenschaftlichen, kurzsichtigen Doktor quer über den Atlantik zu treiben.

»Hast du die Nachrichten gehört?« Scott war unter der Dusche, Laura trocknete sich zwischen den Zehen. »Das Übliche«, rief er, um den Wasserstrahl zu übertönen. »Bombenanschläge in Israel, ein Mord in Belfast, wieder ein Einbruch mit Schießerei in Cork und ein Bandenkrieg vor einem City-Nachtclub. Das moderne Irland sucht Anschluss an den Rest der Welt.« Er nahm Shampoo und schäumte sich die Haare ein.

Er spürte, wie die Kabinentür geöffnet wurde, und sah durch Schleier von Wasser und Seife verschwommen Lauras Gesicht mit besorgt gerunzelter Stirn. »Und ich wette, du denkst, warum bin ich nicht in Detroit geblieben?«, sagte sie.

Scott war fünf Zentimeter größer als seine Frau, von schlanker Gestalt, aber einer seltsam gekrümmten Haltung, die davon herrührte, dass er stets angestrengt in die mittlere Entfernung blickte. Außerdem hatte er die nervöse Angewohnheit, seine Brille an den Ohren zurechtzurücken. Ziemlich am Anfang ihrer Beziehung hatte Laura ihm verraten, dass sie seine dunklen Brauen und Wimpern bewunderte und seine grauen Augen, sein willensstarkes Gesicht und das Grübchen an seinem Kinn. »Aber ganz gewiss nicht dein Haar«, fügte sie verschmitzt hinzu, »es sieht aus wie ein Weizenfeld nach einem Tornado.«

Scott war der Typ Mann, auf den die Frauen flogen, weil sie ihn für scheu und schutzbedürftig hielten. Das war zwar keine Taktik, die er bewusst verfolgte, aber diese gefühlvolle und verletzliche Ausstrahlung hatte über die Jahre seinem Liebesleben nicht geschadet.

Er brauste sich die Seife aus den Augen und sah seine Frau an: »Ich würde es selbst im hintersten Winkel von Sibirien aushalten, wenn du nur bei mir bist.«

Laura kniff ein wenig fragend die Augen zusammen, als sie die Tür der Duschkabine schloss. »Gute Antwort, Cowboy.«

Cowboy, damit zog sie ihn am liebsten auf. Als sie sich kennen lernten, hatte Scott als Partygag einen Stetson auf, und sie hatte diesen Anblick nicht vergessen. An weniger guten Tagen, wenn sie sich stritten, pflegte sie ihn »John Wayne« zu titulieren.

Sie rauften sich um den Toaster und bewarfen sich mit Orangenschalen, bevor sie sich an den schmalen Frühstückstisch setzten. Die Nolans wohnten im obersten Stockwerk eines fünfstöckigen Blocks in dem von roten Ziegelmauern dominierten Vorort Sandymount, etwa zwei Meilen vom Stadtzentrum entfernt. Es war ein typisches Neubau-Apartment mit schmalen Gängen, zwei kleinen Schlafzimmern, mehr einer Kochnische als einer Küche und einem akzeptablen Wohnzimmer mit Sofa, Fernseher und Stereoanlage. Von der dazugehörigen Garage im Untergeschoss führten Aufzüge in jedes Stockwerk. Überwachungskameras beäugten alle Seiten des Gebäudes. Scott arbeitete in Dublins City Hospital im Norden der Stadt als Kinderarzt mit Spezialgebiet Leber-Erkrankungen. Laura war in der Werbung und fuhr täglich mit dem Rad zur Arbeit. Ein Radio lief im Hintergrund, vor allem wegen der Verkehrsmeldungen. Staus und totaler Verkehrsstillstand nahmen in Dublin ähnliche Ausmaße an wie in Rom, Paris oder London.

»Also, was steht heute an?« Laura trug nun enge Jeans und eine weiße Seidenbluse, und Scott, der kein Auge von ihr ließ, fand sie zum Anbeißen.

»Große Lehrvisite um halb zehn, dann Therapiebesprechung um elf.« Sein amerikanisierter irischer Akzent verriet seine Herkunft. Der dreißigjährige Scott war der zweite Sohn einer irischen Medizinerfamilie, die in den Sechzigerjahren nach Amerika ausgewandert war. Seine Eltern waren auf der Suche nach besseren Arbeitsmöglichkeiten weit herumgekommen und hatten sich schließlich in Chicago niedergelassen, wo sein Vater eine Universitätsanstellung bekam und seine Mutter halbtags als Narkoseärztin im North Shore Hospital arbeitete.

»Warum so spät? Beginnen diese Visiten nicht früher?« Laura schlürfte frisch gepressten Saft.
»Das Transplantationsteam lässt uns nicht in die Stationen, bevor sie nicht zwei Patienten verlegt haben. Ich musste den Zeitplan ändern.« Scott hatte wie seine Eltern Medizin studiert und war Kinderarzt in Detroit gewesen, bevor er nach Dublin wechselte.
»Und die übrige Zeit?« Laura leerte ihr Glas und öffnete den Geschirrspüler, wobei sie absichtlich mit ihrem Po wackelte, während sie sich vorbeugte. Scott rückte seine Brille zurecht, um sie besser zu sehen.
»Ich treffe den Justizminister zu einer Pressekonferenz, und danach haben wir ein gemeinsames Interview mit Sky News.«
»Oo«, spöttelte Laura, »was für ein großer und wichtiger Mann. Verkehrt in Regierungskreisen, gibt Fernsehinterviews. Wo wird das alles noch hinführen? Ich prophezeie eine Schauspielerkarriere in Hollywood.« Sie drehte sich mit verschmitzt funkelnden Augen zu ihm um, und ihre Hände zeichneten eine breite Schlagzeile in die Luft: »Scott Nolan spielt in Gangs of Detroit, der billigen Fortsetzung zu Gangs of New York.«
Scott grinste und biss in einen mit Butter bestrichenen Toast. Seine Gedanken wanderten zur Pressekonferenz. Er spielte eine wichtige Rolle in Justizminister Harry Powers Antidrogen-Kampagne. Die Wahl war auf ihn gefallen, weil er amerikanische TV-Erfahrung hatte. An jedem Wochentag erklärte er in einem Abendspot fünf Minuten lang zur besten Fernsehzeit die medizinischen Hintergründe des Drogenmissbrauchs. Die Sucht, das Verlangen, die Krankheiten, die Kosten, die die Versorgung eines einzigen HIV- oder Hepatitis-C-Infizierten verursachte. Mit seiner unbeholfenen Art, seinem nervösen Tick und seinem amerikanischen Akzent traf er einen Nerv bei den Zuschauern. Sie fragten sich: Wer ist der Typ? Er sieht aus wie eine Kreuzung aus dem verrückten Professor und George Clooney an einem schlechten Tag. Aber eine Szene war es vor allem, die seine Zuschauer nicht mehr losließ.

Scott stand in Dublins Rotunda Hospital, in der ältesten Entbindungsstation der Stadt, mit einem Neugeborenen im Arm. Die spitzen Schreie des Kindes übertönten fast seinen Kommentar. »Dieses Baby ist zwei Stunden alt und bereits drogensüchtig. Seine Mutter spritzte während der ganzen Schwangerschaft Heroin, und nun muss ihr Kind entwöhnt werden wie ein Junkie auf der Straße.« Das Bild ließ keinen mehr los. Das strampelnde kleine Bündel mit seinem schmerzverzerrten Gesichtchen enthüllte schonungslos den Horror der Drogenabhängigkeit.

Weitere Szenen zeigten den dreißigjährigen Doktor an anderen Schauplätzen. In einer war er an einem Bett und hielt eine vollkommen abgemagerte Hand, und seine ernsten grauen Augen blickten auf den Patienten hinab. In einem weiteren Clip befand er sich in einer Klinik, wo eine Reihe nervöser, ausgekochter heruntergekommener Typen auf ihre Behandlung wartete. Normalerweise waren es männliche Patienten, aber immer mehr kamen auch weibliche Drogensüchtige ins Bild. Ihr jämmerlicher Zustand und dass die meisten von ihnen eingestanden, ihren Körper zu verkaufen, um an Geld für Drogen zu kommen, ging den Zuschauern noch tiefer an die Nieren.

Mit diesen einprägsamen Fünf-Minuten-Clips war Sott Nolan bald in aller Munde. Für nächste Woche hatte er vor, die Kameras ins Mountjoy Gaol zu bringen. Das war Dublins größte Strafanstalt, in der der Drogenkonsum neue Höhen erreicht hatte – im Grunde außer Kontrolle geraten war. Er wollte hautnahe Bilder von Süchtigen hinter Gittern, die offen über ihre Probleme als Insassen dieser Anstalt redeten. Über die Depressionen, die Selbstmorde, die furchtbaren Zustände und die Gewalt im Zusammenhang mit Drogen. Er hatte das bereits mit Harry Power und der Gefängnisleitung abgesprochen.

Der Justizminister hatte sich nur positiv über seine Initiative und die bisherigen Fernsehauftritte geäußert. »Sie bringen meine Kampagne auf den Punkt. Durch Sie wird sie glaubwürdig«, hatte der große Mann beim letzten Treffen vor drei Tagen erklärt. »Wir brauchen mehr von Ihnen und weniger von mir im Fernsehen. Der fürsorgliche Doktor liegt mir nicht, aber Ihnen ist er auf den Leib geschrieben.«

Scott nippte an einer frisch gemachten Tasse Kaffee, während er sich seine Strategie für das Sky News Interview überlegte.

»Schau mal, es schneit.« Laura war im Schlafzimmer mit ihren Wimpern beschäftigt. »Und ziemlich heftig dazu.«

Scott sah blinzelnd zum Küchenfenster. Große, leichte Flocken flogen lautlos vorbei, und als er den Hals reckte, konnte er sehen, dass der Boden schon von einer weißen Schicht bedeckt und Büsche und Zweige überzuckert waren. Die Auspuffgase der Autos dampften weiß in der klirrenden Kälte. Es gab nur wenige Fußgänger, und sie gingen ein wenig vornübergebeugt und hatten Regenschirme aufgespannt. Eine wunderbare Ruhe ging von diesem Bild aus, ganz im Gegensatz zu der deprimierenden grauen, nassen Welt, auf die er sonst von seiner Wohnung aus blickte. So ist Dublin wunderschön, dachte er. Man sieht den Müll nicht. Keiner rast, weil es glatt ist. Und es ist so kalt, dass selbst die Junkies nicht auf die Straße gehen.

»Bringst du mich zum Büro?« Laura legte die Arme um ihren Mann, und einen Augenblick lang bewunderten sie den Schneesturm. »Es sieht furchtbar kalt aus da draußen und zu glatt zum Radfahren.«

Scott küsste sie leicht aufs Haar und genoss den Duft von Parfüm und Shampoo. Er warf einen Blick auf die Uhr, sah, dass es fast acht war, und kalkulierte den Umweg unter den gegebenen Straßenverhältnissen. »Dann müssen wir sehr bald aufbrechen. Passt dir das?«

»Sicher. Wenn ich früher im Büro bin, kann ich Papierkram aufarbeiten, bevor die Telefone heiß laufen.« Laura drehte das Radio lauter für Verkehrsmeldungen. Eine Nachrichtensprecherin sagte gerade:

In diesem Augenblick erreichen uns Meldungen von einer Schießerei im Süden Dublins. Genauere Einzelheiten sind noch nicht bekannt, aber es scheint, dass mehrere maskierte und bewaffnete Männer einen zivilen Polizeiwagen am Ortsrand von Blackrock, etwa drei Meilen südlich des Stadtzentrums, angegriffen haben. Ein Augenzeuge sagte, zwei Männer mit Wollmützen über den Gesichtern hätten das Polizeifahrzeug zum Anhalten gezwungen und dann mehrere Schüsse direkt in den Wagen gefeuert. Noch unbestätigten Meldungen nach sollen auch Handgranaten zum Einsatz gekommen sein.

Als sie fortfuhr, war die Aufregung in ihrer Stimme nicht zu überhören.

Offenbar gibt es mehrere Tote, und Notdienste sind unterwegs zum Ort des Überfalls. Der Verkehr wird weiträumig um das Gebiet von Blackrock und Monkstown umgeleitet. Wir halten Sie auf dem Laufenden, sobald uns neue Meldungen erreichen.

Es folgte eine kurze Pause, während die Sprecherin ihre Unterlagen checkte.

Die weiteren Nachrichten: Vertreter der Bauernverbände drohen damit, an den Regierungsgebäuden mit ...

Scott drehte leiser und verzog mit einem Blick auf seine Frau das Gesicht. Laura wandte sich bitter und bedrückt ab. Die Gewalt in Dublin nahm langsam Ausmaße wie in den anderen europäischen Hauptstädten an und war fast schon mit der in ähnlich großen Städten in Nordamerika zu vergleichen. Scott hasste Gewalt, verabscheute Milieus, in denen sich Hass und Feindseligkeit entwickelten, und hatte aus diesem Grund Detroit verlassen. Aber es gab immer wieder Zeiten seit seiner Atlantiküberquerung vor zwei Jahren, da er das Gefühl hatte, dass ihn auch hier alles wieder einholte.
Und das war ein ständiger wunder Punkt zwischen ihm und

Laura. Sie war durch und durch irisch, aufgewachsen in kleinstädtischem Milieu in County Kildare, einer ländlichen Gegend, die berühmt für ihre Pferdezucht war. Und sie wollte kein abwertendes Wort über ihr Land hören. »Sag nichts, Scott Nolan«, schnappte Laura. »Ich weiß genau, was du denkst, und ich habe keine Lust, wieder mit dir zu streiten, wo der sicherste Platz auf der Welt ist, um Kinder großzuziehen.« Ihre sonst so fröhliche Stimme war so grimmig wie ihre Miene.

Scott saß am Küchentisch und schwenkte den letzten Schluck Kaffee in seinem Becher. Wo ist der sicherste Platz für eine Familie? Nicht Detroit. Nicht Chicago, obgleich es eine wunderschöne Stadt ist und man gut zurechtkommt, wenn man die sicheren Gegenden kennt. Nicht New York, schon gar nicht seit dem 11. September. Los Angeles? Nein, die Stadt ist ein Dschungel. Er dachte an andere große amerikanische Städte und konnte sich nicht vorstellen, dass sie besser als Dublin wären.

Aber Dublin beunruhigte ihn. Vielleicht lag es an seinem Engagement in Harry Powers Anti-Drogen-Kampagne, denn dabei bekam er eine Seite von Dublin zu Gesicht, von der die meisten Leute nur aus den Medien wussten. Und mit seinen Fernsehspots hatte er eine Tür in die Unterwelt der irischen Gesellschaft aufgestoßen. Er konnte nicht genau sagen, was es war, aber er fühlte sich unbehaglich in der Hauptstadt, unsicher und schutzlos. Er konnte sich nicht vorstellen, hier Kinder aufzuziehen, so sehr er es sich auch wünschte.

»Lassen wir das, Laura. Es schneit, wir sind beide spät dran, du kannst nicht mit dem Rad ins Büro fahren, und es wird eine anstrengende Fahrt quer durch die Stadt.« Laura stand mit dem Rücken zu ihm, die Arme verschränkt, wehrhaft. »Zieh was Warmes an und lass uns aufbrechen.«

»Okay, Waffenruhe bis zum Abend.«

Scott schlang von hinten die Arme um seine Frau und drückte sie sanft an sich. Laura ließ ihren Kopf an seine Schulter sinken und strich über sein Haar. Er griff nach der Hand und schielte auf den Verlobungsring, den er in New York gekauft hatte, und dann auf den Goldring, den er ihr zur Hochzeit

sechs Monate später an den Finger gesteckt hatte. »Waffenruhe auch am Abend«, flüsterte er. »Ich liebe dich zu sehr.«
Einen langen liebevollen Augenblick hielten sie einander fest und suchten Trost in ihren Gefühlen. »Wir sollten jetzt fahren«, murmelte Scott, »oder Nägel mit Köpfen machen und ins Bett gehen.«
Laura drehte sich um. Sie lächelte wieder. »Ein verlockender Gedanke, aber was würden deine Studenten sagen?«
»Ich könnte ihnen sagen, dass ich im Stau stecken geblieben bin.« Scott küsste sie auf die Augen. »Oder dass meine Brille kaputt ist und ich die Wohnung nicht verlassen konnte, ohne zu stolpern.«
Sie küssten sich lange und innig und leidenschaftlich. Schließlich löste sich Laura. »Ich verspreche dir, heute Abend entdeckst du Seiten an mir, die du noch nicht kennst.«
Das Telefon läutete.
»Ja?« Scott versuchte, seine Gefühle in den Griff zu bekommen. Am anderen Ende der Leitung informierte ihn ein Kollege aus dem City Hospital über eine weitere Zeitplanänderung. »Ja, alles klar.« Scott sah auf die Uhr. »Es ist fünf nach acht. Bei dem Schnee und den Verkehrsverhältnissen könnte ich gegen dreiviertel neun da sein.« Er legte auf und sah Lauras verschmitztes Lächeln. »Das wirst du heute Abend wieder gutmachen müssen. Aber jetzt müssen wir los.«
Scott betrachtete sich im Spiegel und rückte seine Krawatte zurecht. Sein hellbraunes Haar strebte nach allen Richtungen, und er versuchte es rasch mit seinem Kamm zu bändigen, in der Hoffnung, dass Laura es zu eilig hatte, um es zu bemerken. Er schlüpfte in ein blaues Jackett, das gut zu seiner beigen Hose passte, und schloss den mittleren Knopf. Nach einigem Suchen fand er schließlich seine Aktentasche und überprüfte den Inhalt. Dann holte er eine Regenjacke und einen Schal aus dem Schlafzimmerschrank.
In der Diele hörte er einen Jammerton. »Ich habe meinen Schaffellmantel im Büro gelassen. Was habe ich mir dabei nur gedacht?«

Scott schnappte einen anderen Mantel, einen, den er häufig bei seinen Spaziergängen anhatte. Es war ein grün-roter, halblanger Fleecemantel, der Laura zumindest bis zu den Knien reichen würde. »Nimm den«, rief er und packte einen seiner Schals dazu und hielt beides für sie bereit, bis sie kuschelig eingehüllt war. »Du fährst, dann kann ich noch einige Diktate erledigen, bis wir bei deinem Büro sind.«
An der Eingangstür ergriff Laura Scotts einzige Baseballmütze und zog sie über die Stirn. »Ich bin heute Ihr Chauffeur, Dr. Nolan.«
In der Kellergarage kletterte Laura in den Fahrersitz, während Scott hinten einstieg und sich gleich seinen Papieren widmete. Er fand sein Diktaphon gerade, als das Garagentor hochkippte und ihr blauer Volvo 850 in das Schneegestöber hinausrollte. »Lieber Dr. Harper«, begann Scott in seiner langsamen und klaren Diktatstimme, »ich danke Ihnen für die Überweisung des Kindes zur Bewertung seiner anhaltend erhöhten Leberenzyme.«
»Sieht das nicht gut aus?«, rief Laura, als die ersten Schneeflocken auf der Windschutzscheibe landeten. Sie stellte die Scheibenwischer an.
Scott sah nicht auf. Er überflog den Krankenbericht, der der Überweisung beilag. »Nicht zu schnell«, murmelte er, »bleib im ersten Gang, bis du auf der Straße bist. Ich bin in Chicago aufgewachsen, und dort gibt es haushohe Schneewehen.«
»Jetzt bist du also auch noch ein Wetterfachmann.«
Dann ruckte der Volvo vorwärts, schleuderte Scott nach hinten, und seine Papiere verteilten sich über den Rücksitz. »Um Himmels willen, Laura ...«
Plötzlich splitterte das Seitenfenster, und der Wagen ruckte zweimal vorwärts. »Nein, nein, bitte, neeeeiiin«, schrie Laura. Dann hörte Scott vier rasch aufeinander folgende Schüsse, und eine warme, klebrige Flüssigkeit spritzte ihm ins Gesicht und verschmierte hellrot sein rechtes Brillenglas. Der Volvo rollte langsam die Auffahrt zurück. Scott versuchte verzweifelt, nach vorn zu gelangen, und kämpfte brüllend und flu-

chend mit dem Gurtverschluss. Er hörte Laura stöhnen, dann röchelnd nach Luft ringen. Die Wischer glitten geräuschvoll über das trocken gewordene Glas. Und plötzlich erschien eine schattenhafte Gestalt keine drei Meter vor dem Wagen. Eine Pistole zielte herab. Scott duckte sich, als die Windschutzscheibe barst und eine Kugel an seinem rechten Ohr vorbeizischte. Eine weitere prallte von der Seitenverkleidung ab, und er krümmte sich zusammen.

»Laura, Laura«, rief er verzweifelt, während er den leblosen Körper seiner Frau nach hinten zog, »auf den Boden, auf den Boden.«

3

»Das war nicht grade erfolgreich, Sean, oder siehste das anders? Ich würd sogar sagen, du hast es gründlich vermasselt.« Sean Kennedy saß im Beifahrersitz eines zehn Jahre alten Landrover, der so verdreckt war, dass man seine ursprüngliche flaschengrüne Farbe kaum noch erkennen konnte. Der Wagen hatte Beulen und Kratzer vorne und an den Seiten und verschmutzte Räder und Nummernschilder. Neben ihm saß ein kleiner, rotgesichtiger, fünfzig Jahre alter Mann mit Namen Joe McKeefer. Er trug einen blauen Overall über lehmigen Stiefeln und eine Stoffmütze bis tief über die Ohren. Kennedy starrte durch die verschmierte Frontscheibe hinaus, rauchte eine billige Zigarre und hatte seinen Mantel gegen die Kälte eng um sich gezogen. Seine Miene war eine Mischung aus Abscheu und Unbehagen.

»An mir hat's nicht gelegen, Sean. Ich hab die Schießeisen geliefert und die beiden Russen eigenhändig hergeschafft.« McKeefers Belfaster Akzent war schrill und weinerlich. »Ich geb zu, sie standen nicht grade auf bestem Fuß mit der Sprache und sahen 'n bisschen grob aus, aber sie waren harte Bur-

schen mit bestem Leumund. Es wird 'ne verdammt harte Bandage, meinen Lieferanten zu bezahlen.« Er drehte sich in seinem Sitz, sodass er den Rücken zur Fahrertür hatte und seine misstrauischen braunen Augen Kennedy besser inspizieren konnten. »Wird 'ne schöne Stange Geld kosten.«
Der Motor lief, um die Heizung mit Strom zu versorgen, und die Auspuffgase dampften in der kalten Luft. Sie parkten an einer einsamen schmalen Landstraße in den Wicklow Hills im Süden von Dublin in einer ungeteerten Haltebucht. Das Gebiet war beliebt bei Wanderern und Joggern, aber jetzt auf Grund der wenig einladenden Wetterbedingungen verlassen.
Es war um Mittag des 12. Februar, zwei Tage nachdem der schwere Schneesturm über den Osten Irlands gefegt war, und Tauwetter setzte ein. Südliche Luftströmungen hoben die Temperaturen bis auf zwölf Grad an. Die Bergbäche schwollen an und suchten sich ihren Weg nicht immer im natürlichen Bett. Aber die meisten Straßen waren jetzt frei, und am Treffpunkt von Kennedy und McKeefer waren nur noch da und dort nasse Schneeoasen im Gras.
»Ich werde zahlen«, sagte Kennedy schließlich.
»Natürlich wirst du zahlen, Sean. Ich werd für die zwei nicht in die Tasche greifen.« McKeefer lehnte sich hinüber, so nah, dass Kennedy den Whisky in seinem Atem riechen konnte. »Du hast einen tatsächlich selber ausgeknipst.« Pure Ungläubigkeit ließ seine Stimme hochschnellen. »Ich miete zwei Totschläger, und du schießt einen mit aller Gemütsruhe über'n Haufen.«
Kennedy wich vor dem einschüchternden Blick zurück. »Er wusste zu viel. Er wäre ein Risiko gewesen.« Seine Stimme war gleichmütig, ohne Regung.
»Risiko, dass ich nicht lache«, schnappte McKeefer. »Er konnte kein Wort Englisch, wusste nicht mal deinen Namen noch wen er umlegte, und ich verwette meinen Arsch, dass er nicht mal wusste, in welchem Land er war.«
Kennedy drückte die Zigarre in dem übervollen Aschenbecher aus und schob beide Hände in seine Taschen. Er beobachtete

die Bäume vor dem Wagen und folgte einem Grauhörnchen, das hin und her sprang, über den Boden sauste, anhielt und witterte. »Ich musste handeln und hielt es für besser, wenn er tot war.«

»Gut, das zu wissen, Sean.« McKeefers Stimme war voller Verachtung. »Da fühl ich mich gleich viel besser, wenn ich hör, wie du über Leben und Tod eines meiner Männer entscheidest. Und wenn man bedenkt, dass du Harry Power gar nicht erwischt hast, nur zwei seiner Leibwächter, wird einem manches klar. Jetzt haben wir vier ganz und gar überflüssige Leichen in den schönen Straßen von Dublin. Zwei unbekannte Russen und zwei wohl bekannte Polizisten. Kugeln pfeifen den Leuten um die Ohren, und es regnet Nebelgranaten und Handgranaten.«

Er rutschte verärgert in seinem Sitz und rieb heftig seine kalten Hände aneinander. »Die halbe Stadt ist lahm gelegt, und alles, was du mir sagst, ist, dass er zu viel wusste.«

»Was erwartest du denn jetzt von mir, Joe? Ich kann weinen, wenn du es willst. Ich kann Blumen und Beileidskarten verschicken. Ich könnte auch einen Brief schreiben, wenn dich das glücklicher macht.« Kennedys wütender irischer Akzent war ein starker Kontrast zu McKeefers näselnder Belfaster Art.

McKeefer fand es nicht amüsant. »Wie bist du denn auf den Doktor gekommen? Und wie hast du es geschafft, auch das zu vermasseln?« Er stocherte gnadenlos in offenen Wunden. »Es gibt keine Zeitung, die es nicht breittritt, dass bei beiden Überfällen die gleiche Waffe benutzt wurde.«

Kennedy zog die Aufschläge seines Mantels um seinen Hals fester zusammen. »Der Doktor war ein wichtiger Faktor in Powers Kampagne. Sie brauchten alle einen Denkzettel.«

»Und die Kleine? Brauchte die auch ’nen Denkzettel?«

Kennedy starrte seinem Peiniger wütend ins Gesicht. »Sie hat seinen Mantel angehabt, verdammt! Ich habe die beiden einen ganzen Monat lang beobachtet und wusste alles über sie. Aber wie konnte ich wissen, dass es an dem Tag schneien würde? Oder dass sie seine Kleider anhaben und ihn zur Arbeit fahren würde? Sie fuhr normalerweise mit dem Fahrrad, aber an dem Tag war alles anders.« Kennedy sank in seinen Sitz zurück. Sein Grimm war verraucht. »Lass mich in Ruhe, McKeefer. Es ist schon schlimm genug, auch ohne dass du mir die Hölle heiß machst. Ich muss jemandem eine ganze Menge erklären und habe schon Kummer genug.«

McKeefer ignorierte das. »Was hast du dir dabei gedacht, dir Harry Power vorzunehmen? Hier hat seit dem Bürgerkrieg niemand mehr 'nen Politiker umgenietet.« Sein Ton wurde grimmiger. »Polizisten umzulegen ist 'ne verdammt ernste Sache, und Gott und die Welt ist hinter dir her. Aber auf einen Kabinettsminister loszugehen ist der reine Wahnsinn.« Er zog einen Stapel zerknitterter Zeitungen aus dem Fach der Fahrertür. »Hast du die Blätter gelesen?« McKeefer zitierte die dramatischste Schlagzeile: »›DIE JAGD AUF DEN SCHAKAL HAT BEGONNEN.‹«

Kennedy strich über seinen Pferdeschwanz und ignorierte McKeefer. Draußen war das Grauhörnchen in ein Büschel Gras vertieft. Sein Kopf ruckte immer wieder hoch, um nach Gefahr Ausschau zu halten. Aus dem Wald erschien ein Fuchs. Er witterte mit der Nase tief am Boden eine Spur. Sein Fell war rostbraun und hatte kahle Stellen, sein Schwanz lang und mit weißer Spitze. Er sah hungrig und schäbig aus, und Kennedy beobachtete ihn fasziniert und überhörte beinah McKeefers nächste anklagende Tirade.

»Du musst sofort aus dem Land verschwinden, Sean. Mir ist egal, wie du's machst, aber hau ab, so schnell du kannst. Ich werd einer Menge Leute, die keinen Spaß verstehen, eine Menge erklären müssen. Leuten, die einer Sache auf den Grund gehen, bis sie wissen, wer dafür verantwortlich ist.«

Kennedy unterdrückte den Anflug eines Lächelns. Joe McKeefer war ein ehemaliger Waffenhändler der provisorischen IRA. Was immer die Freiwilligen haben wollten, Joe forschte nach, wo es die Waffen gab, und beschaffte sie. Er hatte Kontakte in Libyen, Russland, mit der ETA in Spanien und einigen der übelsten Waffenhändler in den Vereinigten Staaten. Brauchst du eine Boden-Luft-Rakete? Frag Joe McKeefer, der beschafft sie dir. Panzerknackermunition? Kein Problem, Joe hat Kisten davon in den Hügeln außerhalb Belfasts vergraben, in bestem Zustand. Semtex, Granaten, Heckenschützengewehre mit Nachtsichtausrüstung, was immer auch, Joe hat es oder kann es beschaffen. McKeefer hatte sich über die Jahre einen Namen gemacht und ein beträchtliches Vermögen dazu, bis es durch die paramilitärischen Waffenstillstands-Vereinbarungen nichts mehr zu verdienen gab und er sich nach neuen Märkten umsehen musste. Die Terroristen tauschten ihre Berets und Arbeitskluft gegen elegante Anzüge, teure Hemden und Krawatten. Sie mischten sich unter die Würdenträger und Börsenmakler, und einige saßen jetzt sogar in der Regierung. Deshalb suchte sich Joe McKeefer neue Geschäftsfreunde und wurde Drogenlieferant. Dabei hatte er Sean Kennedy kennen gelernt.

Der Belfast-Mann begann wieder zu klagen. »Es ist so, Sean, dass die Provos mich nicht aus den Augen lassen, verstehst du? Sie wollen nicht, dass ich Waffen an die Opposition verkaufe oder an irgend 'ne andere Gruppe, die ihnen nicht passt. Und das sind mehr oder weniger alle. Wenn sie also Wind davon kriegen, dass ich die Pistolen und Granaten für deine Operation geliefert habe, muss ich mich nach einem Platz an der Sonne umsehen.« McKeefers Gesicht verzog sich, als hätte er etwas Bitteres geschluckt. »Und ich vertrag die Sonne nicht. Ich krieg Pusteln und kratz mich halb tot.«

Kennedys Blicke folgten dem Fuchs, der sich an das Grauhörnchen heranpirschte. Listig und vorsichtig, die Ohren gespitzt, den leeren Bauch tief am Boden, schlich er um seine ahnungslose Beute herum. »Niemand muss es erfahren.«

McKeefer schnaufte. »Du hast leicht reden. Du setzt dich ab nach Amsterdam, aber auf mich warten tausend Fragen in einer kleinen Straße in Süd-Armagh.«

Kennedy unterbrach ihn mit neuem Selbstbewusstsein: »Wenn du dich raushältst, kann dir keiner was anhängen. Benimm dich ganz normal. Mach deine Geschäfte wie sonst auch. Mach nichts, was du sonst nicht auch machst. Wir lassen durchsi-

ckern, dass Tony Duffy dahinter steckt.« Tony Duffy war ein alternder Drogenbaron, der mit einer Bande von Schlägern Westdublin kontrollierte. Vier Leute gehörten zu der Gruppe, und bis jetzt waren sie Harry Powers Kreuzzug entkommen. Sie waren auch schwer bewaffnet und skrupellos genug, um als kaltblütige Attentäter infrage zu kommen.
McKeefer starrte eine Minute schweigend auf Kennedy. »Wer ist ›wir‹, Sean? Ich hab immer gedacht, du arbeitest allein. Man hat mir gesagt, du würdest keinem trauen.«
Draußen lauerte der Fuchs, keine zwei Meter mehr von dem Hörnchen entfernt, in einem Büschel nassem Gras. Das Hörnchen hatte sich blitzschnell herumgedreht und knabberte an etwas, das es zwischen seinen Vorderpfoten hielt. Der kleine Kopf fuhr um neunzig Grad herum und widmete sich dann wieder seiner Mahlzeit. Der Fuchs schob sich noch ein paar Zentimeter vorwärts.
McKeefers linke Hand griff hinter den Fahrersitz, und seine Finger suchten Halt an einem Netz, das den vorderen Teil des Landrovers von dem hinteren abtrennte. Ein tiefes Knurren ließ Kennedy zusammenzucken. Er fuhr herum und starrte in zwei zu Schlitzen verengte, wuterfüllte Augen.
»Ruhig, Major«, sagte McKeefer besänftigend, »ganz ruhig, Junge, es ist alles in Ordnung. Wir gehen gleich spazieren.«
Hinter dem Netz stand ein großer schwarz und grau gefleckter Schäferhund und schüttelte sich. Dann rieb er seine Schnauze an der Seitenverkleidung, wobei Geifer aus seinem offenen Rachen tropfte. Kennedy ließ den Hund nicht aus den Augen.
»Ich hab das Vieh noch gar nicht gesehen«, sagte er langsam und ruhig, um das Tier nicht zu provozieren. »Ich hab mich schon gewundert, was hier so stinkt.«
Plötzlich schien der Schäferhund die Feindseligkeit zu spüren und begann laut zu bellen. Draußen hörte das Grauhörnchen augenblicklich zu knabbern auf und huschte im Zickzack auf eine Kiefer in Sicherheit. Der Fuchs sah sich unruhig um und trollte sich.
»Wer ist da noch mit drin, Sean?« McKeefers Finger öffneten

sich, und der Schäferhund begann sie zu lecken. Sein Blick fixierte Kennedy. »Arbeitest du für jemanden?«
Kennedy seufzte tief, als müsste er einem schwierigen Kind etwas erklären. Er zupfte an seinem Pferdeschwanz und massierte die alte Wunde, wo einst ein Messer bis an den Knochen gedrungen war. Bei kaltem, feuchtem Wetter schmerzte sie. »Joe«, sagte er und hielt inne, um nach den rechten Worten zu suchen. »Ich stelle keine Fragen über deine Geschäfte, oder? Wenn ich Waffen brauche, rufe ich an und bestelle. Es hat mich nie interessiert, wo du das Zeug her hast oder wie viel es kostet oder was du daran verdienst. Das ist ganz und gar deine Sache. Und würde ich meine Nase in deine Angelegenheiten stecken, wärst du der Erste, der mich zum Teufel jagt.« Er drehte das Fenster herab und atmete die frische klare Luft tief ein. Er konnte noch immer das Grauhörnchen in seinem Versteck auf dem Ast einer Kiefer sehen. Der Fuchs war verschwunden. »Also halt dich raus. Du solltest selber wissen, dass es nur Ärger bringt, zu viele Fragen zu stellen.«
Gespanntes Schweigen folgte. Kennedy starrte noch immer auf den Waldrand und fragte sich, wohin der Fuchs verschwunden war. Er hatte hungrig und elend ausgesehen, aber die Gefahr gespürt, als der Schäferhund bellte. Er wusste, wann es besser war, zu verschwinden. Er hatte zwar das Hörnchen und eine ersehnte Mahlzeit verpasst, aber er war intuitiv seinem Selbsterhaltungstrieb gefolgt. Der Hunger konnte warten, es würde andere, kleinere Beute geben. Wenn Hunger und Gier stärker als der Instinkt wurden, war das fatal, denn Fehler waren unausbleiblich.
»Wo ist das Geld?« McKeefer fixierte noch immer Kennedy.
»In drei roten Reisetaschen am Rücksitz drüben.« Kennedy deutete auf seine neueste Anschaffung, einen gestohlenen blauen BMW, der schief im Straßengraben stand.
McKeefers Blick wich nicht von ihm. »Warum hast du den Wagen so weit weg abgestellt?«
Kennedy sah verwundert hinüber. »Damit uns niemand miteinander in Verbindung bringt. Was ist, wenn irgendein Schnüff-

ler hier vorbeikommt und sieht uns beide nebeneinander parken? Sähe wie ein Treffen aus, nicht? Aber so sind wir beide nur zum Wandern hier draußen.«

McKeefer überdachte das, und es passierte seinen Misstrauensfilter. »Wie viel?«

»Eine Million US-Dollars wie ausgemacht. Die Hälfte in Pfund, ein Viertel in Euros und ein Viertel in Dollars, alles in gebrauchten, hauptsächlich kleinen Scheinen.«

»Ich brauch mehr, noch 'ne Million. Um die Sache in Ordnung zu bringen, die du verbockt hast.«

Kennedy saß mit starrem Gesicht auf dem Beifahrersitz. Er presste die Arme um sich, um sich zu wärmen, und trat sein schlimmes Bein mit dem guten, um die Blutzirkulation wieder in Gang zu bringen. »Da brauche ich Zeit«, sagte er schließlich. »Einen Monat, vielleicht zwei. Ich muss mir erst überlegen, wie ich so viel Bargeld auf den Weg bringe.«

McKeefer brachte ein halbes Lächeln zu Stande. »Das klingt schon besser, geschäftsmännischer.« Er zog am Türgriff und stieß die Fahrertür auf. Draußen stampfte er von einem Bein auf das andere, streckte sich und rückte seine Stoffmütze dicht über die Augen zurecht.

Die rückwärtige Tür wurde aufgerissen. Der Schäferhund sprang hinaus und verschwand sofort im Wald. McKeefer wartete ein paar Minuten, dann pfiff er leise, und der Hund kam zurückgetrottet, mit der Nase tief am Boden und da und dort an interessanten Grasbüscheln scharrend. Kennedy sah zu. Er bebte vor Wut. Niemand hatte es je zuvor gewagt, ihn so zu behandeln.

»Hier, Junge, komm her, Major, guter Junge«, redete er seinem Liebling zu, der an ihm hochsprang und ihn voll sabberte. Er hakte eine Leine an sein Halsband und hielt ihn bei Fuß. »Wo, hast du gesagt, sind diese Reisetaschen?« Er begegnete Kennedys wütendem Blick, unbeeindruckt von dessen Grimm.

»Lass den Scheiß, Joe. Du weißt verdammt gut, was ich gesagt habe.«

»Wo sind die Wagenschlüssel?«

»Er ist nicht abgeschlossen.«
McKeefer griff in den Wagen und drehte den Zündschlüssel. Der Motor starb ab und die Heizung hörte auf zu blasen. »Lass besser auch die Tür offen, Sean. Ich möchte dich im Auge behalten.«
Das Geräusch eines näher kommenden Fahrzeugs ließ McKeefer innehalten. Er spielte mit dem Schäferhund und ließ ihn ein paar Minuten frei laufen. Der Hund flitzte kläffend und geifernd zwischen die Kiefern. Sein schwarz-grau gefleckter Körper tauchte auf und verschwand wieder. Er kam zurückgetrottet, gerade als ein Toyota-Lieferwagen langsam vorbeifuhr. McKeefer nahm seine Stoffmütze ab und winkte dem unsichtbaren Fahrer zu, wobei er die ganze Zeit wie ein Dummlack grinste. Kennedy wartete noch immer schäumend vor Wut. Dann ging McKeefer um den blauen BMW herum, der etwa dreißig Meter entfernt schief am Straßenrand stand. Er starrte hinein, dann unter die Karosserie, womit er eine Weile zubrachte. Was er sah, schien zu seiner Zufriedenheit zu sein. Dann sperrte er den Kofferraum auf, aber öffnete ihn nicht. »Ist da was drin, über das ich mir Sorgen machen müsste?«
Kennedy wandte sich um und schüttelte den Kopf. »Sieh selber nach.«
»Es ist immer besser, wenn man misstrauisch ist, Sean«, rief McKeefer und zog seine Mütze wieder tief über die Ohren. Seine Stimme klang nun fast fröhlich. Er schien sich zu amüsieren. »Man lebt länger, wenn man misstrauisch ist. Aber das weißt du ja selber am besten.« Der Schäferhund schnüffelte am Auspuff des BMW und zog McKeefer an seiner Leine mit. »Langsam, Junge, langsam.« Plötzlich griff McKeefer nach dem Kofferraumdeckel und klappte ihn auf und ging in Deckung, während er hochschnellte. Kennedy sah zu und fröstelte, als ein kalter Windstoß durch die Fahrerkabine des Landrovers fuhr. McKeefer stand etwa zwei Meter vom offenen Kofferraum entfernt und spähte hinein. »Leer, wie es aussieht.« Er lachte, und der Schäferhund bellte aufgeregt.
»Leck mich am Arsch«, murmelte Kennedy. Draußen schwank-

ten die Wipfel der Kiefern unter einem erneuten starken Windstoß.
Jetzt hatte McKeefer eine Hand am Griff der Hintertür an der Beifahrerseite und öffnete das Schloss. Dann zog er eine Rolle dünne Schnur aus seiner Overalltasche. Er schlang sie um die Tür und zog sie mit einem Knoten fest. Dann ging er langsam zurück und rollte sie dabei aus, bis er etwa fünf Meter vom Wagen entfernt stand. Er zog an der Schnur, bis sie gespannt war, und zog dann die Tür damit auf. Jetzt konnte er deutlich die drei roten Segeltuchtaschen auf dem Rücksitz sehen. »Vorwärts, Major, geh schon, Junge, bring sie mir.«
Der Schäferhund schnüffelte am Boden und blickte dann zu McKeefer hoch. »Im Wagen, Junge. Hol die Taschen, Major.« Er deutete zum BMW hin. »Vorwärts, Junge. Geh schon, hol die Taschen.« Schließlich sprang der Hund auf die offene Tür zu und verschwand im Inneren. Er bellte und schnüffelte, aber schließlich kamen seine Hinterbeine zum Rand des Sitzes und rutschten herunter ins Gras. »Guter Junge, Major«, lobte McKeefer, gleichzeitig den Hund und das Innere des Landrovers im Auge behaltend.
Plötzlich begann der Hund heftig zu bellen, es klang beinah frustriert, und rutschte vom Rücksitz. Er stand an der offenen Tür, knurrend und geifernd, und sein Blick ging zwischen der roten Tasche und McKeefer hin und her. Die erste Tasche war zwischen Türrahmen und Sitz stecken geblieben, die andere hatte sich in den Scharnieren verhakt. McKeefer sah sich die Bescherung von allen Seiten an, ohne den Landrover aus den Augen zu lassen. »Sean, wie wär's, wenn du mir die Tasche herausholst?«
Kennedy fluchte lautlos und rief: »Ich bin hier am Erfrieren. Würdest du dir endlich die verdammten Taschen nehmen und verschwinden.«
McKeefer schob seine Mütze ein wenig hoch, um besser zu sehen. »Ich bin ein wenig nervös, Sean. Es ginge alles schneller, wenn du die Tasche herausnimmst und für mich aufmachst. Und die anderen beiden auch.«

Kennedy stieß die Beifahrertür auf und sprang hinaus. Er zuckte zusammen, als er mit dem lädierten Bein aufkam. Er stapfte mit beiden ein paar Schritte, bis er das Blut zirkulieren spürte, und humpelte an McKeefer vorbei zum BMW. Mit beiden Händen packte er die Trageriemen und zog die erste rote Tasche heraus auf den Kies. Sie traf mit einem dumpfen Laut auf. Seine Finger waren so kalt, dass er Mühe hatte, den Reißverschluss zu fassen, aber schließlich gelang es ihm, die Tasche ganz zu öffnen. Er trat ein paar Schritte zurück. »Überzeug dich selbst.« Der Wind wurde stärker und wirbelte Blätter über die Straße, als er die anderen beiden Taschen herauszerrte.

McKeefer nahm dem Schäferhund die Leine ab, hielt ihn jedoch mit der linken Hand am Halsband. Der Hund versuchte sofort loszurennen, aber McKeefer hielt ihn fest. »Ruhig, Junge, ganz ruhig. Eine Minute noch, und du kannst rennen, so viel du willst.« Er wühlte mit der freien Hand in der offenen Tasche zwischen Geldscheinbündeln. Sein Blick wanderte nervös vom Geld zu Kennedy. »Das ist alles?«

Kennedy war tief in seinen Mantel gehüllt und hielt auf der einsamen Landstraße in beiden Richtungen nach Fahrzeugen Ausschau. »Jedes Pfund, jeder Euro und jeder Dollar. Du kannst ja den Rest des Tages mit Zählen verbringen, aber ich hab meinen Teil erfüllt und hau jetzt ab.«

Er schloss die hintere Tür und den Kofferraum des BMW, öffnete die Fahrertür und stieg ein. Der Motor startete, und er rollte den schweren Wagen rückwärts langsam aus seiner Schräglage, vorsichtig darauf bedacht, nicht in den nassen Boden einzusinken. Er wartete ein paar Minuten, bis die Taubheit aus seinen Fingern schwand. Dann machte er einen Schlenker vorwärts, bis er gerade stand. Er legte erneut den Rückwärtsgang ein und rollte den BMW langsam zurück und kontrollierte mit kurzen Blicken im Rückspiegel, dass er nicht von der Fahrbahn kam. Als er anhielt, war Joe McKeefer etwa fünfzehn Meter vor ihm, noch immer tief über die erste Tasche gebeugt, und stapelte Geldbündel auf das Kiesbankett.

Der Schäferhund hatte sich losgerissen und war wieder zwischen den Bäumen verschwunden, auf der Suche nach Abenteuern.
Kennedy schob den Hebel in die Vorwärtsfahrtstellung, dann drückte er den Knopf am Hebel für die sportliche Beschleunigung und trat mit seinem guten Fuß das Gaspedal durch. Der plötzliche Ruck drückte ihn heftig in den Sitz, als der BMW beschleunigte. Joe McKeefers Körper hinterließ eine tiefe und blutige Delle in der Motorhaube.

4

»Wir sind heute Morgen hier zusammengekommen, nicht um den tragischen Tod von Laura Nolan zu betrauern, sondern um uns ihr Leben in Erinnerung zu rufen.«
Scott Nolan saß allein in der vordersten Bank auf der rechten Seite in dem kleinen Gebäude der Church of Ireland in der Gemeinde Killinure von County Kildare, dreißig Meilen südwestlich von Dublin. Er hatte seinen besten Anzug an, einen blauen Nadelstreifenanzug mit weißem Hemd und geborgter Krawatte, und einen dicken grauen Mantel als Schutz gegen die Kälte. Sein Haar war wie immer zerzaust. Hinter und links von ihm hörte er die Geräusche der Trauerversammlung, unterdrücktes Schluchzen und Schniefen, Husten und Blättern in den Gebetbüchern. Irgendwo in der Mitte der Halle wurde ein kleines Kind zur Ruhe gebracht, das laut unbequeme Fragen stellte. In dem schmalen Gang neben Scott ruhte auf einem umgekehrt V-förmigen Gestell ein polierter Eichensarg mit Messinggriffen.
Er wusste, wo er war, doch irgendwie war er sich seiner Anwesenheit nicht wirklich bewusst. Er stand noch immer unter Schock. Die grausame Tragödie, die vor drei Tagen über ihn hereinbrach, war noch immer allgegenwärtig in seinen Gedan-

ken. »Laura, Laura, rede mit mir, rede. Gib nicht auf, bitte, atme, atme.« Er erinnerte sich, wie er seine Frau in den Armen hielt, und die Bilder waren so lebendig wie im Augenblick des Geschehens. Er spürte ihr warmes Blut an seinen Händen und im Gesicht, hörte ihren schweren röchelnden Atem in ihrem Todeskampf. »Stirb nicht, Laura. Bitte stirb nicht.« Die Ersten, die an den Ort des Geschehens kamen, fanden ihn so vor, verwirrt, weinend, ungläubig und voller Blut. Da war Laura bereits tot.

In Dublins Leichenschauhaus, wo Lauras Leiche auf einen kalten weißen Marmortisch gelegt wurde, musste Scott von Polizeibeamten festgehalten und weggezerrt werden, als ein älterer, müde aussehender Pathologe in grüner Arbeitshose und einer langen grünen Plastikschürze erschien. »Lass deine Finger von ihr, fass sie nicht an!« Er war Arzt und hatte in der Vergangenheit an zahllosen Autopsien teilgenommen. Er wusste, welche Sezierung bevorstand, welche schonungslose Untersuchung durchgeführt werden musste. Aber nicht an seiner Frau. Lieber Gott, nicht an Laura. Sein wahnsinniges Gefluche und Gebrüll hallte von den gefliesten Wänden wider, bis der Gerichtsmediziner es schließlich nicht mehr ertrug. »Schafft ihn hinaus.« Vier kräftige Polizisten bändigten Scott so weit, dass ihn drei weitere hinauszerren konnten. Er war kein kräftiger Mann und wog nicht viel, aber sein Widerstand war heftig, entfacht von Wut und Verzweiflung und Hoffnungslosigkeit.

Viel später, da trug er noch immer die blutige Kleidung, wurde er in den Räumen der örtlichen Polizeistation befragt. Erst da begann er die Zusammenhänge der schrecklichen Ereignisse des Tages zu begreifen. Jemand hatte Irlands Justizminister nach dem Leben getrachtet und stattdessen seine Leibwächter getötet. Jemand hatte es auf Scott Nolan abgesehen gehabt und stattdessen seine Frau ermordet.

»Ich hatte die Ehre, den Bund zu schließen, als Laura und Scott vor weniger als achtzehn Monaten hier in dieser Kirche heirateten.« Der Pfarrer war ein hoch gewachsener, magerer Mann mit dichtem grauen Haar und einem faltigen Gesicht, das so düster und ernst war wie der Anlass. Er trug eine schwarze, violett gesäumte Soutane und sprach von der ersten Stufe zum Altar aus zu den Versammelten.

Die Kirche war über zweihundert Jahre alt, aus Wicklow-Granit erbaut und innen mit dem traditionellen weißen Anstrich versehen. Unter dem bleiverglasten Fenster stand ein schlichter Altar ohne jede Verzierung. Die einzigen Zugeständnisse an die moderne Zeit waren Wandheizungen, die hinter Bänken verborgen angebracht worden waren. Das Gebäude hatte seine Weihe Mitte des achtzehnten Jahrhunderts erhalten und hatte Irlands turbulente Geschichte religiöser Bigotterie und Teilung heil überstanden. Im Lauf der Jahre waren viele nichtkatholische Bauten in der Gegend zerstört oder niedergebrannt worden, doch nicht in Killinure. Wie seine schrumpfende Gemeinde stand die Kirche fest und wehrhaft in einer Lichtung zwischen Ulmen und Eichen und bemoosten Grabsteinen.

An diesem Morgen war das Hauptschiff nach Familien getrennt. Die auf der rechten Seite kamen, um Laura die letzte Ehre zu erweisen und Scott ihr Beileid zu bekunden, aber das waren nur eine Hand voll, hauptsächlich Arbeitskollegen aus dem Krankenhaus, und ein dick bandagierter Harry Power mit seiner Frau Jane, gefolgt von einer Schar Leibwächtern. Scott hatte keine Verwandten in Irland, und er hatte seine Eltern gebeten, von der beschwerlichen Reise Abstand zu nehmen. In Chicago herrschten extreme Winterbedingungen mit unpassierbaren Straßen und totalem Verkehrschaos, und er wollte nicht, dass sie sich auf eine Reise einließen, die unkalkulierbare Gefahren barg. »Bleibt, wo ihr seid, ich muss hier alleine durch«, hatte Scott sie gebeten, als er am Tag nach Lauras Ermordung schließlich zu sich fand. »Ihr könnt Mary nicht allein lassen.« Das dritte Kind der Nolans, nach Scott, war geistig zurückgeblieben. Es war mit einer seltenen Gehirnstörung zur Welt gekommen, bei der sich geistige Fähigkeiten nicht entwickeln konnten. Es war jetzt fünfundzwanzig, aber dachte und benahm sich wie eine Zwölfjährige. »Ich habe schon mit Bob gesprochen. Er wollte bei mir sein, aber das ist eine schwere Last, und ich möchte sie allein tragen. Das ist meine Verpflichtung.«

Die ganze linke Seite war voll besetzt von der ersten bis zur letzten Bank mit Lauras Verwandten und Freunden. Auf der Gangseite saß ihr einziger Bruder, Mark, in dunklem Anzug und Binder unter einem schwarzen Ledermantel. Er war eins neunzig groß und muskulös und hatte sein pechschwarzes Haar glatt zurückgekämmt. Als Scott ihn zum ersten Mal sah, musste er schon genau hinsehen, um eine Verbindung zu erkennen. Lauras Augen und Haar entdeckte er an ihm wieder, vielleicht auch noch ihren Mund und das Lächeln, aber sonst nichts. Nicht dass Mark viel gelächelt hätte, als er Scott in Augenschein nahm, als wäre der ein ungewöhnliches und unerfreuliches Exemplar der menschlichen Rasse. Scott wusste kaum etwas über seinen zukünftigen Schwager, nur, dass er siebenunddreißig war, verheiratet, zwei Kinder hatte und leitender Beamter in der Garda Siochana, der unbewaffneten Polizei Irlands, war. Laura erwähnte einmal, dass Mark hauptsächlich Undercover in verdeckten Operationen arbeitete. »Wenn ich dir alles erzähle, muss ich dich danach töten«, hatte sie damals gesagt und gelacht.

Scotts Verhältnis zu Mark Higgins war immer kühl und distanziert gewesen. Der Polizist zeigte offen, dass er den seltsamen Doktor mit der Brille und dem gebeugten Gang nicht mochte. Seine Körpersprache verriet es deutlich: Du hättest einen Besseren haben können, Laura. Und jetzt war Marks Lieblingsschwester tot, war von jemandem brutal ermordet worden, der eigentlich ihren Mann hatte töten wollen.

Neben Mark war Lauras ältere Schwester, die an diesem Morgen von London hergeflogen war und noch immer fragte, wann und wie und warum meine Schwester? Ihre Eltern trösteten sie, ein gebrechliches Paar, beide über siebzig, und selbst in Tränen aufgelöst und völlig überrollt von dem Geschehen um sie herum.

»Ich erinnere mich an ihr strahlendes Lächeln, ihre tiefe Freude darüber, nun mit diesem Mann vermählt zu werden, den sie als ihren Partner im Leben erwählt hatte.« Die Worte des Pfarrers lösten eine neue Woge des Schluchzens auf der linken Hälfte der Trauergemeinde aus, und Scott versuchte verzweifelt, das Bild nicht zu sehen. Er kniff seine Augen so fest zusammen, dass die Muskeln schmerzten.

»Hab ich dich doch erwischt, Cowboy«, hatte Laura gescherzt, während sie sich ins Heiratsbuch eingetragen hatten. Sie hatte gestrahlt vor Liebe und Glück. Sie hatte ein einfaches weißes Kleid an, wohl ein traditionelles Hochzeitskleid, aber ohne schmückendes Beiwerk. Ein weißer Schleier war mit einem Blumenband an ihrem Haar befestigt. Er hatte Cut, weißes Hemd und graue Krawatte getragen. Als sie später die Hochzeitsfotos durchsahen, waren sie beide der einhelligen Meinung, dass sie ein hübsches Paar waren.

Und jetzt, während er neben dem polierten Holzsarg saß, in dem seine Frau lag, musste er um Haltung ringen. Ich saß schon einmal genau an diesem Platz, quälten ihn seine Gedanken. An meinem Hochzeitstag, als ich darauf wartete, dass Laura auf demselben Gang zu mir kam.

Er zwang all die Bilder aus seinem Kopf. Ich muss das jetzt durchstehen. Ich darf mich nicht gehen lassen. Seine Brillengläser beschlugen, und er putzte sie mit einem Taschentuch. Sitz aufrecht, Kopf hoch. Es war fast, als könnte er Laura schelten hören. Kannst du dich nicht mal frisieren? Dein Haar steht in alle Richtungen. Er zwang sich, aufrecht zu sitzen, und fuhr sich halbherzig mit den Fingern durchs Haar.

Lauras Bruder Mark hatte sich um das Begräbnis gekümmert. Scott war fast katatonisch, als man ihn am Abend des Mordes schließlich nach Hause brachte. Den nächsten Tag verbrachte er hauptsächlich damit, auf der Bettkante zu sitzen und zu versuchen zu weinen. Aber er konnte es nicht. Für wen soll ich Tränen vergießen? Für dich? Laura? Für dieses verdammte Land? Seine Fäuste waren geballt, die Zähne zusammengebissen. Nur seine Augen wanderten umher.

Er verließ das Zimmer nur, um Anrufe zu machen, den Rest der Zeit war das Telefon abgestellt. Er wusste, dass das Apartment von Polizei umstellt und von den Medien belagert war. Zwei bewaffnete Polizisten bewachten die Eingangstür. Er wusste das, weil seine einzige Kommunikation zur Außenwelt über einen von ihnen lief. Er machte kein Radio an und interessierte sich nicht für den Fernsehzirkus, der um die Morde veranstaltet wurde. Er nahm nicht einmal einen Anruf des Justizministers entgegen. »Nicht jetzt, bitte. Ich möchte allein sein.« Er fühlte sich als der verzweifeltste und hilfloseste Mensch auf der Welt. Es hätte mich treffen sollen, nicht Laura.

»Verbrecherische Männer kamen an jenem Morgen, Männer, die sich unter den Mänteln des Bösen und der Sünde verbargen.« Des Pfarrers Baritonstimme war kraftvoll und schneidend und spiegelte seinen eigenen Zorn wider. Er bewegte sich auf der Stufe, und seine Hände fuchtelten, als ränge er mit dem Teufel. »In einem Akt grausamer und sinnloser Brutalität ermordeten sie eine junge Frau, die erst an der Schwelle des Lebens stand.« Irgendwo aus dem hinteren Teil der Kirche kam erneutes Schluchzen, aber Scott blickte starr nach vorn. Seine linke Hand lag auf dem Eichensarg, und seine Fingerspitzen glitten über die glatte Oberfläche. Wo bist du, Laura? Das bist nicht du da drinnen, das ist nur dein Körper. Wohin bist du gegangen? »Und ich bitte Sie alle« – der Pfarrer klang nun nicht mehr anklagend und blickte auf die rechte vordere Reihe, wo Scott ein Bild des Jammers bot –, »seien wir Scott eine Stütze in dieser Stunde seines schweren Verlustes. Lassen Sie uns beten, dass er in seinem Herzen die Kraft findet, diesen Mördern zu vergeben.« Er hielt inne und fügte dann betont hinzu: »Denn wie uns die tragische Erfahrung aus unserer eigenen Geschichte lehrt, erzeugt Hass nur wiederum Hass.«

Oh, nein, wollte Scott hinausschreien. Sucht in meiner Seele nicht nach Gnade und verlangt nicht, dass ich vergebe. Mord ist Mord und bleibt Mord, und ein psychopathischer Henker

hat mein Leben zerstört. Er sah wieder die schattenhafte Gestalt in der Einfahrt zur Garage stehen. »Nein, nein, bitte, neeeiiin!«, hatte Laura voll Angst geschrien. Vier Schüsse fielen rasch hintereinander, und Blut spritzte in Scotts Gesicht und verschmierte seine Brille. Was hast du dir nur dabei gedacht, du Wahnsinniger? Wie kannst du nachts noch schlafen nach allem, was du getan hast?
Scott hörte weder die Grabreden von zwei von Lauras Freunden noch das Schlusslied, so blind war er vor Tränen, und so elend war ihm ums Herz.
»Scott, Scott. Um Himmels willen, reiß dich jetzt zusammen.« Mark Higgins' unfreundliche Stimme riss ihn aus seinen verlorenen Gedanken. Der große dunkelhaarige Mann stand mit verkniffener Miene direkt vor ihm. Scott blickte sich um, konnte aber die Trauerversammlung nur undeutlich wahrnehmen. Rasch wischte er über die Gläser und fummelte mit dem Ohrbügel, bis er das Gefühl hatte, dass die Brille sicher saß. Jetzt wurde alles scharf. Der Pfarrer war auf der anderen Seite und schüttelte Lauras Eltern die Hände und sprach ihnen tröstliche Worte zu. Die meisten der Versammelten standen um die vorderste Reihe geschart. Viele wandten den Blick ab, als Scott hinübersah. Dann traten zwei Männer heran, die Scott noch nie zuvor gesehen hatte. Beide taxierten ihn, als hätten sie über irgendetwas ihre Zweifel. »Du nimmst ihn rechts vorne«, befahl Higgins. »Ich links. Die Burschen sind Lauras Vettern und werden ihn hinten nehmen. Vorwärts jetzt.«
Wenn er Laura früher hochgehoben hatte, war sie immer leicht wie eine Feder gewesen. Scott war kein trainierter Mann, er hatte durchschnittliche Kraft, und in verspielten Augenblicken in besseren Zeiten konnte er seine Frau auf den Arm nehmen und tragen, wie richtige Männer das taten. Aber als er nun an diesem kalten Februarmorgen ihren Sarg auf die Schulter hob, war er nicht sicher, ob er die Kraft haben würde, ihn auch nur den Gang entlangzutragen.
»Im Gleichschritt«, hörte er Higgins' Befehl, und die vier schritten langsam zwischen den Bankreihen entlang. Scott

blickte weder links noch rechts, aber er konnte die tiefe Trauer in den verweinten Gesichtern spüren. Jemand warf eine rote Rose, die auf dem Deckel des Sarges liegen blieb. Dann gingen die Kirchentore auf und ließen das Tageslicht herein. Draußen war es hell, und Scott konnte Zweige im Wind schwanken sehen. Er stolperte und suchte an einer Bank Halt. »Bist du okay?«, hörte er Higgins fragen und krächzte ein »Ja«.
Die Erde war lehmig und nass und klebte an Scotts Schuhen. Er stand aufrecht, während der Pfarrer die letzten Gebete sprach, verkroch sich tiefer in die Wärme seines Mantels und versuchte das Klappern seiner Zähne zu unterdrücken. Dann nahm er ein Ende des breiten Tragebandes und half, den Sarg in das frisch ausgehobene Grab hinabzulassen. Er spürte die Gegenwart von Lauras Eltern und Bruder und Schwester, konnte ihr verzweifeltes Weinen und Schluchzen hören, doch er empfand nichts mehr, starrte nur mit steinernem Gesicht geradeaus. Als die Erde zurück in die Grube geschaufelt wurde, traf sie mit dumpfem Ton auf den Sarg. Bevor der Sarg für immer verschwand, küsste Scott die Rose und warf sie hinein.
Higgins stand mit einer brennenden Zigarette in der hohlen Hand neben ihm. Er hatte den Kragen seines schwarzen Ledermantels aufgestellt. »Scott, ein Haufen Verwandte und Freunde wollen dir kondolieren. Lass sie bitte in der Kälte nicht warten.« Scott hörte den Motorenlärm eines Helikopters am Himmel und blickte mit zusammengekniffenen Augen hoch. Higgins nahm einen Zug und folgte Scotts Blick. »Das ist einer von uns, zur Überwachung.«
Scott blickte sich um und sah, dass sich die Trauergäste vor der Kirche versammelt hatten, einige hatten im Eingang Schutz gesucht. Es ging nur ein leichter Wind, aber es war ein Wintertag und durchdringend kalt. Dann fielen ihm die maskierten und bewaffneten Männer auf, die sich wie Schatten zwischen den Bäumen bewegten und hinter alten schiefen Grabsteinen kauerten. »Lieber Himmel, was ist denn los?« Seine Stimme brach, seine Hände zitterten so stark, dass er sie in seine Taschen steckte.

»Das sind auch unsere Leute.« Higgins trat nahe zu ihm. »Ich hab sie eingesetzt. Sie sind aus meiner Abteilung und maskiert, damit niemand ihre Gesichter sieht.« Er blickte in dem kleinen Friedhof in die Runde und nickte einem seiner Männer zu. »So sieht dein Leben von jetzt an aus, Doc.« Seine Stimme wurde hart und bitter und voller Wut. »Solange du in diesem Land bleibst, wirst du unter ständigem Polizeischutz stehen.«

5

Während die letzten Spaten Erde auf Lauras Sarg geschaufelt wurden, saß ihr Mörder fröstelnd auf einer Parkbank in Dublins Fitzroy Square und beobachtete eine Häuserfront fünfzig Meter zu seiner Rechten. Sean Kennedy zündete sich eine billige Zigarre an, neigte den Kopf nach hinten und blies den Rauch in die Luft. Er ignorierte die misstrauischen Blicke einer Joggerin und sank tiefer in seinen Sitz und konzentrierte sich auf die Frontfenster und die Eingangstür von Nummer vierunddreißig. Sein linkes Bein schmerzte in der Kälte, und er massierte es kräftig, bis er die Wärme spürte. Ein ganz leichter Wind spielte mit dem Laub und Müll, ohne dass die Luft sich kälter anfühlte, und die wirbelnden grauen Wolken am Himmel verhießen Regen.

Der Fitzroy Square war ein vornehmer Platz nahe dem Zentrum der Stadt, vier Reihen miteinander verbundener dreistöckiger roter Ziegelhäuser, geschützt von Eisenzäunen. Jedes Haus hatte ein imposantes Stiegenhaus aus Granit mit einem schmalen Eingangstor, das auf die Straße führte. Die Reihenhäuser umgaben eine einen guten Hektar große Oase von Gärten mit Jogging- und Spazierwegen. Fitzroy hatte Klasse. Fitzroy war luxuriöses Ambiente. Fitzroy roch nach Geldadel: Anwälte, Ärzte, Bankiers und Vermögensberater. Kein neureicher Aufsteiger hatte bisher in diesem illustren Kreis

Fuß fassen können. Aber Fitzroy war auch kaum eine Meile von den berüchtigten städtischen Wohnsilos entfernt, wo sich jetzt Cracker, Heroinabhängige und kleine Dealer breit machten. Wenn diese ungeliebten Anwohner Geld für ihre Sucht brauchten, kam ihnen nicht selten ihre reiche Nachbarschaft, Fitzroy und Umgebung, in den Sinn. Daher wurde die Gegend regelmäßig von der Polizei kontrolliert, und es gab so etwas wie einen Bürger-Wachdienst. Fremden wurde automatisch mit Misstrauen begegnet, bis ihre Unschuld bewiesen war, weshalb Kennedy sich auch nicht länger als notwendig aufhalten wollte.

Er rauchte die Zigarre halb und warf dann den Stummel hinter sich ins Gebüsch. Eine junge Mutter kam mit einem Kinderwagen und einem Kleinen an der Hand auf ihn zu. Kennedy stand auf, streckte sich und entfernte sich in die andere Richtung. Er trug sein blondes Haar nun militärisch kurz und hatte eine wollene Baskenmütze auf, die ihn vor der Kälte schützte. Mit seinem schwarzen Trainingsanzug und den weißen Turnschuhen sah er aus wie die anderen Jogger auf den verschlungenen Wegen des Parks. Aber es war Winter, und die kahlen Büsche und Bäume boten kaum Sichtschutz, weshalb er in Bewegung blieb.

Er hatte den Platz zweimal umrundet, als er bei Nummer vierunddreißig eine Bewegung bemerkte. Ein großer, vornehm wirkender grauhaariger Mann um die sechzig stand in der Eingangstür und unterhielt sich mit einer jüngeren Frau, die fünfzehn Zentimeter kleiner war. Der Mann trug einen dicken Strickpullover über einer grauen Hose, die Frau Mantel und Schal. Auf ihrem rechten Arm hielt sie einen kleinen Hund. Kennedy lächelte. Nicht schon wieder ein neuer Hund. Wie viele muss ich noch erwürgen, bevor sie es begreift? Aus der Entfernung konnte er nicht erkennen, was für eine Rasse es war, aber er schätzte Pekinese, Dackel oder Pudel oder etwas Ähnliches. Seine Schwester hatte ein Faible für kleine Hunde. Sie waren leicht zu handhaben und machten wenig Ärger.

Eines Abends vor vielen Jahren hatte seine Schwester während eines heftigen Familienstreits ein Steakmesser in sein linkes Bein gerammt. Sean hatte beide Hände an der Kehle seines Vaters, und der Mann war schon blau und fast bewusstlos, als die Klinge durch Haut und Muskeln fuhr und schließlich einen Nerv durchschnitt. In dieser Nacht verließ Sean Kennedy seine Familie und kehrte nicht mehr zurück, obgleich er kaum sechzehn war.

Er verließ den Fitzroy Square in Richtung Leeson Street mit ihren georgianischen Büros und Keller-Stripclubs, wo er sich ein Taxi nahm. Bald stand er in einer Autoschlange vor einer Polizeikontrolle. Bei all den Verkehrsbehinderungen schien es, als wäre die Stadt zum Stillstand gekommen, und eine deutlich spürbare Spannung lag in der Luft. Was jeden beschäftigte, war das Attentat auf den Justizminister und die Jagd auf den Anstifter. Kennedy saß gelangweilt auf dem Rücksitz und reagierte nicht auf die Versuche des Fahrers, ihn in ein Gespräch zu verwickeln. Er sah, was auf der Straße vor sich ging, aber seine Gedanken waren woanders. Schließlich wurde das Taxi durchgewinkt.

Die Zodiak Bar lag nördlich der Liffey, des Flusses, der Dublin durchquerte und in die Irische See mündete. Ein steter Nieselregen sprühte Kennedy ins Gesicht, während er auf seinem gepflasterten Weg an einer erneuten Schlange von Fahrzeugen vorbeihinkte, die an einer neuerlichen Polizeisperre warteten. Er hielt seinen Kopf gesenkt und ignorierte die finsteren Gesichter der verärgerten und gelegentlich frustriert hupenden Fahrer in ihren Blechkokons. Außer Kennedy waren nur wenige Fußgänger auf der Straße, denn die Gegend war berüchtigt für Diebesgesindel. Kähne waren an den Kais festgemacht, doch in dem kalten Wetter war kaum jemand auf den Booten oder am Ufer zu sehen. Die Luft roch nach Salz und Dieselabgasen und war erfüllt vom Aufheulen von Motoren und dem Kreischen der Möwen.

Ohne hochzublicken stieß Kennedy die Schwingtüren des Zodiac auf und ging hinein. Trotz der frühen Stunde, kurz nach Mittag, herrschte in der Kneipe reger Betrieb. Die Bedienung hatte alle Hände voll zu tun, leere Gläser abzuräumen und frische schäumende Halbe Guinness an die Tische zu bringen. Die Kundschaft bestand hauptsächlich aus Dockarbeitern; einige kamen von der Nachtschicht, andere nahmen eine flüssige Mittagsmahlzeit zu sich. Angeregte Unterhaltung erfüllte den Raum mit lautem Stimmengewirr. Auf einem Stuhl hockte der übliche Saufbold, wie man ihn in solchen Lokalen findet, und versoff Sozialhilfe oder Kindergeld oder sonst etwas, das er zu Geld machen konnte. Er war rothaarig, schäbig gekleidet, saß allein und starrte ins Leere, während ein Zigarettenstummel seine Finger verbrannte.

In einem düsteren Winkel am jenseitigen Ende des Raumes saßen drei Männer an einem Tisch zusammen, offenbar in ein Gespräch vertieft, doch ihre Augen überflogen den Gastraum, registrierten jede Bewegung und jedes neue Gesicht. Kennedy entdeckte sie zur selben Zeit wie sie ihn.

»Ein Glas Heineken.« Kennedy stopfte seine feuchte Wollmütze in eine Seitentasche und wartete auf sein Getränk. Seine Hand fuhr durch seine ungewohnte Stoppelfrisur. Er blickte weder nach rechts noch nach links, sondern beobachtete alles im großen Spiegel hinter dem Mann am Ausschank. Dabei fiel ihm auf, dass sein Gesicht und seine Kleidung vor Nässe glänzten. Er zog sein Trainingsanzug-Oberteil aus und schüttelte es. Darunter trug er ein weißes T-Shirt mit dem Aufdruck Jameson Whiskey, das er nach feuchten Stellen abtastete. Dabei taxierte er seine Kontaktleute.

Die Hauptperson, Derek McCann, war ein stämmiger Typ mit schwindendem schwarzen Haar. Mit seiner grauen Jacke über einem weißen Rollkragenpullover sah er respektabler als der ganze Rest in der Kneipe aus. Er hatte dicke Lippen, die er nun schürzte, als er Kennedys Blick im Spiegel begegnete. Seine Kumpane waren jünger, einer ein dünner, drahtiger junger Bursche, bestimmt nicht älter als zwanzig, der andere ein kleiner, rundlicher Kerl in Jeans, dessen linke Schulter immer wieder nervös zuckte. Kennedy schätzte ihn gut über dreißig. Er nahm einen Schluck Bier, schob einen Fünf-Euro-Schein

über die Theke und wartete auf das Wechselgeld. Im Spiegel sah er, dass McCann mit seinen Kumpanen tuschelte. Dann standen die beiden mit einem Blick auf Kennedy auf und setzten sich zehn Meter entfernt an einen leeren Tisch. Sie rückten ihre Stühle zurecht, um einen guten Blick auf den Neuankömmling zu haben, und widmeten sich ihren Getränken.
»Scheußlicher Tag heute, Derek.« Kennedy stellte sein Heineken auf den Tisch und suchte in seiner Tasche nach einer Zigarre. Er zündete sie an und paffte in die bereits zum Schneiden dicke Luft.
Derek McCann schürzte erneut die Lippen, faltete die Hände über dem Bauch und fixierte Kennedy. »Gilt für die ganze Woche, Sean. Lauter verdammt unerfreuliche Dinge sind passiert.« Er zog fragend eine Braue hoch. »Du weiß nicht zufällig was darüber?« Er sprach reinen Dubliner Innenstadtakzent. McCann galt als erfolgreicher Geschäftsmann und Besitzer einer Kette kleinerer Supermärkte und Schnapsläden im Land. Hinter der Fassade war er eine der Hauptfiguren im Rauschgifthandel, der seine legitimen Geschäfte dazu benutzte, die enormen Einnahmen aus dem Drogengeschäft zu waschen.
Kennedy fuhr mit einem Finger den Glasrand entlang. »Gar nichts, Derek. War nicht meine Operation und nicht mein Stil.«
McCann lehnte sich über den Tisch, dass sein Gesicht keine zehn Zentimeter entfernt war. »Das Ganze ist extrem schlecht fürs Geschäft. Die Bullen sind überall, Dealer werden hopsgenommen. Die Kunden haben die Hosen voll. Sie wollen ihren Schuss, aber sie wollen nicht dafür in den Knast.« McCanns Stimme klang hart und wütend. »Wer immer diesen Wahnsinn veranstaltete, hat uns um Jahre zurückgeworfen. Gerade als wir anfingen, uns die Schlupflöcher in Harry Powers Kampagne zu Nutze zu machen.«
Er blickte auf, als ein neuer Gast den Raum betrat, und nickte einem seiner Handlanger zu. Behalte ihn im Auge. Dann war er wieder vor Kennedys Gesicht.
»Du hast einen sehr schlechten Ruf, Sean. Keiner, der sich mit

dir angelegt hat, ist lange am Leben geblieben. Und der Kerl, hinter dem alle her sind, scheint mir so ein Typ zu sein. Die Sorte, die über Leichen geht.«

Kennedy nahm einen Schluck von seinem Bier, dann rückte er den Sessel herum, dass er den Rücken zur Wand hatte und den ganzen Gastraum überblicken konnte. Durch den dicken Rauch war nur schwer zu erkennen, ob jemand von Interesse hereingekommen war. McCanns Schläger starrten ihn an, doch er ignorierte ihre finsteren Gesichter.

Vorne musste jemand einen besonders guten Witz erzählt haben, denn raues Gelächter erschallte und hallte von der niederen Decke wider. Kennedy sah einen der Schankkellner sich mit gespitzten Ohren vorbeugen, um die nächsten Worte zu hören.

»Derek, warum hörst du nicht zu?« Kennedys eisblaue Augen hielten McCanns Blick. »Ich habe nichts mit dieser Sache zu tun, klar? Ende der Debatte.« Er schlug mit den Knöcheln auf den Tisch, um seinen Worten Nachdruck zu verleihen, aber McCann blieb unbeeindruckt. »Hör auf, mir vorzujammern, wie hart es dich trifft und wem's sonst noch nicht gefällt. Es ist nicht mein Bier.«

McCann rutschte ein wenig auf seinem Stuhl. »Und du hast nicht zufällig eine Idee, wer hinter der Sache stecken könnte? Ich meine, das Ding ist nicht von schlechten Eltern, Sean. Ein durchorganisierter Anschlag auf ein hohes Tier der Regierung, mit schweren Waffen und Granaten, mit ausländischen Killern. Das war kein gewöhnlicher Mordanschlag, das war eine verdammte Invasion.«

Kennedy konnte sich eines Lächelns nicht erwehren. Eine verdammte Invasion. Das war eine gute Beschreibung. »Ich bin nicht sicher und will es auch nicht gesagt haben, aber meine Quellen deuten auf Tony Duffy.«

McCann dachte darüber nach. »Wenn das stimmt, dann möchte ich nicht in Tonys Haut stecken. Die Bullen nehmen die Stadt auseinander, um ihn zu finden.«

Kennedy gab sich überrascht und schockiert, dann zuckte er die Schultern und nahm einen erneuten Schluck von seinem

Bier. »Dann wird er einer weniger sein, der abkassiert, Derek. Tony hat sich lange genug breit gemacht und immer wieder sein Gebiet zu erweitern versucht. Wenn er aus dem Verkehr gezogen wird, bedeutet das nur mehr Profit für die Übrigen.« Er drückte seine Zigarre in den Aschenbecher, aus dem sich dünne Rauchfäden in die Luft schlängelten.

McCann winkte einem seiner Aufpasser, und sofort kam der dünne drahtige Junge an den Tisch. »Hol mir ein Stout.« Als der Junge außer Hörweite war, lehnte sich McCann wieder über den Tisch. »Sean, damit das alles ganz klar ist: Ich nehm dich beim Wort, dass du bei diesem verrückten Anschlag auf Harry Power deine Hand nicht im Spiel hattest. Und wenn jetzt Tony Duffy aus dem Verkehr gezogen wird, hat das Ganze wenigstens auch sein Gutes. Ich mag den Kerl nicht, und er hat's schon lange verdient. Der Bau ist vielleicht besser als ein Loch im Kopf.«

Kennedy nickte, während er einen weiteren Schluck von seinem Heineken nahm.

»Aber, Sean, wer immer dahinter steckt, hat mir das Geschäft gründlich versaut. Ich habe ein kleines Vermögen in ...«

Kennedy unterbrach ihn. »Vergiss die Sache mit Power, der ist Schnee von gestern. Natürlich wird von oben jetzt Druck gemacht, und natürlich werden sie Dealer einbuchten. Aber es gibt ohnehin schon zu viele kleine Fische auf den Straßen. Wenn gründlich ausgemistet wird, bleiben in der Regel die übrig, die wirklich das Zeug dazu haben.« Er wartete, während McCanns Guinness auf den Tisch gestellt wurde, bis der Aufpasser an seinem Tisch zurück war. Einen Moment beobachteten beide Männer die Schicht weißen Schaums, die sich auf dem Stout bildete. McCann nahm einen langen tiefen Schluck und wischte sich über die Lippen. Kennedy leerte sein Glas und blickte sich im Pub um. »Schick deine Gorillas weg. Sie fangen an, mich zu nerven. Wir beide müssen ein ernstes Wort miteinander reden.«

6

»Das machen Sie mir nicht weis, Tony. Wir haben Ihre Familie und jede noch so kleine Ratte, die Sie mit Ihren Drogen auf die Straße schicken, und alle singen lauter als die Wiener Sängerknaben.« Mark Higgins hatte es auf seine Fahnen geschrieben, eigenhändig den Mörder seiner Schwester zur Strecke zu bringen. Es war acht Uhr abends am 15. Februar, fünf Tage nach Lauras Tod. »Beleidigen Sie nicht meine Intelligenz und spielen das Unschuldslamm. Wir wissen, dass Sie Ihre Finger drin hatten, uns interessiert nur, was zum Teufel Sie sich davon versprochen haben, wenn Sie halb Dublin abknallen.« Seine Stimme verspritzte Gift.
Mit ausdruckloser Miene saß der achtundsechzigjährige Antonio Duffini auf einem Stuhl an einem schmalen Tisch in einem kleinen Verhörraum in einer von Dublins Polizeistationen. Antonio war besser bekannt als Tony Duffy, der Drogenbaron der Westside. Zur selben Zeit wurden an verschiedenen Orten seine engste Familie und Handlanger verhört.
Duffy starrte ins Leere. Sein Mund bewegte sich, wenn er seine falschen Zähne zusammenbiss, während Higgins vor ihm hin und her ging, tief an seiner fünften Zigarette in einer Stunde zog und den Rauch absichtlich in Duffys Gesicht blies. Er war der dritte Beamte, der den Gangster in die Mangel nahm. Die ersten beiden hatten nach vier Stunden intensivster Befragung nicht mehr als ein gelegentliches »Verpisst euch!« aus ihm herausgebracht.
»Und ich kann Ihnen sagen, Tony, dass wir schon einige sehr interessante neue Informationen über Sie haben. Sachen, die wir noch gar nicht wussten.«
Duffys Miene blieb unverändert.
Higgins nickte in die Richtung eines Einwegspiegels hinter dem Delinquenten, und Sekunden später betrat ein uniformierter Beamter den kleinen Raum und reichte ihm eine Mappe. Duffy beobachtete es aus dem Augenwinkel. »Zwei Bankkon-

ten in Jersey, eines unter dem Namen Fludar Enterprises mit Vermögenswerten von zweieinhalb Millionen Pfund Sterling« – er blätterte weiter – »und Gondo Corporation mit über einer Million US-Dollars.« Higgins sah, wie Duffys Augen eine Sekunde lang weit wurden und sich dann wieder schlossen. »Stella hat uns von den Konten erzählt.«

Er setzte sich und blickte den Mann auf der anderen Seite des Tisches an. Er fragte sich, ob er zusammenbrechen würde. Duffy war in mehr Verhörzimmern von mehr Polizeibeamten in die Mangel genommen worden als die meisten Verbrecher seines Alters. Er würde eine harte Nuss sein. Sein pockennarbiges, bartstoppeliges Gesicht war verschwitzt und schmutzig. Trotz seiner achtundsechzig Jahre hatte er noch volles graues Haar, das jetzt zerzaust und ungepflegt war. Schwarze Haare ragten aus beiden Nasenlöchern. Seine Haut war blassgelb, schlaff und abstoßend, mit dicken Wülsten im Nacken. Er trug Jeans, die seinen Bauch kaum bedeckten, und ein weißes T-Shirt mit Schweißflecken unter den Achseln. Er war nach einer umfangreichen Durchsuchung seiner üblichen Aufenthaltsorte am Dachboden eines Southside-Bordells aufgegriffen worden, wo er »die Installation überprüfte«.

Tony Duffy war italienisch-irischer Abstammung. Seine Großeltern waren fleißige Auswanderer gewesen, die rund um die Uhr geschuftet und Fisch und Fritten für die Arbeiter in Dublins Innenstadt gekocht hatten. Sie waren in Irland als »Duffini« eingewandert, doch eine Generation später wurde das »ini« gestrichen und ein »y« angehängt, um dem rassistischen Spott den Wind aus den Segeln zu nehmen, dem ihre Kinder ausgesetzt waren. Sie schickten Antonio als Tony zur Schule und sagten ihm, er solle jedem eins aufs Maul geben, der ihn mit dem alten Namen anredete. So war Tony immer bereit gewesen, seine Fäuste einzusetzen, und tat es oft genug auch. Es dauerte nicht lange, und er geriet auf die schiefe Bahn, klaute in Läden, beging Einbrüche, raubte Handtaschen.

Mit zwölf war er bereits mehrmals in Untersuchungsgefängnissen für jugendliche Straftäter und im Gefängnis gewesen und galt als unverbesserlich. Anfang der Siebzigerjahre wurde er Vertreter für einen der ersten Drogenkönige Dublins, als die Stadt erstmals die Geißel Heroin zu spüren bekam. Tony begriff rasch, welche Gewinnspannen möglich waren, und erkannte, dass der Drogenhandel das Geschäft der Zukunft war. Mit einem beispiellosen Treuebruch, über den in der Unterwelt noch immer geredet wird, übernahm Tony, der Vertreter, das Imperium, indem er seinem Boss hinter dem Fish-and-Chips-Laden seiner Mutter eine Kugel in den Kopf jagte. Es wird erzählt, dass Tony eine Stunde auf der Leiche saß und frisch gebackene Scholle verdrückte, während er die Tageseinnahmen zählte.

Jetzt saß er aufrecht auf seinem Stuhl und bemühte sich, den wütenden Blicken Mark Higgins' auszuweichen. »Stella war sehr kooperativ.« Stella war Duffys zweite Tochter, eine sechsunddreißig Jahre alte dunkelhaarige Schönheit, die einen Nachtklub in Dublins Temple Bar führte, die als das kulturelle Herz der City galt, aber in Wirklichkeit nicht viel mehr war als eine Art Rotlichtmilieu mit Kneipen, feinen Restaurants und teuren Bordellen. »Sie hat uns gebeten, ihre Kinder aus den Untersuchungen herauszuhalten. Dafür bot sie uns Informationen an. Und wir sind auf den Handel eingegangen, obwohl wir wissen, dass ihr sechzehnjähriger Sohn auf der Straße Es verkauft.«

»Stella geht es nicht so gut«, entfuhr es Duffy unerwartet. »Sie nimmt Antidepressiva und Beruhigungsmittel. Fragen Sie ihren Arzt. Er wird Ihnen sagen, was in ihrem Kopf los ist. Also, was immer Stella auspackt, wird vor Gericht nicht viel Gewicht haben.«

Higgins ließ sich nichts anmerken, aber er atmete innerlich erleichtert auf. Duffy hatte endlich gesprochen.

»Ich will meinen Anwalt. Ich habe ein Recht darauf, meinen Anwalt anzurufen und herzubestellen, bevor ich irgendwelche Fragen beantworte.«

Duffys plötzlicher Widerstand lief völlig ins Leere. Higgins lehnte sich über den Tisch nah an sein Gesicht. »Damit wir uns richtig verstehen, du italienische Kakerlake, seit den Anschlägen sind die verfassungsmäßigen Gesetze außer Kraft gesetzt. Diesmal können wir tun, was wir wollen, ohne dass uns ein schlauer Anwalt dreinreden kann. Wir spielen nach unseren Regeln, und in Ihrem Fall, Antonio, heißt das, nach gar keinen Regeln.«

Duffy überdachte das. »Mein Name ist Anthony, aber Sie dürfen mich Tony nennen. Sagen Sie nie wieder Antonio zu mir!« Die Drohung in seiner Stimme war so gefährlich wie der Lauf einer Pistole an Higgins' Kopf.

»Okay, Anthony, wer hat Ihnen dieses Killerteam organisiert? Welcher Ihrer guten alten Freunde hat die Burschen angeheuert und mit Schusswaffen und Granaten ausgestattet?«

»Ich berufe mich auf den fünften Zusatzartikel zur Verfassung.«

»Sie sehen sich zu viele amerikanische Mafia-Filme an, Tony. Wir haben keinen fünften Zusatzartikel.«

»Dann berufe ich mich auf jeden verdammten Zusatzartikel, den es gibt, denn ich werde nichts mehr sagen. Sie können mich bis Weihnachten verhören, ich werde nichts anderes sagen, als dass ich mit diesem Anschlag nichts zu tun habe. Das war keiner aus der Szene, und Sie wissen das ganz genau. Sie hacken nur auf mir herum, weil Sie nichts anderes haben.«

Duffy biss verärgert seine falschen Zähne zusammen, und seine Augen blitzten. »Geben Sie's auf und spielen Sie woanders den Polizisten. Ich bin von Ladenburschen in die Mangel genommen worden, die waren besser als Sie.«

Higgins zündete sich eine neue Zigarette an und stapfte auf der anderen Seite des Tisches hin und her. Sein Hemd klebte an seinem Körper, und er knöpfte die obersten drei Knöpfe auf, um sich Kühlung zu verschaffen. Die Gegner hätten nicht gegensätzlicher sein können. Higgins war groß und muskulös, mit zurückgekämmtem schwarzen Haar und vor Grimm funkelnden Augen, Duffy alt und gebeugt und verbraucht, aber von trotziger Wehrhaftigkeit.

»Auf der Straße hört man nichts anderes«, sagte Higgins lang-

sam und ruhig, »als dass es Ihr Husarenstück war. Es heißt, dass Sie durch die Maßnahmen des Ministers viel Geld verloren haben. Und jetzt wissen wir auch über Ihre Striplokale mit all den osteuropäischen Mädchen Bescheid und deren gefälschten Papieren. Nicht auszuschließen, dass Sie da drüben eine Menge neuer Freunde gefunden haben.« Tony Duffy starrte wieder ins Leere und biss seine Prothesen zusammen. »Und wir haben Ihr Lagerhaus an den Docks in Augenschein genommen.«
Duffys Blick wurde scharf.
»Und was für eine kleine Schatzhöhle wir da gefunden haben! Stapelweise Beutel voll Es. Wir haben sie noch gar nicht alle zählen können. Und einen großen Sack mit weißem Zeug, Tony. Das allein bringt Sie schon für den Rest Ihrer Tage hinter Gitter. Sie sind zu alt für den Knast, Tony, meinen Sie nicht auch? Himmel, Sie haben mehr Zeit drinnen als draußen verbracht und sollten sich zur Ruhe setzen, statt in einem Höllenloch wie Mountjoy zu schmoren.«
Duffy schnaubte. »Sie reden nur Scheiß. Ich habe kein Lagerhaus an den Docks.«
»Da sagt Stella aber ganz was anderes, Tony. Ich weiß nicht, womit Sie das Mädchen so verärgert haben, aber sie hat uns alles über Ihre Geschäfte erzählt. Ich schätze, sie glaubt, dass Sie aus der Schlinge nicht mehr herauskommen, und hat beschlossen, dass es das Beste ist, ihre Familie zu schützen. Sie sind ein alter Mann. Sie hätten schon vor langer Zeit aussteigen und sich in sonnigere Gefilde absetzen sollen. Sie sollten an den sonnigen Hängen Mailands Reben pflanzen und Wein trinken, statt in dieser Stadt Drogen zu verschieben.«
Duffy zog sein T-Shirt hoch und wischte sich ein paar Schweißtropfen von der Stirn. Higgins zündete sich eine neue Zigarette an und starrte an die Decke, wobei er Rauchringe in die Luft blies. Der kleine Raum wurde unangenehm warm und stickig ohne Klimaanlage. Higgins tastete an den Heizkörper hinter sich und drehte ihn ganz ab.
»Sie rauchen zu viel, wissen Sie das?«
»Machen Sie sich Sorgen um meine Gesundheit, Tony?«

»Allerdings. Seit Sie hereingekommen sind, haben Sie eine nach der anderen geraucht. Das ist nicht gut für Ihr Herz. Und ich wette, Sie haben Ihren Blutdruck und Ihren Cholesterinspiegel seit Jahren nicht überprüfen lassen. Das ist das Problem mit den jungen Polizisten: Sie glauben, sie sind unschlagbar. Und eines Tages, während Sie einen unschuldigen alten Rentner wie mich mit blöden Fragen drangsalieren, kriegen Sie einen Anfall, und wumm, Kurzschluss. Betrachten Sie das als eine kleine Warnung von jemandem, der sich Sorgen macht. Die Rackerei lohnt sich nicht. Reduzieren Sie das Fett und essen Sie mehr Fisch und Gemüse. Gehen Sie hinaus und genießen Sie die Natur, solange Sie noch können.«
»Das ist sehr mitfühlend von Ihnen.« Higgins stand und wippte auf den Fußballen. Er war müde und enttäuscht und ahnte, dass Duffy heute nichts mehr preisgeben würde. Vielleicht würden eine weitere Nacht in der Zelle und ein frühes Verhör am Morgen den alten Mafioso weich kochen.
»Ich nehme die Gesundheit sehr ernst.« Duffy starrte Higgins mit schmalen Augen drohend an. »Ich kümmere mich um meine Familie und sorge für deren Gesundheit. Darum schmerzt es mich, dass Sie meiner Stella so zusetzen. Sie ist keine gesunde Frau, und gesetzestreue Männer wie Sie sollten Kranke nicht in die Mangel nehmen. Es zahlt sich auf lange Sicht nicht aus.«
Higgins schob Papiere in eine Mappe. »Das werde ich mir merken.«
»Es war Ihre Schwester, die statt des Doktors dran glauben musste, nicht?«
Higgins starrte Tony überrascht an. »Allerdings.«
»Also, das tut mir wirklich Leid. Ich bin der Meinung, dass keine unschuldigen Zivilisten zu Schaden kommen sollten. Aus diesem Grund möchte ich Ihnen noch einen wohl gemeinten gesundheitlichen Rat geben, Detective.«
Higgins setzte sich und fuhr sich mit der Hand durchs Haar. Dann schob er eine leere Schachtel Silk Cut in den Abfalleimer. »Und das wäre, Tony?«

»Legen Sie sich nicht mit mir oder meiner Familie an. Ich hab ein paar Jahre Erfahrung mehr auf dem Buckel, und mir macht keiner was vor. Ich kenne stinkende Polizeizellen und Verhörzimmer, seit ich vierzehn war, und ich krieg Sie am Arsch, wenn Sie nicht aufhören, mir oder meiner Familie und meinen Angestellten diese Morde in die Schuhe zu schieben. Wir betreiben ein ehrliches Fish-and-Chips-Geschäft.«

Ein zynisches Grinsen verzog Higgins' Mund. »Tony, Sie sind der größte Drogenhändler im Westen der Stadt. Sie und Ihre Handlanger sind an wenigstens sieben Morden beteiligt gewesen, und jetzt finde ich heraus, dass Sie Ihre Finger auch noch in Prostitution und Pornografie haben. Sie haben in Ihren Läden und anderen Verkaufsstellen seit Jahren Geld gewaschen. Das weiß ich alles, Tony. Aber wirklich wissen will ich nur eines: Wer hat die Anschläge vor fünf Tagen durchgeführt? Wir haben jeden Dieb und jeden Zuhälter und jeden Dealer von der Straße geholt, und sie alle singen dasselbe Lied. Das war Tony Duffys Operation. Nur Duffy hat die nötigen Hintermänner für so einen Schlag. Nur Duffy ist brutal genug, unschuldige Zivilisten niederzuknallen.«

Duffy sank wieder in den Trancemodus. »Wie ich schon sagte«, murmelte er, »ich bin ein unschuldiger Rentner, der seinen Lebensunterhalt mit Fisch und Fritten verdient.«

Higgins winkte an Duffy vorbei, und die Jalousie des Einwegspiegels wurde geöffnet. Eine dunkelhaarige Frau wurde sichtbar, die unkontrolliert in eine Hand voll Taschentücher schluchzte. Zwei weibliche Polizeibeamte waren bei ihr.

»Schau hinter dich, Tony. Stella packt gerade aus.«

Duffy blickte zu Higgins hoch. Er war überrascht und wütend. Langsam drehte er sich um und erstarrte, als er das lautlose Bild sah. Die Blenden wurden wieder geschlossen.

»Sie ist wahrscheinlich jetzt zu aufgeregt, Tony. Und wahrscheinlich ist euch morgen mehr nach Reden, wenn ihr beide noch eine Nacht in euren Zellen verbringt.«

Tony Duffy biss knirschend auf seine Prothesen. »Detective, überlegen Sie sich zweimal, was Sie mit meiner Stella ma-

chen.« Der Ausdruck seines Gesichtes wurde hart, sein Blick drohend. Seine Hände ballten sich und öffneten sich wieder. »Sie haben schon eine Schwester verloren. Sie werden nicht auch noch Ihre Frau und Ihre Kinder verlieren wollen.«
Drei kräftigen Beamten gelang es schließlich, Higgins von Duffy wegzuzerren, aber da hatte er dem Rentner bereits die Nase gebrochen.

»Das sind die allerneuesten Informationen, die ich habe.« Irlands oberster Polizeibeamter, Polizeipräsident Peter Cunningham, saß an einem großen runden Tisch in einem Konferenzraum im Hauptquartier in Dublins Phoenix Park.
Links neben ihm saß mit vor Anspannung starrer Miene Justizminister Harry Power, der großes Glück gehabt hatte. Powers Haar war hinten versengt, die Haut in seinem Nacken ging noch immer ab von den Verbrennungen, die er während des Anschlags erlitten hatte. Beide Hände waren dick bandagiert wegen weiterer Verbrennungen, die er erhalten hatte, als er auf die Straße gezerrt worden war, bevor die Granate in seinem Wagen explodierte. Er hatte sich so eng zusammengerollt, dass ihn seine Winterkleidung und der Körper seines polizeilichen Leibwächters vor weiteren Verletzungen bewahrt hatten. Nur das nackte Fleisch wurde versengt, als der Tank des Wagens explodierte.
Zur Rechten des Polizeipräsidenten waren Scott Nolan und Mark Higgins, beide auf Grund ihrer engen Familienbindung mit Laura Nolan, zur Unterrichtung geladen.
»Zwei Männer mit russischen Pässen erreichten mit dem Flug von Rom am 7. Februar, drei Tage vor dem Anschlag, spätabends den Dubliner Flughafen. Interpol hat ihre Route durch Frankfurt und danach zurück nach Moskau verfolgt. Von dort sind sie wahrscheinlich aufgebrochen. Beide benutzten falsche Papiere und hatten Rückflugtickets für den 12. Februar. Das war wohl eine Vernebelungstaktik, denn nach den Ereignissen hätten sie das Land auf keinen Fall mit einem Linienflug verlassen können. Alle Häfen und Grenzübergän-

ge waren innerhalb von Stunden hermetisch abgeriegelt. Ich zweifle, dass sie überhaupt eine Chance zur Flucht gehabt hätten. Ich denke, sie wären so oder so getötet worden.« Cunningham drückte einen versenkten Knopf am Tisch, und auf einer Leinwand im hinteren Teil des abgedunkelten Raumes erschienen Fotografien des Kopf- und Oberkörperbereiches von Alex und Matthe. Keiner im Raum wandte den Blick ab, obgleich es Bilder von den Männern auf dem Autopsietisch waren, ihre Körper geschwärzt und verstümmelt von Schusswunden. »Niemand kennt diese Männer. Wir hatten volle Unterstützung von Polizeikräften in ganz Europa und jenseits der Grenzen, doch bis jetzt sind sie nicht identifiziert.« Cunninghams Blick flog über die Gesichter der Anwesenden. »Allerdings lassen Augenzeugenberichte über ihr Vorgehen den Schluss zu, dass sie professionelle Killer waren und keine Terroristen. Auftragskiller sind heutzutage in Osteuropa billig zu bekommen.«

»Was ist mit dem, der entkommen konnte?« Powers Gesichtsausdruck hatte sich von gespannter Neugier in Abscheu gewandelt.

Der Polizeichef presste den Knopf erneut. Die Bilder von Alex und Matthe verschwanden. Es folgte ein körniges Standbild von einer Überwachungskamera. Es zeigte eine verschwommene Gestalt an der Spitze einer langen Reihe von stehenden Fahrzeugen. Ein grelles Licht gleißte um ein kaum erkennbares Fahrzeug in der Mitte der Reihe. Die Gestalt hatte beide Hände zusammen nach vorn gestreckt und deutete in die Richtung des Feuers. »Dieser Mann hat mit größter Wahrscheinlichkeit die Aktion organisiert und kontrolliert. Er war klug genug, Ausländer zu rekrutieren, und dann kaltblütig genug, einen von ihnen zu töten, um die Operation nicht zu gefährden. Und er war entschlossen, mit dem Anschlag auf Dr. Nolan weiterzumachen, obgleich er die Risiken kannte. Bereits Minuten nach dem ersten Schuss wimmelte das Gebiet von Polizeiwagen.«

Higgins rutschte auf seinem Stuhl nach vorn, fummelte in seiner Tasche nach einer Zigarette, erinnerte sich dann aber, wo er war, und ließ sie stecken. »Er muss aus der Gegend sein. Er kannte das Gebiet wie seine Westentasche, wusste Abkürzungen, Einbahnstraßen und kannte den kürzesten Weg vom Ort des Anschlags auf den Minister zu Dr. Nolans Wohnung. Kein Fremder hätte das so durchziehen und entkommen können.« Higgins war in T-Shirt und Jeans, sein schwarzes Haar war angeklatscht, seine breite Brust hob und senkte sich.

Power wandte sich an den Polizeipräsidenten. »Was denken Sie?«

Cunningham drückte beide Handflächen vor sich auf den Tisch und ließ sich einen Moment Zeit. Er war in Hemdsärmeln, aber seine blaue Hose hatte eine Bügelfalte, an der man sich schneiden konnte. In der Düsternis sah sein hageres Gesicht unter dem buschigen grauen Haar und den dichten Brauen kränklich bleich aus. »Ich bin auch der Meinung. Das Problem ist, wir kriegen keine Informationen. Die Gefängnisse sind zum Bersten voll mit Dealern und Crackheads, und alle reden wie Wasserfälle und erzählen uns Dinge, an die wir noch gar nicht gedacht haben. Aber keine brauchbare Information ist dabei. Wir setzen sie so unter Druck, dass sie ihre eigene Großmutter anschwärzen würden, um ihre Haut zu retten, aber es kommt kein Sterbenswort über die Operation.«

Scott Nolan wandte ein: »Gibt es denn nicht einmal ein Phantombild, von dem wir ausgehen könnten? Hat niemand irgendetwas Auffälliges an ihm bemerkt?« Sowohl Power als auch Higgins wandten sich ihm zu. Scott saß stocksteif, die Brille fest auf der Nase, die Halsmuskeln gespannt wie Seile.

Der Polizeipräsident öffnete eine dicke Akte und begann die Dokumente durchzusehen. »Fangen wir von vorn an.« Er fand die Seiten, die er suchte, und überflog sie rasch. »Um zehn nach fünf an jenem Morgen besetzten drei Männer das letzte Haus in der Straße, in der der Minister wohnt. Das Anwesen bewohnt ein Mr Hans Gunter, ein dreiundvierzigjähriger österreichischer Bankier der europäischen Commerzbank. Mr Gunter schlief mit seiner Frau im mittleren Stockwerk,

seine beiden Töchter von zwölf und acht Jahren hatten eigene Zimmer im obersten Stock. Die Mädchen wurden aus ihren Betten geholt, gefesselt und geknebelt, bevor sie noch richtig wussten, ob das alles ein böser Traum oder Wirklichkeit war. Dann musste Mr Gunter mit vorgehaltener Pistole in den Oberstock gehen, wo man ihm seine Töchter zeigte und ihn ebenfalls knebelte und fesselte. Seine Frau war nur Minuten später neben ihm.« Cunningham hielt kurz inne, um den nächsten Punkt zu betonen. »Die drei sprachen nicht ein einziges Wort. Jeder Befehl wurde mit einer drohenden Bewegung einer Pistole unterstrichen. Sie trugen Wollmützen und Handschuhe und hielten sich aus dem Blickfeld. Alle Befehle wurden mit einem Filzstift auf leeres Papier geschrieben. GEHT IN DIESEN RAUM! WO SIND EURE HANDYS? WO SIND DIE AUTOSCHLÜSSEL? Als Mr Gunter die Kooperation verweigerte, zündete einer der Männer eine Zigarre an, nahm etwa drei tiefe Züge und drückte dem achtjährigen Mädchen das glühende Ende auf die Stirn.«
»Wer von ihnen war es?« Scotts ganze Aufmerksamkeit galt nun dem Polizeichef.
»Der Kerl, der fliehen konnte.«
»Konnte Mr Gunter Ihnen irgendeine Beschreibung geben, ein winziges Detail vielleicht?«
»Die drei blieben die ganze Zeit, in der sie sich im Haus aufhielten, außer Sicht. Sie redeten vor Gunter und seiner Familie auch nicht miteinander, doch er konnte gedämpfte Stimmen unten hören, als sie verschwanden. Er konnte uns keinen Hinweis auf einen Akzent geben, nur auf ihre Kleidung.«
»Sprachen sie Englisch?«, bohrte Scott weiter.
»Er war nicht sicher. Vergessen Sie nicht, dieser Mann und seine Familie wurden im Schlaf überrascht, und Gunter dachte nur ans Überleben. Noch eine Stunde nach seiner Befreiung brachte er kein vernünftiges Wort heraus. Es dauerte fast einen Tag, bis er und seine Frau wieder klar denken konnten. Und dann wollte er nichts anderes, als mit dem nächsten Flugzeug das Land verlassen.«

Power seufzte und rieb an den Hautfetzen an seinem Nacken. »Kann ich ihm nicht verdenken.«
»Allerdings«, fuhr der Polizeichef fort, »taucht hier eine Beobachtung über unseren geheimnisvollen Attentäter immer wieder auf. Mrs Gunter fiel es auf, und drei andere Zeugen berichteten es während der Schießerei. Er hinkt.«
»Mit welchem Bein?« Scotts Frage kam blitzschnell. Er lehnte sich über den Tisch.
»Übereinstimmend wird das linke Bein genannt. Ich kann natürlich nicht sagen, ob das gespielt war, aber ...«
»Unmöglich.« Der Doktor war wie ein Besessener. Seine Augen blitzten hinter den Gläsern, seine Fingernägel gruben sich in die Tischplatte. »Man kann Verletzungen oder Hinken oder steifen Nacken, oder was immer auch, schon spielen. Aber in der Hitze des Gefechtes vergisst man es unweigerlich. Er hätte ein falsches Hinken während der Schießerei auf der Straße nicht aufrechterhalten können.«
»Gratuliere, Doc.« Higgins brachte ihn in die Realität zurück. Er lehnte sich in seinem Stuhl zurück. »Wie gut, dass wir einen Mediziner als Zeugen in dieser Untersuchung haben.«
Scott ignorierte den Seitenhieb. »Was haben wir noch? Fingerabdrücke? Aufnahmen von Überwachungskameras? Dieser Mann konnte doch nicht diese ganze Operation geplant und durchgeführt haben, ohne dass irgendjemand was Verdächtiges gesehen hat.«
Higgins wollte eben eine weitere Bemerkung machen, aber ein vernichtender Blick des Polizeichefs ließ ihn verstummen.
»Ich verstehe Ihre Enttäuschung, Dr. Nolan. Wir klappern alle Häuser ab, vergleichen Fingerabdrücke, überprüfen weggeworfene Zigarrenstummel, durchsuchen unsere Datenbank nach Verdächtigen. Alles, was nur möglich ist, tun wir. Aber in diesem Fall scheint es einfach keine brauchbaren Informationen zu geben. Bei einem so hochkarätigen Anschlag und dem großen internationalen Interesse hätte ich erwartet, dass wir längst einen entscheidenden Schritt weiter wären.«
»Wollen Sie damit sagen, dass Sie nicht die geringste Spur ha-

ben?« Scott schob seine Brille über die Nase zurück, und seine Halsmuskeln spannten sich zum Zerreißen. »Gar keine?«
»Beruhige dich, Doc«, schnappte Higgins. »Bleib bei deinem Stethoskop und lass die Finger von der Polizeiarbeit.«
Scott fuhr wütend zu seinem Peiniger herum. »Lass mich in Ruhe, Mark. Ich habe genauso viel Recht, zu erfahren, wie die Sache steht, wie jeder andere im Raum. Ich habe an dem Morgen meine Frau verloren.«
»Und ich meine Schwester«, entgegnete Higgins. »Sie sollte jetzt am Leben sein, nicht du. Sie hat die Kugeln abgekriegt, die für dich bestimmt waren.«
Es wurde plötzlich still im Raum. Die Spannung knisterte wie statische Elektrizität. Der Polizeipräsident ergriff mit müder Stimme das Wort. »Hören Sie mir alle zu. Wir alle hier in diesem Raum haben etwas verloren. Zwei meiner erfahrensten Beamten starben bei diesem Anschlag. Dr. Nolan verlor seine Frau, und Mark« – er blickte auf die vor Wut schäumende Gestalt, die auf die Holzmaserung des Tisches starrte –, »Sie verloren Ihre Schwester. Minister Power hat bereits seinen Sohn verloren, und jetzt blicken er und seine Familie ständig über die Schulter und fragen sich, ob es wieder passieren könnte. Keiner ist unversehrt geblieben. Also zügeln Sie Ihre Aggression und konzentrieren Sie sich auf das Problem.« Seine Worte hingen wie dichter Nebel in der Luft, und Power senkte den Kopf wie ein Mann, der sich geschlagen gibt. Scott Nolan und Mark Higgins starrten einander wie gefangene Löwen an, die nur darauf warteten, dass man sie aufeinander losließ.
Der Polizeichef warf ein weiteres Dia auf die Leinwand. Das Bild war so anders, dass alle ihre Feindseligkeiten momentan vergaßen. »Das«, erklärte Cunningham, »ist der Ausgangspunkt für einen beliebten Wanderweg in den Wicklow Hills. Das Gebiet ist dicht bewaldet, mit gelegentlich einem offenen Feld. Wie Sie sehen, ist hier eine schmale Straße, und auf der linken Seite, aber auf der Aufnahme nicht zu sehen, parkt ein alter Landrover. Wenn Sie sich die rechte obere Ecke genauer ansehen, erkennen Sie einen Körper.« Ein anderes Dia er-

schien, diesmal eine Nahaufnahme eines Mannes, der verkrümmt im Straßengraben lag. Das Gesicht war ins Gras und in die Erde gedrückt und nicht zu erkennen. »Das ist ein bekannter Waffenhändler mit Namen Joe McKeefer. Er wurde von einem Wagen mit einiger Geschwindigkeit mehrere Meter über den Boden geschleudert. McKeefer stammt ursprünglich aus Belfast, hat aber in den letzten sechs Jahren auf einer Farm südlich der Grenze gelebt. Er ist weit über die Grenzen hinaus bekannt. Er hatte Kontakte mit den baskischen Separatisten, mit obersten libyschen Regierungskreisen, Waffenhändlern in den Vereinigten Staaten und mit der IRA. McKeefer hat sich nie selbst die Hände schmutzig gemacht, er lieferte nur die Waffen. Und nun, zwei Tage nach den Anschlägen traf sich Joe McKeefer mit jemandem an dieser Stelle in Wicklow und hat das Treffen nicht überlebt. Es gibt einen Augenzeugenbericht von einem Bauern der Gegend, der gegen zwölf Uhr dreißig dort vorbeifuhr und sicher ist, dass es McKeefer war, den er nicht weit von der Straße stehen sah. Es hat noch ein anderer Wagen am Grasrand gestanden, aber der Bauer hat sonst niemanden gesehen. Er kam etwa eine Stunde später auf demselben Weg zurück und fand die Leiche.«

»Sehen Sie da eine Verbindung?« Powers fand plötzlich neue Kraft in sich.

»Joe McKeefer«, erklärte der Polizeichef, »verhandelte nur mit den obersten Vertretern der diversen Organisationen; er gab sich nie mit Mittelsmännern ab. McKeefer hatte die Waffen oder wusste, wo er sie bekommen konnte, und war auf jedermanns Liste der Meistgesuchten. Aber er war zu clever. Außerdem war er eine große Nummer in der kriminellen Unterwelt, unantastbar und in einem sicheren Kokon, und ich kann mir einfach nicht vorstellen, dass sein Tod, zwei Tage nach den fehlgeschlagenen Anschlägen, Zufall ist. Ich schätze, McKeefer besorgte die Waffen und Granaten und brachte wahrscheinlich sogar die Russen ins Land. Ich nehme mal an, er traf sich mit unserem unbekannten Attentäter, um zu kassieren, und dabei ging irgendetwas schief. Vielleicht war McKeefer wütend, dass er ungewollt in so eine Aufsehen erregende Sache verwickelt worden war, oder er wollte mehr Geld. Vielleicht sagte er nur das Falsche zur falschen Zeit. Was auch immer.« Der Polizeichef blickte einen Moment auf das projizierte Bild. »Wovon ich überzeugt bin – und das ist purer Instinkt –, ist, dass er in der Sache mit drinhängt. Und wenn ich Recht habe, dann wird unser Unbekannter eine viel wichtigere Figur, als wir dachten.« Cunningham blickte zu Higgins. »Aus der Gegend, ja. Aber er wohnt nicht hier. Ich würde sagen, er ist ein großer Fisch, der das Land vor langer Zeit verlassen hat.« Der Polizeipräsident hielt überlegend inne und trommelte mit den Fingern auf den Tisch. Dann blickte er in die Runde. »Und wenn ich Recht habe, wird das vielleicht eine sehr lange und schwierige Jagd.«

Die kleine Gruppe brach auf. Aus den Augenwinkeln sah Nolan, wie der Polizeichef Mark Higgins verärgert zu sich winkte. Harry Power schloss sich ihnen an, und die drei verschwanden eilig aus dem Raum und überließen Scott seinen eigenen Gedanken. Einen Moment lang starrte er auf den Tisch, hin- und hergerissen von gemischten Gefühlen.

Mark hat Recht. Laura sollte am Leben sein, nicht ich. Aber kann man die Uhr zurückdrehen? Kann man ungeschehen machen, was geschehen ist?

Er schalt sich ob der Selbstvorwürfe, aber die Schuldgefühle ließen sich nicht abschütteln.

Jeder weiß, dass die Kugeln für dich bestimmt waren, nicht für Laura. Warum hast du sie fahren lassen? Was hast du dir gedacht an diesem Morgen?

Die Anklagen und Vorwürfe plagten seine Gedanken, bis er es nicht mehr ertragen konnte. Er blickte um sich, fast benommen, und erkannte, dass er allein war. Irgendwo in der Nähe konnte er wütende Stimmen hören, vermutlich eine Auseinandersetzung zwischen dem Polizeichef und Mark Higgins.

Kann ihm nicht verdenken, was er gesagt hat, mir ginge es nicht anders.

Er fand den versenkten Knopf auf dem Tisch, und auf der

Leinwand erschien das Bild von der Überwachungskamera. Der Unbekannte mit dem steifen Bein, der eine Autoschlange mit einer Pistole aufhielt, erregte seine Aufmerksamkeit. Er stellte die Schärfe nach, und das Bild wurde größer. Nun konnte er gerade noch eine Gestalt im zweiten Wagen erkennen, eine Frau, nahm er an, die die Hände an den Kopf gepresst hielt. Der Mund der Frau war in einem stummen Schrei geöffnet.

Fünf Meilen entfernt, in dem vornehmen Fitzroy Square in Dublins Zentrum, schrie die zweiunddreißigjährige Anna Kennedy auf. Sie hatte beide Hände an ihr Gesicht gepresst, um es nicht sehen zu müssen. Der blutige abgeschnittene Kopf ihres Pudels war am Gitter vor dem Eingang aufgespießt.

7

Es hatte minus zehn Grad in Amsterdam, als Sean Kennedy über den Nieuwmarkt humpelte. Er wich Radfahrern aus, die mit gesenktem Kopf dem schneidenden Fahrtwind trotzten und deren Atem in der Kälte dampfte. Nieuwmarkt war ein kleiner Marktplatz nah am alten Stadtzentrum, zwischen den Kanälen von Kloveniersburgwal und Geldersekade, die jetzt zugefroren waren und deren Eis romantische Hausboote und kleinere anliegende Kähne fest im Griff hatte. Motorenlärm und das Läuten von Fahrradglocken folgte Kennedy überallhin, gelegentlich übertönt von Autohupen. Eine lange Reihe von Lieferwagen steckte in einer schmalen Kanaluferstraße im Stau und kam nur schrittweise voran. Es war so kalt, dass sich kaum jemand auf den Bürgersteigen aufhielt, und die wenigen, die unterwegs waren, hatten ihre Gesichter in dicke Schals gehüllt.
Er ging durch Zeedijk, ein vertrautes Gebiet mit steil gegiebel-

ten Häuserzeilen, Fresken und breiten Erkerfenstern. Nach einem Blick auf die Uhr beschleunigte er seinen Schritt. Es war elf Uhr dreißig am Vormittag des 18. Februar, und er hatte zur Mittagstunde ein Rendezvous in einem Café am Vorburgwal. Er durchquerte enge und schäbige Seitenstraßen mit knallig bunten Haustüren und brennenden Lichtern, schritt vorbei an Pornoläden und Sexshops, in deren Auslagen Mädchen Schmollmund zogen und einladend mit dem Hintern wackelten. Selbst bei der Kälte mangelte es nicht an den üblichen sich amüsierenden Touristen, die in dicke Mäntel gehüllt ihre Erinnerungsbilder schossen, während die ernsthafteren Freier entschlossen ein Ziel anpeilten und näher in Augenschein nahmen, bevor sie im Inneren verschwanden.
Kennedy wusste alles über Amsterdams Rotlichtmilieu. Er hatte die letzten drei Jahre mittendrin gewohnt. In einer Dachwohnung, vier wacklige Treppen hoch, hatte er zurückgezogen gelebt und seine Zukunft geplant. Im Erdgeschoss empfing eine Blondine mit Namen Candy ihre Kunden und bot ihnen eine Vielzahl sexueller Freuden zu überhöhten Preisen. Im zweiten Stock war ein Pornoshop, im dritten ein Lagerraum.
Candy – Kennedy fragte sie nie nach ihrem wirklichen Namen und hätte auch keine ehrliche Antwort erwartet – war achtundzwanzig, so groß wie der Mieter ganz oben, und strahlte Sinnlichkeit aus. Sie hatte hohe Wangenknochen, tiefe, fast traurige blaue Augen unter klimpernden langen schwarzen Wimpern, und volle rote Lippen, die sie erfolgreich zum Einsatz brachte, wenn sie ihre Kunden anlockte. Candy war ein deutsches Mädchen vom Lande, das ihrem langweiligen Leben auf einem Bauerhof fünfzig Meilen südlich von München ein Ende gemacht und sich nach Amsterdam und in die Anonymität abgesetzt hatte. Nach einem Jahr als Bardame, danach als Zimmermädchen in einem Hotel, beschloss sie, mit intensiverem Körpereinsatz zu Geld zu kommen. Sie sah gut aus, sie hatte die Figur, und sie verstand es, ihre Vorzüge einzusetzen.
Sie und Kennedy zogen mit einem Monat Abstand voneinander in das alte Haus ein. Ein kleiner Mann mit Namen Evan

van Bronken, der jede Woche die Miete kassieren kam, war der Besitzer. Er war dünn wie ein Windhund mit glatt rasiertem Schädel und Ringen in beiden Ohren. Kennedy schätzte ihn auf Anfang vierzig und dachte, dass er wahrscheinlich ein Zuhälter war. Er vermied den Kontakt mit van Bronken, soweit es möglich war, und hinterlegte die Miete bei Candy, wenn er nicht da war. Er vertraute Candy, und sie vertraute ihm, und die beiden verließen sich aufeinander. Wenn Candy Probleme mit einem Kunden hatte, wusste sie, dass sie Kennedy zu Hilfe rufen konnte. Auch wenn das Mädchen mit ihrer Miete im Rückstand war, half ihr Kennedy aus und verlangte das Geld nie zurück. Sie verspielte und verschnupfte häufig mehr, als sie einnahm. Dafür spitzte sie für ihn Augen und Ohren, und er schärfte ihr ein, ihn sofort zu warnen, wenn jemand Verdächtiger oder Fremder sich nach ihm erkundigte. Bis jetzt war das nicht der Fall gewesen. Candy fragte schon lange nicht mehr, womit Kennedy sein Geld verdiente. Er war der beruhigende Bewohner im obersten Stock, ihr mysteriöser Beschützer.

Einmal im letzten August, an einem besonders heißen und schwülen Abend, versuchte sich ihr ein englischer Rowdy mit Bierbauch, Kahlkopf und Tätowierungen aufzudrängen. Kennedy hörte ihre schrillen Proteste bis zu seiner Dachwohnung hinauf und kam herunter, um nachzusehen. »Komm schon, komm schon, keine Angst, ich bezahl dich schon.«

Kennedy erkannte den Midlands-Akzent, und als er hinausblickte, sah er die kleine Jagdgesellschaft, sechs oder sieben Typen, Mitte zwanzig, alkoholisiert und aufgegeilt und auf der Suche nach was zum Vernaschen. Sie sahen aus wie eine Polterabend-Gesellschaft, die sich anschickte, noch einmal ordentlich über die Stränge zu schlagen, bevor der Ernst des Lebens begann. Einer oder zwei pfiffen beifällig zu den einschlägigen Fenstern hoch. Aber keiner von denen war Candys Typ. Sie verstand ihr Geschäft. Sie konnte ein paar Dinge, die man nicht so schnell wieder vergaß. Aber sie war wählerisch. Und der Saufkopf, der sie jetzt belästigte, stand ganz bestimmt nicht auf ihrer Wunschliste. Sie stieß die Tür zu und bedachte ihn mit einer Reihe blumiger deutscher Flüche, doch er war stärker und angeheizt vom Alkohol. Die Tür war ein Viertel offen, und er griff nach Candys schwitzenden Händen, wo sie am Türrahmen abglitten. »Komm schon, Kleine, probier's doch mal aus. Wirst sehn, es gefällt dir.« Sein Gestammel und der Biergeruch machten alles nur noch widerwärtiger.

Kennedy schloss leise die Vordertür, ließ das Schloss einrasten und verpasste dem Rowdy einen derben Schlag seitlich in den Hals. Der Mann krümmte sich, schrie vor Schmerz und Schock und fuhr halb herum, um zu sehen, wer ihn geschlagen hatte. Kennedys Knie rammte in sein Gesicht und zerschmetterte Nase, Zähne und Knorpel. Fünf Minuten später lag der Flegel blutüberströmt ein paar Häuserblocks weiter im Straßengraben, während seine Kumpel noch immer draußen auf der Straße herumtorkelten und nach ihm Ausschau hielten.

Candy machte den Laden dicht für die Nacht, und Kennedy nahm sie nach oben mit, um sie zu beruhigen. Das Mädchen zitterte und schluchzte aufgewühlt, und Kennedy gelang es erst nach geraumer Weile, ihr klar zu machen, dass sie hier sicher war und keiner ihr mehr was tun würde. In der Bruthitze schwitzten sie beide stark, und Kennedy öffnete ein Sechserpack Heineken und rollte einen besonders kräftigen Joint. Sie rauchten und plauderten die ganze Nacht. Sie erzählte ihm alles über ihr trostloses Leben im ländlichen Bayern und warum es sie nach den Großstadtlichtern von Amsterdam gezogen hatte. Kennedy erzählte ihr nichts.

»Komm schon«, scherzte sie einmal, »es muss doch einen Grund geben, weshalb du in der kleinen Bude über einem Puff wohnst? Und weshalb ich dich vor Fremden warnen soll? Wer ist denn hinter dir her?«

Aber Kennedy inhalierte nur tief, grinste doof und öffnete ein neues Bier. »Irgendwann sag ich es dir vielleicht, aber nicht jetzt.« Candy kuschelte sich in seine Arme und schlief ein. Am Morgen kam sie zu Kennedy ins Bett, und die beiden ent-

deckten eine gemeinsame animalische Leidenschaft, die sie beide überraschte.
Nach diesem Vorfall wurde Kennedy der inoffizielle Beschützer einer kleinen Clique von Candys befreundeten Straßenmädchen. Als Gegenleistung bekam er einen kostenlosen Fick, wann immer er wollte. Und mit diesem Arrangement war er mehr als zufrieden. Ficken machte ihm Spaß und Leute zu verprügeln auch.

Die Imbiss- und Haschischbude war in Oudezijds Vorburgwal, nahe der Amsterdam Chinese Church und direkt über einem Pornokino. Kennedy drängte sich durch die Menge zu einem Tisch in der Ecke. Er schwitzte von dem langen Marsch im dicken Mantel und der warmen Kleidung.
Eine Kellnerin mit gelangweilter Miene, in schwarzen Jeans und einem weißen Top mit dem Aufdruck ROTLICHTMILIEU, war sofort bei ihm.
»Einen doppelten Espresso, bitte.«
Er sah sich um. Eine Gruppe Teenager kicherte wie verrückte Hühner, während ein Joint die Runde machte. Der Duft von Kaffee vermischt mit Marihuana erfüllte den Raum, und Kennedy streckte seine Beine aus und entspannte sich. Das war eine Stadt nach seinem Geschmack. Er konnte sich zukiffen bis zur Bewusstlosigkeit, so lange und so oft er Lust hatte. Er war niemandem Rechenschaft schuldig als sich selbst. Amsterdam passte ihm perfekt.
Der Kaffee kam in dem Augenblick, als Davis neben ihm Platz nahm und die Kellnerin wegwinkte.
»Wie geht's dir, Sean?«
»Gut, Jay. Fühl mich verdammt gut.«
»Wann bist du angekommen?«
»Gestern Nacht. Ich hab den Zug nach Belfast genommen, dann weiter nach Larne, die Antrimküste entlang. Mit der Fähre nach Stranraer, dann weiter mit dem Zug nach Manchester und den nächsten Flug hinaus nach Schiphol. War alles kein Problem.«

»Wie waren die Kontrollen?«
»Sehr streng an der Küste, dann noch mal eine Stichprobe vor der Fähre.«
»Die haben wohl nicht nach einem kurz geschorenen Typ wie dir gesucht.« Davis lachte. Er griff hinüber und fuhr mit der Hand über Kennedys stoppeligen Haarschnitt. »Heiliger Strohsack, du wechselst dein Aussehen schneller als David Beckham.«
Kennedy schlürfte an seinem Espresso und grinste. »Man darf nicht Wurzeln schlagen und muss sich verändern, besonders wenn das ganze Land nach einem sucht.«
Davis winkte der Kellnerin und bestellte Kaffee und eine Käseplatte. Er war ein hoch gewachsener, schlanker und attraktiver Mann Mitte vierzig. Sein Haar wurde vorne ein wenig dünn, aber er hatte volle Locken bis über die Ohren. Seine Sonnenbräune stammte aus Marbella, wo seine glanzvolle Hütte stand, die er mit wechselnden Mädchen teilte, welche er in Bars und Nachtklubs aufgabelte.
»Und wie sie nach dir suchen! Unsere kleine Operation hat mehr oder weniger den gewünschten Effekt. Ich hab noch nie so einen Aufruhr erlebt.« Jay Davis war ein Dubliner, der fünfzehn Jahre lang bei der irischen Polizei gearbeitet hatte, die letzten fünf Jahre im Drogendezernat. Er hatte unerwartet den Dienst quittiert, mit der Begründung, er hätte genug Stress und Ärger gehabt und wolle jetzt sein Glück mit einer Bar in Südspanien versuchen. Er kaufte sogar eine, nahe der Küste in Puerto Banus, etwa dreißig Meilen von Marbella. Aber Davis' Hauptgrund war, dass er in den lukrativen Drogenhandel einsteigen wollte, den er in Irland hautnah kennen gelernt hatte. Er kannte alle Kontaktleute, hatte die meisten selbst verhaftet und andere verhört. Als er ging, hatte er einen grandiosen Plan im Gepäck, mit dem er das Land von oben bis unten umkrempeln wollte. Und der erste Teil seiner Strategie war erfolgreich gewesen.
»Wie zu erwarten war.« Kennedy lehnte sich über den Tisch und sah sich um, ob niemand zuhörte. Sie hatten die Ecke für

sich, die anderen waren mit ihren Zeitungen beschäftigt oder in Gespräche vertieft. Die Kellnerin war dabei, eine Gruppe von angeturnten Studenten mit Knabberzeug zu versorgen. Rauch stieg auf, als ein neuer Joint die Runde machte. »Man kann keine Minister in die Luft jagen und Polizisten abknallen, ohne dass sich jemand aufregt.«

Nachdem Kennedy geendet hatte, lehnte sich Davis zurück und knabberte an einem Stück Käse. Sein rechtes Bein zappelte unter dem Tisch, was bedeutete, wie Kennedy wusste, dass sein Gegenüber sich über etwas erregte.

»Wir haben also noch die Million?«

Kennedy nickte.

»Hast du mit McCann geredet?« Davis war mit seiner Käseplatte fertig und schwenkte den Rest seines Kaffees in der Tasse.

»Derek hat eine Scheißangst. Fünf Banden wurden in weniger als achtundvierzig Stunden hopsgenommen, und er fürchtet, dass er der Nächste sein könnte. Keiner weiß, was alles ans Licht kommt, wenn alle singen, um ihre Haut zu retten. Er fürchtet, dass ihn jemand hinhängt, um selber vom Haken zu kommen.«

»Es schadet ihm nichts, wenn er ein wenig schwitzt«, meinte Davis. »Dann hält er unseren nächsten Schritt für noch viel wichtiger, wenn es so weit ist. Ich habe mir die neueste Entwicklung genau angesehen. Tony Duffy und seine Bande sind jetzt stillgelegt, ebenso dieser Außenseiterhaufen, die Flanagans. Was Power mit der ersten Welle seiner Kampagne nicht abgeräumt hat, wird jetzt einkassiert. Es wird so gründlich aufgeräumt, dass bald kein Kokser mehr einen Lieferanten hat. Die Junkies werden langsam verrückt. Soweit ich gehört habe, ist seit Wochen nichts mehr ins Land gekommen.«

Die beiden schwiegen eine Weile, und jeder hing seinen eigenen Gedanken über die Situation nach. »Was passiert ist, hat die Oberliga richtig ins Schwitzen gebracht«, sagte Davis schließlich. »Leid tut mir allerdings die junge Frau; sie ist das einzige Opfer, das ich bedaure.«

Kennedy zuckte die Achseln. »Kollateralschaden nennen die Amerikaner das, nicht? Sie vergießen auch keine Träne in ihr Budweiser, wenn eine ihrer intelligenten Bomben ein Krankenhaus platt macht statt eines Waffenlagers zwei Meilen weiter. Sie war am falschen Ort und musste dran glauben, das ist alles.«

Davis' rechtes Bein begann wieder unter dem Tisch zu zappeln. Er drehte sich auf seinem Stuhl für einen Blick durch das Kaffeehaus und deutete der Kellnerin, dass er noch eine Tasse wollte. Dann drehte er sich zurück. »Die Zeitungen sind voll über den Kerl. Traurige Story über einen Mann mit hohen Idealen und hochgesteckten Zielen, der nach Dublin kam, um seine Liebste zu heiraten, und feststellen musste, dass die Stadt schlimmer als alles ist, was er von zu Hause kennt.«

Kennedy wischte sich eine falsche Träne aus dem Auge. »Schau mich an, Jay. Mir bricht das Herz.«

Davis grinste. »Es steht außer Zweifel, Sean. Du bist ein verdammt harter Brocken.«

»Und du hast in Kalkutta mit Mutter Teresa gearbeitet?«

»Ach, halt die Klappe.« Der Verweis war gutmütig. Davis' Kaffee wurde gebracht, und er nahm einen Schluck und wischte sich die Milch von den Lippen. »Warst du am Fitzroy Square?«

»Eine Weile.« Kennedy lehnte sich zurück und fixierte Davis. Übergangslos war er in die Defensive gedrängt worden.

»Und, hast du was unternommen?«

»Nicht viel.«

Davis stöhnte. »Hab ich dich nicht gewarnt, dort hinzugehen? Was für einen Sinn macht es, dass wir uns abstrampeln, um den größten Coup aller Zeiten zu landen, wenn du alles wieder mit dieser verdammten Vendetta in Gefahr bringst.« Er sprach nicht lauter, aber der Ärger in seiner Stimme war messerscharf.

»Er hat meine Mutter umgebracht.«

»Hör zu, das alles hast du mir schon erzählt. Warum wärmst du die alte Geschichte wieder auf? Was bringt dir das? Gar nichts, und das weißt du.«

Kennedy lehnte sich über den Tisch bis auf wenige Zentimeter an Davis heran. »Er hat meine Mutter umgebracht. Und sie dann als eine Trinkerin und Tablettenschluckerin hingestellt, die nicht wusste, was sie tat. Ich war es, der sie am Fuß der Treppe gefunden hat und der versucht hat, sie wiederzubeleben, obwohl sie bereits kalt und steif war. Ich wusste, dass sie nicht hinuntergefallen war. Dafür war sie zu vorsichtig. Ich wusste, was Sache war. Monate zuvor hab ich sie streiten und schreien hören. Ich bin mir sicher, dass der alte Bastard sie gestoßen hat.«

Davis wandte sich ab vor dieser ätzenden Schärfe. Er sah, dass der eine oder andere Gast bereits zu ihnen herüberstarrte, und bedeutete Kennedy mit einem warnenden Blick, den Mund zu halten. Er legte einen Zwanzig-Euro-Schein auf den Tisch, schnappte seinen Mantel und nickte über den Tisch. »Gehen wir. Hier ist es zu voll.«

Draußen ließ die Eiseskälte ihren Atem stocken, und Davis zog den Kragen seines Mantels höher ins Gesicht und zog dann eine wollene Mütze über den Kopf. »Himmel, ist das kalt. Warum setzt du dich nicht hinunter nach Spanien ab und tankst ordentlich Sonne? Ich könnte nicht den ganzen Winter hier verbringen. Würde mich verrückt machen.«

Kennedy blickte an ihm vorbei und genoss die Bilder und die Geräusche der Stadt: die verrückten Radfahrer, die knalligen Ladenfronten, selbst die zugefrorenen Kanäle mit den im Eis gefangenen Hausbooten und Kähnen. Amsterdam war eine unvergleichliche Stadt. Befreit von kleinlichen Gesetzen konnte sie sich entfalten wie keine andere. »Mir gefällt es hier. Keiner kennt mich und keiner stört mich. Ich kann tun, was mir passt.«

»Wohnst du noch in der winzigen Dachkammer?«

»Ja. Und ficke jeden Tag Professionelle. Was will ich mehr.«

Davis seufzte. »Dann sieh nur zu, dass du dir von ihnen nicht mehr als einen Schnupfen holst.«

Sie gingen schweigend durch ein Gewirr von Seitenstraßen, und Davis verlangsamte seinen Schritt auf Kennedys hinkenden Gang. Eine schwache Wintersonne war durch eine tiefe Wolkenschicht zu sehen, als sie am Tattoo Museum am Oudezijds Achterburgwal vorbeikamen und dann am Hasj Marijuana Hemp Museum, vor dessen Eingang sich eine kleine Menschengruppe aus einem Touristen-Minibus versammelt hatte. Der Kanal daneben wurde von einem Eisbrecher vom Eis befreit, und das Bersten des gefrorenen Wassers erfüllte die Luft. Die beiden sahen einen Moment zu, dann wandte sich Davis an Kennedy: »Wie steht es mit unserem Plan? Läuft alles wie vorgesehen?«

Kennedy lehnte sich an ein Eisengeländer und krümmte seinen Rücken. Er zündete sich eine Zigarre an und blies Rauchringe in die eisige Luft. »Ja. Ich weiß, dass McCann verdammt nervös ist, aber ich denke, er wird den Kopf über Wasser halten. Er hat eben eine Kurierfirma aufgekauft, welche in die Stadt und die Provinzen liefert. Ideal, um seine Waren zu transportieren. Und jetzt, da sonst keiner mehr was zu transportieren hat, weiß er auch, dass er den Markt für sich haben wird. Wenn sich alles beruhigt hat, wird er mit uns Geschäfte machen wollen, da bin ich sicher.«

Davis stampfte mit den Füßen und schob beide Hände tief in seine Taschen. Ein leichter Wind wehte vom Kanal her, und sein braun gebranntes Gesicht begann blau zu werden. »Wozu warten? Niemand wird uns dazwischenfunken, solange die Polizei auf dem Kriegspfad ist. Jetzt ist der Augenblick, unsere Operation zu starten.«

Davis setzte sich in Bewegung, und Kennedy folgte ihm. Sie überquerten die Straße, wichen einer Gruppe laut klingelnder Radfahrer aus und hielten kurz, um die Gemälde in einer Auslage zu betrachten. Davis vergewisserte sich, dass niemand sich für sie interessierte. »Sean, unsere Kontaktleute werden nicht ewig warten. Sie haben ihre eigenen Zeitpläne, andere Kunden. Ich gehe nach Miami, wenn du Bangkok übernimmst. Aber lass es uns jetzt tun, in dieser Woche noch.«

8

Keine tausend Meilen entfernt stand Scott Nolan in dem kleinen Friedhof der Church of Ireland in Killinure in County Kildare und starrte auf das einfache weiße Kreuz am Grab seiner Frau. LAURA NOLAN. R. I. P. Das schmale Rechteck des Grabes war noch immer ein nasser Lehmhügel im trostlosen Dauerregen. Ein kräftiger Wind pfiff durch das Wäldchen und peitschte die Zypressen, die den Kiesweg zur Kirche säumten, und rüttelte an den nackten Zweigen von Bäumen auf der Lichtung daneben. In dem fast verlassenen Friedhof konnte man Frieden finden. Aber nicht Scott Nolan. Er konnte die Tränen nicht zurückhalten und ließ ihnen freien Lauf, und Schluchzen erschütterte seinen Körper.

Im Schutz des Eingangs in die alte Kirche stand sein bewaffneter Leibwächter mit dem Rücken zu ihm, sodass er mit seinem Schmerz allein sein konnte. Die einzigen Zeugen seines Kummers waren zwei Steinmetze, die an einem anderen neuen Grab dreißig Meter entfernt einen Stein aufrichteten. Sie wandten den Blick ab und fuhren in ihrer Arbeit fort, nur zu vertraut mit dem Anblick von leiderfüllten Verwandten, die verloren durch diese einsame Zufluchtstätte wandelten, als hofften sie, ihre Lieben würden auferstehen und wieder zum Leben erwachen. Die Gesichter der Steinmetze waren gerötet von der Anstrengung und vom kalten Wind, und sie machten schließlich eine Pause und blickten hin und wieder auf den einsamen Trauernden.

Durch den Tränenschleier sah sich Scott andere Grabsteine an, um sich von seinem Elend abzulenken. Aber so weit sein Blick auch ging, hatten alle Verstorbenen ein annehmbares Alter erreicht, sechzig oder siebzig, einige auch achtzig, und er zählte fünf, die sogar ihren neunzigsten Geburtstag erlebt hatten. Etwa zwanzig Schritte weiter rechts fand er die traurige Ruhestätte eines Kindes, das im dritten Monat seines Lebens – »von Engeln geleitet« – diese Welt verlassen hatte, und

er schämte sich seiner Erleichterung, dass Laura wenigstens nicht die Jüngste war, die in Killinure ruhte.
Einen verwirrenden Augenblick lang dachte Scott, er vernähme Lauras tadelnde Stimme, und er fuhr herum, als erwartete er, sie mit verwehtem Haar und ihrem spöttischen Lächeln zwischen den Grabsteinen auf ihn zukommen zu sehen. Aber es war nur einer der Steinmetze, ein großer, kräftiger, glatzköpfiger Mann mit derben, von Wind und Wetter gegerbten Zügen und Händen wie Schaufeln, der ein wenig unsicher auf Scott zukam, wobei er seine Handflächen vorne an seinem Jeansarbeitsanzug abwischte. Eine Stoffmütze lugte aus einer Seitentasche.
»Es tut mir sehr Leid, was Ihnen geschehen ist«, sagte der Mann endlich stockend mit stark ländlichem Akzent. »Ich weiß, dass Sie Ihre Frau beweinen, die letzte Woche erschossen wurde, und Sie müssen glauben, dass wir alle mordlustige Wilde sind in dem verdammten Land.« Er blickte hinab auf Lauras Grab und trat mit seinem lehmigen Stiefel auf ein Stück Grasnarbe, das herausschaute. »Aber das sind wir nicht. Es bricht uns allen das Herz, wenn wir sehen, was Sie jetzt durchmachen. Ich wollte Sie nicht stören, aber ich wollte Ihnen das nur sagen. Es ist das Wenigste, was ich tun kann.«
Er wandte sich zum Gehen, aber Scott erwischte ihn am Ärmel. Der Steinmetz drehte sich überrascht um.
»Danke«, sagte Scott. »Ich danke Ihnen sehr für diese Worte. Sie wissen gar nicht, wie viel sie mir bedeuten.«
Er schüttelte dem Mann die Hand, und seine Finger knackten im kräftigeren Griff des anderen. »Würden Sie einen Grabstein für sie machen? Nicht zu groß und zu auffällig, das hätte Laura nicht gewollt. Sie hatte nichts übrig für Prunk und Prahlerei. Machen Sie ihn einfach, aber groß genug. Ich möchte nicht, dass er aus den anderen herausragt, aber ich möchte, dass die Leute die Inschrift gut lesen können, wenn sie vorübergehen.«
Der Steinmetz runzelte nachdenklich die Stirn. »Ich glaube, ich habe eine gute Vorstellung davon, was Sie möchten. Über-

lassen Sie es mir. Ich mach Ihnen einen großartigen Stein. Es wird aber ein paar Wochen dauern, denn das ist ein ganz spezieller Auftrag. Den Granit suche ich selbst aus und poliere die Oberfläche für die Inschrift. Was soll ich denn schreiben?«

Scott zögerte nicht. »›Laura Nolan. R. I. P. Ermordet am 10. Februar 2006.‹ Das genügt.«

Der Steinmetz musterte Scotts Gesicht und blickte ihm in die Augen. Dann schüttelte er den Kopf. »Und es ist nichts als die Wahrheit.« Die Traurigkeit in seiner Stimme war wie eine schwere Last, als er sich zum Gehen wandte. »Der Himmel weiß es.« Er schüttelte noch immer den Kopf, als er zu seinem Kollegen zurückging.

»Und schicken Sie mir die Rechnung«, rief ihm Scott nach.

Der Steinmetz drehte sich um und zog seine Stoffmütze fest über den Kopf. »Es gibt keine Rechnung. Der Stein ist von den Menschen in Killinur. Wenigstens in dieser Gemeinde kümmern wir uns um die Unseren.«

Die Fahrt zurück nach Dublin dauerte zwei Stunden in starkem Verkehr und bei strömendem Regen. Die dunklen Wolken wurden vom aufkommenden heftigen Wind ostwärts getrieben und schließlich hatten sich die Schleusen geöffnet. Die schweren Tropfen tanzten auf der Straße vor dem Wagen und trommelten gegen die Windschutzscheibe, dass die Wischer kaum nachkamen.

Scott war nicht nach einem Gespräch mit seinem Leibwächter, und so fuhren sie in gedrücktem Schweigen zur Sandymount-Wohnanlage, wo ein anderes Einsatzfahrzeug wartete, um die Überwachung zu übernehmen.

Vor der Haustür sammelte Scott wieder eine große Menge Blumen und Kondolenzkarten ein. Sein Wohnzimmer wurde langsam zu einem Blumenladen mit Kränzen und Bouquets. Vollkommen Fremde fuhren aus allen Teilen der Stadt her, um ein Zeichen der Anteilnahme zu hinterlassen, und in seinem Schlafzimmer lagen sechs Postsäcke voll Karten und Briefen aus Irland und dem Ausland. Er war von Mitgefühl überschwemmt worden, überwältigt von der Trauer der ganzen Nation über Lauras Tod. Aber er fühlte sich deshalb nicht besser.

Es war jetzt sechs Uhr abends. Der Regen hatte bis auf ein stetes Nieseln nachgelassen, aber es war dunkel und kalt, und ein eisiger Wind wirbelte die Abfälle über die Gehsteige. Leute eilten zu den Zügen in die südlichen Vororte oder auf die Dauerparkplätze, wo ihre Wagen standen. Überall herum war das Leben, doch Scott fühlte sich, als wäre er tot, solch eine Leere war in ihm und so schwer war sein Herz.

Ohne großen Hunger zu verspüren, bestellte er eine Pizza, um bei Kräften zu bleiben, was unerfreulicherweise dazu führte, dass die Sicherheitsleute den Pizzaboten im Stiegenhaus filzten. Unglücklicherweise kam seine unmittelbare Nachbarin ebenfalls gerade nach Hause und sah es entsetzt mit an, bevor sie in die Sicherheit ihres Apartments verschwand. Scott hörte Schlösser und Riegel schnappen, sobald die Tür zu war. Ihm war bereits eine erhöhte Aktivität von Sicherheitsfirmen seit Lauras Ermordung in der Kellergarage aufgefallen. Die Bewohner waren wohl zu der Ansicht gelangt, dass Scott noch immer ein hohes Risiko darstellte. Niemand wollte in eine zweite Angriffswelle geraten. Es machte alles nur noch trister, und es gab zu viele bittere Erinnerungen hier. Er würde Dublin noch ein halbes Jahr geben und sich dann irgendwo anders nach einer Stellung umsehen.

Am nächsten Morgen ging er wieder zur Arbeit im City Hospital und schlüpfte kurz vor halb sieben durch den Seiteneingang.

»Schön, dass Sie wieder hier sind, Dr. Nolan«, begrüßte ihn die Oberschwester von Station sieben, als er ins Schwesternzimmer kam. »Ich kann Ihnen gar nicht sagen, wie Leid es uns allen tut ...«

Scott hob die Hand, um sie zu bremsen. »Bringen Sie mich nur über die Patienten auf den neusten Stand, Schwester. Es ist für mich schon schwer genug, und wenn mir jetzt auch noch jeder sagt, wie Leid es ihm tut, werde ich den Tag nicht durchstehen.« Worauf die Oberschwester, eine korpulente, rotgesichtige Frau Mitte fünfzig mit grau getöntem Haar, sich fasste und die Liste der Kinder durchging, die unter Scotts Betreuung standen.

Seit dem Anschlag hatten seine Kollegen und sein Stellvertreter einen Teil seiner Patienten übernommen. Aber Scott wusste, dass die Einrichtung unterbesetzt und unterversorgt war. Seine Abwesenheit bedeutete eine immense zusätzliche Belastung für die anderen. Es ist an der Zeit, dass ich mich wieder in die Arbeit stürze, dachte er. Es ist nicht nur notwendig, es wird mir auch helfen.

Einer nach dem anderen traf sein Team ein, überrascht über den vertrauten Anblick ihres Bosses am Bettende, in weißem Kittel über einem blauen Hemd, gestreifter Krawatte und frisch gebügelter Hose, mit Stethoskop um den Hals. Er beurteilte Zustand, Behandlung und Fortschritt jedes Kindes und war um neun Uhr voll in Form. Um fünf nach neun wusste sein Team, dass er wieder ganz der Alte war.

»Ich brauche Entzündungswerte und großes Blutbild von diesem Jungen.« Ein Krankenblatt wurde der jüngsten Ärztin des Teams gereicht, einer jungen Frau aus Malaysia, die verschlafen hatte. »Ich brauche die Ergebnisse in einer Stunde, setzen Sie also den Gefäßspezialisten sofort darauf an. Und lassen Sie ihn eine Ultraschalluntersuchung vom Oberbauch machen.« Die Malaysierin rieb sich den Schlaf aus den Augen, als sie zum Telefon eilte. »Also« – Scott wandte sich an seinen Stellvertreter, einen großen Mann Mitte dreißig mit einer im Rugby-Spiel zerschmetterten Nase und dichtem roten Haar –, »wir haben eine Besprechung um Punkt halb elf, bei der Sie mich über Probleme und Neuaufnahmen informieren können. Wir haben eine volle Ambulanz am Nachmittag, und ich möchte Bescheid wissen, wie es auf den Stationen aussieht, bevor wir entscheiden, wer entlassen werden kann und wer aufgenommen werden muss.«

Der Registrar begann eilig, Akten und Krankenberichte zusammenzusuchen, und nickte den anderen beiden jungen Männern im Team zu, ihre Akten bereitzuhalten. Welches Arbeitstempo in den vergangenen acht Tagen auch vorgeherrscht haben mochte, jetzt schaltete der Wirbelwind aus Detroit offensichtlich in einen schnelleren Gang.

Bald ließen ihn die Geschäftigkeit auf den Stationen und selbst der allgegenwärtige Geruch der Antiseptika seinen Schmerz vergessen, und er begann aufzuleben. Das ist jetzt dein Leben, sagte er sich, während er Bemerkungen auf einen Krankenbericht kritzelte. Konzentrier dich auf deine Arbeit und lebe für deine Patienten. Sie verdienen deine fachkundige Aufmerksamkeit.

Er untersuchte gerade ein zehnjähriges Mädchen mit einem durch Hepatitis verursachten Leberschaden, als sein Pager piepte. Er nahm den Anruf an einem Wandtelefon in der Nähe eines Desinfektionsraumes entgegen. »Hi, Dr. Nolan hier.«

»Dr. Nolan, hier ist Harold Winters von der Krankenhausverwaltung.«

Scott runzelte die Stirn. Was zum Teufel will er? »Ja?«

»Könnten Sie mich kurz aufsuchen? Sie haben mich etwas überrascht. Ich hatte nicht erwartet, Sie so früh wieder hier zu sehen.«

»Gibt es ein Problem, Mr Winters? Hätte ich Sie informieren sollen?« Scott spürte Ärger aufsteigen.

»Natürlich nicht«, versicherte ihm Winters, »nur eine protokollarische Sache, die wir klären müssen, das ist alles.«

Scott irritierte etwas an der Stimme des anderen. »Können wir das nicht ein andermal machen? Ich versuche Arbeit aufzuholen.«

»Dr. Nolan, ich möchte diesen Punkt abhaken, und zwar möglichst umgehend.«

Alarmglocken schrillten in Scotts Kopf. Punkt? Welcher Punkt? »Können Sie mir sagen, worum es sich handelt, Mr Winters? Ich komme nicht gern unvorbereitet in eine Besprechung.«

»Dr. Nolan, ich schlage vor, dass Sie jetzt sofort in mein Büro

kommen, damit wir die Sache klären können.« Der Ton war jetzt nicht mehr bittend, sondern befehlend.
Scott blickte auf seine Uhr. Seine Besprechung war in fünfzehn Minuten. Er würde mindestens fünf Minuten zur Verwaltungssuite brauchen, dasselbe wieder zurück. »Wird es länger dauern als fünf Minuten? Ich habe eine klinische Besprechung um halb elf.«
»Fünf Minuten werden leicht ausreichen.«
Er nahm die Treppe und nicht den Lift, und seine vertraute Erscheinung, das zerzauste Haar, die nicht eben topmodische Brille und der leicht gebeugte Gang, blieb nicht unbemerkt. Aus einem Augenwinkel sah er, dass Kollegen sich ihm zuwandten, um etwas zu sagen, aber er hob den Blick nicht und eilte weiter. Er wusste, sie würden nicht viel anderes sagen, als: »Es tut mir so Leid«, oder: »Scott, ich weiß nicht, was ich sagen soll«, oder: »Wenn ich irgendetwas für dich tun kann, dann lass es mich wissen.« Aber er wollte kein Mitgefühl und keine tröstenden Worte, er hätte nicht ein einziges »Es tut mir so Leid, was geschehen ist« oder andere Sympathiebekundung mehr ertragen. Er war entschlossen, vorwärts zu schauen, sich wieder in die Arbeit zu stürzen und sich in die Probleme der kranken Kinder in seiner Obhut zu vertiefen. Die Zeit der selbstquälerischen Verlorenheit war vorbei.
Harold Winters' Büro lag in einer Ecke des Gebäudes und bot einen fantastischen Ausblick auf die Stadt aus zwei Panoramafenstern. Er saß hinter einem nierenförmigen Tisch in einem hohen Drehstuhl, und Papierkram stapelte sich vor ihm und neben ihm und teilweise sogar auf dem Boden. Obwohl es noch Vormittag war, bot er einen gestressten Anblick mit offenem Hemdkragen und bis zum dritten Knopf herabgezogener Krawatte. »Danke, dass Sie so schnell gekommen sind, Dr. Nolan.«
Scott zuckte die Achseln. »Sie haben gerufen, ich bin gefolgt.«
»Sehen Sie«, begann Winters zu erklären, »ich war nicht sicher, wann Sie wieder auf der Station sein würden. Eigentlich war niemand von uns sicher, ob Sie nach diesen Ereignissen

überhaupt wieder zurückkommen würden. Und erlauben Sie mir, Ihnen zu sagen, wie ...«

»Bitte«, unterbrach ihn Scott, »keine Beileidsbekundungen. Ich werde im Augenblick überschwemmt damit und verliere den Boden unter den Füßen. Nehmen Sie es nicht persönlich, aber ich würde gern zum Grund dieses Gesprächs kommen.« Er blickte auf seine Uhr. »Ich bin bereits spät dran.«

Winters stand auf, befreite einen Stuhl von einem Stapel Akten und Papiere und schob ihn zu ihm hin. »Setzen Sie sich, Dr. Nolan. Wir wollen nichts überstürzen.«

»Hören Sie, ich habe eine klinische Besprechung«, wandte Scott verärgert ein und deutete mit dem Zeigefinger auf seine Uhr, »in weniger als ...«

Winters saß ihm gegenüber und stützte das Kinn auf seine Hände. »Vergessen Sie Ihre klinische Besprechung. Ich habe Ihren Registrar angerufen und gebeten, nicht zu warten, da Sie erst etwas später kommen würden.«

»Sie haben meinen Registrar angerufen?« Scott war nicht sicher, ob er richtig hörte. Dass sich die Verwaltung in klinische Angelegenheiten mischte, war nicht üblich im City Hospital. »Was ...«

Winters Hände kamen abwehrend hoch. »Beruhigen Sie sich. Ich weiß, wie wichtig Ihre Arbeit für Sie und für das Krankenhaus ist.«

»Ich halte es für unwahrscheinlich, dass Sie das tun, Mr Winters, sonst würden Sie mich nicht solcherart davon abhalten.« Scott war halb auf den Füßen, schob seine Brille die Nase hoch, und fasste den Stuhl mit beiden Händen, um sich zu beherrschen. In diesem Moment war ihm danach, sie um Winters Hals zu legen.

»Dann lassen Sie mich auf den Punkt kommen«, schnappte Winters unerwartet, »damit Sie verstehen, wie wichtig diese Diskussion für uns alle ist, für mich, für Sie und jeden, der in diesem Krankenhaus arbeitet oder auch als Patient eingeliefert wird.« Die Stimme des Verwalters hatte nun diesen »Reden-wir-nicht-länger-um-den-Brei-herum-und-kommen-wir-zur-

Sache«-Ton. Er lehnte sich in den Drehstuhl und begegnete Scotts wütendem Blick. »Während der letzten drei Tage hatten wir bewaffnete Polizisten und zivile Beamte überall auf den Stationen. Ich musste jede einzelne Personalakte über jeden Angestellten, Vollzeit oder Teilzeit, ja selbst die Gelegenheitsjobs aushändigen. Alles zur Sicherheitsüberprüfung. Nicht weniger als siebenundzwanzig Mitarbeiter musste ich entlassen, weil sie vorbestraft sind. Ich wusste das, als ich sie einstellte, es war Teil ihres Rehabilitierungsprogramms, und sie waren verdammt gute Arbeiter, sodass ich sie nur ungern gehen ließ. Und sie waren wütend über die Entlassung und beschwerten sich bitter, dass sie als Sicherheitsrisiko eingestuft wurden.« Winters drehte sich leicht in seinem Stuhl, als wollte er die Worte einsinken lassen. Sein Blick wich nicht von Scott. »Und jetzt informiert mich der Polizeipräsident, dass verdeckte Beamte Sie ständig beschatten werden, von dem Augenblick an, da Sie über unsere Schwelle treten, bis zu dem Moment, da Sie vom Parkplatz fahren. Wenn Sie austreten wollen, wird ein Mann mit einer Pistole erst die Toilette überprüfen. Wenn Sie im Haus unterwegs sind, wird Ihnen jemand im Arztkittel mit einer geladenen Smith & Wesson überallhin folgen.«

Scott war bestürzt. Jetzt begriff er, warum Winters ihn gleich nach seinem Arbeitsantritt zu sich gerufen hatte. Er sank in seinen Stuhl zurück. Er nahm seine Brille ab und putzte die Gläser mit einem Zipfel seines weißen Kittels für einen klaren Blick und einen klaren Kopf. Winters fuhr fort: »Der Polizeipräsident machte auch klar, dass seine Männer die Befugnis haben, jeden zu durchsuchen, der ihnen verdächtig vorkommt oder ihrer Meinung nach eine unmittelbare Gefahr für Ihre Sicherheit darstellt.« Er seufzte laut und murmelte: »Das ist wie aus einem Tom-Clancy-Thriller.«

Scott war wie vor den Kopf geschlagen und wusste nicht, wie er reagieren sollte.

»Wer weiß noch davon?«, fragte er schließlich.

»Der Verwaltungsrat. Letzte Nacht wurde eine außerordentliche Sitzung anberaumt, um das Problem zu besprechen.«

»Und wie war die Stimmung?«
Winters zuckte die Schultern. »Erstaunt, ratlos, besorgt. Was soll ich sagen? Das ist nicht das übliche Krankenhaus-Problem. Ich meine, wir mussten uns schon mal um Ärzte kümmern, die im Dienst trinken oder die Medikamente entwenden, sogar manchmal um solche, die sich mit Patienten einlassen oder im hinteren Kämmerchen mal rasch eine Schwester vernaschen. Aber das ist völliges Neuland für uns. Wir hatten noch nie zuvor einen Angestellten, der im Dienst bewaffneten Schutz brauchte.«
Scott rückte seine Brille an den Ohren zurecht und versuchte verzweifelt, seinen Kopf klar zu bekommen. Er hatte größte Probleme, die ganze Tragweite dessen zu erfassen, was Winters sagte. »Möglicherweise interpretiere ich Sie falsch« – er stolperte über die Worte –, »aber wollen Sie sagen, dass ich eine Belastung für das Krankenhaus bin? Ist das Ihre Meinung?«
»Das haben Sie gesagt, Dr. Nolan, legen Sie es mir nicht in den Mund. Aber ich muss Ihnen sagen, dass der Verwaltungsrat größte Schwierigkeiten hat, sich mit diesen Sicherheitsanordnungen abzufinden. Ich habe den Polizeipräsidenten heute Morgen angerufen, um unseren Standpunkt klar zu machen, und erhielt eine halbe Stunde später einen wütenden Anruf vom Justizminister persönlich.«
Scott stöhnte. »Oh, nein. Was hat er gesagt?«
»Ich werde nicht wiederholen, was er gesagt hat. Ich weiß, dass der Minister eine schreckliche Zeit hinter sich hat, erst den Verlust seines Sohnes, dann den Anschlag, den er nur knapp überlebt hat. Aber wir alle haben unser Leben zu leben. Wir können Irland nicht in eine Festung verwandeln, in einen Super-Polizeistaat.« Winters stand auf und blickte aus dem Panoramafenster, während er sein herausgerutschtes Hemd in die Hose zurücksteckte. Draußen lagen Wolken tief über der Stadt, und Regentropfen rannen über die Scheiben. »Dublin wird langsam ein Albtraum, das weiß ich. Unsere Notaufnahme ist jeden Abend voller Drogensüchtiger und

Säufer und Schläger. In den letzten sechs Monaten habe ich acht neue Sicherheitskräfte allein für die Nachtschicht eingestellt. Löhne für Männer, um das Personal zu schützen, Geld, das eigentlich für die Patientenversorgung da sein sollte. Und dann hat die Regierung den Nerv, über die Kostenexplosion in den Krankenhäusern zu wettern. Wie zum Teufel soll ich in einem Kriegsgebiet mit meinem Budget auskommen?«

Scott nickte unsicher. »Was hat Harry Power gesagt?«, wiederholte er.

Winters drehte sich herum, stützte sich auf den Schreibtisch und blickte Scott ins Gesicht. »Er sagte mir, wenn es notwendig ist, lässt er die Armee das Krankenhaus patrouillieren. Ihre Sicherheit genießt oberste Priorität.«

Scotts Gedanken überschlugen sich. Er erinnerte sich an Mark Higgins' Worte am Friedhof, am Tag, als Laura begraben wurde. So sieht dein Leben von jetzt an aus, Doc. Solange du in diesem Land bleibst, wirst du unter ständigem Polizeischutz stehen.

Scott war die ganze Bedeutung dieser Bemerkung damals nicht wirklich bewusst gewesen. Aber er fand inzwischen die ständige Polizei-Leibwache vor seiner Wohnung bedrückend. Er hatte insgeheim gehofft, das würde einige Wochen dauern und dann nach und nach ein Ende nehmen. Jetzt erkannte er, dass er die Situation völlig falsch beurteilt hatte.

Großer Gott, er war ein Arzt, nicht der amerikanische Präsident. Welcher Arzt braucht rund um die Uhr bewaffneten Schutz? Was hier geschah, war absurd. Eine Überreaktion von Seiten des Justizministers.

»Und wie denken Sie darüber, Mr Winters? Was schlagen Sie vor?«

Winters setzte sich und fuhr mit den Handflächen über den Tisch, als taste er nach einer Nadel. Schließlich blickte er hoch, und seine Miene war sorgenvoll. »Um ehrlich zu sein, Dr. Nolan, ich habe die ganze letzte Nacht darüber nachgegrübelt. Ich habe kaum geschlafen.«

»Das tut mir Leid.«

Winters ignorierte die Bemerkung. »Und ich muss Ihnen sagen, meine Hauptsorge gilt nicht Ihrer Sicherheit, auch wenn Harry Power das anders sieht. Meine Sorge und Verantwortung gilt der Sicherheit des gesamten Personals. Wenn die Polizei annimmt, dass Sie in ständiger Gefahr sind, gehe ich davon aus, dass sie Informationen hat, die mir nicht zugänglich sind. Und wenn man ständig mit einem Anschlag auf Sie rechnet, wie kann ich dann guten Gewissens Ärzte und Schwestern bitten, mit Ihnen zu arbeiten, wenn ich weiß, sie könnten dabei in die Schusslinie geraten? Es gäbe ein Blutbad, wenn jemand hier auf den Gängen mit einer automatischen Waffe losballert. Oder, was geschieht, wenn irgendein kranker Witzbold auf den Gedanken kommt, mit einer Plastikwaffe herumzufuchteln? Wird erst geschossen und dann gefragt?«

Es war still im Raum nach diesen Worten, bis auf gedämpfte Stimmen auf dem Korridor draußen und das Prasseln der Regentropfen gegen die Panoramafenster. Harold Winters drehte sich mit seinem Stuhl hin und her und wich Scotts Blick aus.

»Und es gibt ein Fazit zu all dem, Mr Winters, wie ich anneh-me?« Winters stoppte mitten im Schwung. »Diese Vorladung dient nicht nur dazu, mir Ihr Herz auszuschütten und mich auf ein Problem hinzuweisen. Ich bin das Problem, nicht wahr?«

Winters nickte leicht. »So kann man es sehen, ja.«

»Was Sie also wirklich wollen, ist, dass diese« – Scott suchte nach dem rechten Wort – »diese Sache, wie Sie es nannten, dass diese Sache so schnell wie möglich aus der Welt geschafft wird, nicht wahr?«

Winters schwieg, aber seine Augen verengten sich.

Scott blickte auf seine Uhr. Es war elf, und seine klinische Besprechung würde zu Ende sein, sein Team würde sich fragen, was zum Teufel los war, und die Schwestern würden auf seine Anordnungen warten. Er war so weit zurück mit seiner Arbeit, sein eigenes Ärzteteam war ihm fremd geworden.

Als Winters wieder das Wort ergriff, war seine Stimme rasiermesserscharf, und seine Worte schnitten durch Scott wie ein

Skalpell durch Fleisch. »Ich hielte es für das Beste, Dr. Nolan, wenn Sie sich eine Stellung in einem anderen Krankenhaus suchen. Und vorzugsweise in einem anderen Land.«

Nach diesem Gespräch mit dem Verwaltungschef des City Hospital kehrte Scott wie betäubt auf die Stationen zurück. Sein Team hatte die klinische Besprechung beendet und arbeitete jetzt wieder nach den Anordnungen seines Stellvertreters. Scott blätterte ziellos in Diagrammen, überflog halbherzig Laborberichte und Röntgenausdrucke. Sein Blick glitt über seine Patienten, Kinder in verschiedenen Krankheitsstadien. Einige waren lebendig und ausgelassen und versuchten Witze zu reißen, andere waren niedergedrückt, ihr Blick entrückt und lustlos, ihre Körper zu schwach für jede Aktivität. Tropfschläuche und Drainagebeutel behinderten zudem ihre Bewegungen, und so lagen sie mutlos und niedergeschlagen in ihren Betten.
Normalerweise setzte er sich an jedes Bett für ein kurzes Gespräch mit den jungen Patienten, entweder um sich über den Fortschritt ein Bild zu machen, oder um die ein wenig aufzurichten, die den Kopf hängen ließen. »Wie geht es dem jungen Mann heute, besser als gestern?« oder: »He, kleiner Freund, du siehst diese Woche viel besser aus. Möchtest wohl bald nach Hause?« Aber im Augenblick war er so schockiert von Winters' Worten, dass er sich nicht aufraffen konnte, mit irgendjemandem zu sprechen.
Ich hielte es für das Beste, Dr. Nolan, wenn Sie sich eine Stellung in einem anderen Krankenhaus suchten. Und vorzugsweise in einem anderen Land.
Du bist hier unerwünscht. Du bist nicht länger die große Nummer, als die dich jeder bei deiner Ankunft willkommen hieß, der amerikanische Spezialist, der die Behandlung von Leber-Erkrankungen in Irland auf den neuesten Stand bringen würde. Der Amerikaner, den die Regierung aus der illustren Schar der Ärzteschaft des City Hospitals für die medizinische Informationskampagne in Harry Powers Antidrogenkrieg herauspickte.

Oh, wie sich die Krankenhausverwaltung damals in seinem Erfolg gesonnt hatte, wie begeistert die Belegschaft gewesen war, dass einer der Ihren das Krankenhaus so positiv repräsentierte! Aber, bei Gott, wie schnell sich Einstellungen ändern ... Dr. Scott Nolan, das Genie, war jetzt Nolan, der riskante Klotz am Bein. Zeit für eine Veränderung, Dr. Nolan. Ich höre, da gibt es einen guten Posten in der Antarktis für jemanden mit Ihren Fähigkeiten. Mörder werden Sie dort nicht so schnell aufstöbern.

Schließlich hielt er es nicht mehr aus und eilte aus der Station, ohne sich um die erstaunten und fragenden Blicke zu kümmern. Was ist nur los mit dem Mann? Er konnte die Verwirrung fast spüren, als er mit erhobenem Kopf die Treppen hinuntereilte.

Im Erdgeschoss machte er einen Bogen um eine erschütterte Gruppe, die stumm an den Lippen eines jungen Arztes hing, der ernst auf sie einsprach. Da hat noch jemand einen schlechten Tag, dachte er, als er vorbeieilte. Noch im weißen Kittel und mit dem Stethoskop um den Hals verließ er das Hauptgebäude durch den Besuchereingang und winkte ein Taxi heran.

»Wohin?« Der Fahrer war ein kleiner kahlköpfiger Mann in Pullover und Lederjacke. Auf dem Armaturenbrett war sein Ausweis befestigt sowie ein grüner Luftverbesserer und eine kleine Plastikstatue der Heiligen Jungfrau. Er startete den Motor und beobachtete seine Kundschaft im Rückspiegel.

»Sandymount, bitte«, nuschelte Scott mit dem Gesicht am Seitenfenster.

»Alles klar.« Das Taxi fuhr los. »Haben Sie gerade Dienstschluss oder so was?«

»Nein, eigentlich nicht.« Scott war noch immer durcheinander und nicht auf Fragen vorbereitet. »Na ja, in gewisser Weise könnte man es so sehen. Ich mache Dienstschluss.«

Der Fahrer blickte immer wieder in den Rückspiegel, während er durch Krankenhausverkehr und Patienten und schließlich eine lange Auffahrt in eine Seitenstraße chauffierte. »Seltsame Zeit für Dienstschluss. Die meisten Ihrer Kollegen, die

ich fahre, verlassen das Haus um sieben am Morgen oder um acht am Abend. Nicht zur Mittagszeit.«
Scott starrte auf die verwaschenen Straßen hinaus, die vorüberglitten. Auf den Gehsteigen kämpften die Leute mit ihren Schirmen, die der Wind ihnen umdrehte, oder standen in Häusereingängen unter, wenn ein neuer Regenschauer über die Stadt zog.
»Ich wurde früher heimgeschickt, wegen schlechten Betragens«, sagte er verbittert.

Das Telefon läutete genau um zehn. Scott ließ es läuten, bis der Anrufbeantworter übernahm, wie er es seit Tagen tat. »Scott, hier ist Bob. In der heutigen *New York Times* ist ein ganzseitiger Artikel über dich. Wenn du dazu kommst, ruf mich an ...«
Scott unterbrach den Anrufbeantworter und übernahm das Gespräch. »Bob, hi. Scott hier.«
»Großer Gott, Scott, die ganze Woche versuche ich dich schon zu erreichen. Was zum Teufel ist da drüben los? Ich hab nichts von dir gehört, die alten Herrschaften haben kein Sterbenswort gehört. Bist du okay? Erzähl uns, wie du zurechtkommst, Mom und Dad machen sich große Sorgen.«
Scott dachte, dass er im Moment gut ohne ein neuerliches Verhör auskommen konnte, vor allem durch seinen älteren Bruder. Aber natürlich hatte er die Anrufe aus Chicago und New York registriert und wusste, dass ihn seine Familie zu erreichen versuchte. »Es tut mir Leid, Bob. Die letzte Zeit war die Hölle für mich, und es fällt mir sehr schwer, mit jemandem zu reden. Ich rufe die Eltern an, sobald wir auflegen.«
»Tu das, sie werden froh sein, deine Stimme zu hören. Der Alte sagte, er würde nach Dublin fliegen, wenn er dich in den nächsten achtundvierzig Stunden nicht zu sprechen kriegt.«
»Ich rufe an, versprochen. Sobald unser Gespräch zu Ende ist.«
»Du klingst ziemlich deprimiert, Scott. Vielleicht solltest du einen Therapeuten aufsuchen. Oder wie wär's eine Weile mit

Prozac? Es hat mir letztes Jahr über den Berg geholfen, als die Märkte zusammenbrachen und ich ein kleines Vermögen verlor.«

Scott musste lächeln. Sein älterer Bruder nahm Prozac, sieh mal an. »Ich werde darüber nachdenken, Bob. Das ist sicherlich auch eine Möglichkeit.«

Es folgte eine angespannte Pause, bevor Bob wieder sprach: »Erzähl schon, Scott. Wie geht's dir? Willst du in dieser verdammten Stadt bleiben, oder kommst du zurück in die Zivilisation? Einen wie dich nähmen sie mit Handkuss in jedem der großen Krankenhäuser an der Ostküste. Und du könntest eine schöne Stange Geld verdienen.«

»Ich lass mir gegenwärtig alle Möglichkeiten durch den Kopf gehen«, log Scott. Wenn er Bob von seinem Gespräch mit Winters erzählte, würde er nur eine Flut von Hohn ernten.

»Großer Gott, du redest wie ein Politiker. Du bist mein kleiner Bruder, also mach mir nichts vor. Sag es, wie es ist.«

»Das sagst du mir, Bob. Was schreibt die *New York Times*?«

»Deshalb rief ich so schnell wieder an. Ich habe gerade Seite fünf vor mir. Große Schlagzeile: ÜBERWACHUNGSALBTRAUM FÜR CHICAGOER ARZT. Ist ein Sonderbericht von ihrem Europa-Korrespondenten in Dublin. Dr. Scott Nolan, ein aus Chicago gebürtiger Kinderarzt bla-bla-bla. Da ist ein bisschen Biographisches, dann kommt er zum Kern der Story. Nach Insiderquellen sieht die irische Regierung in Scott Nolan ein Sicherheitsproblem. Die Rund-um-die-Uhr-Überwachung durch bewaffnete Polizeibeamte und ein Einsatzkommando in Bereitschaft für den Fall eines neuen Anschlages machen Nolan zum teuersten Arzt des irischen Gesundheitswesens.

Ein Regierungssprecher erklärte, es gäbe keine Unstimmigkeiten zwischen Dr. Nolan und Irlands Justizminister Harry Power, der ebenfalls am 10. Februar überfallen wurde. Aber Quellen aus dem unmittelbaren Umfeld haben bestätigt, dass Nolan die vielen Anrufe Powers unbeantwortet ließ und dass sich die beiden seit den Anschlägen nur einmal getroffen haben. Da ist eine Extraspalte über die Jagd nach dem führenden Kopf hinter den Anschlägen und dem mangelnden Erfolg der Aktion. Ein kurzer Schnipsel über die Bereitschaft zur Beihilfe von FBI und Interpol. Das ist es im Großen und Ganzen. Ein Foto von dir und ein anderes von einem brennenden Wagen, dann ein schemenhaftes Phantombild vom Mörder, das nicht viel taugt, weil es jeder sein könnte. Immerhin war das Ganze der Times wichtig genug für eine ganze Seite.«

Scott lauschte mit wachsendem Grimm. Wenn der *New-York-Times*-Bericht nur halb der Wahrheit entsprach, hatte Harold Winters nicht nur für sich gesprochen, als er Scott riet, sich eine andere Stellung, vorzugsweise in einem anderen Land, zu suchen. Das Personal des City Hospitals kam offenbar zum gleichen Schluss und wälzte vermutlich dieselben Gedanken. Seine Nachbarn in der Wohnanlage hatten bereits Extravorkehrungen getroffen, und man konnte davon ausgehen, dass jeder in seiner Nähe genauso nervös war.

»Ich werde es mir im Internet ansehen«, sagte Scott und bemühte sich, ruhig zu atmen. Er wollte nicht, dass Bob seinen Ärger mitbekam. »Mein größtes Problem ist Lauras Familie. Sie haben seit dem Begräbnis kaum mit mir gesprochen. Ich weiß, dass sie mich für ihren Tod verantwortlich machen.«

»Scott« – Bob gab sich betont locker –, »ich hab nie verstanden, warum du dich überhaupt in dieses Scheißland abgesetzt hast. Was verdankt ihm die Welt schon außer Guinness, Riverdance und Terroristen? Es ist hinterste Provinz. Der einzige Ort, an dem man es zu etwas bringen kann, sind die guten alten Vereinigten Staaten von Amerika.«

»Ich bin nicht wegen Irland hergekommen«, schnappte Scott. »Ich hatte eine Frau gefunden, die ich liebte und mit der ich den Rest meines Lebens verbringen wollte.«

»Ja, ich auch.« Der Zynismus in der Leitung tropfte fast neben Scott auf den Boden. »Drei Mal und immer noch nicht geheilt. Und jede hat mich ein Vermögen gekostet.«

»Bob, dieses Gespräch führt zu nichts. Danke für den Anruf und deine Ratschläge. Vielleicht sehen wir uns bald.«

»Vergiss nicht, mit dem Alten zu reden. Er macht sich wirklich Sorgen um dich, und wenn er von dem Times-Artikel hört, wird er sich noch mehr aufregen.«

»Gleich im Anschluss.«

Scott verbrachte die nächste halbe Stunde damit, dem Rest der Familie in Chicago zu versichern, dass alles in Ordnung war, dass er auf sich aufpasste und dass er langsam auch mit dem Tod seiner Frau zurechtkam. Er sprach fünfzehn Minuten mit Mary. Mit ihr zu reden war für Scott immer eine Freude. Sie erinnerte ihn so sehr an die Kinder, die er betreute, und ihm gefiel ihre kindliche Art. Im Gegensatz dazu war für seinen älteren Bruder Bob jeder Kontakt mit seiner Schwester wie Zahnziehen ohne Betäubung, und er ertrug es keine fünf Minuten, bis ihm etwas einfiel, das er unbedingt erledigen musste.

Dann warf er seinen PC an und suchte im Internet nach dem *New-York-Times*-Artikel, las ihn sorgfältig durch, bevor er die ganze Seite ausdruckte. Er starrte auf das Phantombild des Mannes, der sein Leben für immer verändert hatte. Es war ein körniges Bild, selbst auf dem Computerbildschirm, und der Ausdruck wurde nicht viel klarer, aber es deutete auf einen schmalgesichtigen, großen, verhältnismäßig jung aussehenden Mann hin. Ende zwanzig oder Anfang dreißig stand in Klammern. Die Augen waren unkenntlich und überschattet von überbetonten Brauen. Die Lippen waren schmal und zusammengepresst, die Ohren weit hinten und von langem Haar bedeckt, das hinter dem Kopf zu einem Pferdeschwanz gebunden war. Scott starrte fast zehn Minuten unverwandt auf die Zeichnung und vergaß seine Müdigkeit und Niedergeschlagenheit. Wer bist du?

Kurz vor elf rief er Mark Higgins an.

Sie trafen sich am nächsten Nachmittag um Punkt zwei Uhr auf dem Parkplatz einer großen katholischen Kirche gegenüber dem St. Vincent Hospital drei Meilen südlich des Dubliner Stadtzentrums.

Scott ging die zwanzig Minuten von seiner Wohnanlage zu

Fuß, begleitet in einigem Abstand von einem zivilen Polizeifahrzeug. Der Himmel war klar. Die Sonne schien untypisch hell für die Jahreszeit und vermittelte eine Ahnung von Frühling. Die Wetterfrösche hielten Temperaturen von fünfzehn Grad für möglich, warnten aber vor einer Kaltfront aus dem Norden.

Vertraut mit den Launen des irischen Wetters trug Scott Jeans und einen Rollkragenpullover, hatte aber einen Mantel über dem Arm. Er schritt leichtfüßig mit seinen Turnschuhen an den roten Ziegelhäusern vorbei. Auf der Rock Road, der Hauptverkehrsstraße nach Süden, nahm er kaum die langen Autoschlangen wahr oder die Bauarbeiten am Krankenhaus oder die Mittagspausenachzügler, die aus dem Merrion Inn, der beliebten Kneipe der Gegend, kamen. Handys wurden an Ohren gedrückt, Abschiedsrufe schallten, als sich Freunde trennten und widerstrebend zur Arbeit zurückkehrten.

Er putzte die vom Schwitzen angelaufenen Brillengläser und sah gleich darauf Mark Higgins' Wagen, einen dunkelblauen 95er Saab mit getönten Scheiben, auf den fast leeren Parkplatz fahren. Er war nur ein einziges Mal im Inneren des ledergepolsterten Fahrzeugs gewesen, am Tag von Lauras Begräbnis, als sein Schwager ihn zurück nach Dublin gefahren hatte. Als er die Beifahrertür öffnete, musste er unwillkürlich daran denken, wie sehr sich ihrer beider Leben in diesen zehn Tagen verändert hatte.

»Ich habe etwa eine Stunde«, sagte Higgins unfreundlich und wandte ihm nicht den Blick zu. »Was willst du?«

»Freu mich auch, dich zu sehen«, erwiderte Scott sarkastisch.

»Scheiß drauf, Nolan. Ich mag dich nicht, ich sag's, wie es ist. Hab nie verstanden, welchen Narren Laura an dir gefressen hat, aber es war ihre Entscheidung, und ich musste damit leben.« Er wandte sich Scott zu und starrte ihn wütend an. »Und was hat es ihr gebracht?«

Scott atmete tief durch, um die Beherrschung nicht zu verlieren. »Vergeuden wir jetzt die Stunde mit gegenseitigen Beleidigungen?«

»Hängt von dir ab, Doc. Ich hab einiges auf Lager, das ich loswerden will.« Higgins zog seine Jacke aus, er trug einen blauen Blazer über einer beigen Hose. Er öffnete den obersten Hemdknopf und lockerte seine Krawatte. Dann ließ er das Seitenfenster halb herunter. Hupen und Reifenkreischen klang von der Straße herein.

Scott tastete nach dem Türgriff. Es war ein Fehler. Ich hätte das Treffen nicht vereinbaren sollen. Es ist zu viel Wut zwischen uns, zu viel Bitterkeit und Schmerz. Dann zog er seine Hand zurück. Wenn ich jetzt gehe, kriege ich nie mehr, was ich haben will. »Wie viel weißt du wirklich über mich?« Er versuchte Higgins' Aufmerksamkeit auf sich zu lenken, doch der wandte nicht den Blick.

»Nicht viel, und es interessiert mich auch nicht sehr. Laura hat mich über das Wichtigste informiert, Familie, Beruf, Laufbahn. Sie wollte mir mehr erzählen, aber ich hab mir nicht die Zeit für den ganzen Lebenslauf genommen.«

Scott wartete eine Minute, bevor er fortfuhr. »Kehrst du immer den harten Typen heraus? Ich meine, wenn du dir eine Schachtel Zigaretten kaufst, starrst du dann auch den Tabakwarenhändler feindselig an? Isst du dein Essen, oder kaust du es zu Brei? Schläfst du mit offenen Augen, oder lässt du sie gelegentlich auch zufallen?«

Higgins drehte sich langsam auf seinem Sitz herum und blickte Scott an. Seine Augen funkelten verärgert, als er seinen Schwager musterte. Er hatte eine Hand am Armaturenbrett liegen und stützte sein Gesicht mit der anderen. »Was redest du denn da für einen Mist? Ich suche nach der geringsten Entschuldigung, um dir den Kopf abzureißen, und du rennst mir hier direkt vor die Flinte. Bist du lebensmüde?« Er deutete mit dem Daumen aus dem Fenster. »Da könnten auch deine Leibwächter dir die Haut nicht mehr retten, so schnell ginge das.«

Scotts Beschatter waren bis auf sechs Meter an den Saab herangefahren, und er konnte sehen, dass einer der beiden sein Handy am Ohr hatte, vermutlich um Autonummer und Eigentümer zu überprüfen. Er blickte auf die Uhr. »Ich sitze hier seit fünf Minuten, und wir haben noch kein vernünftiges Wort miteinander gesprochen. Du hast mir eine Stunde zugesagt, und ich werde sie bis zur letzten Minute nutzen, um zur Sprache zu bringen, was ich mir vorgenommen habe. Du kannst so wütend und so verbohrt sein, wie du willst, ich kann es dir nicht einmal verdenken. Aber es bringt uns beide keinen Schritt weiter, und ich möchte diese Gelegenheit nicht vergeuden.«

Higgins öffnete eine Schachtel Silk Cuts und zündete sich eine Zigarette an. Er fuhr sich mit den Fingern durchs Haar und setzte sich bequemer zurecht. Er warf Scott einen Blick zu, nahm einen tiefen Zug und betrachtete die glühende Spitze, dann schnippte er die Asche aus dem Fenster. »Was hast du vor?«

Scott schob seine Brille die Nase hoch. »Ich will den Mann finden, der Laura getötet hat.«

Higgins war so überrascht, dass er sich fast an der Glut seiner Zigarette verbrannte. »Du willst ihn finden? Das ganze Land will das Schwein finden. Was ist daran so besonders?«

»Wie können alle so sicher sein, dass er nicht zurückkommt und es zu Ende bringt?«

Higgins verzog den Mund zu einem schlecht verhohlenen spöttischen Grinsen. »Willst du den Polizisten spielen? Ist dir das Arztleben zu langweilig?«

Scott ignorierte den Seitenhieb, entschlossen, sich nicht von seinem Vorhaben abbringen zu lassen. »Beantworte einfach nur die Frage«, sagte er, »warum glaubst du, dass er es nicht wieder versuchen wird?«

»Weil es zu gefährlich wäre.« Higgins blickte aus dem Fenster und beobachtete die Gläubigen, die aus der Kirche kamen. Da war eine kleine Ansammlung älterer Bürger, die sich unterhielten und sich dabei auf einen Minibus zubewegten. »Harry Power ist von Leibwächtern umgeben, wie seine Familie auch. Sie können sich nicht einmal den Hintern kratzen, ohne auf den Lauf eines Schießeisens zu stoßen. Dieser Kerl war ein Profi. Er wird nicht Kopf und Kragen riskieren, um einen

Job zu Ende zu bringen, wenn nicht verdammt viel Geld damit zu holen ist. Und keine Summe ist es wert, dafür auf dem Friedhof zu landen.«

Draußen hatte sich der Minibus gefüllt und rollte mit seinen Kirchgängern in Richtung Stadt davon. Die Holztore der Kirche wurden geschlossen, und bald lag der Parkplatz wieder verlassen da.

»Du hast also die Hosen voll.« Higgins zündete sich eine neue Zigarette an. »Warum ziehst du nicht einen dicken Strich unter alles und gehst in die Staaten zurück? Du bist jetzt praktisch ein Fremder hier.«

Scott wurde wütend und hielt die Luft an, um einen heftigen Ausbruch zu unterdrücken. »Du begreifst es einfach nicht, oder? Geht es nicht in deinen Schädel, dass ich deine Schwester wirklich geliebt habe?« Scotts Stimme lief über vor schmerzlichen Gefühlen. »Laura war das Kostbarste in meinem Leben, und ich wäre ihr bis ans Ende der Welt gefolgt, um sie nicht zu verlieren.« Higgins zog an seiner Zigarette und hörte unbewegt zu. Er starrte auf einen imaginären Punkt, und nicht die geringste Regung verriet seine Gedanken. »Wir waren eins, Mark« – Scott rang um seine Fassung –, »in einer so engen Beziehung, wie ich sie niemals für möglich gehalten habe. Wir machten Pläne für die Zukunft. Wir hatten genug für eine Anzahlung auf ein Haus in der Stadt in der Nähe ihres Arbeitsplatzes gespart, und sie machte Schaufensterbummel nach Einrichtung und Ausstattung. Wir hatten sogar darüber gesprochen, im kommenden Jahr eine Familie zu gründen. Und jetzt habe ich alles verloren. Ich habe meine Frau und meine Zukunft mit dem einzigen Menschen verloren, den ich je geliebt habe. Jetzt kann ich keine Kinder mit diesem wunderschönen Geschöpf mehr haben. Für mich hat das Leben allen Sinn verloren.« Er hielt schwer atmend inne. Higgins rutschte unbehaglich in seinem Sitz und wandte seinem Schwager schließlich das Gesicht zu. Bevor er etwas sagen konnte, stieß Scott bebend vor Grimm hervor: »Ich will den Scheißkerl finden, der Laura umgebracht hat.«

»Nette Ansprache. Hätte dir im Rotary Club vielleicht Sympathien gebracht, aber mich lässt sie kalt.« Higgins stieß mit dem Zeigefinger nach Scott. »Jetzt hörst du mir zur Abwechslung mal zu.« Von draußen kam mehrfaches Hupen und das Quietschen von Bremsen, gefolgt von aufgebrachten Stimmen. Higgins ignorierte den Lärm und beugte sich zu seinem Beifahrer vor, dass sie nicht mehr als dreißig Zentimeter voneinander entfernt waren. Zum ersten Mal starrte Scott aus unmittelbarer Nähe in Higgins Augen und spürte merkliches Unbehagen. Er wappnete sich gegen das Unberechenbare hinter den dunklen Pupillen. »Du hast Laura nur ein paar Jahre gekannt, ich kannte sie, seit sie ein Baby war. Sie war meine kleine Schwester, meine beste Freundin, meine Vertraute. Wir teilten alles miteinander und verbargen nichts voreinander. Ich wusste von ihrem ersten Freund, ihrer ersten wichtigen Verabredung und ihrer ersten Trennung. Und sie gab mir Ratschläge über alles, Mädchen, Essen, Kleidung und Berufswahl. Wir hingen wie Kletten zusammen, und es brach mir das Herz, als sie den Job in den Staaten annahm. Und dann wurde es noch schlimmer, als sie mich anrief, um mir zu sagen, sie hätte jemanden kennen gelernt und wollte ihn heiraten. Ich muss zugeben, dass ich wirklich eifersüchtig war. Ich konnte den Gedanken nicht ertragen, dass sich überhaupt irgendjemand – aber vor allem ein Mann – zwischen uns drängt. Wenn ich ganz ehrlich bin, wäre es mir am liebsten gewesen, sie wäre allein geblieben und immer für mich da gewesen, wenn ich sie brauchte. Meine Abneigung für dich ist also gar nicht so persönlich. Du warst halt derjenige, in den sie sich verliebt hat.« Er hielt inne und schnaubte angewidert. »Und der Himmel weiß, warum. Sie war weit fort von zu Hause und wahrscheinlich einsam.« Er wandte sich ab, und Scott spürte die Erleichterung, von diesem grimmigen Blick nicht länger beherrscht zu werden, fast körperlich. Higgins saß mit gesenktem Kopf. Seine Finger trommelten auf der Lenksäule. »Dein Verlust ist also nichts im Vergleich zu dem, was ich durchmache.« Scott hätte schwören können, ein unvollkommen unterdrücktes

Schluchzen zwischen den Worten zu hören. Aber dann fuhr Higgins so wütend wie zuvor fort: »Und dass du hier bei mir im Wagen sitzt und gehen und essen und reden und atmen kannst, ich kann dir sagen, das ist eine verdammt harte Nuss für mich.« Er schlug voller Zorn auf das Lenkrad. »Warum hast du an diesem Tag deinen verdammten Wagen nicht selber gefahren?«

Der Hass in der Stimme war wie ein Schlag ins Gesicht, und Scott sank niedergeschmettert und entmutigt in seinen Sitz zurück. Der Schmerz dieses Mannes ist so tief wie meiner. Wir können beide nicht klar denken. Er blickte auf seine Uhr und sah, dass es zehn nach drei war. Draußen hatte die Dämmerung eingesetzt, und die Straßenlaternen brannten. Autoscheinwerfer erhellten die Straße, und ein steter Verkehrslärm erfüllte die Luft. Gelbe Baufahrzeuge fuhren mit blinkenden gelben Lichtern über das Baugelände des Krankenhaus-Areals auf der anderen Straßenseite. Fußgänger suchten sich einen Weg durch die Autoschlangen zu den blau-weißen Bussen. Mehr Menschen kamen aus dem Merrion Inn, als hineingingen. Es war die übliche Ruhe vor dem abendlichen Berufsverkehr. Nur in der großen Kirche mit ihren prachtvollen Glasmalereien und dem geräumigen Parkplatz tat sich wenig. So ist das moderne Irland, dachte Scott bitter. Sie haben alle ihre Seelen an BMW und Mercedes Benz verkauft.

Er brach das verbitterte Schweigen. »Das City Hospital hat mir geraten, mir einen neuen Job zu suchen, am besten in einem anderen Land.«

Higgins blickte ihn verwirrt an. »Wovon redest du? Ich dachte, du wärst ihr internationales Zugpferd.«

Scott erzählte ihm von seinem Gespräch mit Harold Winters am Morgen und wie wütend er darüber war. »Das Arschloch«, war alles, was Higgins am Ende sagte. Er schaltete sein Handy ein und sprach kurz mit jemandem und informierte ihn über eine Verspätung. Dann wandte er sich wieder Scott zu. »Ich nehme an, das war es dann. Du gehst nach Detroit zurück, oder wo immer du herkommst, und machst weiter, wo du aufgehört hast.«

»Nein«, unterbrach ihn Scott. »Ich gehe nirgendwo hin. Wer immer Laura getötet hat, der hat mein Leben zerstört, und ich will ihn zur Rechenschaft ziehen.« Er begegnete Higgins' fragendem Blick. »Wie ich schon sagte, ich will diesen Mann finden, und ich werde keine Ruhe geben, bis ich ihn habe.«

Higgins betrachtete Scott, als wäre er eine zweiköpfige Monstrosität. Seine Stirn runzelte sich und seine Brauen überschatteten seine Augen.

»Und wie?«, fragte er schließlich.

Fünf Minuten später stieß Higgins die Fahrertür auf und machte fast einen Sprung aus dem Wagen. »Das ist die bescheuertste Idee, die ich je in meinem Leben gehört habe!« Er brüllte so laut, dass sich Passanten nach ihm umdrehten.

Scott saß mit sinkendem Mut auf dem Beifahrersitz. Das war nicht die Reaktion, die er erhofft hatte.

Higgins steckte den Kopf durch den Türrahmen. Sein Gesicht war vor Verachtung verzerrt. »Du bist völlig übergeschnappt. Mir war klar, dass es dir an die Nieren geht, aber ich wusste nicht, dass du reif für die Klapsmühle bist. Doc, an deiner Stelle würde ich Mr Winters' Rat folgen und so schnell wie möglich aus diesem Land verschwinden. Du bist ein Risikofaktor ersten Ranges.«

Die Wut in seiner Stimme drang bis zu Scotts Leibwächtern, und einer sprang mit gezogener Waffe aus dem Wagen. Scott stieg müde aus dem Wagen und winkte dem Mann zu, dass alles in Ordnung war. Er hatte kaum die Tür geschlossen, als Higgins einstieg, den Motor startete und abzischte, als wäre der Teufel hinter ihm her.

Scott zog seinen Mantel über die Schulter und ging zu dem zivilen Überwachungsfahrzeug. Er fuhr sich durch das widerspenstige Haar und verzog das Gesicht. Seine Verlegenheit war unübersehbar. »Würden Sie mich nach Hause bringen?«

Sie schwiegen während der Fahrt und hielten vor der Wohnung, vor der dieses Mal keine Blumen lagen. Dann lehnte sich einer der Beamten, ein großer, schlanker Mann mit einem buschigen Schnurrbart, zu ihm nach hinten. In der Düsternis des anbrechenden Abends konnte Scott seine Züge kaum erkennen. »Nehmen Sie sich vor Higgins in Acht. Er hat einen gewissen Ruf bei der Polizei.« In der ruhigen Stimme schwang ein warnender Unterton. »Verdächtige neigen bei ihm dazu, aus dem Fenster zu springen und an ihren Verletzungen zu sterben. Einen Drogenhändler fanden wir nach einer Verfolgungsjagd im Fluss, und keiner kann sagen, ob er gesprungen ist oder ob nachgeholfen wurde. Ich weiß nicht, worüber Sie beide gesprochen haben, dass er so außer sich war, aber an Ihrer Stelle würde ich das Thema nicht mehr anschneiden. Er ist ein skrupelloser, nachtragender Bursche.« Der Beamte stieg aus und öffnete die hintere Tür für Scott. »Und das weiß hier jeder«, fügte er grimmig hinzu.

9

Am 24. Februar landete Sean Kennedy nach einem langen und komplizierten Flug auf dem Internationalen Flughafen von Bangkok. Während der vergangenen zwei Tage war der Süden Englands von arktischen Wetterverhältnissen heimgesucht worden, die London und den angrenzenden Landkreisen fünfzehn Zentimeter Neuschnee bescherten. In den betroffenen Gebieten kam praktisch alles zum Stillstand, da Städte und Ortschaften durch Schneeverwehungen von der Außenwelt abgeschnitten waren. Verkehrschaos entstand, als lange Lastwagenanhänger sich auf den Autobahnen quer stellten und alle Fahrspuren versperrten. Züge fielen aus, Busse blieben in den Garagen, die einzige sichere Möglichkeit, von einem Ort zum anderen zu kommen, war zu Fuß. Kennedy und Dutzende wie er saßen frustriert in einem Motel in der Nähe von Heathrow

fest, warteten auf die Wiederaufnahme des Flugbetriebs und fluchten über das Tagesprogramm des Fernsehens.
Mit einem falschen Pass und einer fiktiven Dubliner Adresse war Sean Kennedy nach London aufgebrochen, weil es von dort Direktflüge nach Fernost gab und irische Reisende in der Regel von dort ihre Auslandsflüge buchten. Allerdings leiteten die drei Hauptflughäfen der Hauptstadt die eingehenden Flüge nach Manchester und Birmingham, ja, sogar in das weiter im Norden liegende Glasgow um. Alle Starts wurden gestrichen. Am 23. konnte Heathrow etwa fünfzig Prozent seines Flugverkehrs abwickeln, und am 24. bekam Kennedy endlich einen Platz in einer 747 der Thai Airways, nonstop nach Bangkok.
Der Vogel startete allerdings mit zwei Stunden Verspätung, was die Stimmung der Fluggäste nicht gerade hob. Außerdem war die Maschine voll besetzt, ohne einen freien Sitz in der Touristenklasse, was Kennedys schlechte Laune noch tiefer in den Keller drückte. Sein Bein schmerzte in dem kalten nordeuropäischen Winter mehr als je zuvor, und es wurde den ganzen Flug nicht besser, vor allem da er es kaum ausstrecken konnte. Zehn Stunden verbrachte er eingezwängt neben einer vierköpfigen Familie mit zwei Kindern unter fünf Jahren, und die Kleinen kreischten und stritten und heulten fast die ganze Zeit.
Kennedy biss die Zähne zusammen und versuchte sein Missgeschick mit Brandy pur und der ganzen Palette des angebotenen Filmprogramms zu ertragen. »Fliege immer Touristenklasse«, hatte ihm Jay Davis vor langer Zeit geraten, als sie Partner wurden. »In der Ersten und der Businessklasse erregst du unnötig Aufmerksamkeit. Die Leute sind immer neugierig und fragen sich, was du für einer bist, dass du dir so einen Flug leisten kannst. Sie erinnern sich an Gesichter und Namen. In der Touristenklasse, da kannst du verrecken, und es interessiert keinen.«
Als die 747 schließlich hielt und das Dröhnen der Motoren zu einem Summen wurde, öffnete Kennedy seinen Sitzgurt

und stand auf, um seine Aktentasche aus dem Fach über ihm zu nehmen. Dabei fragte er sich, mit welcher Klasse wohl Jay Davis nach Miami unterwegs war. Ich wette, der Kerl schlürft Champagner und legt den ganzen Flug die Füße hoch.

Er sah um sich herum den mit Abfall übersäten Gang und die erschöpften Gesichter der Touristenklasse. Der Teufel soll mich holen, wenn ich so wieder zurückfliege. Wenn wir schon ein Vermögen machen, kann ich mir jetzt auch was leisten.

Die plötzliche Hitze des Bangkoker Abends trieb ihm Schweißtropfen auf die Stirn, als er ein wenig unsicher die Passagiertreppe hinunter zum wartenden Bus ging. Hätte nicht so viel Brandy trinken sollen, schalt er sich, als er nach einer Haltestange griff. Und mein Mund ist ausgetrocknet. Die örtliche Temperatur war achtundzwanzig Grad, die Luftfeuchtigkeit über achtzig, und er genoss die Wärme, sogar der Schmerz in seinem Bein begann nachzulassen.

Während der Fahrt über die Rollbahn presste er beide Hände an die Ohren, als ein Quantas-Jet über ihn hinwegheulte. Der Gestank von Flugbenzin lag schwer in der Luft, und Halogenscheinwerfer strahlten blendend, als er und seine erschöpften Mitreisenden zur Ankunftshalle gekarrt wurden.

WILLKOMMEN AM INTERNATIONALEN FLUGHAFEN VON BANGKOK hieß es auf Thailändisch, Englisch und in einigen anderen Sprachen, kombiniert mit drohenden Hinweisschildern auf die Strafen für Drogenhandel, inklusive der Todesstrafe.

Er blickte zurück, und sein Blick folgte einer British Airways Maschine, die hinter einem blinkenden Jeep herrollte. In der Halle herrschte geschäftiges Treiben. Polizisten in blauen Uniformen kontrollierten jeden Ankömmling, während schöne junge Frauen in traditioneller Thai-Gewandung und -Haartracht frische Orchideen überreichten. Jeden empfingen sie mit einem höflichen *wai,* wobei sie die Handflächen vor der Stirn zusammendrückten. Hier ist alles beim Alten, dachte Kennedy, als er seine Aktentasche fester nahm und sich zur Passkontrolle anstellte.

Schließlich begutachtete ein kleiner, gelbhäutiger Beamter mit Borstenschnitt höflich seine Papiere. Er entnahm den Visa und Stempeln im Pass, dass er es mit einem Mr Ronald O'Leary, einem gebürtigen Dubliner und irischem Staatsbürger zu tun hatte. Mr O'Leary war offensichtlich ein Tourist mit Einreiseerlaubnis in die USA über Miami, dann Südafrika über Johannisburg, Malta über Valetta, einer für Barbados und schließlich Vietnam über Saigon.

»Sind Sie schon einmal in diesem Land gewesen, Mr O'Leary?«

Kennedy hätte beinahe nicht auf seinen falschen Namen reagiert. Es dauerte einen Moment, bevor er ein Lächeln zu Wege brachte und antwortete: »Nein, das ist mein erster Besuch.«

Der falsche Pass wurde ihm zurückgereicht, und Kennedy steckte ihn ein. Er nahm seine Aktentasche, um durch die Absperrung zu gehen.

»Aber Sie sind schon in Ostasien gewesen, ja?« Der Beamte blickte ihn durchdringend an, und Kennedy geriet zum zweiten Mal ins Schleudern.

Er sah sich um, als würde jemand hinter ihm antworten, bevor er Worte fand: »Ja, ah, ich war vor etwa einem Jahr in Vietnam.« Es klang, als hätte er die Reise völlig vergessen.

»Der Nächste bitte.« Bevor Kennedy sich auf die unerwartete Befragung einstellen konnte, war sie auch schon zu Ende, und der Beamte wandte seine Aufmerksamkeit einem jungen Paar zu, das ein weinendes Baby dabeihatte. Die beiden machten einen erschöpften und ratlosen Eindruck, und Kennedy nutzte den Augenblick, seine Tasche zu nehmen und sich zu entfernen. Was war nur mit ihm los? Sein Herz schlug bis zum Hals, und Schweiß perlte auf seiner Stirn.

Während er am Gepäckausgabeband auf seinen Koffer wartete, versuchte er sich zu beruhigen. Es war wahrscheinlich eine Routinefrage, die nichts zu bedeuten hatte. Er nahm seinen gefälschten Pass zur Hand und studierte die Seiten sorgfältig und kontrollierte, ob er sich die Einträge richtig gemerkt hatte. Es war ein Auftragsdokument, das ein Meisterfälscher in Paris angefertigt hatte. Er hatte seine Werkstatt im obersten Stock eines hohen Gebäudes, nur ein paar Minuten vom Boulevard de Montparnasse entfernt. Jakob Helst, ein litauischer Jude, war ein kleiner, runzeliger Mann unbestimmbaren Alters, mit stechenden blauen Augen und verkrümmten Fingern, die er mit der Geschmeidigkeit eines Konzertpianisten bewegen konnte. Er hatte einen Kneifer auf der Nase und rauchte Stumpen und redete immer aus einem Mundwinkel. Sein Akzent war schwer zu verstehen, vor allem, da er ebenso viel hustete und kaute wie redete. Helst verlangte viel Geld für seine Ausweise, Führerscheine, Pässe und anderen Reisedokumente.

Jay Davis hatte Kennedy mit ihm bekannt gemacht. Und der Fälscher war es auch gewesen, der die verschiedenen Visa und Ankunfts- und Abflugstempel vorgeschlagen hatte. Kennedy hatte Papiere für sechs verschiedene Namen in Auftrag gegeben und sechs verschiedene Frisuren für die dazugehörenden Ausweise kreiert.

»Der Mann ist einer der besten in der Branche«, erklärte Davis später, als sie in einem Straßencafé an der Place de l'Etoile saßen. »Er hat eine enge Gruppe von Mittelsmännern, die ihm gestohlene Pässe, Kreditkarten und dergleichen besorgen. Aus diesen kann er eine ganz neue Identität erschaffen, komplett mit Geschäftskarten und Briefpapier. Für einen weiteren Tausender kriegst du eine Kreditkarte nach Wunsch.«

Das war vor acht Monaten gewesen. Zu der Zeit fingen er und Davis an, ihren Plan zu schmieden.

In Paris zog in diesem Juni der Sommer ein, mit Temperaturen um die fünfundzwanzig Grad. Besucher saßen in den Straßencafés und beobachteten die Vorübergehenden. Junge Mädchen flanierten in kurzen Röcken und knappen Tops, und aus den vorbeifahrenden Wagen gab es anerkennende Pfiffe und anzügliche Zurufe.

Jay Davis liebte Paris und war für diese Stadt der Haute Couture passend gekleidet in einen leichten Leinenanzug, ein dunkelblaues Hemd mit geöffnetem Kragen und auf Hochglanz polierte Schuhe. Mit seiner Marbella-Sonnenbräune stach er aus den bleichgesichtigen Einheimischen hervor. Sean Kennedy hatte den Winter in Amsterdam verbracht und hatte nicht viel übrig für die Sonne. Er war in Jeans, weißem T-Shirt und Turnschuhen, und er sah beinahe aus, als wäre er Davis' ältester Sohn.

»Ich habe von ihm gehört, als ich einen Ex-IRA Terroristen namens Tommy Boyle hopsnahm, der ins Drogengeschäft eingestiegen war. Drei von uns nahmen Boyles Haus auseinander, und unter den Bodenbrettern im Oberstock fand ich eine Sammlung von Pässen, Führerscheinen, Ausweisen, sogar einen laminierten Ausweis für die Bank of Ireland, der ihm überall Zugang verschaffte. Das waren Top-Fälschungen, die man von richtigen Papieren nicht unterscheiden konnte, außer mit Spezialgeräten. Mehr als ausreichend für Grenzübertritte und Polizeikontrollen.«

Kennedy hörte gut zu, denn diese Gelegenheiten, wenn Davis über seine Erfahrungen erzählte, boten ihm Einblicke in die Persönlichkeit seines Partners und seine Erfahrungen mit der Unterwelt.

»Ich legte die Bodenbretter also wieder sorgfältig zurück, sagte den anderen beiden des Durchsuchungsteams, dass ich nichts gefunden hätte, und wir verließen Tommy, der sein Glück gar nicht fassen konnte. Aber ich kehrte eine Stunde später wieder zurück und ließ das Haus nicht aus den Augen. Und wer sagt es, er war fleißig am Stemmen und Hämmern und löste Brett um Brett. Er hatte fast zehntausend Pfund Sterling und noch mal zehntausend in US-Dollars. Dazu sechs Beutel Koks und die ganzen Reisedokumente. Tommy, sagte ich, erzähl mir, wer deine Fälschungen macht, und ich vergesse alles andere. Und da hörte ich zum ersten Mal von Helst.«

Kennedy überdachte das, dann fragte er das Offensichtliche: »Und wie hat Helst reagiert, als du mit einem Auftrag vor seiner Tür aufgetaucht bist?«

Davis lächelte, lehnte sich zurück in seinen Stuhl und sah in die Runde, um sicherzugehen, dass ihn niemand hören konn-

te. »Er war außer sich und weigerte sich, irgendetwas für mich zu tun, wenn ich ihm nicht sagte, wer mir seinen Namen und Aufenthaltsort verraten hatte.«
»Hast du es ihm gesagt?«
»Natürlich«, sagte Davis grinsend. »Helst war mir wichtiger als Boyle. Und sobald Helst wusste, wer ihn verpfiffen hatte, konnte Tommy keine Geschäfte mehr mit ihm machen.«
»Und was ist dann passiert?«
Davis lehnte sich über den Tisch bis fast vor Kennedys Gesicht. »Eine Woche später erhielt Helst Tommy Boyles Kopf in Eis verpackt als Eillieferung aus Dublin. Am nächsten Tag rief ich an und machte meine Bestellung, und die Papiere und Pässe waren innerhalb eines Monats fertig. Helst hat nichts dafür verlangt. Er sagte, ich hätte ihm einen großen Gefallen getan. Wenn man bedenkt, dass er fünftausend Dollar für einen einzigen Pass verlangt, habe ich wohl ein gutes Geschäft gemacht.«
Kennedy setzte sich in seinen Stuhl zurück und musterte Davis. Der Expolizist grinste übers ganze Gesicht, seine weißen Zähne blitzten in dem gebräunten Gesicht. »Wer hat den Kopf abgeschnitten?«
»Ich nicht«, versicherte ihm Davis und hob abwehrend die Hände. »Ich mach mir nie die Hände schmutzig. Als Helst seinen Preis nannte, ließ ich in gewissen Kreisen durchblicken, dass Tommy Boyle ein Spitzel ist, ein hoch bezahlter Informant der Polizei. Ich sorgte dafür, dass die Information an die richtigen Leute gelangte. Mein einziges Problem war, Tommys Kopf zu finden, denn die übliche Strafaktion der Bande besteht darin, den kopflosen Körper vor einer Polizeistation abzuladen. Aber ich bekam den Kopf rechtzeitig in die Finger, und der Körper landete in einem Kanal.«
Mit dem Bild einer kopflosen Leiche im trägen Wasser eines Dubliner Kanals vor Augen sah sich Kennedy den Pass genauer an. Er sah perfekt aus und hatte bereits mehreren Überprüfungen in Dublin, London und Amsterdam standgehalten. Und obgleich er wusste, dass ihn ein Meisterfälscher angefer-

tigt hatte, war Kennedy noch immer unsicher. Die unerwarteten Fragen des Beamten hatten ihn aus der Fassung gebracht. Er blickte auf die müde und frustrierte Menge, die auf ihr Gepäck wartete. Einige saßen apathisch am Boden, andere drängten sich um das Gepäckband, um gleich ihre Koffer zu nehmen, wenn sie auftauchten. Er sah sich genau ihre Gesichter an. Die meisten sahen europäisch aus, mit nur ein paar asiatischen und afrikanischen dazwischen. Und die meisten waren in Gruppen von zwei und mehr. Grob geschätzt war er einer von etwa zwanzig männlichen weißen Alleinreisenden. Machte ihn das automatisch verdächtig? Als Sextouristen vielleicht? Er hatte irgendwo gelesen, dass die thailändische Polizei von ihrer Regierung beauftragt worden war, gegen den internationalen Sexhandel vorzugehen, besonders gegen weiße männliche Singles mit möglichen pädophilen Neigungen.

Das Band lief an, und Kennedy wartete ab, bis sich das unwürdige Gedränge auflöste. Dreißig Minuten später rollte er seinen Koffer zum Zoll.

»Sir, bleiben Sie stehen, Sir«, rief eine Stimme hinter einem langen Tisch. Kennedy war schon halb durch die kleine Durchsuchungsabteilung und sicher, dass er es geschafft hatte, als ihn die Stimme rief.

»Kommen Sie zu mir, bitte.«

Kennedy stand einen Augenblick wie festgefroren und bemühte sich, sein hämmerndes Herz und seine plötzliche Furcht unter Kontrolle zu bekommen. »Ja?«, brachte er schließlich mit krächzender Stimme hervor.

Ein thailändischer Zollbeamter in kurzärmeliger Arbeitskleidung blickte ihm entgegen. Der Mann war etwa eins siebzig groß, mit einem beträchtlichen Bauch, einem Mondgesicht und einer Brille mit dicken Gläsern. Er hatte seine pummeligen Hände über dem Bauch verschränkt. »Bitte, stellen Sie Ihre Taschen auf den Tisch und zeigen Sie mir Ihre Reise- und Einreisedokumente.« Sein Englisch war perfekt, aber mit einem lokalen Akzent.

Sean Kennedy hob seinen Koffer auf den Tisch und begann

die Gurte zu öffnen. »Halt.« Der plötzliche Befehl ließ den Iren zusammenfahren. Er blickte verwirrt hoch. Der Zollbeamte winkte einem jüngeren Mann, der hinter ihm bereitstand, und instruierte ihn in der Landessprache. »Treten Sie bitte zurück.«
Kennedy trat zur Seite und war sich der Blicke seiner Mitreisenden bewusst, während sie unbehelligt an ihm vorbeigingen. Der jüngere Beamte holte einen Bund mit kleinen Schlüsseln aus einer Tasche, suchte einen aus und probierte ihn am Koffer. Das Schloss drehte sich nicht, und der Mann begann erneut seine Sammlung zu durchforsten.
Kennedy tastete durch die Taschen seiner leichten Fleecejacke. »Hier sind die Schlüssel, wenn Sie sie brauchen.«
Eine pummelige Hand hob sich und winkte ihm, sich nicht einzumischen, so sah Kennedy ungeduldig zu, bis der Koffer schließlich aufging. Erneut erhielt der junge Beamte Instruktionen in thailändischer Sprache. Er begann sofort, Kleider und Schuhe auf den Tisch zu legen. Jedes Kleidungsstück wurde genau untersucht und dann besonders an den Ärmeln und am Kragen abgetastet. Kennedy sah mit gespielt gelangweilter und verärgerter Miene zu.
»Ihren Pass, bitte.«
Nun wurde die Aktentasche geöffnet, und der ältere Beamte nahm langsam und bedächtig jedes einzelne Blatt Papier und Dokument heraus und legte sie nebeneinander auf den Tisch. Inzwischen war seine ganze Kleidung und Unterwäsche wie zum Verkauf ausgelegt worden. Während er zusah, wurden die Seitenwände seines Koffers untersucht, danach die Unterseite. Schließlich wurde das leere Gepäckstück zu einer Waage gebracht. Augenscheinlich zufrieden mit dem Ergebnis, brachte es der jüngere Beamte wieder zurück auf den Tisch.
Schweiß begann über Kennedys Gesicht zu rinnen, und er tupfte ihn rasch ab, um seine Furcht nicht zu zeigen. Der Schmerz in seinem Bein war vergessen und die lange, beschwerliche Reise eine blasse Erinnerung. Gleich darauf verspürte Kennedy das schlimmste Panikgefühl seines Lebens, als er beobach-

tete, wie der mondgesichtige Beamte seinen Pass überprüfte. Jakob Helst, ich hoffe, du hast deine Sache gut gemacht, sonst sitze ich jetzt tief in der Scheiße. Seine Geschäftskarten waren als Nächstes an der Reihe.

»Sie kommen aus Irland, Mr O'Leary?«

»Ja, aus Dublin. Ich bin in Dublin zu Hause.« Kennedy war überrascht, wie ruhig seine Stimme trotz seines inneren Aufruhrs klang.

»Und welcher Arbeit gehen Sie nach?« Die Frage klang harmlos genug, aber Kennedy spürte, dass mehr als nur ein beiläufiges Interesse an seinem Beruf bestand.

»Ich bin Möbelhändler. Ich importiere Teakware aus Thailand, Malaysia und Vietnam. Die Qualität ist gut, und die Kosten bieten guten Gewinnspielraum.«

Mondgesicht las eine Geschäftskarte. »Sie haben Büros unter dieser Adresse? Mountjoy Lane 16, Dublin, vierter Bezirk?«

»Ja, dort gehen die Bestellungen ein.«

Kennedy wusste, dass sich ein Büro mit seinem Firmennamen in der Mountjoy Lane Nummer 16 befand. Davis und er teilten es sich mit einer Reihe anderer Briefkastenfirmen. Es war nicht mehr als ein großer, hoher Raum mit einem Schreibtisch und Drehstuhl und einer Sekretärin, umgeben von einer Batterie von Telefonen, Faxgeräten und Computern. Ihr Job war es, als Gesprächspartner der jeweiligen Firma präsent zu sein und Nachrichten entgegenzunehmen, sonst nichts. Für Nägellackieren und Beineenthaaren und gelegentlich ein wenig Arbeiten bekam die Dame ein ordentliches Gehalt.

»Aber ich habe ein Lagerhaus fünf Meilen außerhalb von Dublin, wo die eingehende Ware zwischengelagert und auf Transportschäden untersucht wird.« Er war angetan, wie problemlos ihm die Lügen über die Lippen kamen.

Mondgesicht hörte ihm unbeeindruckt zu und reichte dann eine der Geschäftskarten seinem Assistenten, der sie begutachtete, die Schultern zuckte und sie zurückgab. Die Karte wurde wieder in die Aktentasche gesteckt, exakt an den Platz, an dem sie gewesen war.

»Und wer ist Ihr Geschäftskontakt hier in Thailand?«
Kennedy lächelte ein wenig hilflos, während er in seine Hüfttasche griff und eine weitere Geschäftskarte zum Vorschein brachte. »Es tut mir Leid, aber ich kann den Namen nicht richtig aussprechen. Ich denke, er lautet Preecha Tiphtong.« Er blickte fragend auf die beiden Beamten, die nickten. »Er hat ein Büro in Sukhumvit in der Nähe des Samithiwej-Krankenhauses. Eine genauere Angabe machte er nicht.« Seine thailändische Aussprache war so stockend, wie man es von einem *farang* erwartete, und Kennedy reichte den Beamten die Karte, die sie nur flüchtig ansahen und wieder zurückgaben.
»Und das ist Ihre erste Reise nach Thailand, Mister« – er öffnete den Reisepass wieder und blätterte zu den Personalangaben – »O'Leary?«
»Ja«, log Kennedy.
»Wie lange haben Sie vor zu bleiben?«
»Etwa eine Woche.«
»Hier in Bangkok?«
Kennedy spürte, dass es eine Suggestivfrage war, und konnte sich nicht entscheiden, was er antworten sollte. »Ja.« Er hielt es für sicherer, als sich einen touristischen Abstecher aus den Fingern zu saugen.
Mondgesicht begann, alle Papiere zurück in die Aktentasche zu stecken. Er nickte, und sein junger Kollege packte die Kleidungsstücke und Schuhe zurück in den Koffer. »Ich hoffe, Sie haben eine angenehme Reise, Mr O'Leary.«
Kennedys Herz setzte einen Schlag aus. War das alles? Nur ein Routine-Sicherheitscheck? Heilige Madonna, ich dachte schon, er hätte einen Verdacht. In Gedanken küsste er den litauischen Juden, der seinen Pass und seinen Führerschein und Geschäftskarten und Briefpapier gefälscht hatte. Die Schlösser schnappten zu, und er griff nach seinem Gepäck und hob es vom Tisch. Aufatmend setzte er sich in Richtung des Ankunftsterminals in Bewegung. Durch die Abtrennung konnte er die Menschen in der Halle sehen; einige hielten Namensschilder hoch, um ankommende Passagiere abzuholen. Er

hörte Stimmenlärm und Lautsprecheransagen, die gewohnte Flughafengeräuschkulisse. »Lasst mich hier raus«, murmelte er gepresst.

»Dublin scheint eine gefährliche Stadt zu sein, Mr O'Leary.« Mondgesicht war am Tisch entlang neben ihm hergegangen und stand jetzt wieder auf gleicher Höhe mit Kennedy. Der thailändische Beamte hatte eine Hand in der Hosentasche, die andere hielt ein Walkie-Talkie. Kennedy blieb stehen, erneut wusste er nicht, wie er sich verhalten sollte. »Auf Ihren Minister wurde vor kurzem ein Anschlag verübt.« Einen Sekundenbruchteil verlor Kennedy fast die Kontrolle, aber er schaffte es, sich nichts anmerken zu lassen. Aufs Höchste beunruhigt wartete er auf die nächsten Worte. Mondgesicht musterte ihn von oben bis unten. »Jeder größere Flughafen hat eine Beschreibung des mutmaßlichen Täters.«

Jetzt wurden Kennedy die Knie weich, und er spürte den Schweiß seinen Nacken hinabrinnen. »Ja, vermutlich«, war alles, was er herausbrachte. Der Zollbeamte nahm Kennedys linkes Bein genauer in Augenschein. »Und der Verdächtige hinkt, genau wie Sie, Mr O'Leary.«

Kennedys Gedanken flogen. Er wusste, dass es auf Messers Schneide stand, und dass er handeln musste. »Also«, begann er und sammelte seinen ganzen Mut, »ich hinke nicht wirklich. Ich habe nur einen Krampf nach dem langen Flug von London. Ich habe zehn Stunden in der Touristenklasse hinter mir und hatte nicht einen Zentimeter Platz, meine Beine auszustrecken. Als wir landeten, fürchtete ich schon einen Blutstau in meinem Bein, weil meine Knöchel angeschwollen waren.« Er sah auf seine Uhr. »Es ist jetzt Nachmittag in Dublin. Wenn Sie mein Büro anrufen, wird man Ihnen bestätigen, dass ich an dem Tag des schrecklichen Anschlags geschäftlich unterwegs war.«

Sein Tonfall unterstrich, wie verabscheuungswürdig er dieses Verbrechen fand. Er schüttelte sein linkes Bein demonstrativ und sammelte alle Kraft, als er zum Zollausgang schritt. Er hinkte nicht ein einziges Mal, obgleich er vor Anstrengung die Zähne zusammenbeißen musste.

Ohne sich noch einmal umzudrehen, stapfte er durch die Menge, auch wenn er der Versuchung, nachzusehen, ob man ihm folgte, nur sehr schwer widerstehen konnte. Eine junge Frau in Trainingsanzug und Rucksack rempelte gegen ihn, dass er heftig zusammenfuhr. Er war nervös und hatte Angst, Gefühle, die er seit Jahren nicht mehr empfunden hatte.

Draußen vor dem Terminal wartete er auf das Taxi. Als es kam, ließ er sich völlig erschöpft auf den Rücksitz sinken. »Grand Hyatt Erawan«, rief er dem Fahrer zu, »vierhundertvierundneunzig Thanon Ratchadamri.«

Das Taxi fuhr los, hielt aber nach hundert Metern plötzlich wieder an. In Kennedy läuteten sofort wieder die Alarmglocken, und er sah sich rasch um, sah aber nichts Ungewöhnliches.

Der Fahrer war ein dürrer Mann mit pockennarbigem Kinn und schlechten Zähnen. Er hielt ihm etwas entgegen, das wie ein Kartenspiel aussah. Die Karten waren an einem Faden befestigt, sodass sie wie eine Ziehharmonika auseinander klappten. »An so was interessiert?«

Kennedy konnte einfach nicht glauben, was er sah. Er hatte gerade die nervenaufreibendste Kontrolle hinter sich, die ihm je an einer Grenze widerfahren war, und dieser Fahrer zeigte ihm Spielkarten. Als er genauer hinsah, fiel ihm auf, dass auf jeder Karte eine Form von sexueller Aktivität abgebildet war, die ganze Palette von konventionell bis abstoßend. »Möchten Sie ein Mädchen? Zwei Mädchen zum Preis von einer? Zahlen Sie hundert Dollar, und ich bringe sie auf Ihr Zimmer. Schöne gesunde Mädchen, keine Ansteckung.«

Kennedy lehnte sich vor und starrte mit brennenden Augen auf den Fahrer. Er war nahe daran, zu explodieren, aber er biss sich auf die Zunge und sank in Schweiß gebadet in den Sitz zurück. »Nein, nein. Nur zum Hotel.«

Sie nahmen die Schnellstraße, und der Fahrer überholte Mercedes und BMWs und japanische Geländewagen und andere Taxis mit farang-Kundschaft. Bei der zweiten Ausfahrt nach den Puffs des Nana-Bezirks tauchte das Taxi in das Chaos

des Innenstadtverkehrs. Der Fahrer hupte und winkte verärgert, wenn jemand den Weg blockierte. Die Lichter der Stadt leuchteten hell, und die nächtlichen Straßen waren voller Menschen. Bangkok war lebendig wie eh und je, aber Kennedy war nicht in der Stimmung, sich ins Nachtleben zu stürzen.
Eine halbe Stunde nach dem Einchecken lag er bereits in einer tiefen und langen Marmorbadewanne und rauchte die erste der kubanischen Zigarren, die er auf dem Flug gekauft hatte. Werde ich beobachtet? Aber er war zu müde, als dass es ihn noch gekümmert hätte. Er sank schließlich ins Bett und schlief sofort ein.

Sean Kennedy stand an einer Reihe von Haustelefonen im Foyer des Grand Hyatt und wählte eine Nummer, die er auf einen Zettel notiert hatte. Es läutete etwa zwei Minuten, bis jemand abhob und sich in thailändischer Sprache meldete, die der Ire nicht verstand. »Toby Wurschanda.« Kennedy sagte den Namen in, wie er dachte, gut verständlicher lokaler Aussprache. »Können Sie Toby Wurschanda etwas ausrichten?«
Es folgte ein Moment der Stille. Dann: »Wer ist dran?«
»Sean Kennedy ist hier wie abgemacht.«
Trotz seiner Bemühung um Deutlichkeit, schien der andere verwirrt von seinen Worten. »Wiederholen Sie den Namen, bitte.«
Kennedy blickte sich rasch um im opulenten Foyer des Fünfsternehotels. Der Raum war kühl, mit einem prächtigen Marmorboden ausgestattet. Klubsessel standen da und dort. Er sah eine Gruppe Geschäftsleute mit Kaffee und Zeitung relaxen, die Aktentasche am Boden, das Handy am Ohr. Zwei ältere Putzfrauen in dunkler Arbeitskleidung polierten das Messing und entfernten nicht vorhandene Spinnweben. An der Rezeption wartete eine Reihe höflicher Herren in Anzug und Brille auf auscheckende Gäste und würdigte den Rest des Personals mit keinem Blick. In einer fernen Ecke betete ein junges Mädchen mit langem geflochtenen Haar an einem Buddha-Schrein und entzündete ein Glück bringendes Räucherstäbchen. Nie-

mand im Foyer interessierte sich im Geringsten für den großen, kahlköpfigen, blassgesichtigen Mann in knielangen Jeansshorts und weißem, kurzärmeligem Baumwollhemd. »Sean Kennedy«, wiederholte er und drehte sich mit gesenktem Kopf zur Wand, um seine Stimme abzuschirmen. Dieses Mal sprach er noch langsamer und deutlicher. »Aus Irland. Verstehen Sie mich?«
Es folgte ein hörbares Aufatmen am anderen Ende. »Ah, Kennedy. Wir haben Sie erwartet. Ich verständige Wurschanda.«
Jetzt atmete Kennedy auf. Einen bangen Moment lang hatte er gedacht, dass seine Verabredung platzen könnte. »Gut«, sagte er. »Ich erwarte ihn am Treffpunkt.«
Die Sprechmuschel seines Gesprächspartners wurde zugehalten, und Kennedy hörte undeutlich durcheinander rufende thailändische Stimmen. »Sie wollen Mr Wurschanda sprechen, ja?« Kennedy fasste sich in Geduld. Das Gespräch verlief befriedigend, wenn auch ein wenig langsam. Sein Gesprächspartner überprüfte wohl Details mit jemandem. Toby Wurschanda traf sich nicht mit jedem, schon gar nicht mit farangs, die eine Festnetznummer anriefen, die nur wenige kannten.

Mit einer Panorama-Sonnenbrille und nur einer Sicherheitsgürteltasche verließ Kennedy das Hotel. Er ignorierte die Schar der Taxifahrer, die im Vorhof auf Kundschaft warteten, und ging zur Hauptstraße, vorbei an der Peninsula Plaza und den Regent Bangkok Hotels. Sein lädiertes Bein war während der Nacht steif geworden, und er hoffte, dass ein Spaziergang die gespannten Muskeln lockern würde.
Der Verkehr war chaotisch. Limousinen und kleine Lieferwagen wetteiferten um jeden Straßenmeter mit Tuk-tuks, verrückten motorisierten Rikschas, deren Fahrer unter ständigem Hupen die Fahrbahnen wechselten. Touristenbusse und Containerlaster schoben sich durch das Gewühl, und Dieselgeruch hing in der Luft. Der leichte Smog vermochte das grelle Sonnenlicht nicht zu dämpfen, und Kennedy hielt die Hand schützend über die Augen, als er die Durchfahrtstraße über-

querte. Es war heiß – im Hotelfoyer hatte er gelesen, dass die Außentemperatur dreißig Grad betrug und die Luftfeuchtigkeit achtzig Prozent –, und nach fünf Minuten zu Fuß war er in Schweiß gebadet und rang heftig nach Atem in der verpesteten Luft.

Er sah auf die Uhr – halb eins – und beschloss, die Sache zu beschleunigen. Er hielt ein Taxi an und genoss die Annehmlichkeit der Klimaanlage. Sie fuhren die Thanon Ratchadamri entlang am Royal Bangkok Sport Club vorbei und bogen rechts in die noch dichter befahrene Thanon Rama IV ein, begleitet von Hupkonzerten und sich durch Verkehrslücken schlängelnden Motorradfahrern. Die Straßen waren voller Menschen. Kennedy, der in seinen frühen Zwanzigern zwei Jahre in Bangkok gewohnt hatte, entging nicht der zunehmende Wohlstand und das neue Selbstbewusstsein. Als er im Stau stand, beobachtete er eine Gruppe von jungen Frauen in westlichen Kleidern, die lachend und plaudernd vor einem neuen Wolkenkratzer standen. Die traditionellen Thai-Gewänder waren nicht mehr so häufig anzutreffen wie früher. Die Stadt hat sich definitiv verändert, stellte er fest, als er drei neue Hochhäuser zählte, deren kühne Stahl- und Glaskonstruktionen in der Frühnachmittagssonne gleißten. Dann folgte wie ein fehlender Zahn in einer perfekten Reihe ein Schutthaufen hinter einer provisorischen Reklamewand. Der zusammengebrochene Bauboom der späten Neunzigerjahre hatte halb fertige Rohbauten hinterlassen, die jetzt von Hausbesetzern und Pennern bewohnt wurden.

Etwa eine Meile vor dem Fluss bat er den Fahrer, anzuhalten, und stieg in die atemverschlagende feuchte Hitze hinaus. Er verbrachte etwa fünf Minuten damit, sich zurechtzufinden und im veränderten Stadtbild vertraute Orientierungspunkte zu erkennen. Er studierte seinen Touristenstadtplan eingehend und flüchtete einmal an den Straßenrand, um nicht über den Haufen gefahren zu werden.

Schließlich beschloss er, eine der Seitenstraßen nach links zu nehmen. Er ignorierte die Straßenhändler und sah nicht nach links und rechts, um Augenkontakt zu vermeiden. Aus Erfahrung wusste er, dass es besser war, sich erst gar nicht auf ein Gespräch einzulassen, als in einen Streit mit einem Anreißer zu geraten. In den schattigen engen Straßen und Gassen machten Cafés und Fruchtsaftstände lärmende Geschäfte, während in den an der Straße offenen Restaurants Mittagessen in Form von dampfenden Reisschüsseln und gegrilltem Fleisch auf Spießen serviert wurde.

Die Gerüche von Gewürzen und geräuchertem Fisch füllten die Luft, als Kennedy sich mit beiden Händen an seinem Geldgürtel durch die Menge drängte. Er kam an Ständen vorbei, wo gefälschte Designer-Handtaschen, T-Shirts, Jeans und Badekleidung verkauft wurden. Der Abschnitt war der Geschäftsbezirk von Taubstummen, die ihre Waren, illegale CDs, DVDs, Videos und Musikkassetten, in stummer Zeichensprache anboten. Kennedy erkannte bald, dass er der einzige farang war, der sich so weit abseits der Touristenpfade bewegte, und beschleunigte seinen Schritt.

In Soi Chulalongkorn Nummer 5 fand er exakt die Bangkoker Bankfiliale, die er suchte. Im kühlen Innenraum begrüßte ein Mr Ikont Chuwan, als den sein Namensschild ihn auswies, den schwitzenden Iren. Mr Chuwan war ein kleiner Thai mittleren Alters in beigem kurzärmeligen Hemd und blauer Hose mit perfekter Bügelfalte. Nach einem höflichen *wai* führte er seinen neuen Kunden zu einer kleinen Kabine, wo er seinen Pass, die Ausweise und Geschäftskarten inspizierte. Dann holte er mit einem breiten Lächeln und einer weiteren Verbeugung einige Formulare hervor und bat Kennedy, sie auszufüllen und zu unterschreiben und ein paar Minuten zu warten.

»Ich werde nachsehen, ob Ihre Geldüberweisung angekommen ist.«

Der geschäftstüchtige Mr Chuwan verließ die Kabine, rief eine seiner weiblichen Angestellten und flüsterte ihr etwas zu. Wenige Minuten später wurde ihm ein Tablett mit einer Flasche Wasser, einem versiegelten Glas und einem kleinen silbernen Eisbehälter gebracht. Eine hübsche Thailänderin verbeugte

sich und verschwand und ließ Sean Kennedy, den meistgesuchten Mörder der Welt, mit seinen Gedanken allein.
Und während er die Flasche Perrier öffnete und über drei dicke Eiswürfel goss, wusste er, so war das Leben nach seinem Geschmack.
Der Gedanke an den Deal, an dem er mit Jay Davis arbeitete, pumpte frisches Adrenalin in seinen an den Nachwirkungen des Jetlags leidenden Körper. Es wird für den Rest unseres Lebens reichen. Himmel, was werde ich nicht alles mit meinem Geld anfangen! Die Vorstellung, wie er und Candy nackt im Bett Hundertdollarscheine in die Luft warfen, erregte ihn einen Moment lang, und er konzentrierte sich hastig auf die Dinge, die unmittelbar vor ihm lagen. Er streckte beide Beine aus und stellte fest, dass sein schlechtes nicht mehr wehtat, und das gab ihm zusätzlichen Auftrieb. Vielleicht hat Jay Recht, vielleicht sollte ich in eine wärmere Gegend ziehen.
Er beobachtete, wie zwei Männer in die Bank kamen. Einer blieb beim Eingang, während der andere mit einem Kassierer am Hauptschalter redete. Kennedy entdeckte die Ausbeulung einer Waffe im Gürtelbereich des Aufpassers, schlecht verdeckt von einem dünnen Baumwolljackett. Einen panischen Moment lang fürchtete er, in einen Banküberfall verwickelt zu werden, sah dann aber, wie der erste Mann mit einer ans Handgelenk geketteten Ledertasche wieder ging, gefolgt von seinem bewaffneten Wächter. Die Eingangstür blieb kaum geschlossen, denn ein steter Kundenstrom erledigte seine Geschäfte und verschwand wieder hinaus in die heißen, belebten Straßen. Im Stillen gratulierte er Jay Davis. Gute Wahl, Jay, eine stark frequentierte Bank in einer geschäftigen Gegend, wo jeder bemüht ist, die Kundschaft schnell und effizient zu bedienen, und wo keiner Zeit hat, sich über Fremde von hier oder Übersee mehr als die notwendigen Gedanken zu machen.
Mr Chuwan kam in die Kabine zurück. Sein Lächeln war noch breiter geworden. »Es gab vor drei Tagen eine Geldüberweisung der Western Union an Sie über zwanzigtausend US-Dollar, Mr O'Leary.«

»Davon möchte ich fünftausend Dollar in der Landeswährung abheben, bitte.«
Mr Chuwan trat ein wenig zur Seite. »Nach Ihnen, Mr O'Leary. Wenn Sie sich zur Prüferin Nummer vier begeben und ihr den Pass zeigen, werde ich alles vorbereiten.«

Zehn Minuten später war der Ire mit einem prall gefüllten Geldbeutel mit Tausenden von Baht wieder auf der belebten Straße. Obgleich der Schweiß ihm über Gesicht und Hals perlte, nahm er die Hände nicht von seinem Gürtel, bis er ein Taxi angehalten hatte. Der Fahrer bremste mit kreischenden Reifen und verursachte fast einen Auffahrunfall. Dann wartete er ruhig, bis sein Fahrgast auf dem Rücksitz saß. Ein Hupkonzert begleitete den Vorgang. Der Fahrer kümmerte sich weder darum noch um die drohenden Fäuste und Flüche, sondern fuhr los, als hätte er eine freie Straße vor sich, was zwei Tuktuks zu wilden Ausweichmanövern zwang. Mehr Fäuste winkten, und mehr Thai-Flüche füllten die verpestete Luft. Kennedy hielt den Kopf gesenkt und fragte sich, wie eine Stadt mit solcher Anarchie auf den Straßen überhaupt funktionieren konnte.
Vor dem Oriental Hotel am Ufer des großen Flusses Chao Praya, gab er dem Fahrer drei Zwanzig-Baht-Noten und lehnte das Angebot einer billigen Rundfahrt zu den Fleischtöpfen der Stadt höflich ab. Er durchquerte das exquisite Foyer des Hotels und fand einen Tisch auf der Terrasse mit spektakulärem Ausblick auf den Fluss. Er bestellte Kaffee und Yum, einen würzigen Salat mit Nudeln und Kalmar. Es war Viertel vor zwei, und Kennedy lehnte sich im Stuhl zurück und genoss die Aussicht. Dickbauchige Fähren schlängelten sich durch das Gewühl der flussauf, flussab fahrenden Boote. Ausflugsdampfer und Schnellboote hinterließen schäumendes Kielwasser. Raketenähnliche Motoren donnerten über den Fluss, und Kennedy beobachtete fasziniert das Treiben, das ebenso zu Bangkok gehörte wie die gelb gewandeten Mönche und die Buddhistentempel.

Er war noch beim Essen, als ihm jemand auf die rechte Schulter tippte. Ein schmalgesichtiger Mann blickte auf ihn herab.
»Mr Kennedy?«
Kennedy wischte sich den Mund mit einer Serviette ab und drehte sich ein wenig, um den Ankömmling besser zu sehen. Der war dünn, mit tief liegenden braunen Augen und schwarzem, wirrem Haar, dunklen Augenbrauen und einer breiten Nase. Eine Zigarette hing in einem Winkel seines kleinen Mundes. Er trug ein kurzärmeliges Hemd und hatte beide Arme tätowiert, auf einem einen Drachen, auf dem anderen eine lange geringelte Schlange.
»Ich bin Preecha Tipthong. Sie haben heute Morgen mein Büro in Sukhumvit angerufen.« Kennedy wollte aufstehen, aber Thipthong holte sich einen Stuhl vom Nebentisch und setzte sich. Die Zigarette blieb dabei im Mundwinkel, und der Rauch stieg ihm dabei in die Augen und ließ ihn blinzeln. »Sind Sie mit dem Essen fertig?«
Kennedy Teller war noch halb voll und sein Hunger noch längst nicht gestillt, aber er wusste, dass ihm nicht mehr die Muße zum Essen blieb. »Ja.« Er fummelte in seiner Geldtasche und ließ dreihundert Baht unter seiner Kaffeetasse auf dem Tisch.
Preecha Thipthong war bereits unterwegs, und Kennedy folgte ihm eilig durch das Hotel, wo Thipthong in einem Laden eine teure Sonnenbrille erstand. »Die Sonne ist heute sehr grell«, war die einzige Erklärung, und Kennedy interpretierte es sofort als ein Zeichen für einen unsichtbaren Begleiter. Kontakt mit dem irischen farang hergestellt.
Dann verließen sie das Hotel und gingen auf einen Pier zu, an dem verschiedene Boote bereitstanden. Thiphthong entschied sich für eine grellrote Barkasse mit gelben Streifen und blauen aufgemalten Flossen und feilschte mit dem Besitzer, einem unfreundlichen jungen Mann in schmutzigem weiten Unterhemd und Fußballshorts mit einem Nike-Motiv. Kennedy sah der Feilscherei zu, verblüfft darüber, dass seine Kontaktperson dabei nicht einmal seine Zigarette aus dem Mundwin-

kel verlor. Nach einer verärgerten Handbewegung winkte der Junge Kennedy mit verdrießlichem Gesicht an Bord. Er und Thipthong saßen schließlich ein wenig wacklig hintereinander in der Mitte des Bootes, während der Fahrer den Motor startete und das Boot hinaus auf den Fluss steuerte.

Es war keine Touristenrundfahrt. Die Barkasse schoss und sprang über die schmutzigen Wellen, überholte Schlepper und Ausflugsdampfer voller Touristen, die ihre Kameras zückten, um das vorbeizischende Wassertaxi zu knipsen. Es fiel kein Wort, während sie an dem großartigen Tempel von Wat Muangkhae vorbeiheulten, vor dem nahe am Ufer kahlköpfige Mönche beteten. Sie glitten unter der Phra-Pok-Klao-Brücke durch, um Haaresbreite an einem Schnellboot vorbei, das im schäumenden Kielwasser einer Fähre driftete. Flüche flogen zwischen den Fahrern hin und her. Dann lenkte der Fahrer das Boot auf die andere Seite des Flusses und in einen noch dichter befahrenen Seitenkanal, wo er sich langsamer einen Weg zwischen den Booten suchte.

Hier in dem engeren Kanal konnte er das Essen riechen, das in den Pfahlhütten am Ufer zubereitet wurde. Leute blickten auf den Verkehr, oft hinter der Wäsche hervor, die auf provisorischen Leinen zum Trocknen aufgehängt war. Da und dort waren Kinder auf den Holzleitern und wuschen sich in den dunklen Fluten. Etwas schlug gegen das Boot. Kennedy sah den aufgeschwemmten Körper eines toten Hundes in der Strömung treiben.

Thipthong deutete heftig auf ein bestimmtes Stelzenhaus, und die Barkasse trieb auf die dicken Holzpfähle zu. Der Fahrer griff hinüber und fasste einen eisernen Handgriff und hielt das Boot ruhig.

»Hier«, rief Thipthong, zündete sich eine neue Marlboro Red an und wandte sich Kennedy zu. »Sie steigen hier aus und warten drinnen. Bleiben Sie nur eine Stunde.« Er deutete auf seine Uhr. Kennedy ebenfalls. Es war kurz vor drei. »Wenn nach einer Stunde niemand hier ist, dann gehen Sie wieder.« Thipthong winkte dem Fahrer zu, das Boot zu wenden.

Kennedy griff nach Thipthongs Schulter. »Wie?« Er schob seine Sonnenbrille auf die Stirn, dass Thipthong ihn sehen konnte. »Wie komme ich zurück, wenn niemand aufkreuzt?«
Der Fahrer murmelte etwas, und Thipthong brach plötzlich in Lachen aus und verlor dabei fast seine Marlboro. Er grinste wie eine Hyäne mit schlechten Zähnen. »Schwimmen.«

Auf der anderen Seite des schmalen Kanals stand in einem Pfahlhaus, einige Schritte weg vom Fenster, sodass er nicht gesehen werden konnte, Toby Wurschanda und beobachtete Sean Kennedy, der eben das obere Ende der Leiter erreichte. Er hob einen Feldstecher an die Augen und nahm den Iren genauer unter die Lupe. Er lächelte, als er Kennedy vorsichtig in die dunkle Hütte blicken sah.
Wurschanda war eins fünfundachtzig groß, breitschultrig und hatte Tätowierungen auf beiden Armen. Er hatte asiatische Augen, dunkelbraune Pupillen unter dunklen Brauen und Wimpern, doch ein kaukasischer Einschlag schwächte den Eindruck ein wenig ab. Er trug eine Leinenhose und ein blaues, am Kragen geöffnetes Seidenhemd und Segeltuchschuhe. Sein dunkles Haar war glatt nach hinten gekämmt und zu einem Zopf geflochten, den eine goldene Spange hielt. Zwei kleinere Männer standen neben ihm. Beide hatten einen Revolver in ihrem Hosenbund. Die drei standen stumm und beobachteten jede Bewegung auf der anderen Seite, bis Kennedy im Dunkel der Hütte verschwunden war. Dann sprach Wurschanda ein paar rasche Worte in der Landessprache, und einer seiner Handlanger brummte etwas und verschwand durch den Hinterausgang der Holzhütte.

Sean Kennedy war verwirrt. Im Innern des an der Wasserseite offenen Stelzenhauses, ganz hinten, lag ein dürrer, hohlwangiger älterer Mann und schlief. Er trug ein schmutziges verschwitztes Baumwollgewand und lag auf den nackten Bodenbrettern. Sein haarloser Kopf ruhte auf einem zusammengeknüllten gelben Hemd. Er hatte den Mund offen und atme-

te so leicht, dass sich Kennedy einen Moment lang fragte, ob er überhaupt lebte. Von seinem unerwarteten Gefährten abgesehen war die hölzerne Hütte leer. Es gab weder Möbel noch Licht noch Kochgerätschaften.
Der Ire war ganz auf sich gestellt, irgendwo in Bangkok mit fünftausend Dollar in der Landeswährung in seiner Gürteltasche, und er wusste, dass das eine verdammt riskante Sache war. Er ließ sich in einer dunklen Ecke vorsichtig nieder, um den Schläfer nicht zu wecken.
Von draußen drang der Lärm von Bootsmotoren herein, und von irgendwo in der Nähe Stimmen und der Geruch von Essen. Die Hitze setzte ihm zu, sein Hemd begann an ihm zu kleben. Von Zeit zu Zeit bewegte er die Beine, ansonsten saß er still und lauschte auf ungewöhnliche Geräusche. Er vernahm ein Scharren auf der Leiter und kinderähnliches Gekicher, doch es hörte gleich wieder auf. Er fragte sich, ob das Ganze zu Toby Wurschandas ausgeklügelten Spielchen gehörte, seinen Aufenthaltsort zu verschleiern, oder ob man ihn einfach hierher abgeschoben hatte.

Um zwanzig vor vier begann Kennedy unruhig zu werden. Das ganze war ein Albtraum-Szenario. Er hatte sich auf ein gefährliches Spiel eingelassen und hatte keinen Plan B für den Fall, dass es schief ging. Ohne Rückversicherung, am besten in Form einer Pistole mit vollem Magazin, hatte er sich nie wohl gefühlt. Und aus seiner Zeit in Bangkok wusste er, dass farangs in kriminellen Kreisen als leichte Opfer galten. Ein unüberlegter Schritt, und er könnte wie der tote Hund den Chao-Praya-Fluss hinuntertreiben.
Er stand langsam auf und warf einen prüfenden Blick auf den alten Mann, der noch immer fest zu schlafen schien. In der Düsternis sah er die Umrisse einer Tür neben ihm und bewegte sich auf Zehenspitzen darauf zu. Als er sie erreichte, sah er, dass das linke Bein des Mannes die Tür blockierte. Kennedy überlegte, wie er am besten hinausgelangte, ohne ihn zu stören. Er beschloss, die Tür langsam aufzuziehen und das Bein

zu schieben, bis der Spalt groß genug war, dass er durchschlüpfen konnte. Er wollte gerade nach der Tür greifen, als er etwas Kaltes an seinem Knöchel spürte und erschrocken zurücksprang.

Der alte Mann war hellwach und richtete eine Pistole auf ihn. »Setzen. Warten.«

Kennedy hielt beide Hände hoch und wich zurück. »Okay, okay«, sagte er leise, »ich setz mich ja schon und warte.«

Der alte Mann rollte sich auf die Seite und legte seinen Kopf auf eine Handfläche, während die Pistole auf sein Ziel gerichtet blieb. »Mr Wurschanda wird sich kümmern, wenn Mr Wurschanda bereit ist.« Dann zog er einen dicken Joint unter seinem gelben Hemd hervor, zündete ihn an, und ein starker Duft von *ganja* erfüllte die Luft. Der alte Mann lächelte Kennedy zu, und Kennedy lächelte gezwungen zurück. Er schwitzte, wie er seit vielen Jahren nicht mehr geschwitzt hatte.

Um Viertel nach vier hörte Kennedy eilige Schritte näher kommen. Die glasigen Augen des Alten blinzelten. Er zog seine Beine vom Eingang zurück. Die Tür sprang auf, und ein drahtiger schwarzhaariger Junge deutete auf Kennedy. »Rasch« – er winkte heftig –, »mitkommen.«

Vierzig Minuten später befand sich Kennedy auf dem Sozius einer 200-Kubikzentimeter-Suzuki, die mit halsbrecherischer Geschwindigkeit durch die belebten Gassen und Seitenstraßen des Patong-Bezirks, Bangkoks berüchtigter Sexmeile, raste. Er presste die Knie zusammen, als der Fahrer durch das Gewühl schoss, oft nur Zentimeter an Mauern und geparkten Fahrzeugen vorbei. Knallige Schilder luden zur »Damenmassage« ein, und aufgemotzte Anreißer versuchten vor den Bordellen das Geschäft in Gang zu bringen. Kennedy schloss die Augen und betete um ein rasches Ende der Albtraumfahrt.

Abrupt, mit kreischenden Reifen und dem Gestank verkohlten Gummis, hielt der Fahrer vor einer Bar mit dem Namen

Club 19/21 in Silom Soi Nummer vier. »Drinnen, reingehen«, rief er, bevor er wieder lospreschte.
Kennedys Schenkel schmerzten. Sein Hemd war schweißgetränkt und sein Herz hämmerte aus einer Mischung von Furcht und Erwartung. Wo zum Teufel bin ich? Er lehnte sich an die Wand und holte tief Luft, um seine Panik und seine zitternden Hände zu beruhigen.
»Schöner Mann, Massage? Ich will mit dir gehen«, lockte eine Prostituierte in Shorts und einer engen durchsichtigen Bluse auf dem Balkon im ersten Stock. Überall waren weiße Männer und braunhäutige Mädchen, farangs mit dicken Bäuchen und junge schlanke Frauen. Amerikaner blickten begehrlich, Deutsche riefen aufgeregt ja, ja, wenn sie fanden, was sie suchten. Es gab Osteuropäer und Russen. Die Männer waren hier, um zu kaufen, und die Frauen boten feil. Die Soi war Sex pur, ein öffentliches Geschäft ohne Schranken.
Dann drang der Geruch einer Red Marlboro in seine Nase. Er sah sich um und entdeckte Preecha Thipthong am Clubeingang. »Sie mussten nicht schwimmen, nein?« Er lachte mit einer Zigarette im Mundwinkel. Wenn ich je die Gelegenheit habe, dachte Kennedy, während er sich zu einen Grinsen zwang, drehe ich dir deinen verdammten Hals um.
Club 19/21 versprach seinen Kunden, dass kein Mädchen jünger als 19 oder älter als 21 war. Drinnen saßen etwa zwanzig von ihnen hinter einem Einwegspiegel auf gestuften Bänken in einem drei Mal drei Meter großen Raum. Jede hatte ein Schild mit einer Nummer an der Brust. Die Mädchen waren aufreizend gekleidet, in Schulmädchenuniformen oder Schwesterntracht, einige in engem schwarzen Leder, das deutlich zur Geltung brachte, was sie zu bieten hatten. Ihre Lippen waren tiefrot bemalt und ihre Röcke hoch genug geschlitzt, dass selbst einem Sexmuffel warm ums Herz werden konnte.
Eine runde Cocktailbar auf der einen Seite gestattete es potenziellen Kunden, auf einem Hocker zu sitzen und einen überteuerten Drink zu nehmen, während sie sich ein Mädchen aussuchten. Hatte sich ein Kunde entschieden, wurde die

Nummer der *mamasan*, der ältlichen, in einen grüngoldenen, bodenlangen Sarong gekleideten Madame des Hauses mitgeteilt. Sie saß in der Nähe auf einer tiefroten Plüschcouch, wo sie sich mit einem kleinen Ventilator Kühlung verschaffte und ihre Mädchen und die Kunden im Auge behielt.

Kennedy folgte Preecha Thipthong an der Bar vorbei, wo Teenager mit australischem Akzent dabei waren, ihre Delikatesse des Tages zu wählen. Neben ihnen war ein fast glatzköpfiger Amerikaner, der es kaum noch erwarten zu können schien, als er die erwählte Nummer niederschrieb.

Kennedy musste über die Teenager grinsen und erinnerte sich, wie viele Stunden er selbst in seinen Bangkok-Tagen in solchen Massagesalons zugebracht hatte. Aber der ältere Mann war ein anderes Blatt. In Amsterdam hatte Candy ihm einmal gesagt, dass solche Typen meist frustrierte Perverse waren, die auf Sachen aus waren, die die meisten Mädchen nicht gern machten. Aber in Club 19/21 war alles zu haben, wenn die Kasse stimmte. Es gab Alarmknöpfe und Telefone, falls die Action außer Kontrolle geriet. Kennedy wusste, dass irgendwo im Oberstock neben den engen Massagekabinen eine Hand voll schwergewichtiger Jungs in Bereitschaft stand, um sich schwieriger Kunden anzunehmen.

In einem großen klimatisierten Raum im obersten Stockwerk des vierstöckigen Gebäudes saß Toby Wurschanda hinter einem breiten Schreibtisch. Die Möblierung war spärlich, ein hochlehniger Drehstuhl auf der einen und vier Bürostühle auf der anderen Seite des Tisches und eine graue Couch mit einem kleinen Kaffeetischchen in einer Ecke. Vergitterte Drahtglas-Fenster ließen an zwei Seiten viel Licht herein. An einer Wand hing ein gerahmtes Porträt des Königs. In einer Ecke befand sich ein kleiner Buddha-Schrein. Aber das Erste, was Kennedy auffiel, als sich die Tür hinter ihm schloss, war der dumpfe, satte Ton. Schalldicht, kein Zweifel. Er sah sich rasch Wände und Boden an, fand aber keine Flecken, die darauf hindeuteten, dass hier schon mal Blut vergossen worden war.

»Schön, dich wiederzusehen, Sean.« Toby Wurschanda drehte sich hin und her in seinem Stuhl. Seine braunen Augen ließen nicht von dem Iren. Er trug noch immer die Leinenhose und das blaue Hemd und bot einen starken Kontrast zu Kennedys Jeansshorts und verschwitztem, kurzärmeligem Hemd. Nach der Motorradfahrt waren Haar und Gesicht des Iren nass und schmutzig.

Kennedy musterte den Dealer, den zu treffen er eine so große Entfernung zurückgelegt hatte. »Du hast ein wenig zugelegt, Toby.« Er blickte genauer. »Und neue Tätowierungen. Ich hätte nicht gedacht, dass irgendwo noch ein Stück Haut freigeblieben wäre.«

Es war acht Jahre her, seit er Wurschanda zuletzt gesehen hatte. Damals war Kennedy keine einundzwanzig gewesen, und Wurschanda knapp dreißig. Sie hatten sich in der Seaside-Vergnügungsmeile von Phuket kennen gelernt, wo westliche und östliche Touristen einen draufzumachen und sich durch das Angebot zu vögeln pflegten, bis sie nicht mehr konnten. Kennedy arbeitete als Kellner und Rausschmeißer in einem Seafront Club, Wurschanda sorgte für den Nachschub an Heroin, Cannabis und Amphetaminen.

Nach einer extrem hässlichen Auseinandersetzung mit einer Gruppe amerikanischer Rucksacktouristen hatte Wurschanda den Iren als Leibwächter angeheuert, um sich die Randalierer vom Hals zu halten. Er fand bald heraus, dass Kennedy ein Naturtalent für den Job war, auch wenn er ihn häufig zurückhalten musste, vor allem, nachdem er einen jungen japanischen Studenten ins Koma geprügelt hatte. Beide Männer mussten ein halbes Jahr in Bangkok untertauchen, bis die Polizei den Fall wegen mangelnder Hinweise zu den Akten legte.

Wurschanda hielt mit der Drehbewegung inne und lehnte sich, das Kinn auf die tätowierten Knöchel gestützt, auf den Tisch vor. »Und du hast dich nicht verändert. Habe ich nicht vor kurzem etwas über einen Unbekannten gelesen, der am helllichten Tag einen irischen Minister abservieren wollte? Und hat der Unbekannte nicht gehinkt?« Es war ein deutlicher eng-

lischer Akzent in der Aussprache des Thailänders herauszuhören. »Als ich davon hörte, sagte ich mir gleich, das ist mein Freund Sean Kennedy.«
Kennedy zuckte die Achseln. Seine Miene verriet nichts. »Der Beschreibung nach könnte es jeder sein.«
Wurschanda grinste. »Nicht jeder, schon jemand Besonderer. Ein waghalsiger und gefährlicher Kerl, der sich mit Waffen auskennt und das Risiko nicht scheut. Ich ziehe meine eigenen Schlüsse.«
»Alles klar, Toby. Wir sind hier auf deiner Spielwiese. Wenn du sagst, dass ich es war, kann ich damit leben.«
»Und was für ein genialer Plan, die Konkurrenz loszuwerden, nicht wahr? Statt einen Bandenkrieg anzuzetteln, stichst du in ein Wespennest und lässt die Polizei den Mist von der Straße räumen und bist schließlich der Einzige auf dem Markt?« Er wartete keine Antwort ab. »Erinnert mich an die guten alten Zeiten, als du und ich in Phuket dieselbe Masche abzogen. Seit damals habe ich mir fast alle Inseln und das Gebiet nach Norden bis Chiang Mai unter den Nagel gerissen. Ich habe eine Kette von Massagesalons, in denen ich das Drogengeld wasche, das hereinkommt. Und auf meiner Gehaltsliste stehen zwei einflussreiche Politiker und ein Dutzend Polizisten von der Verbrechensbekämpfung. Sie sind nicht billig. Zweihunderttausend Baht stecken sie jeden Monat ein und benutzen unsere Einrichtungen unten kostenlos, wenn sie wollen – was oft und regelmäßig geschieht.« Wurschanda grinste selbstgefällig. »Wenn du bei mir geblieben wärst, wärst du jetzt ein reicher Mann.«
Kennedy lehnte sich in seinen Stuhl zurück und streckte seine Beine lang aus. Seine Schenkel schmerzten noch immer von der mörderischen Motorradfahrt durch den halben inneren Bangkok-Ring. »Ich musste mich zu Hause um einiges kümmern«, sagte er und wich Wurschandas selbstzufriedenem Blick aus.
Der andere schnaubte abfällig. »Wie diese unselige Vendetta gegen deine Familie. Ich hoffe, du bist endlich über diese Sa-

che hinausgewachsen. Damit machst du dich am Ende nur selber fertig.«

Kennedy blickte ihm in die Augen. »Toby, du hast im Lauf der Jahre alle deine Rechnungen beglichen. Und soweit ich es überblicke, hat keiner das überlebt.«

Wurschanda war das einzige Kind einer Verbindung zwischen einem großen, vornehmen Seidenhändler und einer schönen Mittelklasselehrerin in Bangkok. Toby war nach seinem Vater Tobias Winston aus London benannt, der ein Doppelleben führte und zwischen seinen beiden Familien in England und Bangkok hin und her reiste. Toby wuchs in einer großen Wohnung im Norden der Stadt auf und hatte eine glückliche Kindheit mit Kindermädchen und Hauslehrer. Sowohl sein Vater, wenn er gerade da war, als auch seine Mutter liebten ihn. Doch als Toby zwölf war, fuhr sein Vater wieder einmal nach London, nur diesmal kehrte er nicht zurück. Seine Mutter wartete sechs Monate, bevor sie eine erfolglose Reise nach England unternahm, um nach ihrem Ehemann, den sie für ihren allein hielt, zu suchen. Doch die Winston-Familie – der englische Zweig – war nach Toronto umgezogen, ohne eine Adresse für die am Boden zerstörte thailändische Frau zu hinterlassen. Sie kehrte nach Bangkok zurück, verkaufte das Apartment, obwohl der Immobilienmarkt am Boden lag, und ließ sich mit Toby in der nördlichen Stadt Chiang Mai nieder. Der Familienname Winston wurde abgelegt und der Mädchenname Wurschanda angenommen. Toby entwickelte sich zu einem körperlichen Ebenbild seines Vaters mit den orientalischen Gesichtszügen seiner Mutter.

Aber dem Umzug nach Chiang Mai war kein Glück beschieden. Frau Wurschanda erkannte bald, dass sie mit ihren mageren Einkünften und schwindenden Ersparnissen kein angenehmes Leben führen konnte. Der heranwachsende Junge brauchte Kleidung und Schuhe und hatte einen gesunden, aber unbändigen Appetit. Um ihr Einkommen aufzubessern, holte die verzweifelte Frau Wurschanda Heroin und Opium aus einer Fabrik tief im Dschungel in der Nähe von Chiang

Rai im Goldenen Dreieck zwischen den Grenzen von Thailand, Laos und Burma. Zweimal in der Woche schipperte sie Pakete zu einem Dealer in Bangkok, der ihr fünf Prozent des Erlöses bezahlte.

Eines Morgens stürmte der Bandit, dem die Fabrik gehörte, in das kleine Stadthaus in der Nähe des Thaphae Gate, wo Toby und seine Mutter wohnten. Er war ein kleiner, drahtiger Mann voller Narben im Gesicht und an den Armen, die auch die Tätowierungen nicht verbergen konnten. Er kam mit einer Pistole und einem langen Messer. Um die Stirn trug er ein hellorangen Tuch, das seinen zurückweichenden Haaransatz und seine Ohren bedeckte.

Toby war damals achtzehn, groß und kräftig. Er hörte das Geschrei und die Flüche bis in sein Zimmer und ging nachsehen. In dem kleinen Wohnzimmer, in dem er lernte und in dem seine Mutter nähte, stieß er auf den Banditen, der mit beiden Fäusten auf die Frau einschlug und sie beschuldigte, Stoff abzuzweigen und ihren eigenen Handel damit zu betreiben. Fünf Minuten später lag der Angreifer mit gebrochenem Hals und vom Würgen blau angelaufenem Gesicht tot am Boden. Toby Wurschanda, der Teenager, war diesem Tag erwachsen geworden. Ein fünfminütiger Wutanfall hatte sein Leben für immer verändert.

»Wir haben uns beide angepasst, Sean«, sagte dieser Mann jetzt im Obergeschoss eines Bangkoker Bordells. »Unser Leben hätte vielleicht anders ausgesehen, wenn wir bessere Chancen gehabt hätten. Ich wäre vielleicht ein Buchhalter in einer Bank geworden, wäre nach der Arbeit vielleicht sogar in dieses Bordell gekommen.« Er fuhr sich mit der Hand durch sein langes Haar und überprüfte den Sitz der goldenen Spange. »Was glaubst du, was du getan hättest, wenn die Dinge anders gelaufen wären?«

Kennedy antwortete sofort: »Die Dinge sind, wie sie sind, Toby, und es hat keinen Sinn, über die anderen Möglichkeiten nachzugrübeln. Du und ich, wir haben beide das Beste aus den Karten gemacht, die wir bekommen haben. Ich bin zufrieden mit meinem Leben und sorge dafür, dass mir keiner in die Quere kommt. Die mich kennen, versuchen gar nicht erst, mich übers Ohr zu hauen.«

Wurschanda nickte. »Ja, das weiß ich, und das ist auch der Grund, warum ich dich heute gründlich beobachtet habe. Ich musste sicher sein, dass du allein gekommen bist und dass niemand hinter dir her ist. Du bist ein gefährlicher Mann, Sean. Du tötest gern, und das hat mich immer beunruhigt. Ich wollte immer nur reich werden und mein Vergnügen haben, aber du brauchtest den Extrakick. Du wolltest Blut sehen.«

Kennedys Unterlippe verzog sich zynisch. »Das ist, als würde mir Attila, der Hunnenkönig, ins Gewissen reden. Ich hab gesehen, wie du Leuten die Visage zerschmettert und die Kehle durchgeschnitten hast. Ich war dabei, als du die Heroinfabrik in Burma in die Luft gesprengt hast. Du hast eine Woche zu Buddha gebetet und jeden Tag dieses Räucherzeug verbrannt. Dann wolltest du, dass ich die Ladungen lege, und du hast sie gezündet. Fünfzehn sind damals mit in die Luft geflogen, einige waren nicht älter als zehn.« Er zog sein linkes Bein ein wenig zurück, um einem beginnenden Krampf vorzubeugen. »Das ist kein Wettbewerb. Keiner von uns ist ein Engel, und keiner wird sich vermutlich ändern. Also lassen wir den Unsinn und reden wir übers Geschäft.«

Wurschanda tippte mit den Fingerspitzen auf die Tischplatte, als würde er Klavier spielen. »Gut, Sean, reden wir übers Geschäft. Was kann ich für dich tun?«

»Ich möchte für zwanzig Millionen Dollar Teakholzmöbel kaufen.«

Wurschandas Augen wurden weit. »Das ist ein Haufen Holz.«

»Vergiss das Holz. Was ich wissen will, ist, was du reinpacken kannst? Ich brauche Heroin und Amphetamine.«

»Wie ist es mit der Bezahlung?« Wurschandas Augen waren schmale misstrauische Schlitze.

»Die Hälfte in zehn Tagen, die andere bei Lieferung. Ich will für zehn Millionen Heroin, für den Rest Amphetamine.«

Wurschandas Züge glätteten sich. Das war ein Geschäft der Topklasse. Beide kannten die Gewinnspanne von acht Millionen nach Abzug aller Kosten und Zahlungen an die Mittelsmänner. »Wohin soll ich die Möbel liefern?«
»Rotterdam.« Kennedy überschlug es im Kopf. Es war jetzt fast Ende Februar, und er wusste, das Jay Davis so schnell wie möglich damit auf den irischen Markt wollte, bevor jemand anderer das Vakuum nutzte, das sie geschaffen hatten. »Am besten wäre Anfang April.«
Zum ersten Mal runzelte Wurschanda die Stirn. »Das wird knapp, Sean. Wozu die Eile?«
»Wie du gesagt hast, Toby, der Markt ist leer gefegt. Jetzt muss die Ware kommen.«
Eine Pause folgte. Beide taxierten die Situation. Wurschanda sprach zuerst wieder: »Ich könnte es die Route durch Laos und Kambodscha schicken, und das ist teuer. Was ist, wenn mich die zweite Hälfte der Zahlung nie erreicht?« Er fuhr mit dem Finger über seine geschürzten Lippen. Bedenken ließen ihn die Stirn runzeln.
Kennedy fuhr sich mit seinem Hemdsärmel übers Gesicht. »Und was ist, wenn ich dir die Hälfte vorauszahle und nur Teakholzmöbel in Rotterdam ankommen?« Jetzt starrte er seinen einstigen Freund an, als wäre er ein neuer, gefährlicher Gegner. »Weil ich, Toby, wenn du mich hintergehst, hinter dir her sein werde, und das weißt du. Ganz gleich, wie viele Handlanger du hast und in wie vielen sicheren Häusern du dich verkriechst, ich finde dich und knall dich ab.« Das Geschäftsgeplänkel war vorbei, jetzt wurde hart und kompromisslos verhandelt.
»Das glaub ich dir, Sean. Ich weiß, du würdest hinter mir her sein.« Wurschanda studierte den wutverzerrten Mund seines Gegenübers, die durchdringenden blauen Augen und die erstarrten Züge. »Also keinen Scheiß. Wer es vermasselt, verliert eine Menge mehr als nur zehn Millionen Dollar.«
»Ich könnte es nicht besser sagen.«
Wurschanda stand neben Kennedy und überragte ihn um ei-

nige Zentimeter. Er legte den Arm um die Schulter des Iren und drückte ihn freundschaftlich. »Es tut gut, dich wiederzusehen, Sean. Und es ist schön, dass du ganz der Alte bist, immer kampfbereit und unbeirrt dabei, alte Rechnungen zu begleichen.«

»Man darf sich keine Blöße geben, Toby. Das weißt du auch. Wenn jemand mitkriegt, dass du nachlässt, versuchen sie dich fertig zu machen.«

»Vergiss das alles jetzt. Wir haben einen verdammt großen Deal ausgehandelt. Die Ladung wird da sein, wann du sie brauchst.« Wurschanda war jetzt in entspannter und spendabler Stimmung. »Jetzt wollen wir erst einmal feiern. Da ist ein guter Italiener in der Nähe, bei dem wir essen können, ohne gestört zu werden. Dann kommen wir hierher zurück, rauchen ein wenig *ganja* und sehen, was die Mädchen alles für uns machen können. Ich lass die besten aus meinem Stall kommen. Sie arbeiten nicht da unten, sie sind für besondere Gäste wie dich reserviert.«

Zum ersten Mal, seit er den Raum betreten hatte, war Kennedy wirklich zum Lächeln zu Mute.

Es war kurz nach Mitternacht, als Sean Kennedy seinen ersten Joint anzündete und in eine Badewanne sank. Er hatte mit Toby Wurschanda ausgezeichnet zu Abend gegessen, das beste italienische Essen, das er je hatte. Dann fuhr Wurschanda zurück zum Club 19/21 und führte ihn durch einen Seiteneingang »für VIPs«. Im dritten Stock erwarteten ihn drei junge Frauen in einem schalldichten Raum mit einem runden Bett und einem Spiegel an der Decke. An einer Wand zeigte ein Widescreen-Plasmaschirm einen Pornofilm. Eine kleine Kammer enthielt alles Notwendige für die erotische Massage: Duftöle, Johnson's Babypuder und fünf Flaschen Listerine Mundwasser. Eine von Kennedys Masseusen war eine olivbraune philippinische Schönheit mit dunkelbraunen Augen und aufreizend klappernden Wimpern, die zweite war eine langbeinige, langhaarige, volllippige Birmanin, die dritte ein thailändisches Mädchen mit zartem Gesicht und kundigen Händen. In einer Seitenkabine begann das Trio den Körper des Iren einzuseifen und zu waschen, begleitet von zärtlichen Worten und gurrenden und schmeichelnden Lauten, bewunderte seine Muskeln und streichelte seine Brust. Dann, während der Joint die Runde machte, trockneten sie ihn ab, legten ihn nackt auf das Bett und banden seine Hände mit seidenen Tüchern an das Gitter. Entspannt, stoned und hilflos verfolgte er im Deckenspiegel, wie die Mädchen langsam seinen Körper in perfekter professioneller Manier einölten und streichelten und massierten. Während sie ihm den Joint an die Lippen hielten, sah er zu, wie sie sich auszogen und ihre eigenen Körper einölten und sich nacheinander auf ihn legten, auf seine Brust und sein Gesicht und seine Schenkel. Als das Haschisch zu wirken begann, verschwammen die Bilder im Spiegel, und die Gefühle strömten tiefer durch seinen Körper. Die Mädchen glucksten und stöhnten und streichelten und liebkosten über eine Stunde lang, bis Seans Körper schließlich im Feuer versank.

10

Während der Killer Sean Kennedy im Drogenrausch und postorgasmischen Himmel in der Hitze Bangkoks lag, verließen in Dublin vier Männer ihre Wohnungen in verschiedenen Teilen der Stadt, um sich in einem Kellerraum der Regierungszentrale zu treffen. Der letzte, der eintraf, war Scott Nolan, dem es erst gegen sieben gelungen war, seine beiden Beschatter abzuhängen. Er hatte sein Southside Apartment früh durch einen Serviceeingang verlassen und ein Taxi in die Stadt genommen. Doch die Beamten erwischten ihn wieder in der Grafton Street, einem der ersten Einkaufsbezirke der Stadt. Dort hetzte er sie durch eine Reihe von Läden und Kneipen, bevor er ihnen durch einen Seitenausgang von Brown Thomas, einem

viel besuchten und teuren Bekleidungshaus, entwischte. Mit aufgeregt pochendem Herzen tauchte er in der Menge der abendlichen Einkaufsbummler unter, hielt seinen Kopf gesenkt und schlich durch Seitenstraßen zum Treffpunkt.
Es war ein bitterkalter Abend mit Temperaturen um die null Grad, und Scott hüllte sich tief in seinen Mantel, als er sich seinen Weg zwischen den im Stau stehenden Fahrzeugen auf der Kildare Street suchte. Er betrat das Fünf-Sterne-Hotel Shelbourne am St. Stephens Green von einer Seitenstraße und suchte sich seinen Weg durch Bars und Foyer.
Im Hotel fand gerade ein Treffen internationaler Rugbyanhänger statt. Kräftige Männer mit geröteten Gesichtern und Stiernacken stemmten schäumende Bierkrüge und standen in ausgelassenen Gruppen zusammen. Schallendes Gelächter über Witze und skurrile Geschichten hallte von den Wänden wider. Gelangweilte Ehefrauen und Freundinnen standen oder saßen höflich dabei und bemühten sich, dieselbe Begeisterung für die Gespräche aufzubringen. Was gäbe ich nicht darum, mich ebenso sorglos wie sie amüsieren zu können, dachte Scott verbittert, während er durch die Drehtür des Haupteinganges wieder in die kalte Nacht tauchte.
Fünfzehn Minuten später wurde er von einem vorausmarschierenden Wachtposten durch ein Gewirr von Gängen und Treppen bis vor eine Tür in einem fensterlosen Korridor tief im Bauch des Regierungsgebäudes geführt.
Der Raum dahinter war karg ausgestattet mit einer beigen Auslegware, einem runden Tisch und sechs Stühlen. Die Leuchtstoffröhre an der Decke tauchte alles in ein grelles, gnadenloses Licht. In einer Ecke befand sich eine mit Holz überdachte Glaskabine mit Telefon und Faxgerät, einer Schwenklampe und Dokumentablagen. Am Rand des Tisches standen ein Behälter mit Schreibern und Bleistiften und ein kleines Silbertablett mit einem Wasserkrug und Gläsern. Der Krug war leer, die Gläser waren umgedreht.
Als Nolan eintrat, waren Justizminister Harry Power, Polizeipräsident Peter Cunningham und Mark Higgins anwesend.

Sie blickten nur stumm zur Tür, als wären sie zu einer Totenwache zusammengekommen und zu traurig zum Sprechen. Er begrüßte sie mit »Hallo« und jedes Gesicht mit einem kurzen Nicken und setzte sich rasch auf einen Stuhl rechts von Higgins, wodurch er den Polizeichef zu seiner Linken hatte und Power direkt gegenübersaß. Er sah, dass jeder eine Kopie seines schriftlichen Vorschlages hatte, und konnte an den abgegriffenen Rändern erkennen, dass sie mehrfach durchgesehen worden waren. Wenigstens haben sie es gelesen, dachte er. Nach Higgins' erster Reaktion war Scott nicht mehr ohne Zweifel über sein Vorhaben. Aber er war entschlossen, einfach alles zu versuchen, um sie zu überzeugen. Wenigstens bei zweien der drei Männer musste es ihm gelingen.
Cunningham ergriff als Erster das Wort: »Bevor wir weitermachen, möchte ich eines klarstellen: Dieses Treffen hat niemals stattgefunden. Worüber wir hier reden, ist pures Dynamit, selbst wenn es niemals über das Stadium dieser Diskussion hinauskommt. Wenn die Presse vom Inhalt dieses Dokumentes Wind bekommt« – er schwenkte Scott Nolans Schreiben in der Luft –, »wäre die Hölle los.« Cunningham blickte ostentativ auf Power. »Und wenn ich das sagen darf, Herr Minister, Ihr Kopf und meiner würden rollen. Wir könnten beide nicht mehr im Amt bleiben, wenn das bekannt würde.«
Power bestätigte Cunninghams Worte mit einem Wink seiner bandagierten Hand. Higgins brummte ein »Ja«, und Scott nickte ernst. Cunningham trug einen weißen Pullover und eine graue Hose. Sein Haar war in Unordnung, als wäre er ständig mit der Hand durchgefahren. Die Linien und Falten seines hageren Gesichts wirkten unter dem Neonlicht doppelt so tief. Scott musterte den Polizeichef aus dem Augenwinkel, und es schien ihm, dass der Mann gealtert war, seit er ihn vor neun Tagen zuletzt gesehen hatte. Er war nun gebeugt, die kräftige Stimme, die Higgins getadelt hatte, klang müde. Es war, als hätte Cunningham Angst, fortzufahren, Angst vor den möglichen Konsequenzen. »Ich darf annehmen, dass Sie Dr. Nolans Plan gelesen haben?« Power und Higgins nickten.

Letzterer saß in seinen Sitz zurückgelehnt. Er trug Jeans und ein Hemd mit offenem Kragen und hatte eine schwarze Lederjacke umgehängt. Seine Finger zuckten, als bräuchte er dringend eine Zigarette. Auch Power war in Hemdsärmeln. Er folgte dem Geschehen mit größter Konzentration. Die erste Seite des Dokumentes lag aufgeschlagen in seinen großen Händen, er hatte eine Lesebrille vorn auf der Nase, aber seine Augen ruhten auf dem Polizeichef.

»Gut«, fuhr Cunningham fort, »lassen Sie mich Ihnen erst meine Meinung sagen, denn ich glaube, ich war der Letzte, der von diesem Plan erfahren hat.«

»Das war keine Absicht«, entschuldigte sich Scott sofort. »Ich bin hier ein Außenseiter und war nicht sicher, an wen ich mich als Erstes wenden sollte.«

Cunningham tat die Erklärung mit einem Wink ab. »Es ist nicht wichtig. Wichtig ist unsere gemeinsame Antwort darauf, und dabei vergesse ich nicht, was geschehen ist und was jeder in diesem Raum, mich nicht ausgenommen, erlitten hat. Wir sind alle durch die Hölle gegangen.« Er blätterte durch die Seiten, die vor ihm auf dem Tisch lagen. »Aber ich bin nicht sicher, ob wir in diese Hölle zurückkehren sollten, nur um noch einmal zu spüren, wie es war. Und ich fürchte, das wird passieren, wenn wir diesen Plan durchführen.«

Scotts Mut sank. Vorbei, tot und begraben. Der Polizeichef war seine einzige Hoffnung nach der Verteufelung durch Higgins, und er konnte seine Enttäuschung nicht zurückhalten. »Wir können nicht einfach aufgeben«, rief er eindringlich mit mühsam beherrschtem Grimm in der Stimme. »Ich weiß, dass es ein Wagnis ist, und ein höchst umstrittenes noch dazu. Aber wir tun wenigstens etwas.«

»Mit Verlaub, Cunningham«, ergriff Power unerwartet das Wort, »ich schließe mich hier Scotts Argumentation an.« Scott war nicht sicher, ob er richtig hörte. »Es ist in der Tat ein großes Wagnis, es ist umstritten, und es bringt alle Beteiligten in größte Gefahr. Ich habe noch nie von solch einer geheimen Operation gehört, noch dazu einer, an der ein Zivilist beteiligt ist.«

»Ich auch nicht«, schnappte der Polizeichef.

Power ignorierte den Einwurf. »Ich muss allerdings zugeben, dass ich meine Einstellung revidiere.«

Scotts Herz begann höher zu schlagen. Er bemühte sich, den Polizeipräsidenten im Blick zu behalten, während er Powers Worten lauschte. Er wusste, Cunningham war die wichtigste Figur im Raum. Selbst wenn er Power und Higgins für seine Idee gewann, konnte der Chef der Exekutive sie noch immer kippen. Sein Vorschlag war ein Sicherheitsproblem und fiel damit ausschließlich in Cunninghams Ressort. Scott betete, dass Powers Worte nicht ohne Eindruck blieben.

»Meine Familie lebt in einem Albtraum«, begann Power. »Unser Haus wird von sechs bewaffneten Männern bewacht, und da sind noch zwei weitere, die das Erdgeschoss rund um die Uhr im Auge haben. Wie Scott kann keiner von uns irgendwohin gehen, ohne beschattet zu werden, und das gilt auch für unsere beiden Töchter. Und wie Scott geht es auch uns so, dass uns die Nachbarn mittlerweile für ein Sicherheitsrisiko halten und unsere Gesellschaft meiden. Die Zwillinge können weder ihre Freundinnen besuchen und dort übernachten noch ins Kino gehen ohne bewaffnete Eskorte.« Er seufzte tief, ein leidgeprüfter Mann, der plötzlich die Kraft gefunden hat, sich die Last von der Seele zu reden. »Himmel, es geht hier um zehnjährige Mädchen und nicht um einen hochrangigen Regierungsbeamten.« Power zog die Bandage seiner rechten Hand zurecht, die aufzugehen drohte. »Meine Frau hat vor Kummer so viel Gewicht verloren, dass sie nur noch Haut und Knochen ist und Beruhigungsmittel nehmen muss, um die Nerven nicht zu verlieren.« Er hielt kurz inne und bat, dass diese Enthüllung vertraulich behandelt würde, und alle murmelten sofort zustimmend. »Dies alles habe ich mit meinem Verlangen nach Rache für den Herointod meines Sohnes über uns gebracht. Mein Antidrogen-Kreuzzug ist auf schreckliche Weise nach hinten losgegangen, so sehr, dass meine Familie ein Albtraumleben führen muss. Also fragen wir uns, wie es weitergehen soll. Ich hatte Glück und habe überlebt, aber zwei Männer haben es mit ihrem Leben bezahlt, dass sie mich beschützten. Und weitere könnten irgendwann bei diesem Einsatz sterben, wenn der Mistkerl sich entschließt, wieder zuzuschlagen. Diese Entscheidung liegt ganz allein in seiner Hand.

Okay, vielleicht war es eine einmalige Sache, aber wer weiß? Vielleicht war es wirklich nur ein einzelner Vergeltungsangriff in unserem Krieg gegen die Drogenkartelle. Aber was, wenn nicht? Was, wenn wir es mit einem brutalen, zu allem entschlossenen Gegner zu tun haben, der zu Ende bringen will, was ihm beim ersten Mal nicht gelungen ist? Sollen wir warten, bis er einen Plan gefasst hat, wann und wo er erneut zuschlagen will? Und in der Zwischenzeit liegt mein Leben und das meiner Familie und das von Scott auf Eis. Wir sind Zielscheiben, die auf den Schützen warten. Es ist der Countdown zu unserem eigenen Begräbnis. Wir sind am Leben, aber wir leben nicht, wenn Sie verstehen können, was ich Ihnen sagen will.« Powers Stimme war klar und emotionslos, als würde er eine vorbereitete Rede halten. Und diese Leidenschaftslosigkeit machte seine Worte nur umso überzeugender. Endlich, dachte Scott, spricht jemand meine eigenen Gedanken aus. Er warf einen Blick auf den Polizeichef, dessen Gesicht sehr ernst war. Dann sah er aus den Augenwinkeln, wie sich die Fäuste seines Schwagers öffneten und schlossen. Er ist ruhelos wie ein gefangenes Raubtier. Was geht in ihm vor?

Peter Cunningham trommelte mit den Fingerspitzen auf dem Tisch, zuckte die Schultern und wandte sich an seinen Justizminister. »Dann darf ich Ihren Worten entnehmen, dass Sie dafür sind, Dr. Nolans Plan auszuführen?«

Scott hielt den Atem an. Sagen Sie Ja, Harry, wir haben nichts zu verlieren.

»Ja«, sagte Power mit Nachdruck. »Holen wir uns das Schwein.«

Scott hatte Mühe, seine Aufregung und seine Erleichterung zu beherrschen. Einer gewonnen. Blieben noch zwei. Er hob seinen Blick nicht vom Tisch. Er wollte jetzt keinen Fehler ma-

chen. Er spürte, dass sich die Stimmung im Raum verändert hatte, von resignierter Ablehnung zu einer vorsichtigen Akzeptanz.
Mark Higgins setzte sich in seinem Stuhl zurecht, wobei er auf Abstand zu Scott bedacht war, und meinte: »Ich werde meine eigenen Gedanken in diesen Schmerztiegel einbringen.«
Power richtete sich ein wenig auf und stützte das Kinn auf die bandagierten Handrücken.
Der Polizeipräsident fuhr sich mit der Hand durchs Haar. »Sie sind der Undercover-Experte«, sagte er. »Wir sollten alle erfahren, wie Sie die Sache sehen.«
Jetzt wurde Scott wieder flau im Magen. Sein Schwager hasste ihn, hatte aus seinem Verlangen, ihm den Kopf abzureißen, kein Hehl gemacht, und hatte seinen Plan mit einer Serie von Flüchen bedacht und für verrückt erklärt. Würde er jetzt seine polizeilichen Fähigkeiten gegen Scotts Plan ins Feld führen? Er wartete auf den Angriff.
»Dieser Plan beruht auf einem Undercover-Einsatz von nur zwei Männern, von denen einer ein Zivilist ist, was an sich schon Gefahren birgt. Wir arbeiten nun seit gut zehn Jahren in verdeckten Operationen, und das ist kein Einsatzgebiet für unausgebildete Kräfte. Alle Männer, mit denen ich zusammengearbeitet habe, waren langjährige Beamte mit großer Erfahrung. Ich habe noch nie gehört, dass ein Polizeirekrut Undercover ginge, und ein unausgebildeter Zivilist schon gar nicht.«
Du Mistkerl, dachte Scott. Stoß mir das Messer hinein und dreh es herum. Er senkte den Kopf in beide Hände und starrte auf den Tisch und hörte nur halb, was Higgins sagte. Am Rande seines Blickfelds sah er Cunninghams Augen aufleuchten. Scott war klar, dies war die Art von gesundem Menschenverstand, die der Polizeichef laut und deutlich hören wollte: echte Polizisten, die wie Polizisten redeten und handelten.
»Andererseits« – Higgins' Entgegnung nahm eine unerwartete Wendung – »ist das Grundkonzept logisch und mutig. Ich weiß genau, wovon Dr. Nolan und Mr Power reden. Ein ständiger Schatten liegt über ihrem Leben. Was noch deprimieren-

der ist, wir haben einfach keine brauchbaren Informationen. Niemand scheint zu wissen, wer letztendlich an dem Tag geschossen hat, und das ist ein Novum in der modernen Polizeiarbeit. Wir können vielleicht nicht immer beweisen, wer was tat, aber wir haben gewöhnlich einen Hauptverdächtigen. Dass es diesmal nicht so ist, sollte uns alle nachdenklich machen. Ich für meinen Teil habe jede wache Stunde seit dem Tod meiner Schwester damit zugebracht, die Identität des Killers aufzudecken. Und ich weiß von Kollegen, die mit der Untersuchung des Falles betraut sind, dass sie noch immer völlig im Dunkeln tappen.«

Jetzt bewegte sich Higgins erneut, sodass Scott ihn gut sehen konnte. Das grimmige Gesicht war weicher und mitfühlender geworden. Er trauert jetzt wie ein Erwachsener, dachte Scott. Die Raubeinfassade hatte einer sanfteren Seite Platz gemacht, auch wenn er sie wahrscheinlich nicht gern zeigte. Das ist der Mann, auf den Laura so große Stücke hielt und den sie als Schwester so liebte. Sie konnte es kaum erwarten, ihn mir vorzustellen. Er hat mich von Anfang an wie Dreck behandelt, aber jetzt zeigt er doch noch sein Gesicht. Scott Nolan begann einen Moment lang, Mark Higgins zu mögen.

»Aus all dem«, fuhr Higgins fort, »kann ich nur schließen, dass wir den Mann niemals mit den üblichen Polizeimethoden zur Strecke bringen werden. Und wenn das stimmt, dann sind wir praktisch gezwungen, alle Regeln über den Haufen zu werfen und auf diese Ebene hinabzusteigen. Um diesen Abschaum zu finden, müssen wir selbst Abschaum werden. Wir müssen ganz unten anfangen, wie es in diesem Vorschlag steht.« Higgins wandte sich Scott zu, und zum ersten Mal schien Scotts Gegenwart nicht nur Wut in ihm zu wecken. »Ich unterstütze deinen Plan, Scott.« Scott öffnete den Mund, um etwas zu erwidern, wurde aber durch eine plötzliche und dramatische Veränderung im Benehmen des anderen unterbrochen. Die Sanftheit war verschwunden, der Schläger war wieder da. »Aber auf keinen Fall wirst du dabei mit von der Partie sein.«

Einen Moment herrschte ein überraschtes Schweigen, bevor

Scott Nolan explodierte: »Du Scheißkerl, Higgins, du verdammtes ...«
Er sprang so heftig auf, dass ihm die Brille fast von der Nase flog, als er seinem Peiniger an die Kehle gehen wollte.
Glücklicherweise schien der Polizeipräsident eine solche Reaktion vorausgesehen zu haben und sprang dazwischen. »Oh, um Himmels willen, werdet endlich erwachsen, ihr beide. Wenn ihr eure persönlichen Differenzen auf diese Weise bereinigen wollt, dann geht hinaus auf die Straße wie die anderen Rowdys.« Er hielt Scotts Oberkörper mit beiden Armen umklammert.
Ein verächtliches Grinsen verzog Higgins' Lippen. »Jetzt sehen Sie, was ich meine«, sagte er mit deutlicher Häme. »Eine Beleidigung, und er vergisst sich. Wie soll jemand da mit ihm zusammenarbeiten?«
Es gab einen laute und verärgerten Schlag auf den Tisch, als Harry Power sich trotz seiner schmerzenden Wunden zu voller Größe aufrichtete und ohne mit der Wimper zu zucken auf die Streithähne blickte. »Das ist das kindischste Verhalten von zwei angeblich verantwortungsbewussten Erwachsenen, das mir je untergekommen ist. Reißen Sie sich zusammen, Scott. Sehen Sie nicht, dass Higgins Sie nur reizen will? Für so einen intelligenten Menschen fehlt Ihnen in der Tat ein glaubwürdiges Auftreten. Mir war klar, dass Higgins versuchen würde, die Operation zu übernehmen, sobald er sich dafür entschieden hatte. Und es steht ihm zu, Ihre Beteiligung daran abzulehnen. Also, wenn Sie sich für so wichtig halten, dann erklären Sie uns jetzt, warum es ohne Sie nicht geht.«
Scott löste sich aus Cunninghams Umklammerung und setzte sich, ohne Higgins eines Blickes zu würdigen. Er schob seine Brille die Nase hoch, fuhr sich mit der Hand durchs Haar und holte Luft. »Ich hatte erwartet, auf Ablehnung zu stoßen, aber nicht, dass mir jemand in den Rücken fällt. Deshalb hören Sie mir jetzt gut zu, denn dieser Plan funktioniert mit mir, oder er funktioniert gar nicht.« Seine Stimme war hart und seine Miene starr vor Anspannung.

»Warum?«, schnappte Higgins. »Erklär mir, warum du unersetzbar bist.«
Scott lehnte sich in seinem Stuhl vor, legte die Fingerspitzen aneinander und blickte darauf. Als er sprach, war es, als redete er zu sich selbst. »Dieser Plan verlangt Muskeln und Verstand. Er ist auf zwei Personen begrenzt, auf einen erfahrenen Undercover-Aagenten und einen qualifizierten und entsprechend ausgebildeten Arzt. Der Polizist muss mit der Drogenszene hier in Irland und auch im Ausland vollkommen vertraut und ein hohes persönliches Sicherheitsrisiko einzugehen bereit sein. Der Arzt braucht nicht soviel Hintergrundwissen, aber auch er wird mit seinem Leben spielen, vielleicht sogar noch mehr, da er sich auf ein völlig unbekanntes Territorium begibt. Beide Männer müssen ein starkes persönliches Interesse daran haben, den Killer zu jagen und zu finden, sonst fällt das Team auseinander, wenn es hart auf hart geht. Wenn Sie jedes Detail meines Planes in Betracht ziehen und dazu, was Sie über uns alle in diesem Raum wissen, dann können Sie nur zu einem Schluss kommen. Es gibt nur eine einzige Kombination, die diesen Kriterien entspricht: Higgins und ich.« Ein verächtliches Schnauben von links folgte den Worten, aber er fuhr unbeirrt fort: »Der Plan erhält sein Okay mit uns beiden als Team, oder Sie können ihn gleich hier und jetzt ganz abschreiben. Glauben Sie mir, Sie werden keinen fähigen, engagierten Arzt finden, der den Job übernimmt. Und wenn doch, dann zweifle ich an seinem Verstand. Ich könnte natürlich auch mit einem anderen Polizeibeamten zusammenarbeiten, aber ob Sie es glauben oder nicht, das möchte ich nicht. Mark Higgins hasst mich wie die Pest, das ist kein Geheimnis, und ehrlicherweise macht er auch kein Geheimnis daraus. Er ist der Meinung, dass seine Schwester am Leben und ich tot sein sollte. Und er hat Recht. Aber das ist genau das, was mich für diesen Plan so perfekt macht. Ich werde niemals Frieden finden, so lange ich weiß, dass ihr Mörder noch irgendwo frei herumläuft.«
Es wurde still im Raum. Die vier Männer vermieden es, ei-

nander anzusehen. Jeder war mit seinem eigenen Entscheidungsprozess beschäftigt. Schließlich holte Polizeipräsident Cunningham hörbar Luft und sagte langsam: »Darf ich Ihnen sagen, was ich denke?« Die drei Gesichter wandten sich ihm zu. Das war das Schlusswort, und es kam vom wichtigsten Mann im Raum. Was immer zuvor erwogen worden sein mochte, war ohne Bedeutung, wenn Cunningham Nein sagte. »Ich wollte erst hören, wie die allgemeine Stimmung sein würde, bevor ich Ja oder Nein zu Dr. Nolans Vorschlag sage. Und jetzt, da ich weiß, wie jeder von Ihnen dazu steht, muss ich Ihnen sagen, dass ich von Ihrer Ehrlichkeit und Ihrem Mut beeindruckt bin. Der Vorschlag, wie er hier zu Papier gebracht wurde, ist gründlich durchdacht, überzeugend und frei von Emotionen. Das ist wichtig, in solch einer Situation darf das Herz nicht über den Verstand triumphieren. Zu Beginn äußerte ich meine Sorge, dass wir mit dieser Operation in die Hölle zurückkehren, in der wir gewesen sind. Das ist noch immer meine Meinung, doch diese Worte sollten der Diskussion das nötige Gewicht geben und jeden dazu bringen, für seinen Standpunkt zu kämpfen, wenn ich auch nicht erwartet hatte, dass es zu wirklichen Hangreiflichkeiten kommen würde.« Er grinste, was die Stimmung augenblicklich ein wenig hob.

»Hier also meine Einschätzung: Der Plan ist gefährlich und die Chance, das Leben dabei zu verlieren, sehr hoch. Aber er ist kühn und dreist und führt uns in einen Bereich, in den diese Polizei noch nie zuvor vorgestoßen ist. Vielleicht haben FBI oder MI5 heimliche Operationen wie diese laufen, aber sicher nicht die Garda Siochana. Wir haben Spezialeinheiten, die Subversive und Terroristengruppen überwachen und dabei auch ihr Leben riskieren. Auf diesem Gebiet haben wir vielleicht sogar größere Erfahrungen als andere Exekutiven. Dennoch stoßen wir in völlig unbekanntes Terrain vor, und das mit einem Zwei-Mann-Team, das sich gern gegenseitig den Hals umdrehen möchte, und das ist nicht gerade die günstigste Ausgangslage für solch eine Operation. Doch mir waren diese Animositäten schon vor unserem Treffen hier bekannt, vor allem nach

Dr. Nolans und Higgins' kürzlicher Begegnung auf einem Kirchenparkplatz.« Scott war sicher, dass sein Schwager neben ihm ein rotes Gesicht bekam, aber er ließ sich seine heimliche Freude nicht anmerken und lauschte gespannt den Worten des Polizeipräsidenten. »Und das ließ bei mir nicht gerade den Eindruck entstehen, dass Sie beide erfolgreich zusammenarbeiten könnten. Aber ich stimme Dr. Nolans Argumentation in einem Punkt zu: Niemand außer diesen beiden hat die Erfahrung und das Wissen – und, was noch wichtiger ist, das Verlangen –, das durchzuziehen. Und ich werde nicht nach anderen Kandidaten suchen. Wenn Sie also wollen, dass ich diesem Unternehmen meinen Segen gebe, dann tue ich dies nur auf der Basis, dass Dr. Nolan und Higgins ihre Differenzen begraben und als verlässliches Team auf die Jagd nach diesem Mann gehen.«

Scott schwankte zwischen Erleichterung und Furcht. Sein Plan war genehmigt, aber würde Higgins kooperieren? Würde sein Hass stärker sein als sein Verlangen, Lauras Mörder zu finden?

»Was sagen Sie dazu, Mark?« Der Polizeichef fixierte den Mann, der einer seiner besten Beamten war. »Könnten Sie mit Dr. Nolan zusammenarbeiten, um den Mann, der Ihre Schwester und zwei Ihrer Kollegen getötet hat, zur Strecke zu bringen?«

Higgins lehnte sich in seinen Stuhl zurück, blickte an die Decke und fummelte in seiner Tasche. »Macht es Ihnen etwas aus, wenn ich rauche?«, fragte er die Versammelten.

»Allerdings, das tut es«, schnappte Power. »Halten Sie uns nicht länger hin. Wenn Sie nicht einverstanden sind, dann sagen Sie es jetzt klipp und klar.«

»Okay«, erwiderte Higgins heftig, »ich kann besser denken, wenn ich rauche, das ist alles.« Er rutschte auf seinem Stuhl nach vorn und öffnete einen weiteren Hemdknopf. Es war eigentlich ziemlich kalt im Raum, aber die Hitze der Debatte brachte alle ins Schwitzen. »Meine Schwester hat mir mehr bedeutet, als Sie sich vorstellen können, und meine Wut und Ver-

bitterung gegenüber Dr. Nolan, die zu akzeptieren Ihnen so schwer fällt, basiert auf der einfachen Tatsache, dass der Mörder die falsche Person getötet hat. Laura sollte am Leben sein, nicht Dr. Nolan. Aber wir müssen weitermachen und mit den Dingen leben, wie sie seit dem 10. Februar nun einmal sind. Der Killer hat so viele Leben und Familien zerstört, dass wir ihn nicht damit davonkommen lassen dürfen. Wenn wir uns nicht an seine Fersen heften, werden nicht nur vielleicht Mr Power und Dr. Nolan ihr Leben verlieren, sondern es wäre auch katastrophal für unsere Polizei. Andere Polizeikräfte werden genau verfolgen, wie wir Iren das Problem lösen. Wir stehen auf der Weltbühne vor einem verdammt kritischen Publikum, das hohe Preise bezahlt, um die Show zu sehen. Nichts zu tun ist unter diesem Aspekt nicht akzeptabel – was bedeutet, dass wir etwas tun müssen. Und dieser Plan« – er schob Dr. Nolans Antrag in die Mitte des Tisches – »ist zwar riskant, aber der einzige Erfolg versprechende Vorschlag, den ich zu Gesicht bekommen habe.« Higgins blickte seinen Vorgesetzten an. »Sir, wenn ich um den Mörder meiner Schwester zu kriegen, mit Dr. Nolan zusammenarbeiten muss, dann werde ich damit leben müssen.«
»Nein.« Cunningham schüttelte den Kopf. »Sie werden nicht damit leben müssen, Higgins. Sie werden es, verdammt noch mal, tun, und ich will kein Wort mehr hören, wie sehr Sie leiden und mit den Umständen hadern. Dieser selbstmitleidige Mist beeindruckt mich nicht im Geringsten. Ich kenne Sie, Higgins. Ich habe mir Ihre Akte angesehen, bevor ich heute herkam. Sie sind ein Einzelgänger und wollen mit niemandem zusammenarbeiten, weil sie oft unorthodoxe Methoden anwenden, um zu Ergebnissen zu kommen. Tatsache ist, dass genau dieser Umstand Sie zum idealen Kandidaten für diese Aufgabe macht. Das Problem besteht nicht darin, ob Sie mit Dr. Nolan auskommen, sondern ob er mit Ihnen zurechtkommt.«
Scott sah, dass diese Debatte in eine Sackgasse von Polizeimethoden und Undercovertaktiken zu gleiten drohte. Er beschloss, die Sache ein für alle Mal zu beenden. »Herr Polizei-

präsident, ich habe mit Ärzten zusammengearbeitet, deren Persönlichkeit und Auftreten Mark Higgins vergleichsweise wie einen Engel aussehen lassen. Ich habe Nachtschichten mit betrunkenen Chirurgen, Kokain schnupfenden Anästhesisten und ausgerasteten Psychiatern hinter mir. Und wissen Sie was? Ich habe trotzdem meinen Job gemacht und Leben gerettet. Higgins ist nur ein weiterer zorniger Mann, mit dem ich mich arrangieren muss. Und das werde ich, denn er ist das zweite unverzichtbare Element für den Erfolg. Wir bringen den Mörder gemeinsam zur Strecke, aber nicht allein. Wir haben beide ein starkes persönliches Interesse an dieser Jagd, und ich weiß, wir werden uns zusammenraufen. Warum hören wir nicht auf zu reden und beginnen zu handeln?«

Higgins hatte eine nicht brennende Zigarette im Mund und kaute heftig an dem Tabak, um seine Nerven zu behalten. »Ich bin auch dafür. Sie könnten die ganze Nacht damit verbringen, uns gut zuzureden, und es würde nicht viel nützen. Nennen wir es eine kurzfristige Einigung, weil es die besonderen Umstände erfordern.«

Power brachte schließlich sogar ein Lächeln zu Wege. »Phrasen wie diese haben in der Politik einen schlechten Beigeschmack. Wir suchen uns lieber eine andere Beschreibung.« Er blickte fragend zu Scott. »Was ist der nächste Schritt?«

Scott griff in eine Seitentasche und brachte einen weiteren Stapel Blätter zu Tage, den er Cunningham gab, der die obersten Seiten überflog. Seine Augen wurden groß, als er sah, worum es ging. Er reichte zwei Blätter an Power weiter, der zu lesen begann, wobei die Spur eines Lächelns seine Lippen umspielte. Schließlich starrte der Polizeichef auf Scott. »Wo zum Teufel soll ich all das Zeug herkriegen? Ich arbeite bei der Polizei, nicht im Krankenhausbedarf.«

Scott grinste. Die Erleichterung über seinen Erfolg war ihm deutlich anzusehen. Sein Haar sah aus wie ein Kornfeld nach einem Tornado, und seine Brille war nass von Schweiß, doch er strahlte fast übers ganze Gesicht. »Das erkläre ich Ihnen später. Es ist der leichtere Teil. Waffen und Spezialmaterial kann ich nicht beschaffen, aber ich bin sicher, das können Sie organisieren. Für die speziellen Dinge habe ich eine Quelle, die mir einiges schuldet.«

Power war fast am Lachen, als er zum Ende der Liste kam. »Problematischer ist, Peter«, wandte er sich an den Polizeichef, »wie Sie Anschaffungen wie diese der Garda-Finanzverwaltung erklären. Seit wann werden in Ihrer Abteilung Anästhesiewagen gebraucht?« Cunninghams Stöhnen war der einzige heitere Moment an diesem Abend.

In Bangkok drehte sich Sean Kennedy im Schlaf und merkte, dass er seine rechte Hand nicht bewegen konnte. Noch immer halb groggy von den Drogen und der sexuellen Erschöpfung des Abends dachte der Ire einen Moment, dass ihn seine schönen Masseusen für weitere Aktivitäten wieder festgebunden hatten, und lächelte in sich hinein. Dann wurde ihm bewusst, dass nicht weiche Seide, sondern hartes Metall sein Handgelenk hielt, und er versuchte sich in dem großen Bett aufzusetzen.

»Hat es dir Spaß gemacht mit meinen Mädchen?« Toby Wurschanda stand am Fußende des Bettes mit einer Pistole in der Hand, deren Lauf direkt auf Kennedy gerichtet war. »Sie haben gesagt, dass es eine Stunde gedauert hat, bevor dein Licht ausging. Das ist nicht schlecht, denn sie sind Expertinnen auf ihrem Gebiet und schaffen es in der Regel schneller. Sie sind beeindruckt. Und viel reicher.« Wurschandas Stimme klang nicht spöttisch, nur drohend. Kennedy blinzelte mehrmals, um klarer zu sehen. Als es ihm schließlich gelang, setzte sein Herz aus und sein Mund wurde trocken. Links und rechts von Wurschanda stand ein uniformierter Polizist mit einem Schlagstock am Gürtel und einer Pistole im Halfter. Sie blickten gleichmütig auf den Iren, ausdruckslos und stumm.

»Was ist mit der Eskorte, Toby?«

Wurschanda lächelte ein wenig, aber das ließ Kennedy nicht aufatmen. Es war das Lächeln eines Mannes, der gern zusah, wenn Menschen starben, und der offenbar zu einer öffentlichen Hinrichtung gekommen war. »Das sind Freunde von der königlich thailändischen Polizei. Ich behalte ihre Angelegenheiten im Auge, und sie die meinen.« Wurschanda blickte von einem Beamten zum anderen, doch keiner zuckte auch nur mit einer Wimper. Ihre Blicke waren auf den nackten Körper auf dem Bett gerichtet, dessen untere Hälfte nur unvollkommen von einem seidenen Betttuch bedeckt war. »Und sie sind mit Informationen zu mir gekommen, die dich sicher interessieren werden.«

Kennedy versuchte sich in eine würdevollere Stellung aufzurichten, was jedoch die Handschellen verhinderten. Und die Seidendecke rutschte.

Er hatte keine Ahnung, worauf Wurschanda hinauswollte, aber die Pistole in seiner Hand ließ darauf schließen, dass es eine ernste Sache war.

»Habe ich irgendein Verbrechen begangen, seit ich hier bin?«

»Nein, Sean. Kein Verbrechen hier, aber ein verdammt dickes Ding in Irland. Die Stadtpolizei hat diese Männer einem vierköpfigen Einsatzkommando zugeteilt, das dich festnehmen soll. Sie haben bereits deine persönlichen Sachen und Koffer im Hotel beschlagnahmt und sind dabei, ein paar Ferngespräche zu führen. Sie haben sich in die Idee verrannt, du könntest der Killer sein, der sich vor kurzem in Dublin so unbeliebt gemacht hat.«

Jetzt begann Kennedy wirklich zu schwitzen. Wurschanda war nicht das große Problem, aber zwei Polizisten und offenbar ein Haftbefehl waren es. »Du weißt, dass ich nichts damit zu tun hatte, Toby. Das habe ich dir bereits gesagt.« Kennedy zwang sich zu einem Lächeln, als wäre dies alles eine lächerliche Verwechslung. Er versuchte sich verzweifelt daran zu erinnern, was er Wurschanda erzählt hatte, aber sein Verstand war noch immer von Haschisch umnebelt, und er konnte sich nicht erinnern. »Ich war gar nicht in Irland zu der Zeit, und ich kann es beweisen«, sagte er und wusste, dass die Entschuldigung wenig glaubwürdig klang.

Wurschanda setzte sich an der Seite aufs Bett, wobei er die Waf-

fe auf Seans Brust gerichtet ließ. »Das alles interessiert mich nicht, Sean. Nicht im Geringsten. Meine Freunde hier informierten mich, weil du in meiner Gesellschaft gesehen worden bist und sie fürchteten, ich könnte zusammen mit dir hopsgenommen werden. Das ist die Art von unauffälliger Unterstützung, die man in diesem Geschäft braucht, verstehst du?«
Kennedy versuchte in Wurschandas Augen zu blicken, aber er konnte noch immer nicht klar sehen. Er murmelte: »Bin ganz deiner Meinung.«
Die Pistole wurde schmerzhaft in seine Brust gerammt. Der Ire biss die Zähne zusammen.
»Du erinnerst dich doch an Preecha Thipthong, nicht wahr? An den Mann, dem du den Kopf abreißen wolltest.« Die Pistole glitt schmerzhaft über seine Haut, aber er zuckte nicht.
»Das war doch nur im Augenblick des Ärgers so dahingesagt. Du hast erzählt, dass er ein ausgezeichneter Möbeltischler ist, und wir brauchen Leute, die etwas von ihrem Job verstehen.«
»Red keinen Scheiß, Kennedy.« Wurschandas versteckter englischer Akzent brach durch, und es klang bösartig und drohend. »Du würdest ihm in der ersten Minute die Kehle durchschneiden. Ich kenne dich und deine Methoden. Gegenwärtig wird Preecha im Polizeihauptquartier verhört, wo sie feststellen werden, ob er mit deinen Machenschaften etwas zu tun hat.«
Kennedys Magen verkrampfte sich. Die Situation wurde mit jeder Minute schlimmer. Werde ich den Rest meines Lebens in einem Bangkoker Gefängnis schwitzen?
Wurschandas Stimme wurde von Minute zu Minute wütender. »Das wird mich eine verdammte Stange Geld kosten. Preecha ist ein guter Mann, auf den Verlass ist. Er kommt aus Chiang Mai, wo ich vor Jahren zu Hause war. Ich kenne seine Familie, und sie kennt mich. Und sie jammern mir die Hucke voll, ihn da herauszuholen, bevor er einen Scheiß erzählt, der nicht mehr gutzumachen ist.«
Hinter ihm flüsterte einer der Bangkok-Polizisten seinem Kollegen etwas ins Ohr, und selbst durch seine Haschischschleier konnte er erkennen, dass sie ihren Spaß hatten.

»Was soll ich also tun, Sean? Ich könnte dich ausliefern und sagen, die Männer haben dich in den Club 19/21 gehen sehen. Das gibt eine dicke Beförderung, sie kommen ins Fernsehen und kriegen vielleicht sogar eine Auszeichnung. Wir würden beteuern, dass Preecha ein ahnungsloser Geschäftsmann ist, der unwissentlich in dein internationales terroristisches Netzwerk geraten ist. Wir könnten auch unterstellen, dass du ein IRA-Mann bist, der auf der Flucht ist und von anderen terroristischen Gruppen Waffen kaufen und Männer rekrutieren will. Dann wäre sogar ich ein Held und käme ins Fernsehen und bekäme einen Orden.«
Kennedy spielte seine einzige Karte aus. Er wusste, dass Wurschanda seine Androhungen wahr machen konnte. Dann wären er und seine Polizeiinformanten nationale, ja, sogar internationale Helden. Es mochte dem bekannten Bordellbesitzer und Drogenhändler Toby Wurschanda sogar die Chance bieten, eine achtbare Persönlichkeit in der thailändischen Öffentlichkeit zu werden. Und er wusste, wie wichtig das kulturell in diesem Land war.
»Toby, wenn du mich auslieferst, werde ich singen wie eine Nachtigall. Was immer du damit gewinnen willst, wirst du verlieren, wenn ich auspacke, darauf kannst du dich verlassen. Und wenn mir etwas passieren sollte, bevor ich reden kann, dann, Toby, mein Freund, wäre dein Leben keinen Pfifferling mehr wert. Für jeden Sean Kennedy, der zu dir kommt, um Geschäfte mit dir zu machen, kommen zehn andere, um alte Rechnungen zu begleichen, wenn du es vermasselst. Also, warum hörst du nicht auf, Scheiß zu reden, und holst deinen Freund aus dem Gefängnis? Wenn die Polizei wirklich nach mir sucht, dann befiehl deinen Marionetten hier, mich zum Flugplatz zu fahren. Ich bin sicher, du hast jemanden bei der Passkontrolle auf deiner Lohnliste, der mich zum nächsten Flug nach Amsterdam durchlässt.« Trotz der Handschellen lehnte sich Kennedy vor und flüsterte: »Vergiss nicht, Toby. In zehn Tagen erwartet dich eine bedeutende Bereicherung deines Schweizer Bankkontos. Und wenn Preecha die Möbel lie-

fert, geht noch eine große Zahlung auf den Weg. Das wiegen ein kurzer Fernsehruhm und ein Orden nicht auf. Du wirst nie eine Säule der Gesellschaft sein, Toby. Ich weiß alles über dich. Wir sind aus demselben Holz geschnitzt. Die Hinterhöfe und die Bordelle sind unsere Welt, nicht die Cocktails in der Villa des Botschafters.«

Toby Wurschandas Gesicht verzerrte sich vor Wut. Er schlug mit der Pistole in Kennedys Gesicht und traf ihn an der Seite, als dieser auszuweichen versuchte. Dann gab er den Polizisten in thailändischer Sprache Anweisungen, und sie beeilten sich, seine Handschellen zu öffnen. Kennedy wischte sich das Blut von seinem Ohr, wo die Haut aufgeplatzt war. Er nahm den Blick nicht von Wurschanda.

Der Bordellbesitzer ging wütend auf und ab, rauchend und mit sich selbst redend. Schließlich kam er ans Bett und starrte dem Iren ins Gesicht. »Verschwinde von hier. Das ist unser letztes Geschäft, verstehst du? Ich sorge dafür, dass du dein Zeug kriegst, und du sorgst dafür, dass ich bezahlt werde. Aber du bist ein zu heißes Eisen geworden. Eines Tages wird dich die Polizei fassen, und ich möchte nicht dabei sein, wenn das passiert. Es genügt mir, wenn ich es in der Zeitung lese.«

Kennedy massierte seine Handgelenke und stand auf. Er sah, dass die Polizisten seine Genitalien musterten. »Toby, wenn mich die Polizei je erwischen sollte, wird es nicht Sean Kennedy sein, den sie im Sarg wegtragen.«

Wurschanda drehte sich um und stürmte aus dem Raum und rief in Englisch, bevor er verschwand: »Schafft ihn hier raus!«

Vierzehn Stunden später befand sich Kennedy auf einem KLM-Flug nach Amsterdam. Er reiste Businessklasse mit einem zweiten falschen Pass, den er für Notfälle dabeihatte. Er hatte sich neu eingekleidet in eine Leinenhose, Hemd und weiche Ledermokassins. Er trank Champagner und fragte sich, ob Wurschanda seinen Möbeltischler schon freigekauft hatte. Ich hoffe nicht, dachte er entspannt. Ich hoffe, er lässt ihn eine Weile schwitzen. Er lächelte der hübschen Stewardess zu und bat sie um die Speisekarte und stellte erfreut fest, dass eines der Hauptgerichte Hühnchen war. Er sah die Weinliste durch und bestellte Premier-Cru-Chablis, dann lehnte er sich zurück, um den Flug zu genießen. Ich hoffe, Candy ist nicht zu müde, wenn ich heimkomme. Ich würde ihr gern ein paar neue Tricks zeigen, die ich hier gelernt habe.

»Möchten Sie noch einen Drink, Sir?«, fragte die Hostess mit einem hübschen Lächeln.

Kennedy blickte hoch, versunken in Erinnerungen an die vergangene Nacht. »Nein, danke, ich warte, bis das Essen serviert wird.«

Was für ein netter Mann, dachte die Stewardess. Wenn nur alle so problemlos wären wie er.

Als Kennedy auf seinen Liegesitz zurücksank, schlüpfte er aus seinen neuen Schuhen und zog Hausschuhe an und entspannte sich. Er sah sich um und musterte die vier Mitreisenden, alles Männer mit jener Optik und Ausstrahlung, wie sie nur Geld schafft. Silbergraues Haar perfekt frisiert, perfekt sitzende Anzüge, Seidenhemden und teuer aussehende Krawatten. Mann, Sean, dachte er, wie bist du so weit gekommen? Reist Businessklasse und machst Zwanzig-Millionen-Dollar-Geschäfte. Und legst dich mit Toby Wurschanda an und überlebst es. Du hast es zu was gebracht seit jener Nacht, als du aus dem Haus Fitzroy Square Nummer vierunddreißig gestolpert bist, blutend und vor Schmerzen schreiend. Seine Gedanken wanderten zurück durch die Jahre.

In jener Nacht war er schließlich im St. Vincent's Hospital auf Dublins Southside gelandet. Eine Ambulanz hatte ihn dorthin gebracht, nachdem er auf der Straße zusammengebrochen war. Man hatte ihn operiert und sein Bein gerettet, nur den durchtrennten Nerv konnten sie nicht richten.

»Wenn Sie sich erholt haben, operieren wir noch einmal und flicken das Gewebe zusammen«, versprachen sie, als er schließlich aus der Narkose erwachte.

Ganz sicher nicht, dachte der junge Kennedy. Ich verschwinde hier.
Er gab einen falschen Namen und eine falsche Adresse an, was ihm danach zur Gewohnheit werden würde, und hinkte drei Tage später in geklauten Kleidern und mit der Brieftasche eines der Ärzte heimlich aus der Station.
Am selben Nachmittag, als er sicher war, dass sowohl sein Vater als auch Anna das Haus verlassen hatten, benutzte er seinen Notschlüssel, um seine persönlichen Sachen zu holen, seinen Pass und seine ATM Card für ein paar Tausend Pfund, die ihm seine Mutter vor ein paar Monaten heimlich zugesteckt hatte.
Zwei Jahre lang bewohnte er eine Ein-Zimmer-Unterkunft in Fulham, im Westen Londons, und nahm jede Arbeit an, die er kriegen konnte. Hilfsarbeiter, Rausschmeißer, Tellerwäscher und Kellner waren einige der Jobs, und er fragte sich, wie er je zu mehr Geld und einem brauchbaren Leben kommen würde.
In der Zwischenzeit erfuhr er, dass von Fitzroy Square Nummer vierunddreißig verbreitet wurde, Sean hätte es nach dem tragischen Tod seiner Mutter nicht mehr in Dublin gelitten und er sei ins Ausland gegangen. Weder Norman Kennedy noch seine Tochter Anna wüssten, wann er wiederkommen würde, aber sie wären in ständiger Verbindung.
Zu seinem ersten Mord kam es auf Grund einer Reihe von unglücklichen Umständen. Während er in einer Schickimicki-Kneipe in der Nähe des Sloane Square bei einem Bier saß, kam er mit einem Mittvierziger in einfachem Anzug, Hemd und Binder ins Gespräch. Es stellte sich heraus, dass der Herr Bankier war und Überseehandel für eine Firma am Canary Wharf abwickelte, und Sean war bald klar, dass sein neuer Freund schwul und auf einen One Night Stand aus war. Eigentlich nur aus Neugier ließ sich Kennedy im offenen Mercedes zu seiner exklusiven Bude in Kensington mitnehmen. Während Kennedy das extravagante Apartment bewunderte, legte sein Partner leise Musik auf, reichte Sean ein Glas Champagner und tanzte mit ihm Wange an Wange. Dann schlug der arme

ahnungslose Kerl Sean Kennedy ein Schaumbad mit intimen Handgriffen vor. Fünfzehn Minuten später lag er mit dem Gesicht nach unten mit seiner Liberty-Seidenkrawatte erwürgt in zwanzig Zentimeter tiefem Wasser. Kennedy verschwand mit seiner Brieftasche, seinen Gold- und Platin-Kreditkarten und dem Mercedes. Er vertauschte die Nummernschilder mit einem anderen Wagen und genoss eine Woche lang den stilvollen Fahrkomfort, bis es ihm zu riskant wurde.

Danach ging er nach Amsterdam, wo er die nächsten beiden Jahre als Eintreiber für einen Drogenhändler arbeitete. Aber das war nur ein kleiner Fisch, nicht mehr als Straßenverkauf an verkiffte Teenager und heruntergekommene Touristen. Die Gewinnspanne war niedrig, und Kennedy langweilte es bald, Schuldner zu verprügeln, die jünger waren als er.

Mit zwanzig machte er sich auf den Weg nach Thailand und Patong, einer wunderschönen, von Hügeln gesäumten, sichelförmigen Bucht, die ihre Jungfräulichkeit längst durch Abwässer, Müll und eine Anwohnerschaft von Schwarzhändlern und Prostituierten verloren hatte. Kennedy ließ sich dort nieder und machte bald in den Bars und Clubs als harter und brutaler Schläger von sich reden. Ein Neuling im Drogengeschäft, Toby Wurschanda, wurde auf ihn aufmerksam. Unter seinen Fittichen lernte Kennedy mit großen und kleinen Waffen und Sprengstoff umzugehen und Bomben zu bauen. Mit fünfundzwanzig war Kennedy ein erfahrener Auftragskiller, ebenso gefürchtet wie sein Boss, aber noch gefährlicher. Etwa zu der Zeit trennten sich die beiden Männer. Wurschanda sah seinen lukrativ wachsenden Drogenhandel durch die zunehmende Brutalität seines Stellvertreters gefährdet.

Was Kennedy schließlich wieder nach Europa führte, war die Inselbekanntschaft mit einem anderen irischen Urlauber mit Namen Jay Davis. Bei ungezählten Bieren und noch mehr Joints erzählte ihm Davis, ein Ex-Drogenfahnder der irischen Polizei, von seinem Plan, die chaotische Drogenszene in Irland an sich zu reißen. Drei Monate später verließ Kennedy Thailand und reiste nach Amsterdam, wo Davis und er nach

und nach die gefährlichsten und verlässlichsten Drogenhändler in der Szene wurden.
Während dieser Jahre hieß es offiziell aus Fitzroy Square immer noch, Sean wäre in fernen Winkeln der Welt unterwegs, wäre ein Jahr lang Schafscherer in Australien gewesen, dann eine Zeit lang Viehzüchter in Argentinien und hätte dann eine Weile in Kalifornien rumgehangen. Norman Kennedy verstieg sich sogar zu einer Version, in der es Sean zu etwas gebracht hatte und selbstständiger Bauunternehmer im Mittleren Westen war. Und ja, Sean ließ regelmäßig von sich hören und würde hoffentlich eines Tages heimkommen, wenn all der Schmerz vergessen war.
Ein Jahr später erwähnte Kennedy Davis gegenüber beiläufig einen Plan, den sich er und Toby Wurschanda ausgedacht hatten, um die Konkurrenz auszuschalten, ohne selbst damit in Verbindung gebracht zu werden. Auslöser war die Ermordung eines hochrangigen Bangkoker CSD-Beamten, der für die Drogenkontrollen an den Touristenrouten an der Andamanenküste verantwortlich war. Die resultierenden Polizeiaktionen säuberten die Straßen von australischen und malaysischen Dealern und machten den Markt frei für Wurschanda und seinen gefürchteten Handlanger.
Jay Davis lauschte der Geschichte mit offenem Mund, fasziniert von der Einfachheit des Plans, begeistert von dessen Erfolg und überzeugt, dass dieser sich wiederholen ließe. Und Irlands Justizminister Harry Power mit seinem persönlichen Rachefeldzug gegen die einheimischen Drogenbarone bot die ideale Zielscheibe dafür. Abgesehen von ein paar Kleinigkeiten waren sich beide Männer einig, dass dies eine todsichere Sache war.
Und während Kennedy Hühnchen Kiew mit Pariser Karotten und Spargelspitzen aß und seinen teuren Wein genoss, spürte er, dass er fast am Ziel einer sehr langen Reise angekommen war.
»Ist alles zu Ihrer Zufriedenheit, Sir?«, fragte die hübsche Stewardess mit Schmollmund und besorgter Miene. Kennedy

rutschte mit seinem Hinterteil in eine bequemere Lage und reichte ihr das Tablett. »Wunderbar, danke.« Dann suchte er nach dem Filmprogramm, konnte es aber nicht finden. »Was läuft nach dem Abendessen?«

Die Stewardess runzelte die Stirn. »Prairie Dogs. Ich habe gehört, dass der Film einige gewalttätige Szenen hat. Ich hoffe, das macht Ihnen nichts aus.«

Kennedy dachte einen Moment nach, dann sagte er: »Ich kann ja die Augen zumachen, wenn's schlimm wird.«

11

Scott Nolans Jagd nach dem Mörder seiner Frau begann am 1. März, zwei Tage nachdem der Killer wieder in Amsterdam eingetroffen war. NOLAN GIBT AUF lautete die Schlagzeile in einem der irischen Boulevardblätter an dem Tag. KORYPHÄE AUF DER FLUCHT VOR DER IRISCHEN UNTERWELT schrieb ein anderes. DROGENBARONE IM AUFWIND NACH NOLANS ABGANG verhieß eine weitere Überschrift, während es die seriöse Irish Times auf den Punkt brachte: SCOTT NOLAN BESCHLIESST DEN IRISCHEN ALBTRAUM HINTER SICH ZU LASSEN.

Die Zeitung brachte ein einziges Bild auf Seite eins, das Scott in der Abflughalle des Dubliner Flughafens zeigte, halb verdeckt von einer sechsköpfigen Leibwache. Auf drei Innenseiten, begleitet von einer eingehenden Analyse der Abreise des amerikanischen Arztes, waren weitere Bilder: Scott beim Verlassen seines Apartments, wiederum begleitet von bewaffneten Beamten, von denen einer sogar sein Gepäck trug. Scott beim Händeschütteln mit Harry Power im Regierungsgebäude. Und schließlich Scott bei der Vorlage seiner Reisedokumente am Check-in-Schalter von Aer Lingus. Zwei Extraspalten zeigten Bilder von Scott aus besseren Tagen, eines während

der Pressekonferenz zur Ankündigung der Antidrogenkampagne und ein TV-Bild aus einem seiner Promofilme.
Die Irish Times bekam Scott nicht vors Mikro, doch Justizminister Harry Power beklagte vor laufenden Recordern offen den Zustand einer Nation, in der solch fähige und mutige Ärzte lieber das Land verließen, als unter steter Bedrohung zu leben. Der Polizeipräsident schlug in dieselbe Kerbe mit Bemerkungen über das Waffengesetz, und eine Randspalte enthielt zynische und heuchlerische Bedauernsbekundungen von einem Sprecher in Dublin's City Hospital: »Wir verlieren nicht nur einen sehr fähigen Arzt, sondern auch einen echten Freund. Scott Nolan war ein beliebter und hoch geschätzter Kollege, dessen Anwesenheit in dieser alten und würdigen Einrichtung neue Maßstäbe setzte. Seine jungen Patienten und alle anderen im City Hospital werden ihn vermissen, und wir alle wünschen ihm das Beste für seine neue Arbeitsstätte.« Fernsehteams waren dabei, und die prominente Abreise war in allen irischen Nachrichtenkanälen zu sehen, selbst Sky News, BBC und ITV in Großbritannien brachten sie.

Das Schneechaos hielt Chicago noch immer fest im Griff, als Scott nach einem achtstündigen Flug am O'Hare-Flughafen landete. Es war Mittag Chicagoer Zeit, als der sechsundsiebzigjährige Jim Nolan seinen Sohn in der Ankunftshalle begrüßte. Der pensionierte Universitätsprofessor war gegen die Kälte in einen dicken Mantel gehüllt. Scott war erleichtert, dass im Gegensatz zu dem Spektakel am Dubliner Flughafen hier keine Kameramänner und TV-Teams auf ihn zustürzten, als er durch den Zoll kam.
»Hi, Dad«, sagte er und sah gleich die große Traurigkeit und das Mitgefühl in den Augen seines Vaters. Jim Nolan war eins fünfundachtzig groß, aber gebeugt und mit grauen Schläfen. Sein Gesicht war gerötet von Wind und Kälte, und ein Tropfen hing widerspenstig an seiner Nasenspitze, obgleich er ihn immer wieder mit seinem Taschentuch abwischte. Er trug Ohrenschützer und einen karierten Schal.

»Wie geht es dir, Junge? Deine Mutter und ich waren krank vor Sorge um dich. Wir haben kaum miteinander gesprochen trotz der vielen, vielen Anrufe.«

Scott zog seinen Mantel an und putzte ausgiebig seine Brille, nicht nur, um sich der veränderten Temperatur anzupassen, sondern auch um nachzudenken. Um ihn herum herrschte geschäftiges Treiben. Eine Schar Passagiere von transatlantischen Flügen strömte in die Halle, und es wurde gerufen und begrüßt und umarmt und geküsst. Unter den wachsamen Augen der Flughafenpolizei wurden Gepäckwagen durch die Menge geschoben, wobei mancher Knöchel nur um Haaresbreite verschont blieb. Im kalten Windstoß vom Eingang her wurden Mäntel angezogen und Handschuhe und Schals aus den Taschen hervorgeholt. Die Telefone auf der linken Seite des Hauptausganges waren alle besetzt, und Köpfe nickten, als Anmeldungen bestätigt, Hotelzimmer gebucht oder Weitertransporte vereinbart wurden. O'Hare stand auch im Winter im tiefsten Schnee niemals still.

Als Scott sich umsah, kehrte die Erinnerung an den lebendigen Rhythmus der Stadt, in der er aufgewachsen war und den er vergessen hatte, langsam wieder zurück. Aber die bange Sorge und das Mitgefühl seines Vaters verursachten ihm Schuldgefühle. So viel war geschehen und so viel mehr war geplant, dass er im Moment nicht wusste, wie er den Fragen begegnen sollte.

Dad, es wird eine offizielle Version hier geben, dachte er, und dann die Wahrheit. Aber die ganze Wahrheit werde ich dir niemals sagen.

»Ich werde euch alles erzählen, wenn wir zu Hause sind«, sagte er vertröstend, um die Lügen noch ein wenig hinauszuschieben. »Dann brauche ich nicht alles immer wieder zu erzählen.«

Jim Nolan quittierte es mit einem missbilligenden Blick und zuckte die Achseln. »Dann gehen wir«, sagte er. »Der Wagen steht in der Kurzparkzone. Ich helfe dir mit dem Gepäck.«

Fünfzehn Minuten später tauchte die Skyline vor ihnen auf.

Der Verkehr lief flüssig trotz des aufgetürmten Schnees am Autobahnrand. Der Verkehr, dachte Scott, während er aus dem Seitenfenster blickte, fließt gleichmäßiger als in Dublin, trotz des raueren Wetters. Und die Straßen sind sauberer. Sie fuhren schweigend, bis Nolan seniors Lincoln den Chicago River überquerte und in die Innenstadt fuhr.

»Es ist schön, wieder zu Hause zu sein«, murmelte Scott schließlich beim Anblick der Wolkenkratzer, die in den wolkenlosen Himmel strebten: der Sears Tower, das Prudential Building und der *Tribune* Tower, Meilensteine in einer Stadt, die für ihre elegante Architektur berühmt war. Schmutziger Matsch säumte die Innenstadtstraßen, aber die Fahrzeuge rollten ohne Stocken dahin. Polizisten mit Pfeifen und verdrossenen Gesichtern schritten ein, wenn die Ampeln den Kampf zwischen Mensch und Maschine endgültig zu verlieren drohten.

Sie fuhren nordwärts über die Magnificent Mile, deren breite Gehsteige voller Einkaufsbummler waren, die dick eingemummelt der Kälte trotzten, um den neuesten Modeschrei oder ein Ausverkaufsschnäppchen zu ergattern. Der Atem dampfte in der frostigen Luft, und die vereisten Stellen auf dem Boden ließen die Menschen langsam und vorsichtig ihren Weg suchen. Der Lincoln hielt an einer roten Ampel neben dem Hancock Tower. Eiszapfen hingen bis nach oben an seiner Fassade aus schwarzem Marmor und getöntem Glas. Nach zwei Schleifen und einer Umleitung wegen Straßenbauarbeiten erreichten sie schließlich das Apartment-Hochhaus auf der East Walton mit Blick auf den nun verlassenen Oak Street Strand und das stille Wasser des Michigan Sees.

Ellen Nolan war sechsundsechzig, sah aber jünger aus, und ihr Gesicht strahlte, als Scott die Wohnungstür aufstieß und seine Mutter in die Arme nahm. »Es ist so gut, dich wiederzusehen, Junge.« Ellen trat einen Schritt zurück, um ihren zweiten Sohn genauer in Augenschein zu nehmen, und schüttelte dann enttäuscht den Kopf. »Du hast abgenommen. Mindestens sechs Kilo, und das ist viel zu viel für dich.«

Scott konnte endlich grinsen und fühlte sich wieder wie der kleine Junge, den seine Mutter immer aufzupäppeln versuchte. »Ich gebe nur fünf zu, auch wenn mir alles zu weit geworden ist.«
Ellen sah ihn sich genauer an. »Schlimm genug«, sagte sie missbilligend. »Ich habe Jahre gebraucht, damit du ein paar Pfund auf die Rippen bekamst. Mit Bob hatte ich da nie Probleme. Er hat immer alles in sich hineingestopft und sich viel zu wenig bewegt. Als wir ihn das letzte Mal sahen, hat er fast seine Kleider gesprengt.«
Scott grinste, als er das hörte. »Und an den Nägeln gekaut?«, fragte er boshaft.
»Bis aufs Fleisch«, antwortete Ellen kopfschüttelnd. »So schlechte Maniküre ist mir noch nie untergekommen, wo er sich doch täglich mit New Yorker Spitzenbankiers und Börsenmaklern trifft.«
»Er arbeitet zu viel und macht sich zu viele Sorgen«, meinte er beschwichtigend.
Aber seine Mutter ließ das nicht gelten. »Und du etwa nicht? Ist deine Arbeit nicht schon schwer genug, auch ohne dass du jeden Augenblick befürchten musst, dass ein Gangster auf dich schießt? Was ist aus Irland nur geworden, Scott? So war es früher nicht, als dein Vater und ich dort aufwuchsen. Wie konnte jemand nur diese wunderschöne junge Frau töten?«
In diesem Moment endete das fröhliche Wiedersehen, und der Schmerz kehrte wieder. »Sie war so ein liebevolles Ding«, fuhr Ellen fort und ihre Stimme versagte vor Schluchzen. »Ich hab sie ins Herz geschlossen, als wär sie mein eigenes Kind.«
Scott nahm seine Mutter wieder in die Arme und spürte, wie ihr Körper bebte, als sie weinte. Er roch an ihrem Haar, und es war so, wie er es aus seiner Kindheit in Erinnerung hatte, wenn sie ihn auf ihren Schoß genommen hatte, um ihm vorzulesen oder ihn zu trösten. Es ging ihm sehr nahe, und er musste mit aller Kraft an sich halten, um nicht die Fassung zu verlieren. Jim Nolan stand hilflos und verzweifelt daneben und wusste nicht, was er Tröstliches sagen sollte.
»Ja, sie gehörte zu uns«, murmelte Scott schließlich um Fas-

sung ringend, »sie war meine Frau und deine Schwiegertochter. Wir haben alle einen sehr lieben Menschen verloren.« Sie lösten sich voneinander. Ellen suchte nach Taschentüchern, und Jim Nolan half seinem Sohn aus dem Mantel.

»Wo ist Mary?« Scott wollte sich und seine Eltern auf andere Gedanken bringen. Er hatte so viel Leid und Schmerz hinter sich, dass er sich verzweifelt bemühte, nicht wieder in diesem Morast zu versinken. Er war immer glücklich gewesen, wenn er mit seiner jüngeren Schwester zusammen war.

»Sie ist in der Sonderschule bis um drei«, sagte Jim und fummelte mit den Knöpfen seiner Weste, »und furchtbar aufgeregt, seit sie weiß, dass du nach Hause kommst. Ellen hatte Mühe, sie rechtzeitig hinzubringen.«

Scott sah sich in der Wohnung um, neugierig, ob es irgendwelche Veränderungen seit seinem letzten Besuch gab. Das Apartment war groß. Es bestand aus drei Schlafzimmern und drei Badezimmern, einem großen Wohnzimmer mit Panoramafenstern mit Seeblick, einer Essküche und einer separaten Waschküche. Die Nolans waren aus einem Holz- und Backsteinhaus mit einem halben Morgen Land im Highland Park, einer exklusiven Gegend ein paar Kilometer im Norden, in die Stadt gezogen. Als ihre Kinder erwachsen wurden und ausflogen, brauchten die alternden Eltern eine kompaktere Wohnung mit mehr Komfort und einer Spezialschule für Mary, die nur in der City zur Verfügung stand. Als es ihren älteren, Nägel kauenden Sohn Bob nach New York verschlug und ihr zweiter Junge Scott Anstellungen in verschiedenen Krankenhäusern bekam, widmeten sich Jim und Ellen Nolan ganz der Fürsorge für ihr letztes Kind. Sie verkauften das Familienanwesen mit seinen Rosenbeeten und seinen einheimischen Bäumen inmitten gepflegten Rasens, seiner Doppelgarage und seiner gewundenen Zufahrt und zogen in einen teuren Wohnblock am Ufer des Michigan Sees mit Hausmeister und Tiefgarage.

Jetzt saßen die drei im Wohnzimmer mit unaufdringlichem Dekor in Pastelltönen. Der dunkelblaue Teppich bildete einen angenehmen Kontrast zu den Pfirsichtönen der Möbel. An den

Wänden hingen Ölgemälde und Aquarelle von irischen Landschaften und eine Kohle- und Federzeichnung von Dublins Trinity College, wo beide Eltern in den Fünfzigerjahren Medizin studiert hatten. Auf einem polierten antiken Sideboard standen in silbernen Rahmen Fotografien der Familie aus glücklicheren Tagen. Da war ein Gruppenfoto von Bob und Scott und Mary im Alter von zwanzig, zwölf und fünf Jahren. Sie saßen auf einer Trockenmauer und blickten in die Ferne. Im Hintergrund stand ein schwarzweißer Wegweiser, der verriet, dass es dreißig Meilen bis zur Küste nach Dingle war.

Das war das letzte Mal gewesen, dass die gesamte Nolan-Familie Irland besucht hatte. Danach hatte Bob gemeint, er hätte genug von diesen nostalgischen Pflichtübungen und wollte sich stattdessen lieber um einen Job in der Wallstreet umsehen. Zwei Jahre später heiratete er die Tochter eines Effektenmaklers mit üppigem Busen und dicken Beinen. Die Verbindung hielt achtzehn Monate, dann entschied Bob, dass er mit einer hübscheren Frau bessere Chancen hatte, es in der Finanzwelt zu etwas zu bringen.

Während Scott die Gesichter auf dem Foto studierte, wurde ihm plötzlich bewusst, dass seine nächste Reise nach Irland bereits jene mit Laura gewesen war, und er wandte seine Aufmerksamkeit rasch einem anderen Foto zu, das ihn bei der Abschlussfeier zeigte, daneben eines von Bob mit seiner gegenwärtigen Frau und schließlich eine neue Aufnahme von Mary mit einer Schriftrolle.

»Was ist das?«, fragte er, ergriff das Foto und studierte seine jüngere Schwester. Mary war wie ihre Mutter, etwa eins fünfundsechzig groß, mit kurzem rötlichbraunen Haar, zarten Zügen und verschmitzten Augen. In der Aufnahme trug sie ein hübsches knielanges, blauweiß gemustertes Baumwollkleid und eine Akademikermütze mit Quasten auf einer Seite.

»Das war bei der Abschlussfeier letzten Herbst«, sagte Ellen. Sie stand neben Scott mit dem Kopf auf seiner Schulter und bewunderte das Bild. »Wir waren so stolz auf sie an dem Tag, erinnerst du dich, Jim?« Drüben auf der Couch lächelte Jim Nolan, aber seine Miene verriet mehr Resignation als Stolz. Scott küsste seine Mutter auf die Stirn und zog sie an der Hand zum Sofa. Einen Moment lächelten die drei einander ein wenig hilflos an und wussten nicht recht, worüber sie nun reden sollten.

Schließlich ergriff Jim Nolan das Wort: »Was hast du für Pläne, Scott? Würde es dich reizen, wieder hier in Chicago zu arbeiten? Ich habe mit dem Chef der Kinderabteilung im Universitätskrankenhaus gesprochen, und er würde dich mit offenen Armen nehmen. Sein Name ist Joss Hernandez, ein stämmiger Mann von dunklerer Hautfarbe, der wohl irgendwann einen Schuss mexikanisches Blut abbekommen hat.«

Das ist wirklich eine klassische Jim-Nolan-Beschreibung, dachte Scott. Die typisch irisch-amerikanische Einstellung, in der es nicht darauf ankommt, was du kannst, sondern woher du kommst.

»Und was hat er gesagt?«, fragte Scott und unterdrückte das Verlangen, die rassistische Bemerkung seines Vaters zu kommentieren. Er beschloss, mitzuspielen. Er konnte ihnen nicht sagen, welche Pläne er wirklich hatte.

»Hernandez meinte, du hättest einen guten Ruf, und da das Krankenhaus seine Kapazitäten für die Behandlung von Leber-Erkrankungen erweitern will, würde er gern mit dir über einen Forschungsposten reden. Wäre vielleicht das Richtige. Bringt dich zumindest eine Weile auf andere Gedanken.«

»Danke, Dad. Ich habe von Hernandez gehört, und mit oder ohne mexikanisches Blut gehört er zur Spitzengarnitur.«

Das war ein tadelnder Wink für seinen Vater, und Jim Noland senkte lächelnd den Kopf. »Aber ich habe schon etwas anderes vor.«

Seine Mutter lehnte sich vor. »Was? Ist schon jemand an dich herangetreten?«

Scott schüttelte den Kopf und schob seine Brille die Nase hoch. »Nein, es hat nichts mit Medizin zu tun, um genau zu sein. Es gibt eine unerledigte Sache, um die ich mich kümmern muss.«

Die Worte hingen in der Luft, und Scott entgingen die ratlosen Blicke nicht, die seine Eltern austauschten. Er überlegte, was er weiter sagen sollte: totale Lügen, Halbwahrheiten oder die nackten Tatsachen? Wenn er mit seinem Plan herausrückte, wären seine Eltern geschockt, und sie hatten ohnehin bereits mehr als genug Aufregung gehabt. Sie würden vermutlich stundenlang auf ihn einreden, um ihn davon abzubringen, wenn ihnen klar wurde, wie gefährlich die Sache war. Aber umgekehrt, wenn die Operation, die in Irland bereits angelaufen war, schief ging und er verletzt oder getötet wurde, wäre der Schock noch größer, und sie wären verbittert über seine Lügen. Er hatte sich während des ganzen Fluges von Dublin eine Erklärung zurechtgelegt, doch nun, da der Augenblick da war, wusste er, Lügen war der falsche Weg. Sie waren seine Familie, und jetzt, nach Lauras Tod, seine einzige Familie. Durfte er sie solcherart vor den Kopf stoßen?
Am Ende entschied er sich für einen Mittelweg, er machte sie mit seinem Plan vertraut, doch vage genug, dass sie nicht ständig in Furcht leben mussten, dass der nächste Telefonanruf schlimme Nachrichten bringen könnte. Er holte tief Luft, blickte in ihre Gesichter, und sagte: »Ich gehe wieder nach Irland, um den Mann zu finden, der Laura getötet hat.«
Wenn er gesagt hätte, er wolle den Arztberuf aufgeben, um Gebrauchtwagenhändler zu werden, hätten sie nicht verwirrter sein können.
»Du gehst wieder nach Irland?« In Ellens Stimme schwangen Überraschung und Unglauben.
»Du willst den Mann finden, der Laura umgebracht hat?«, entfuhr es Jim. »Was zum Teufel verstehst du denn von Polizeiarbeit? Großer Gott, du bist Arzt, Junge! Hast du den Verstand verloren? Mir scheint, dass du den Schock noch nicht überwunden hast, Scott. Du brauchst eine Auszeit. Warum bleibst du nicht ein paar Monate hier bei uns, bis du wieder ganz richtig im Kopf bist?«
Ellen schlug kräftig in dieselbe Kerbe. »Dein Vater hat Recht, Scott. Du siehst nicht gut aus, du hast so viel abgenommen,

dass dir deine Kleider gar nicht mehr passen, und dein Haar sieht zum Fürchten aus. Laura hat wenigstens dafür gesorgt, dass du gepflegt und ordentlich angezogen zur Arbeit gekommen bist. Aber im Augenblick, Scott Nolan, machst du den Eindruck eines abgemagerten Mannes, der nicht ganz bei Trost ist. Bist du sicher, dass du klar denken kannst?«
Scott seufzte. Das war die Reaktion, die er halb erwartet hatte. Er erinnerte sich an Mark Higgins' und Harry Powers erste Reaktion und wusste, dass es dumm gewesen wäre, von seinen Eltern etwas anderes zu erwarten, vor allem, da sie sein Fleisch und Blut waren.
Scott stand auf und trat ans Panoramafenster, wandte sich dann halb um, sodass er die Couch im Auge hatte. Ein paar hundert Meter auf dem See draußen fuhr ein Ausflugsdampfer wie ein Geisterschiff durch das eisige Wasser, während unten auf dem Oak-Street-Ufer eine Schar Kinder einen Schneemann baute.
»Es steckt mehr hinter der Geschichte, als ich euch erzählt habe oder was ihr in den Zeitungen gelesen habt«, begann Scott. »Es sind Dinge hinter den Kulissen in Dublin geschehen, an denen ich Anteil habe, und ich muss zurück, um meinen Teil an der endgültigen Lösung beizutragen.«
»Was für Dinge?« Jim Nolan musterte seinen Sohn eingehend, während Ellen nervös an einem Papiertaschentuch zupfte, bis es zerrissen auf dem Boden landete.
»Um ehrlich zu sein, Dad, ich kann dir nicht allzu viel erzählen.«
»Scott.« Jim Nolan hatte den Kopf in beide Hände gelegt und starrte auf den Boden. »Du willst uns also sagen, dass dieser Kampf alles andere als vorbei ist, stimmt's?«
»Allerdings.«
»Und was immer die in Dublin ausbrüten, du bist dabei?«
»Ja.« Am Ufer hatten die Kinder ihren Schneemann wieder kaputtgemacht und waren hinter einer Hütte verschwunden.
»Aber du möchtest nicht, dass wir zu viel wissen, weil es alles gefährden könnte?«

»Es ist besser, wenn ihr nur in groben Zügen Bescheid wisst.«
Jim Nolan schnaubte angewidert. »Das nenne ich um den heißen Brei herumreden. Selbst deinem Bruder Bob fällt Besseres ein.«
Scott nahm seine Brille ab und putzte sie, während seine Gedanken flogen. Wie soll ich es erklären? Er setzte eben zu einem neuen Versuch an, als es läutete. Eine Minute später umarmte er seine jüngere Schwester.
»Scotty«, kreischte sie begeistert, »wie geht es dir? Oh, ich hab dich so vermisst.« Sie riss sich los und sprang im Flur hin und her. »Bleibst du jetzt bei uns? Du kannst dein altes Zimmer wieder haben. Ich hab nur meine Kleider und Sachen drin, aber die können auch woanders hin. Ach, bitte, Scotty, sag, dass du bleibst.«
Mary hatte einen Mantel an, dazu Micky-Maus-Ohrenschützer und dicke Wollhandschuhe. Ihr Koboldgesicht war blau vor Kälte, und Scott wischte Eis von ihren Augenbrauen. Ihre Stimme war erwachsen, aber ihr Gehabe war herzergreifend kindlich.
»Warum kommst du nicht herein ins Warme«, sagte Scott. »Mom and Dad warten auf dich.«
Ellen kümmerte sich sofort um das Mädchen, half ihr aus den Wintersachen und in Jeans und einen langen Pullover, der ihr bis auf die Schenkel reichte, und Schaffellpantoffeln. Fünf Minuten später standen eine Kanne Kaffee und Croissants auf dem Tisch.
Für den Moment war Scott weiterer Erklärungen enthoben, als Mary über ihren Schultag erzählte und wie ihr Lehrer sie gelobt hatte. Sie holte eine Zeichnung hervor, die sie extra für Scotts Heimkehr gemacht hatte, und alle bewunderten sie und geizten nicht mir Ohhs und Ahhs über die treffenden Linien und Kurven und Farben.
Mary war so glücklich, und strahlte übers ganze Gesicht. Sie war von der Schule zu Hause, in der sie einen guten Tag gehabt hatte, und jetzt war ihr Lieblingsbruder in den Schoß

der Familie zurückgekehrt. Doch die kindliche Neugier brach bald durch, und die gnadenlosen Fragen begannen. Sie kuschelte sich auf der Couch an Scott, und er legte einen Arm um sie und küsste sie auf die Wange.
»Du bist mein Mädchen«, flüsterte er, und Mary kicherte.
Es war nur eine minutenlange Ruhe vor dem Sturm der Fragen. »Scotty, vermisst du Laura immer noch?«
Ellen versuchte sie sofort zum Schweigen zu bringen, aber Scott winkte ab. Er wusste, wie wichtig diese Fragen und Überlegungen für Mary waren, ganz gleich, wie schmerzlich die Fragerei auch sein würde.
»Ja, das tue ich, Mary. Sehr sogar.«
»Hast du sie wirklich so geliebt, wie du bei der Hochzeit gesagt hast?«
»Ja, das habe ich. Ganz schrecklich.«
»Mehr als mich?«
Das Koboldgesicht verzog sich halb gekränkt, und Scott tat so, als suchte er nach einer Antwort. »Hmm, nicht mehr als dich. Anders vielleicht, aber nicht mehr.«
Mary leckte ihren Finger ab und tupfte nach den Bröseln auf ihrem Teller. »Und hast du den Mann wirklich gesehen, der sie erschossen hat?«
»Nein, nicht genau. Es geschah alles so schnell, dass ich erst gar nicht wusste, was geschah. Ich hab nur den Schatten eines Mannes gesehen, der eine Pistole auf mich richtete.«
»Die Zeitungen haben geschrieben, dass er dich töten wollte und nicht Laura.« Mary blickte ihren Bruder an. »Stimmt das wirklich?«
Ein tiefes verärgertes Seufzen war von Ellen zu hören, und Scott widerstand der Versuchung, sich umzudrehen. »Ja, das ist unglücklicherweise wahr. Ich hätte an diesem Tag erschossen werden sollen, nicht Laura.«
Marys Gesichtsausdruck veränderte sich plötzlich, und Scott konnte sehen, wie ihr Verstand zu verarbeiten suchte, was sie eben gehört hatte. »Aber warum du, Scotty? Du bist doch ein Arzt. Du hilfst den Menschen.«

Auf der Couch gegenüber zog Jim Nolan die Brauen hoch. »Kindermund«, murmelte er.
Mary wies ihn verärgert zurecht: »Ich bin kein Kind, ich bin fünfundzwanzigeinhalb und wünschte, du würdest mich nicht mehr wie ein Kind behandeln.«
Scott versuchte zu schlichten. »Dad hat nicht gemeint, dass du ein Kind bist, Mary. Er hat nur ein Wort benutzt, das bedeutet, dass junge Menschen manchmal Dinge sagen, die richtig sind, aber die sich ältere Menschen nicht laut zu sagen trauen.«
Doch Mary war noch immer gekränkt und schmollte, bis Scott eine Grimasse schnitt und sie zum Lachen brachte.
»Wie lange wirst du bei uns bleiben, Scotty? Bleib doch ein ganzes Jahr, bitte.«
Scott lehnte sich in die Couch zurück. Der Jetlag machte ihm zu schaffen. Es war fünf Uhr in Chicago und früher Morgen in Dublin, und sein Körper schrie nach Schlaf. »Ich glaube« – er gähnte –, »wenn ich jetzt in die Falle krieche, schlafe ich ein ganzes Jahr.«
Jim Nolan unterbrach seine Gedanken an Schlaf mit einem misstrauischen Ton in der Stimme. »Stan Roth hat heute Morgen angerufen.«
Scotts Müdigkeit verflog sofort. »Oh, ja? Was hat er gesagt?«
»Er hat eine Nummer für dich hinterlassen. Ich hab sie in meinem Zimmer.«
Scott nickte abwesend.
»Ist er nicht beim Militär oder in der CIA?« Das Misstrauen hatte sich vertieft.
»Militär«, erklärte Scott. »Er ist in einer Forschungseinrichtung irgendwo in der Nähe von Washington.«
Jetzt zeigte der alte Mann sein Misstrauen ganz offen. »Wieso sagt er dann, dass er dich treffen will, wenn du so weit bist? Was ist so wichtig, dass er es nicht am Telefon bereden kann? Als ich ihn fragte, sagte er, er wäre sowieso auf dem Weg hierher, aber ich weiß, dass das Bullenka ...«
Ein tadelndes Stirnrunzeln Ellens ließ Jim Nolan innehalten.

»Bitte, mäßige deine Ausdrucksweise in Marys Gegenwart«, schalt sie.
»Bullenkacke.« Mary kicherte. »Bullenkacke, Bullenkacke. Ich kenne viel schlimmere Worte als das.«
»Wir wollen sie gar nicht hören, junge Dame.« Ellen Nolan begann die Teller und Kaffeetassen abzuräumen. »Und ich hoffe, dein Vater erlaubt dir keine ungezogenen Bemerkungen, wenn ich nicht dabei bin.«
»Nein, Mom.« Aber Mary konnte sich nur schwer beruhigen und schüttelte sich vor Lachen.
Jim Nolan blickte finster auf seine Tochter, doch sie streckte ihm nur die Zunge heraus. Er wandte sich wieder Scott zu. »Also, weshalb fliegt dieser Soldat in diesem Wetter von Washington her?«
Ein alter Satz, den Laura vor langer Zeit zu ihm gesagt hatte, kam ihm in den Sinn. Und über die Lippen, bevor er es aufhalten konnte: »Wenn ich dir alles erzähle, Dad, muss ich dich nachher töten.«
Marys Bemerkung war es, die auf den Punkt brachte, was alle dachten: »Das ist totale Bullenkacke.«

Bevor Scott ins Bett fiel, rief er in Washington an.
»Ah, der Mann aus den Nachrichten«, sagte eine Stimme mit Südstaatenakzent nach zahlreichen Gesprächsumleitungen. »Wie geht es dir, Scott?«
»Es wird, Stan. Langsam, aber es wird.«
»Ja, kann ich mir vorstellen. Ich werde mir Beileidsbekundungen ersparen. Man hat mir gesagt, dass du mehr als genug davon hattest und es nicht mehr hören willst.«
»Du bringst es auf den Punkt«, sagte Scott hörbar erleichtert. »Alles, was ich will, ist ein Zeitpunkt und ein Ort, an dem wir uns unterhalten können.«
»Mir ist die Entscheidung überlassen, wo und wann und wie. Daher schlage ich vor, morgen um zwölf im Foyer des Hyatt Regency.«
»Ich werde da sein.«

»Ach ja«, sagte Stan Roth abschließend, »damit das klar ist. Das alles findet nicht statt, weder der Anruf noch das Treffen. Soweit es das Militär betrifft ist Dr. Scott Nolan eine Zivilperson mit keinerlei militärischen Verbindungen.«

12

Scott Nolan wachte am nächsten Morgen um halb neun nach einem unruhigen Schlaf auf. Er war in den frühen Morgenstunden schon einmal verwirrt aufgewacht. Wo zum Teufel bin ich? In völliger Dunkelheit hatte er um sich getastet und nach und nach erkannt, dass er nicht in Dublin im vertrauten Doppelbett neben Laura lag, sondern in dem schmalen, einmatratzigen Bett in seinem Zimmer in der Chicagoer Wohnung. Dann hatte er sich stundenlang, wie ihm schien, hin und her gewälzt und die Halbwahrheiten und Verheimlichungen und die Reaktionen seiner Eltern am vergangenen Nachmittag nicht aus dem Kopf bekommen.

Er begann wieder zu zweifeln, wie so oft in den letzten achtundvierzig Stunden. Er hatte es geschafft, die Dubliner Regierung und Polizei für seinen Plan zu gewinnen, aber mit diesem Sieg war auch die Unsicherheit gekommen. War das eine gute Idee? Was, in Gottes Namen, hast du dir dabei gedacht, einem unbekannten, brutalen Killer hinterherzujagen, der dir gnadenlos eine Kugel in den Kopf jagen würde? Das ist das wirkliche Leben, kein Hollywoodfilm, und Polizisten werden bei Morduntersuchungen verletzt und auch getötet. Werden noch mehr Leichen in den Straßen Dublins liegen, und wirst du eines der Opfer sein? Was ist mit Mark Higgins, deinem Kumpel wider Willen? Was ist, wenn es ihn erwischt? Würden seine Witwe und Kinder je verstehen, welche treibende Kraft und persönlichen Motive zu dieser bizarren Partnerschaft und geheimen und gefährlichen Operation führten? Würden sie je verzeihen, wenn Mark getötet wird und du überlebst und die Jagd erfolglos bleibt? Nein, das würden sie niemals, wurde ihm bewusst, während sein Kopf voller Bilder von Waffen und Blut und fallenden Körpern war. Sie würden sagen, dass du es bist, der tot sein sollte, nicht Mark.

»Und ich habe meine Schwester verloren. Sie sollte jetzt am Leben sein, nicht du.« Higgins' beißender Vorwurf durchzuckte ihn wie ein Blitz, und die imaginären Konsequenzen folgten wie ein Donnerschlag. »Mark sollte jetzt am Leben sein, nicht Sie. Er hat Ihren Krieg geführt, genau wie seine Schwester. Halten Sie je Ihren eigenen Kopf hin, Dr. Nolan?« Gnädigerweise löschte der Schlaf schließlich alle anklagenden Geister und Schuldgefühle aus. »Holen wir uns das Schwein.« Harry Powers entschiedene Worte geleiteten ihn ins Vergessen, und er erwachte durch gedämpfte Stimmen vor seiner Tür.

Minuten später schlich Mary herein und drückte ihm einen feuchten Kuss auf die Wange. »Guten Morgen, Scotty«, flüsterte sie. »Ich muss zur Schule. Freu mich auf dich, wenn ich nach Hause komme.«

Er griff nach seiner Schwester, bevor sie entschlüpfen konnte, und zog sie auf das Bett und kitzelte sie, bis sie kreischte. »Das wird dir eine Lehre sein«, scherzte er, »mich aufzuwecken.«

Mary zappelte und kicherte, bis er sie losließ, und verschwand aus dem Zimmer, bevor ihre Mutter schimpfen konnte, weil sie ihren Lieblingssohn aufgeweckt hatte.

Gegen zehn Uhr hatte Scott alle Ängste und quälenden Überlegungen der vergangenen Nacht aus seinem Kopf verbannt. Er war voller Tatendrang und beschloss, mit ein paar kosmetischen Veränderungen zu beginnen.

Water Tower Place auf der Michigan Avenue war ein Büro- und Einkaufshochhaus, ein vertikales Shopping Center mit einer künstlichen Kaskade in der Mitte, bei der das Wasser über mehrere Marmorstufen in die Tiefe fiel. Im vierten Stockwerk entdeckte Scott einen Optiker-Schnellservice. »Ich möchte mein Aussehen verändern«, verkündete er einer jungen bebrillten Frau hinter dem Ladentisch.

Durch seine zerkratzten und abgenutzten Gläser konnte Scott eine hübsche Blondine erkennen. Ihre Frisur passte perfekt zu ihrem Gesicht. Ein Namensschild verriet der Kundschaft, dass sie es mit Lisa zu tun hatte, und in diesem Augenblick war Lisa dabei, Scott vom Kopf bis zu den Füßen zu taxieren. »Ich denke, das ist eine gute Idee«, sagte sie zustimmend, »und hier ist der beste Ort, um damit anzufangen.«

Zwanzig Minuten später, nach einem aufgefrischten Sehtest, entschied er sich für eine schmale Yves-St.-Laurent-Designerbrille mit Metallfassung. Die Verkäuferin murmelte zustimmend, als er eine zweite Brille dazunahm. Er war einverstanden, sie gegen halb zwölf abzuholen.

Einen Stock höher entdeckte Scott CUTS, einen Frisiersalon mit Trendbewusstsein. Er blickte durch die Frontscheibe und sah, dass alle Kunden weiblich waren. Was soll's, dachte er, ich bin in Eile und es ist mir egal, was die Leute denken. Er marschierte zur Anmeldung, wo ein hoch gewachsenes dunkelhäutiges Mädchen mit gepiercter Nase und Unterlippe am Telefon ihr Liebesleben regelte, während sie in einem Terminkalender blätterte. Als das Gespräch endete, wurde Scott erneut einer eingehenden Musterung unterzogen. »Ich brauche einen Haarschnitt«, begann er, »und ich brauche ihn gleich.«

Das Mädchen trat von der brusthohen Kassentheke zurück und zupfte an ihrem geflochtenen Haar. »Sind Sie betrunken? Sind Sie sicher, dass Sie hier am richtigen Ort sind?« Bevor Scott antworten konnte, zog sie die Stirn in Falten und saugte am Stift in ihrer Unterlippe. Sie nahm das windzerzauste Weizenfeld auf seinem Kopf genauer in Augenschein. »Nein, auf den zweiten Blick sind Sie hier schon richtig.« Zu sich murmelnd ging sie die Termine des Tages durch und warf einen Blick auf die Aktivität an den Spiegeln. »Sie haben Glück.«

Dreißig Minuten später spazierte ein fast kahl geschorener Scott Nolan durch die Ladengänge von Lord and Taylors Männerbekleidungsabteilung. Er fuhr mit der rechten Hand über den weichen Flaum auf seinem Kopf und betrachtete sich im

getönten Glas und in Spiegeln. Wie soll ich das zu Hause erklären?
Dann fand er die richtige Abteilung und begann, seinen Einkaufskorb zu füllen: drei mit Fleece gefütterte Trainingshosen, alle schwarz, mit Fleece gefütterte T-Shirts, ebenfalls schwarz. Zwei Reihen weiter nahm er fünf Trainingsanzugsoberteile mit Reißverschlusstaschen, ebenfalls in Schwarz. Schließlich löcherte er einen Verkäufer, bis der junge Mann sechs wollene Schimützen aufstöberte, sowie vier Paar Nike Trainingsschuhe, wiederum in Schwarz. Als Scott zahlte, musterte ihn der Verkäufer misstrauisch. »Wir haben auch andere Farben, Sir. Das ist ein Haufen schwarzes Zeug, das Sie da erstanden haben.«
Scott sah mit gesenktem Kopf ungeduldig zu, wie seine Kreditkartenzahlung bearbeitet wurde. Es war zwanzig vor zwölf, und es wurde knapp. »Ist für eine Nachtklubparty«, erklärte er. »Man darf nur rein in Schwarz.« Der Kartenleser klickte und surrte und schließlich wurden Scotts Daten bestätigt und die Abrechnung vorgenommen. In einer leeren Kabine riss er die Preisschilder ab und schlüpfte rasch in ein Set seiner neuen Kleidung, dann schnappte er seinen prallen Einkaufsbeutel und verließ eilig das Geschäft.
Lisa, die Optikerin, wartete bereits. »Himmel, was haben Sie mit sich angestellt?«, entfuhr es ihr.
»Kleiner Imagewechsel«, erklärte Scott und wartete auf seine Yves-St.-Laurent-Brille.
Das Hyatt Regency auf East Wacker war ein großes Kongresshotel mit Ausblick auf den Chicago River. Um Viertel nach zwölf wurde Scott von einem Taxi, dessen Fahrer einen Turban trug, am weiten Vorhof abgesetzt. Viele Wagen und Taxis waren dabei, Gäste aus- oder einzuladen, und uniformierte Diener warteten mit Gepäckwagen. Der beißend kalte Wind vom Fluss her verkürzte Gespräche auf das Minimum. Nur wenige blieben im Freien. Von einem Vordach über den breiten Eingangstüren hingen lange Eiszapfen. Scott trat durch eine der Schwingtüren ins belebte Foyer. Eine große Leucht-

tafel hieß die Vertreter der Anonymen Esssüchtigen, des Klassentreffens der Franklin Park High School, Jahrgang 96, und der Nationalen Jahreskonferenz der Kieferorthopäden willkommen. Auffällig in der Menge war eine Gruppe der Esssüchtigen, einige besonders dickleibige Erwachsene und Kinder, die das Restaurant in der Mitte belagerten. Extragroße Portionen wurden auf Tabletts zu ihren Tischen gebracht, und Scott fragte sich amüsiert, wie die Küchen mit dieser ungewohnten Nachfrage fertig wurden.

In der Mitte der freien Fläche stand ein neues Toyota-Modell auf einem Podest, in dessen Lack sich die bunten Lichter spiegelten. Autofans belagerten ihn bewundernd und pfiffen leise beim Anblick des Preisschildes. Die Vorhalle war nach oben offen. Auf einem Balkon im ersten Stock fiel Scott eine Gruppe auf, die herunterblickte, und einer, glaubte er, schien ein spezielles Interesse an ihm zu haben. Er tat es als Einbildung ab und stellte sich auf die Zehenspitzen, um in der Menge nach seiner Kontaktperson Ausschau zu halten. Schließlich entdeckte er Stan Roth in einer Ecke an der Gaststätte. Er hatte eine Tasse Kaffee vor sich und den Sportteil der *Chicago Tribune* aufgeschlagen.

Roth war etwa so alt wie Scott, Anfang dreißig, mit einer kahlen Stelle mitten am Kopf, die er kaschierte, indem er das restliche Haar dicht wachsen ließ. Er hatte eine blassgelbe Gesichtsfarbe, eine breite Nase und buschige schwarze Brauen, die überrascht hochschnellten, als sich Scott gegenüber niederließ.

»Ich hab gehört, dass es dich schwer getroffen hat«, begann er statt einer Begrüßung, »aber ich wusste nicht, dass es so schlimm ist. Arbeitest du für eine Bestattungsfirma?« Scott grinste und zog seine wollene Mütze vom Kopf und enthüllte seine Frisur. Roth blieb der Mund offen. »Jetzt übertreibst du es aber. In dem Aufzug kriegst du nicht mal in einer Bestattungsfirma einen Job.«

»Neues Image«, erklärte Scott. »Ich gehe Undercover.«

»Du siehst dir zu viele Filme an.« Roth faltete die *Tribune* in zwei Teile und legte sie neben sich. »Geheimagenten versuchen sich ihrer Umgebung anzupassen, nicht aufzufallen.« Er hatte einen New-Orleans-Akzent, der durch die langen Jahre an der Ostküste härter geworden war. »Aber ich bin nicht gekommen, um dir Ratschläge zu geben, sondern die Waren zu liefern.«

Scott winkte einer Kellnerin und bestellte Kaffee. Als er sicher war, dass sie weit genug von jedermann entfernt waren, um nicht gehört zu werden, lehnte er sich über den Tisch vor. »Hast du sie dabei?«

Roth nickte. »Aber erst legen wir die Grundregeln fest. Während wir hier reden, beobachten vom Balkon im ersten Stock aus vier Militäragenten jeden Schritt. Schau nicht hinauf.« Er lächelte spöttisch. »Sie sind Undercover und entsprechend gekleidet. Durch vorher abgesprochene Zeichen werden sie mir entweder erlauben, dir einen silberfarbigen stahlverstärkten Aktenkoffer auszuhändigen, oder an den Tisch kommen und dich mit Betäubungspfeilen ausschalten und unaufdringlich in eine wartende Limousine schaffen.«

»Du traust mir also nicht, Stan, nicht wahr?«

»Das trifft es exakt.« Roth schwenkte den Rest Kaffee in der Tasse und blickte Scott durchdringend an. »Ich habe den Einsatzbericht der irischen Polizei gelesen und danach den FBI-Kommentar aus Washington.«

Scotts Kaffee wurde gebracht, und beide Männer warteten, bis die Kellnerin an einen anderen Tisch gegangen war. »Was sagt die Bundespolizei?« Scott nahm einen Schluck und wartete.

»Man war einhellig der Meinung, dass der Plan schwere Mängel hat und höchst fragwürdig und gefährlich ist. Der Außendienstleiter erklärte, dass er wegen der Risiken eine solche Operation niemals genehmigen würde.«

»Das ist alles nichts Neues«, entgegnete Scott. »Dublin hat natürlich auch jeden Aspekt in Betracht gezogen, bevor es zustimmte.«

»Ich bin nur der Überbringer der Botschaft, Scott. Du wolltest wissen, was das FBI meint, und ich habe es dir gesagt.«

Von irgendwo in der Nähe kamen Ausrufe des Wiedererkennens, und beide blickten ans ferne Ende des Foyers, wo eine Gruppe von Männern in Anzügen aus dem Aufzug gestiegen war und offenbar Bekannte entdeckt hatte. Hände wurden geschüttelt und auf Schultern wurde geschlagen. »Ich glaube, die Zahnärzte sind eingetroffen«, meinte Roth, entblößte die Zähne und machte eine Beißbewegung. »Halte deinen Mund geschlossen, könnte sein, dass sie sich nach Möglichkeiten umsehen, ihre Hotelrechnungen zu begleichen.«

Scott nahm einen neuen Schluck Kaffee und beobachtete einen Augenblick das Treffen. Die Kieferorthopäden standen in kleinen Gruppen und unterhielten sich angeregt und gestikulierend. Der Geräuschpegel machte eine Unterhaltung fast unmöglich. Scott drehte den Kopf zur Seite, um besser zu hören. »Gab es gar nichts Positives in dem Bericht?«

Roths Stirn runzelte sich, während er überlegte. »Doch. Da war eine abschließende Feststellung, dass die besonderen Umstände, in denen sich die irischen Behörden befinden, unsere Hilfe rechtfertigen. Die Unterstützung befreundeter Regierungen in ihrem Kampf gegen Terrorismus und das organisierte Verbrechen ist jetzt die offizielle Politik Washingtons. Du wirst das vielleicht nicht mehr wissen, aber vor zwei Jahren hatten wir einen FBI-Doppelagenten in der IRA, der helfen sollte, ihren Führer zu überführen. CIA- und FBI-Agenten arbeiten überall in den Brandherden der Welt mit den lokalen Behörden zusammen. Nach den Bombenanschlägen in Indonesien schickten wir eine Anti-Terror-Spezialeinheit, und der Himmel mag wissen, wie viele Militäragenten und CIA-Leute wir im Augenblick im Irak haben. Als du mit deiner Bitte kamst, haben wir erst mit Dublin geklärt, ob alles seine Richtigkeit hat. Danach hat sich eine Gruppe in Washington mit dem Plan und dem verlangten Material befasst. Der Weisheit letzter Schluss: verrückt, aber unterstützungswürdig.«

Scott lehnte sich in seinen Stuhl zurück und erwiderte Roths Blick. »Hast du ihn unterstützt, Stan?«

Roth seufzte und zog seine Jacke vorne zu. Er sah sehr besorgt aus und sprach leise und eindringlich. »Als dein Freund, Scott, hätte ich deine verrückte Bitte sofort abwürgen müssen. Meine erste Reaktion war, dich zu beschützen. Wir kennen uns schon so lange, erst als Assistenzärzte, dann auf der Karriereleiter nach oben. Wir haben uns in Nachtschichten aufeinander verlassen, uns in Kneipen beschimpft und scheinbar immer dasselbe Verliererteam unterstützt, wohin wir auch kamen.«

Scott unterbrach ihn nicht. Er erinnerte sich selbst daran, wie Roth und er sich als neu zugelassene Ärzte begegnet waren, jeder in Panik vor Entscheidungen und doch verzweifelt bemüht, Erfahrungen zu sammeln und vorwärts zu kommen. Sie hatten bald begonnen, sich aufeinander zu verlassen und die Arbeit des anderen nachzukontrollieren. Sie waren beide in der Lage, Probleme zu sondieren, Medikamente zu verabreichen, schwierige EKGs zu lesen oder einen Tropf zu setzen. Sie waren zwei Fremde, die die Kameradschaft zusammengeschmolzen hatte, welche in der Medizin unter den jungen Ärzten existierte, die um Anerkennung kämpften. Und solche Freundschaften halten noch jahrelang danach, vor allem, da Scott entdeckt hatte, dass Roth in einem Fall irrtümlich die zehnfache Menge eines Herzmedikamentes verordnet hatte. Er hatte den Fehler korrigiert und Roth gedeckt, indem er das Medikamentenblatt herausriss, und damit nicht nur ein Menschenleben gerettet hatte, sondern auch die Karriere eines jungen Arztes.

Das war der Gefallen, den Roth ihm schuldete und den Scott nun in seiner Jagd nach Lauras Mörder einforderte. Scott hatte sich danach der Pädiatrie verschrieben, während sein Freund beim Militär untergekommen war. Scott wusste nicht, was Roth dort arbeitete, aber er hatte gehört, dass er in Guantanamo Bay bei den Verhören von Al-Kaida-Gefangenen dabei gewesen war, und sicher nicht, um Narkose zu verabreichen.

»Aber«, fuhr Roth mit seiner Erklärung fort, »ich weiß alles, was an jenem Tag passiert ist. Es wurde hier detailliert berichtet. Und ich weiß, wie sehr du Laura geliebt hast. Als wir das letzte Mal zusammen waren, hast du den ganzen Abend kaum den Blick von ihr gelassen. Sie war in der Tat eine Augenweide, und ich ertappte mich selbst immer wieder bei heimlichen Blicken.« Er hielt einen Moment inne und starrte auf einen imaginären Punkt auf dem Tisch. »Ich fragte mich: Wenn das dir passiert wäre, wie wärst du damit fertig geworden? Und je mehr ich darüber nachdachte, desto mehr konnte ich mich mit deiner Bitte anfreunden. Es war nicht einfach, Scott. Ich habe lang und hart dafür gekämpft. Das Militär schob dein Ansinnen weit von sich, aber ich gab nicht Ruhe, bis sie weich wurden. Ich hoffe, ich muss meine Entscheidung nie bedauern, Scott. Das ist nicht einfach eine schlecht ausgerüstete Notaufnahme, die da auf dich wartet.«

Von rechts kam ein lautes Klirren, als ein Tablett voll Essen und Getränke auf den Boden fiel, begleitet von Flüchen und Gebrabbel in Spanisch. Eine dicke Frau an einem der Tische der Anonymen Esssüchtigen starrte wehmütig auf die Schweinerei.

Scott setzte das Gespräch fort. »Das weiß ich, und ich danke dir für deine Unterstützung. Ich weiß nicht, was vor mir liegt, und ich weiß nicht einmal, ob ich es überleben werde. Aber ohne Laura hat das Leben für mich keinen Sinn, und ich muss wenigstens versuchen, das Schwein zu finden, das sie umgebracht hat.«

Roth grinste. »Das ist es, was ich hören will, Scott. Du hast schon früher immer alles zu Ende gebracht, das weiß ich. Hol dir den Killer, und wenn du ihn hast, lies ihm nicht erst seine Rechte vor. Verpass ihm eine, und eine zweite von mir.«

Scott trank seinen Kaffee aus und wischte sich mit der Serviette den Mund ab. »Wo sind die Waren?«

»Verschlossen in einer Limousine draußen, bewacht von zwei Militäragenten.«

»Wie muss ich sie einsetzen?«

»Genaue Anweisungen sind in dem Aktenkoffer. Sie sind klar und präzise und unmissverständlich. Ich selbst habe sie verfasst.«

Scott schickte ein stummes Stoßgebet zum Himmel.

Roth fuhr fort: »Es gibt eine Liste von Gegenanzeigen und möglichen Nebenwirkungen sowie Anwendungshinweise, Dosierungsanleitung und Überdosierungsfolgen. Einige dieser Substanzen sind nicht mehr als gute alte Narkotika, aber die anderen befinden sich noch in der Entwicklungsphase und stehen auf keiner Drogenliste irgendwo auf der Welt. Und daran wird sich auch nichts ändern.«

»Hast du Erfahrung damit?« Scott beugte sich ganz nahe, um kein Wort zu verpassen.

»Ihre Anwendung ist streng geheim, Scott. Soweit es dich angeht, sind diese neuen Produkte nur in Tierexperimenten getestet worden. Wenn du sie brauchst, kann ich dir die Resultate dieser Studien geben, aber sonst nichts.«

»Hast du sie angewendet, Stan?« Scott ließ sich durch Roths halbherzigen Hinweis auf die militärische Geheimhaltung nicht von seiner Frage abbringen.

»Offiziell, nein. Inoffiziell habe ich nicht nur die neuen Substanzen entwickelt, sondern war auch der Erste, der sie in Kuba ausprobiert hat.« Roth stützte das Kinn auf seine Hände und beobachtete Scott genau. Eine Kellnerin unterbrach sie mit der Frage, ob sie noch Kaffee wollten. Ohne aufzublicken schüttelten beide verneinend den Kopf.

»Und wie hilfreich waren sie?« Scott spürte einen leichten Luftzug am Kopf und fuhr sich unbewusst über die Stoppeln.

Roth kaschierte seine Antwort hinter einem Husten. »Kommt darauf an, wie man das Zeug einsetzt. Wir erhielten jedenfalls in einer Stunde mehr Informationen, als wenn wir sie eine Woche lang an ihren Zehen aufgehängt hätten.«

Scott lächelte, und sein Herz schlug schneller, als er ein erstes Gefühl dafür bekam, was vor ihm lag. »Irgendwelche Probleme, von denen ich wissen müsste?«, fragte er.

»Jeder Mann wurde gründlich untersucht, sobald er auf die Basis kam. Wir waren also ausreichend über ihre körperliche Verfassung informiert. Aber wie ich deinen Plan interpretiere, wirst du wohl kaum Zeit und Gelegenheit für Untersuchung und Krankenakten haben, oder?«

Stans Bemerkung klang zynischer, als sie gemeint war. »Nein, Stan«, sagte Scott. »Ich werde mich wohl allein auf meinen Verstand und meine medizinische Erfahrung verlassen müssen.«
»Zwei starke Argumente, Scott. Verlass dich auf sie, wenn es hart auf hart kommt. Du bist Arzt und kein Bulle.«
Dieser Spruch verfolgt mich bis in meine Träume, dachte Scott.
»Ein paar Dinge noch zum Schluss.« Roths Miene wurde ernst und seine Augen verengten sich. »Keine dieser Proben hat eine militärische Kennzeichnung. Wenn du eine verlierst oder wenn sie gestohlen werden oder sonst wie in andere Hände gelangen, gibt es keine Spur, die zu meiner Abteilung führt, verstehst du?« Scott nickte. »Zweitens sind einige rein experimentell und nirgendwo in der Welt zur Anwendung zugelassen. Wenn du sie verwendest, dann auf deine eigene Verantwortung. Und drittens gibt es einen Plan B für den Fall, dass du getötet wirst.«
Das war Scott völlig neu, und er neigte den Kopf tiefer, um besser zu hören.
»Aus einer Akte der irischen Regierung, die ich gelesen habe, geht hervor, dass im Falle deines gewaltsamen Todes deine Leiche umgehend zur Bestattung nach Chicago ausgeflogen wird. Deine Familie wird einen Autopsiebericht erhalten, der dokumentiert, dass du an einem schweren Herzanfall gestorben bist.«
»Hast du den Bericht selbst gesehen?«
»Ja, in allen Details.«
»Und wie sieht es da drinnen aus?«
»Alles im grünen Bereich, außer mit deinem Gehirn.«
Scott war überrascht. »Was hatte der Pathologe an meinem Gehirn auszusetzen?«
»Als er den Stirnhirnlappen aufschnitt, stieß er nicht auf Blut, sondern nur auf Wut. Und das ist auch der eigentliche Grund für deinen plötzlichen Tod. Wut hat dir das Gehirn vernebelt.« Roth legte beide Handflächen auf den Tisch und be-

gann mit den Fingern zu trommeln. »Wenn die Schießerei beginnt, Scott, dann behalte einen klaren Kopf. Denk mit dem Kopf, nicht mit dem Herzen.«

Scott erwiderte nichts. Er war noch immer fassungslos, dass man in Dublin bereits Vorkehrungen für den Fall seines Todes getroffen hatte.

»Eine Kleinigkeit habe ich noch vergessen.« Roth hatte die Trommelei mit den Fingern aufgegeben und inspizierte seine Fingernägel, als wollte er feststellen, ob sie eine Maniküre notwendig hätten. »Um diese Substanzen nach Irland zu transportieren, brauchst du eine Sondererlaubnis. Im Aktenkoffer findest du alle Papiere, die du für Kontrollen in den Vereinigten Staaten brauchst. Außerhalb sind sie Schmuggelware und werden höchstwahrscheinlich beschlagnahmt, und du gleich mit.«

»Für die reibungslose Einfuhr ist bereits gesorgt«, sagte Scott. »Das irische Justizministerium regelt den Import über diplomatische Kanäle.«

Roth schnaubte angewidert. »Das ist gegen alle Regeln der Diplomatie. Was für eine Regierung habt ihr nur da drüben?«

Scott lehnte sich im Stuhl zurück, und sein Blick wanderte zum Balkon hoch. Ein Schwarzer mit Borstenschnitt, in elegantem Anzug, hatte das Kinn auf die Hand gestützt und beobachtete den Tisch, an dem Roth und er saßen. Als sich ihre Blicke begegneten, begann der Schwarze in seinen Ärmel zu reden. »Du scheinst zu vergessen, dass Oliver North während eines geheimen militärischen Einsatzes im Mittleren Osten falsche irische Pässe benutzt hat. Gib dich nicht so naiv, Stan, Dinge wie diese laufen überall in der Welt, und wenn du mich fragst, ist es hier noch schlimmer als in anderen Hoheitsbereichen.« Er stand langsam auf und streckte sich. Dann stützte er sich auf den Tisch. »Deine Freunde auf dem Balkon werden ungeduldig. Verabschieden wir uns, und ich hole mir die Ware.«

Roth gab sich einen Ruck und ergriff Scotts Hand. Sein Griff war fest, seine Miene die eines Mannes, der sich mit der Situation, in der er sich befindet, nur schwer anfreunden kann.

»Pass auf dich auf, Scott. Lauras Tod ist schlimm genug, aber wenn der Killer, hinter dem du her bist, auch noch dich erledigt, dann hat er ganze Arbeit geleistet.«
Scott blickte ihm in die Augen. »Keine Angst, Stan, ich hab nicht vor, auf dem Autopsietisch zu landen.«
Roth drückte Scotts Hand zum Abschied so fest, dass die Finger knackten. »Das will keiner. Aber wenn die Kugeln fliegen, ducken sich manche Leute nicht schnell genug.«

Der silberfarbige, stahlverstärkte Aktenkoffer war fünfundvierzig Zentimeter lang, fünfunddreißig Zentimeter breit und fünfzehn Zentimeter tief und wog genau vier Kilo. Der Griff war versenkt und so angebracht, dass er nicht ohne beträchtliche Gewalt und Fertigkeit herausgezogen werden konnte. Die Scharniere waren ebenfalls verstärkt. Das Schloss war ein Nummernschloss, und als Scott Nolan im Apartment seiner Eltern den Koffer auf sein Bett legte, rezitierte er die Kombination, wie Stan Roth sie ihm genannt hatte. Linke Seite: 9, 3, 1. Rechte Seite: 7, 4, 0. Als die Schlösser klickten und er langsam den Deckel hob, war sein Mund ganz trocken vor Erwartung. Ja, rief er stumm, als er die erste Lage sah.
Auf einem herausnehmbaren Filz und Plexiglas-Tablett lagen zwanzig Phiolen, von denen jede eine klare, farblose Flüssigkeit enthielt. Zehn davon hatten eine Identifikationsnummer, die mit der Gruppenklassifizierung XP 6390 begann, hinter der die Einzelnummern von 20X01 bis 20X10 folgten. XP, schätzte Scott, stand wohl für experimentell, und die Nummern boten eine Möglichkeit, einzelne Phiolen für den Fall einer unerwarteten Reaktion zu identifizieren. So wie im Krankenhaus Medikamente Gruppennummern und Einzelidentifikationsnummern hatten, um in Problemfällen den Hersteller verantwortlich machen zu können, wenn ihre Substanzen einer nachfolgenden Qualitätskontrolle nicht standhielten. Die anderen zehn in dieser Reihe waren gewöhnliche Narkosemittel, die Scott bereits kannte und in den Tagen seiner Krankenhaus-Ausbildung angewendet hatte.

Mit vor Aufregung zitternden Händen blätterte er durch die beiliegenden Seiten zum Begleittext für die unbekannten Substanzen und erkannte sofort Stan Roths gründliche Arbeitsweise. Der Text war klar und eindeutig, die Instruktionen waren unmissverständlich. »Gute Arbeit, Stan«, murmelte Scott, während er alles zweimal las, um sicherzugehen, dass er all die medizinischen Termini verstand. Die Anästhesie war nicht sein Gebiet, und er musste sich alte Vorlesungen und Operationen ins Gedächtnis rufen, bei denen er an der Narkotisierung des Patienten mitgewirkt hatte. Aber nach der dritten Seite erschien es ihm problemloser, als er erwartet hatte, dank der ausgezeichneten Anweisungen.
Er hob das erste Tablett heraus. Darunter befand sich noch einmal die gleiche Anordnung von Phiolen auf Filz und Plexiglas, doch mit anderen Substanzen und Anweisungen. Fünfzehn Minuten später stieß er zur vierten und letzten Lage vor, überprüfte den Inhalt und las die Beschreibungen.
Zwei Stunden später schlug sein Herz vor Aufregung bis zum Hals. Es könnte funktionieren. Er hatte den Koffer, seinen Inhalt und die Anweisungen sorgfältig überprüft, und wie Roth gesagt hatte, gab es keine Hinweise auf eine Verbindung zum US-Militär. Die Transportpapiere befanden sich in einem Extra-Umschlag, sodass es keine Verwechslung geben konnte. Jetzt hatten alle Selbstzweifel und Gewissensbisse ein Ende. Mit Roths Hilfe und Scotts medizinischer Kompetenz war seine Hälfte des Teams nun ausgerüstet und startbereit.
Und er hatte wenig Zweifel an Mark Higgins' Engagement, höchstens, dass er in der Hitze des Gefechtes überaggressiv werden könnte. Aber er hatte beschlossen, sich damit auseinander zu setzen, wenn es so weit war. Jetzt war es so weit, mit der Jagd nach Lauras Killer zu beginnen.
Aus einer Schublade neben dem Bett holte er das Phantombild aus dem *New-York-Times*-Artikel, den er aus dem Internet heruntergeladen hatte. Er starrte noch einmal auf das Bild eines schmalgesichtigen, großen, jugendlich aussehenden Mannes Ende zwanzig oder Anfang dreißig, auf die undeutli-

chen Augenschlitze, die engen, schmalen Lippen und das lange, zu einem Pferdeschwanz gebundene Haar. Ich suche dich, du Schwein. Du weißt es noch nicht, aber die Jagd hat begonnen. Er knüllte das Blatt zusammen und warf es in den Abfalleimer. Und wenn wir dich erwischen, werde ich dich töten.
Er hob einen von den Koffern, die er von Dublin mitgebracht hatte, auf das Bett und öffnete ihn. Aus einer Vertiefung, die mit Filz und einem Klettverschluss kaschiert war, zog er ein Handy und schaltete es ein. Der erste Anruf ging nach Dublin und dauerte zehn Minuten; der zweite an den British-Airways-Schalter am O'Hare-Flughafen, wo er einen Erster-Klasse-Flug nach London buchte, mit Abflug am 4. März um acht Uhr abends, also in zwei Tagen. Dann setzte er sich auf den Bettrand, und sein Herz wurde schwer, als er sich die Worte zurechtzulegen versuchte, mit denen er seinen Eltern und vor allem seiner Schwester Mary erklären würde, dass es Abschied nehmen hieß. Und dass er nicht einfach nur Chicago verließ, um in einer anderen Stadt zu arbeiten, sondern eine gefährliche Reise ins Ungewisse unternahm, von der er vielleicht nicht mehr lebend zurückkehren würde.

Die Unterhaltung war an diesem Abend angespannt und bedrückt. Jim und Ellen Nolan waren geschockt vom Imagewandel ihres Sohnes. Scott hatte es zumindest vermieden, in seiner Friedhofskluft zu Hause aufzutauchen, aber seinen Haarschnitt konnte er nicht verbergen. »Lieber Gott, Scott«, rief Ellen, »was ist denn in dich gefahren? Du siehst aus wie ein abgemagerter Drogendealer.«
Jim Nolan sagte wenig, aber seine Augen und seine Miene sprachen umso deutlicher. »Wie war dein Treffen mit Dr. Roth? Hat er dir vielleicht eine Stellung beim Militär angetragen?« Die Bemerkung triefte vor Sarkasmus, und Scott ging nicht darauf ein.
Mary Nolan bekam einen Lachanfall, als sie nach Hause kam und ihrem Bruder begegnete. »Scotty«, quietschte sie, »haben sich die Indianer deinen Skalp geholt? Wuu, wuu, wuu. Großer

Häuptling Haarschneider raubt weißem Mann lockiges Haar.« Ihr Humor brachte wenigstens das eine oder andere Lächeln in die angespannte Atmosphäre, aber das legte sich rasch wieder, als Scott beim Abendessen seine Reisepläne verkündete.
Seine Eltern nahmen es kommentarlos hin, ohne ihr Essen zu unterbrechen, aber Mary war niedergeschmettert. »Scotty, verfolgst du den Mann, der Laura umgebracht hat?«
Bei diesen Worten warf Jim Nolan sein Besteck auf den Teller, wischte sich den Mund ab und stand auf. Sein Gesicht war vor verhaltenem Zorn gerötet, als er sich seinem Sohn zuwandte. »Scott, es ist nicht fair, dass du uns ausweichst, vor allem Mary gegenüber. Wir haben Besseres verdient als die Halbwahrheiten und vagen Andeutungen, die du in den letzten vierundzwanzig Stunden von dir gegeben hast. Wenn du uns nicht sagen willst, in was du da auch immer verwickelt bist, okay. Es ist schwer zu akzeptieren für uns, aber wir können damit leben. Aber du solltest wenigstens deine Mutter und deine Schwester beruhigen, indem du ihnen versicherst, dass es nichts so Gefährliches ist, dass wir von jetzt an in ständiger Angst um dich leben müssen.«
Scott schob seinen Teller von sich und sah erst seine Mutter an, dann Mary. Seine Schwester starrte ihn mit großen Augen voll Furcht an, und Tränen liefen über ihre Wangen. Scott wusste, dass sein Vater nicht mehr so zu einem seiner Kinder gesprochen hatte, seit sie achtzehn waren. Jim Nolans Ausbruch drohte Marys ohnehin schon halb zerbrochene Welt zum Einsturz zu bringen, und Scott fühlte sich wie ein Schuft, als er nach den richtigen Worten suchte. Schließlich blickte er zu seinem Vater hoch, der noch immer stand und auf eine Antwort wartete. »Es tut mir Leid, Dad, aber ich kann niemanden beruhigen, nicht einmal mich selbst. Ich weiß wirklich nicht, wohin mich dieser Weg führt, ich bin nicht einmal sicher, ob ich je zurückkommen werde.«
Marys verstörtes Schluchzen verfolgte ihn in den nächsten achtundvierzig Stunden.

13

»Derek McCann macht mir Sorgen. Er weiß, dass du hinter den Anschlägen steckst, und sagt, dass er uns nicht mehr traut nach den Lügen, die du ihm in Dublin aufgetischt hast.«
In einer kleinen Kneipe am Strand von Marbella im Süden Spaniens besprachen Jay Davis und Sean Kennedy die neuesten Entwicklungen, beide darauf bedacht, die Dinge nicht aus dem Rollen zu bringen. Davis' Reise nach Miami war ein Riesenerfolg gewesen. Der Ex-Bulle hatte einen Kokain-Handel über zwanzig Millionen Dollar mit einem kolumbianischen Mittelsmann abgeschlossen. Die Lieferung würde im Container nach Rotterdam gelangen.
Es war der 5. März, und der Himmel über dem gewöhnlich sonnigen Urlaubsort war bedeckt. Nieselregen verschleierte den Blick auf den Hafen und vertrieb die Bewohner in die Häuser. Nach seiner Rückkehr von Bangkok war Kennedy von Amsterdam hergeflogen, um Davis zu treffen. Am ersten Tag hatten er und Davis Stunden damit verbracht, Informationen auszutauschen. Kennedy hatte detailliert über alle Vorkommnisse auf seiner Fernost-Reise erzählt. Davis hatte mit wachsendem Unbehagen gelauscht, als Kennedy berichtete, dass ihm die Polizei auf den Fersen war und er nur mit Toby Wurschandas Hilfe hatte entkommen können. Er sah ein ernstes Problem darin, und eine Weile stritten die beiden über mögliche Vorsichtsmaßnahmen. Davis war besorgt darüber, dass Kennedy eine Belastung werden könnte, denn er war wahrscheinlich die Nummer eins auf der Liste der meistgesuchten Verbrecher in ganz Europa. Aber Kennedy ließ sich in ihrem gemeinschaftlichen Unternehmen nicht auf die Reservebank schieben und verteidigte seinen Standpunkt so heftig, dass Davis nach mehrstündiger Auseinandersetzung nachgab und der ursprünglichen Vereinbarung zustimmte. Aber der Streit war nicht ohne Auswirkung auf ihr bisheriges gutes Verhältnis, und ein gegenseitiges Misstrauen schlich sich ein.

Kennedy hatte den Verdacht, dass Davis selbst das weiße Pulver schnupfte, das sie nach Irland transportierten, denn sein Verhalten wurde zunehmend paranoid. Davis setzte sich nirgends hin, wenn er nicht die Wand im Rücken hatte und Ein- und Ausgänge beobachten konnte. Er hatte sich angewöhnt, ständig über die Schulter zu blicken und mit blutunterlaufenen Augen Gesichter und Autos zu beobachten. Das Kokain wurde für ihren Dubliner Kontaktmann, Derek McCann, eingelagert, der wöchentlich kleine Mengen kaufte, um seine Kundschaft zu halten und seine Position am Markt zu sichern. Aber McCann bereitete sich auch auf die große Lieferung vor und löcherte Davis nach dem Liefertermin. Viel Geld steckte in dem Transport, und die Gewinnspanne war so groß, dass Davis und Kennedy, wenn sie ihn aufteilten, für den Rest ihrer Tage ausgesorgt hätten. Und in Irland bereitete sich Derek McCann darauf vor, die Hauptnummer in der Drogenversorgungskette zu werden. Wie Davis und Kennedy richtete er Auslandskonten ein und sah sich nach einem Rückzugsrefugium um, in seinem Fall eine Villa in den Bergen der Costa del Sol.

»Wir waren übereingekommen, dass McCann nur erfahren sollte, was er unbedingt wissen musste«, sagte Kennedy. »Er hatte eine Scheiß-Angst damals. Wir lassen ihn besser im Dunkeln. Was er nicht weiß, macht ihn nicht heiß.«

»Er hat jetzt einen Partner, Nick Ferguson, einen Dealer aus Liverpool mit irischen Verbindungen, der mitmischen will.« Davis schob seine Kaffeetasse in großen Kreisen über den Tisch und hinterließ eine schwarze Spur. »Ferguson übernimmt die Hälfte der Kosten, wenn McCann ihn beteiligt.«

Kennedy drückte die billige Zigarre aus und überdachte es. »Was weißt du über Ferguson?«

»Nicht viel. Aber er muss genug Mittel haben, um McCann zu dem Deal zu drängen, wenn es auch durchaus sinnvoll ist, das Risiko zu verteilen.«

»Glaubst du, dass McCann jemandem von mir erzählt hat?« Kennedy spielte auf seine Rolle in den Anschlägen vom Februar an. Er wollte nicht, dass sein Name zu früh bekannt wurde. Was nach ihrem Coup passierte, war ihm egal, denn dann würde er längst in Sicherheit sein.

»Nein, ich hab ihn dazu verdonnert, den Mund zu halten.« Davis rückte seinen Stuhl zum fünften Mal zurecht, um den Raum bis in den letzten Winkel überblicken zu können. Die Kneipe war fast leer. Nur ein paar Gewohnheitstrinker verfolgten in einer Ecke den Sportkanal von Sky, doch der Drogenhändler fühlte sich von jedem Gesicht bedroht und belauscht. »Derek, habe ich ihm gesagt, du behältst deine Gedanken für dich. Der Angriff auf Harry Power ist Schnee von gestern. Das Wichtigste ist jetzt unsere Ladung, und wenn du herumjammerst, dass man dich belogen hat, bist du aus dem Geschäft. Sean Kennedy hat dich im Dunkeln gelassen, um deine Interessen zu schützen. Du kannst entweder dein Misstrauen begraben oder aussteigen. Wir haben andere Kunden, die verdammt scharf drauf wären, bei der Sache mitzumachen.«

»Was hat er gesagt?«

»Er hat's geschluckt. Aber er hat gedroht, wenn er nur den geringsten Verdacht hat, dass wir ihn übers Ohr hauen, folgt er uns bis ans Ende der Welt und jagt uns persönlich eine Kugel in den Kopf.«

Kennedy ließ sich das durch den Kopf gehen. In Bangkok waren die Verhandlungen mit Drohungen und Gegendrohungen gewürzt gewesen, aber er kannte Toby Wurschanda von früher und wusste auch, wie ernst er seine Drohungen nehmen musste. Aber Derek McCann war seiner Ansicht nach ein Stück Scheiße, ein kleiner Fisch, der die Leiter hochgeschwemmt worden war, als er und Davis die Konkurrenz ausgeschaltet hatten. Wenn er drohte, was das schon fast eine Beleidigung, und Kennedy ließ sich nicht gern beleidigen. Im Geiste setzte er McCann auf die Liste der Leute, die er sich vornehmen wollte, bevor er Europa verließ. »Vergiss McCann; er ist nur ein kleiner Fisch, der das große Los gezogen hat. Wenn erst der Stoff da ist und der Zaster rollt, kommt er angekrochen um mehr.«

Davis zog sein Jackett zurecht und zupfte an seinem Haar. Seine Bräune war im schlechten Wetter an der spanischen Küste ein wenig verblasst, aber er sah noch immer elegant aus. »Ich habe ihm erzählt, was wir alles anbieten. Koks für die feinen Pinkel, die zu viel Geld haben, Heroin für den Pöbel, und Aufputscher für die Kids in der Disco. Ich sagte ihm, dass wir den ganzen Markt abdecken, von den Teens bis zu den Oldies. Das gefiel ihm, und er hatte nichts mehr zu maulen.«

Kennedy rutschte auf seinem Stuhl vor und streckte seine Beine ganz aus. Er trug wieder seine Lieblingskleidung: Jeans, T-Shirt und Turnschuhe. Er ließ sein Haar wieder wachsen, und es stand in alle Richtungen. Es war noch nicht lang genug zum Kämmen und noch zu kurz, um sich zu legen. »Also, wann schaffen wir die Ware hin? Ich brauche ein Datum, um meine Abreise zu planen.«

Davis grinste seinem Mitstreiter zu. »Denkst du an eine größere Entfernung?«

»Kann sein.«

»In eine warme Gegend, hoffe ich. Holland ist viel zu kalt im Winter.«

»Ja, vermutlich eine warme Gegend. Südamerika ist weit genug.«

Davis Brauen hoben sich. »Südamerika? Was hast du vor? Willst du dich durchvögeln von Argentinien bis Mexiko?«

»Das wäre kein schlechter Zeitvertreib.«

»Der dir die Taschen leert. Ich will dir einiges über Frauen sagen, Sean. Sie sind großartig im Bett und am Strand in Stringbikinis. Aber gib ihnen Geld und schick sie in ein Kaufhaus, und sie bringen dich um ein Vermögen. Vergnüg dich und schlaf mit ihnen, aber sonst lass die Finger davon.«

In der Kneipe grölte plötzlich einer der Stammsäufer begeistert. Kennedy sah, dass ein lokales spanisches Spiel im Sportkanal lief. Auf dem Schirm fischte gerade ein wütender Torwart den Ball aus dem Netz und gestikulierte wild. Die Szene wurde in der Zeitlupe wiederholt, und man konnte sehen, dass der

Torwart auf die falsche Seite hechtete, als der Ball durch einen Freistoß knapp außerhalb des Strafraumes geflogen kam. Der Suffkopf grölte erneut zufrieden und bestellte ein neues Bier. Zitternde Finger öffneten eine Packung Zigaretten und zündeten einen neuen Krebsstängel an. Kennedy drehte sich wieder um. »Ein Datum, Jay. Ich brauche ein Datum.«

Davis blätterte durch einen abgegriffenen Taschenkalender zu einer Seite, die bereits dick rot angekreuzt war. »Die Ware kommt in Rotterdam am 6. April an. Wir brauchen einen Tag, um die Container in eine Sendung umzupacken. Ich habe bei P&O nachgefragt, und sie garantieren uns die Ankunft der Lieferung im Dubliner Hafen am 8. April.« Er blickte auf. »Was meinst du dazu?«

Kennedy wiederholte es fast genüsslich: »8. April. Das ist gut. Das lässt mir genug Zeit.« Um zu kassieren, ein paar alte Rechnungen zu begleichen und so schnell wie möglich aus Europa zu verschwinden. »Einverstanden.«

Während die beiden Männer durch die nassen Seitenstraßen Marbellas schlenderten, traf an einem kalten Londoner Morgen ein gewisser Dr. Scott Nolan Vorbereitungen für eine Reise mit dem Zug und der Fähre nach Dublin. Und während sein Passfoto mit dem Gesicht übereinstimmte, von ein paar Kilo Gewichtsverlust vielleicht abgesehen, entsprach seine vollkommen schwarze Reisegewandung nicht der üblichen Kleidung eines Mitgliedes der Ärzteschaft. Die Zollüberprüfung im Flughafen Heathrow war flüchtig, und er war kurz darauf im Erster-Klasse-Abteil des Zuges nach Holyhead an der walisischen Küste.

Während Scott aus dem Fenster auf die vorbeiziehende nasse Landschaft blickte, machte er zwei kurze Gespräche mit seinem Handy. Das Garda-Hauptquartier in Dublins Phoenix Park informierte er, dass der Aktenkoffer per Eillieferung sicher angekommen war und sich nun an einem sicheren Aufbewahrungsort befand. Daraufhin sprach er weniger als eine halbe Minute mit seinem Schwager Mark Higgins, wobei er sich

auf die Ankündigung beschränkte: »Ich bin auf dem Weg zur Fähre und werde um halb neun ankommen.«
Higgins antwortete sofort: »Ich werde da sein.«

Zur selben Zeit war in Clonart in County Meath, etwa eine Fahrstunde vom Zentrum Dublins entfernt, Derek McCann dabei, ein Bündel gebrauchter Geldscheine im Wert von zehntausend Euro zu zählen. Schließlich reichte er das Geld einem kleinen, rotgesichtigen Mann in einem schlecht sitzenden Tweedanzug.
»Sind Sie sicher, dass Sie nicht noch ein paar Monate dranhängen wollen? Wenn die Geschäfte wieder besser gehen, brauchen Sie vielleicht 'n guten Lagerplatz wie den hier.«
Die beiden Männer standen vor einem großen Lagerhaus in einem abgelegenen ländlichen Gebiet des Countys, zu dem nur eine schmale ungeteerte Straße mit tiefen Schlaglöchern führte. Ringsum stand dichter Wald und schirmte das Gebäude von der Hauptstraße eine halbe Meile östlich ab. Die halb verwitterte Schrift verriet die ursprüngliche Nutzung des Lagers: CLONTARF DÜNGEMITTEL. Aber die Vorderseite des Gebäudes ließ erkennen, dass es schon eine Weile nicht mehr benutzt worden war. Die Farbe blätterte ab, die Dachrinnen hingen lose, und das Holz war morsch an den Toren.
McCann wandte sich an seinen neuen Geschäftspartner. »Ich schau mir an, wie die erste Lieferung funktioniert. Es ist eine neue Möbelpalette für Irland, und ich will mir nicht die Finger verbrennen. Ich brauch den Schuppen bis Ende Juni und ruf Sie an, und dann sehen wir, wie 's mit einer weiteren Option für sechs Monate aussieht.«
Der Mann in Tweed war bereits dabei, die Geldscheine in einer Vertiefung im Kofferraum seines lehmbespritzten Honda Civic zu verstauen. »Alles klar, ich warte, bis ich von Ihnen höre.«
Derek McCann wartete, bis der Honda verschwunden war, dann holte er sein Handy heraus. »Ich brauche morgen eine Hand voll Männer hier. Ich brauche neue Tore und starke

Schlösser und einen Killerwachhund.« Er schaltete das Handy aus und schaute sich die nächsten zehn Minuten gründlich auf dem Gelände um. Perfekt, dachte er. Absolut perfekt. Nahe an der Straße und doch unsichtbar. Ich glaube, ich werde mich hier länger einnisten. Es sieht alles viel versprechend aus.

Im Garda-Hauptquartier las Polizeipräsident Peter Cunningham den CSD-Bericht aus Bangkok zum zweiten Mal. Mögliche Beobachtung eines im Zusammenhang mit dem politischen Anschlag vom 10. Februar 2006 in Dublin zur Befragung des gesuchten Mannes. Internationaler Haftbefehl noch in Kraft. Es folgte eine detaillierte Beschreibung eines weißhäutigen Mannes, den die örtlichen CSD-Beamten beobachtet hatten. Ja, dachte Cunningham, das würde zu unserem Phantombild passen. Zudem reiste er mit falschem Pass und verschwand, ohne sein Gepäck im Hotel abzuholen. Aber als er auf die über zweihundert weiteren dokumentierten Sichtungen des »Schakals« blickte, sagte er sich, dass es auch wieder nur ein weiterer falscher Alarm sein könnte. Dennoch schickte er eine Bitte um weitere Details an seine Kollegen in Bangkok und dankte ihnen für ihren Einsatz und ihre Hilfe. Bevor er die Lichter in seinem Büro abdrehte und sich auf den Weg zum Parkplatz machte, verfluchte er den unbekannten Mörder zum millionsten Mal. Wir kriegen dich, du Schwein.

14

»Das ist eine automatische neun Millimeter Beretta. Sie wiegt etwa eineinviertel Kilo, ist zweihundertvierzig Millimeter lang, und wird mit einem Fünfzehn-Schuss-Magazin bestückt.« Mark Higgins bereitete Scott Nolan auf seine neue Rolle als Ermittler vor. »Ich habe das mit einem meiner Ausbilder besprochen, und er meint, es ist die beste Waffe für einen Neuling. Sie ist leicht, schlank, hat genug Kugeln für jeden Schusswechsel und ist leicht zu verbergen. Was meinst du?«

Die beiden Männer befanden sich in einem abgelegenen Waldgebiet im Norden Dublins, in das sie mit einem Allradfahrzeug aus dem Fuhrpark des Polizeihauptquartiers gelangt waren. Den lehmbespritzten Jeep hatten sie etwa fünfhundert Meter entfernt, halb hinter Büschen verborgen, abgestellt. Beide trugen Kampfanzüge. Einige Schritte von ihrem Standort entfernt hatte Higgins an einem dicken Ahornstamm eine Zielscheibe angebracht, eine Pappfigur, die eine Pistole schussbereit hielt. Nach außen verlaufende konzentrische Kreise gingen vom Zielpunkt aus, der Brust der Figur.

Scott starrte auf die Beretta, auf den schwarzen Metallrahmen, seine Rillen und Kerben. Das war völliges Neuland für den Arzt, und er war ein wenig hilflos. »Worauf wartest du? Mach dich vertraut damit«, schnappte Higgins, »damit musst du klarkommen. Wenn wir in Feindesland kommen, wirst du mehr als ein Stethoskop und einen Rezeptblock brauchen.«

Scott sah seinen widerwilligen Partner finster an. »Ich finde das nicht lustig.« Er nahm die Beretta und wog sie in der rechten Hand. Dann nahm er sie in die linke, und wieder in die rechte. Langsam, fast schmerzhaft schloss sich die Faust um den Griff, und sein Zeigefinger legte sich auf den Abzug.

Er hatte noch nie eine Schusswaffe in der Hand gehabt, obgleich er während seiner Jahre als Arzt in der Notaufnahme viele in Aktion gesehen hatte. Ein Mal hatte er in Los Angeles entsetzt einer Schießerei zwischen Sicherheitsbeamten und einer Bande zugesehen, die die Notaufnahme stürmte, in der Scott arbeitete. Auf einem Notwagen lag eines ihrer Mitglieder bereits gefesselt und verhaftet. Kugeln schwirrten über Patienten und Krankenhauspersonal hinweg, und schließlich lagen zwei der Rowdys sterbend auf dem blutbespritzten Boden. Scott erinnerte sich ganz deutlich daran, wie er hastig eine Pistole aus den noch zuckenden Fingern eines großen, schwarzhäutigen Jungen kickte, bevor dieser noch einmal abdrücken konnte. Als er dann die Schusswunden versorgte, dachte er, wie absurd und gefährlich das amerikanische Waffengesetz war. Er hatte zwei Patienten mit Kopfschüssen, die sie nicht überleben würden. Ein anderer hielt sich stöhnend den Bauch, während alle Farbe aus seinem Gesicht wich. Seither hatte er einen Abscheu vor Waffen und Männern, die sie benutzten, und der brutale Mord an seiner jungen Frau hatte das verstärkt.

Doch jetzt befand er sich mitten in einem abgelegenen Wald mit einer Beretta in der Faust, um eine Schusswaffenausbildung zu absolvieren. Wie sich doch mein Leben verändert hat, dachte er. Vom Arzt zum Polizisten, vom Stethoskop zur Pistole.

Higgins nahm Scott die Beretta aus der Hand und entlud sie rasch und lud sie wieder, zeigte seinem Schüler die Funktionen der Waffe und ihren sicheren Gebrauch. Scott sah mit einer Mischung aus Faszination und Besorgnis zu, als wortlos scharfe Munition geladen wurde.

Plötzlich und ohne Vorwarnung wirbelte der Polizist herum und feuerte vier Schüsse rasch hintereinander ab. Der Knall hallte durch den feuchten Wald und scheuchte Krähen mit erbostem Krächzen in die Luft. Scott Ohren klingelten, und er schüttelte den Kopf, um es wieder loszuwerden. »Musste das sein?«

Higgins blickte finster, als er von der Zielscheibe zurückkam. »Du brauchst nicht zu brüllen«, schnaubte er, »ich hör dich auch so.« Scott war gar nicht bewusst, dass sein Gehör so beeinträchtigt war, dass er die Lautstärke seiner Stimme nicht erkannte. »Und ich habe an dem verdammten Ding vorbeigeschossen«, schimpfte Higgins, während er vier neue Patronen in die Beretta schob. »Muss völlig aus der Übung sein.« Er gab Scott die Pistole zurück und zeigte ihm die richtige Schießhaltung: Beine leicht gespreizt, Körper gerade nach vorn, beide Hände halten nach vorn gestreckt die Waffe. Eine umfasst den Griff und den Abzug, während die andere stützend die Schusshand umfasst.

»Sollten wir nicht Ohrenschützer nehmen?«, beklagte sich Scott. »Ich möchte noch hören können, was die Leute sagen, wenn wir wieder zurück sind.«
Higgins genoss ganz offensichtlich die Verunsicherung seines Schwagers. Das war sein Gebiet, und er ersparte ihm nichts. »Dort, wo wir hingehen, schützt keiner seine Ohren, deshalb müssen wir uns auf ein realistisches Szenario vorbereiten. Los jetzt«, knurrte er.
Wieder wurde die Stille der ländlichen Landschaft von einem hässlichen Feuerstoß erfüllt, und zum ersten Mal in seinem Leben spürte Scott Nolan den Rückstoß einer Waffe und sah, wie nach jedem Schuss ein leichter Ruck durch seine Hände ging.
Higgins sah sich die Zielscheibe an. »Nicht schlecht«, murmelte er, »aber nicht gut genug. Ich gebe dir ein paar Tipps.«
Er nahm die Beretta und zog das Magazin heraus. »Behandle diese Waffe wie ein empfindliches Instrument. Meister ihres Faches haben sie gebaut. Neulinge können sie leicht ruinieren. Bewahre deine Munition sicher und trocken auf, setze sie nicht zu großer Hitze oder Kälte aus. Die Patronen müssen sauber sein. Wenn dir eine hinunterfällt, reinige sie, bevor du sie in die Waffe schiebst, sonst gelangt Schmutz in den Abschussmechanismus oder in den Lauf, und die Waffe kann klemmen. Wenn du schießt, lass dir Zeit und tu es bewusst, drück den Abzug leicht und warte zwei Sekunden, bevor du erneut drückst. Keine Hektik, verstehst du? Das ist lebenswichtig.
Ziele immer auf den Körper. Köpfe können sich ducken, aber es ist schwieriger, den Körper aus der Schusslinie zu bewegen. Wenn das Ziel mit dem Rücken zu dir steht, dann warte nicht, sondern schieß. Zwei Schüsse in die Brustgegend, und danach einer in den Kopf, wenn er am Boden ist. Wenn er auf dich losgeht, warte bis zum letzten Augenblick, dann schrei so laut du kannst, das lenkt ihn ab, und verpass ihm zwei Kugeln ins Herz. Warte nicht auf den Krach, der kommt sowieso und kann in einem geschlossenen Raum betäubend sein, aber das schadet nichts. Doch wenn du auf den Knall wartest, lenkt er

dich ab, und dein Schuss geht nach unten und zur Seite. Mit der Zeit kriegst du ein Gefühl für die Waffe und lernst dich auf diese Dinge einzustellen. Es ist lebenswichtig für uns beide, dass du sie nicht behandelst, als wäre sie Hundescheiße, die du lieber nicht in die Hand nimmst.« Higgins beobachtete Scotts Reaktion und brachte es auf den Punkt: »Wenn es hart auf hart kommt, wirst du verdammt froh sein, dieses Stück Eisen in deiner Hand zu spüren.«

Scotts Magen drehte sich bei Higgins' Worten. Er wusste, wie wichtig sie waren. Als er sich langsam an die Beretta und ihren Mechanismus gewöhnte, wurde ihm klar, dass er sich auf den finalen Kampf vorbereitete. Wenn mir Lauras Mörder gegenübersteht, werde ich ihn erschießen können? Denk mit dem Verstand, nicht mit dem Herzen. Roths Warnung bei ihrem Abschied in Chicago kam ihm in den Sinn. Pass auf dich auf, Scott. Lauras Tod ist schlimm genug, aber wenn der Killer, hinter dem du her bist, auch noch dich erledigt, dann hat er ganze Arbeit geleistet.

Sieh der Realität ins Auge, ermahnte er sich selbst. Das ist kein Spiel, wir benutzen scharfe Munition, und wenn du Probleme mit deinem neuen Leben hast, dann sind alle in Gefahr, wenn der Kampf losgeht.

So schlüpfte Scott während der nächsten zwei Stunden aus seiner Rolle als Heiler und Pfleger und bemühte sich, die eines bewaffneten Polizisten im Einsatz für die irische Exekutive auszufüllen. Er feuerte über zweihundert Schuss ab, mit einer kurzen Pause, um den Lauf zu kühlen. Dazwischen redete Higgins auf ihn ein, gab ihm Ratschläge, Anweisungen, Ansporn beim Schießen, Laden, Sichern und Entsichern.

Es begann bereits dunkel zu werden, als die beiden schließlich die leeren Patronenhülsen aufgesammelt hatten und im Jeep zurück auf dem Weg zum Hauptquartier waren. Sie redeten nicht viel während der einstündigen Fahrt; jeder war mit seinen eigenen Gedanken beschäftigt. Higgins hielt sich auf dem Seitenstreifen der Hauptautobahn nach Dublin. Sie ließen die dichten Fahrzeugreihen neben ihnen zurück, als der Jeep die

Ausfahrt zum Flughafenkreisel und weiter zur M50-Ringstraße nahm, die um die Stadt herumführte. Higgins bog ab und gelangte auf Schleichwegen durch mehrere Siedlungen schließlich in den Phoenix Park nördlich der Liffey zur Zentrale der irischen Polizei. Als der Jeep unter der Sicherheitsschranke hindurch in den Innenhof fuhr, begann ein gleichmäßiger Regen zu fallen, und Miniatur-Regenbögen schimmerten unter den georgianischen Lampen vor dem steinernen Hauptgebäude.

»Welche Waffen benutzt du?« Scott brach schließlich das lange Schweigen. Sie parkten auf der Rückseite der Polizeizentrale in einem Bereich, der für die gerichtsmedizinische Ausbildung reserviert war. Unter dem Vorwand der Renovierung war diese Zone nun für das Personal gesperrt und heimlich in einen Verhörkomplex umgewandelt worden. Scott hatte die Aufstellung der Gerätschaften überwacht und dann fast zwölf Stunden damit zugebracht, jeden Apparat genau zu überprüfen. Die »Praxis«, wie Scott die Räume nannte, war nun einsatzbereit.

Higgins suchte in einer Seitentasche nach einer Schachtel Zigaretten. Als er eine angezündet und den ersten tiefen Zug getan hatte, sah er Scott an. »Ich habe eine neun Millimeter Walther. Sie hat ein acht Schuss Magazin und ist ein Leichtgewicht. Aber für die übleren Typen, mit denen wir es wahrscheinlich zu tun kriegen, halte ich sicherheitshalber noch eine Uzi bereit. Sie kann neunhundertfünfzig Schuss in der Minute abgeben. Wenn du also erst mal die Notwendigkeit des Einsatzes von Waffen akzeptierst, kann ich dir versichern, dass wir gut ausgerüstet sind. Und du kannst verdammt sicher sein, dass unsere Gegner ohne Zögern versuchen werden, uns mit Blei voll zu pumpen, wenn wir ihnen zu nahe kommen.«

Als Scott sein Fenster herunterdrehte, um dem Zigarettenqualm zu entgehen, spürte er die Beretta im Halfter, das um seine Brust geschnallt war. »Ich bin bereit. Ich hasse Gewalt und würde lieber die Beine in die Hand nehmen, als mich auf so was einzulassen. Aber ich habe den Schritt gemacht, und es gibt kein Zurück.«

Higgins drückte seine Zigarette aus und öffnete die Tür. »Das ist gut. Wenigstens sind wir endlich auf derselben Seite. Und jetzt zeig mir deine Trickkiste, auf die du so stolz bist.«

Die Praxis war ein neun mal neun Meter großer Bereich, der aus vier miteinander verbundenen Räumen bestand. Der Boden war gefliest, die Wände waren kahl. Licht spendeten ausschließlich grelle Leuchtstoffröhren. In einer Ecke standen zwei Edelstahlwagen, auf deren Ablagen eine Ansammlung von Medikamenten, Schachteln, Spritzen, Nadeln und Sterilisiertüchern lag. Daneben befand sich ein Sicherheitssafe mit Kombinationsschloss. In der Mitte des Raumes stand fest auf dem Boden verankert ein Narkosetisch mit Seitenarmen und gepolsterter Kopfauflage. Direkt daneben war ein tragbares Anästhesiegerät mit Gaszylindern, Masken und Schläuchen, ein Monitor zur Blutdruck-, Herzfrequenz- und Blutsauerstoffanzeige. Durch Kontakte mit farbigen Kabeln konnten die Messgeräte direkt mit dem Patienten verbunden werden. Darunter befand sich ein Absauggerät mit Pumpen und Schläuchen und Edelstahlsaugkopf. Für einen zufälligen Betrachter glich das alles einem Operationsraum, freilich ohne Skalpelle und ohne Halogenleuchten über dem Tisch.
Higgins schritt langsam darum herum und sah sich alles genau an. Er griff nach einer neuen Zigarette, aber Scott bremste ihn sofort. »Tut mir Leid, das kann ich hier nicht gestatten. Ich versuche die Umgebung so steril wie möglich zu halten. Es ist nicht so keimfrei wie im Krankenhaus, aber so gut es mir eben möglich ist, und ich kann hier keinen giftigen Qualm gebrauchen.«
Higgins zuckte die Schultern und steckte die Schachtel wieder ein. Er stöberte durch die Schachteln auf den Rollwagen und schien plötzlich zurückzuzucken. »Wo ist der Spezialkoffer, den du in Chicago abgeholt hast?«, murmelte er. »Was enthält er?«
Scott musterte ihn ein wenig verwundert. Das forsche Auftreten hatte einer merklichen Nervosität Platz gemacht.

Scott schüttelte den Kopf, hockte sich vor den Safe und spielte mit dem Schloss, bis die Tür aufging. Er entnahm ihm seine eigene, ganz persönliche Waffe, Stan Roths Geschenk von der US Army. Er hob den Silberkoffer auf den Narkosewagen, gab den Sicherheitscode ein und ließ die Schlösser klicken. Mit einer schwungvollen Bewegung öffnete er den Deckel und trat zurück. »Hier sind sie«, verkündete er voller Triumph, »besser als jede Beretta oder Uzi. Keine Kugeln, kein Blut, niemand wird verletzt, und wir müssen aus niemandem etwas herausprügeln.« Er sah, dass sich Higgins im Hintergrund hielt und nur einen flüchtigen Blick darauf warf. »Komm her. Du musst lernen, wie sie angewendet werden.«
Higgins schob sich seitwärts einen Schritt näher und räusperte sich mehrmals. »Okay, also was hast du?«
Scott hatte die Plexiglaslagen alle herausgenommen und inspizierte sein neues Spielzeug. Er bemerkte nicht, wie sein Schwager sich hastig den Schweiß von der Stirn wischte. »Das sind Auto-Injektoren«, erklärte er, »die ähnlich arbeiten wie ein Kugelschreiber, den man drückt.« Er hielt eine zur Demonstration hoch, ein zehn Zentimeter langes enges Plastikröhrchen mit einem schwarzen Ende und einem offenen Ende. »In diesem offenen Ende« – er deutete darauf hin – »befindet sich eine versenkte Nadel. Wenn man das schwarze Ende abzieht, kommt ein roter Knopf darunter zum Vorschein. Ein fester Druck darauf und die Nadel schießt heraus. Die Substanz im Röhrchen ist eine genau berechnete Dosis. Wenn du es jemandem ans Bein hältst oder an den Arm oder irgendeine andere weiche Stelle dringt die Nadel bis zu einer festgelegten Tiefe ein und injiziert automatisch die gesamte Substanz. Diese wirkt dann fast sofort. Genial, nicht wahr?« Scott hörte das schwere Atmen hinter sich und drehte sich um. Er sah, dass Higgins schweißgebadet war, sein Gesicht alle Farbe verloren hatte und seine Hände zitterten. »Was zum Teufel ist los mit dir, Mark?« Er griff nach Higgins und erkannte sofort, dass dieser einer Ohnmacht nah war.
»Ich kann keine Nadeln sehen«, krächzte der Polizist, und sei-

ne Knie gaben nach, und Scott ließ ihn vorsichtig zu Boden gleiten.
»Großer Gott«, stöhnte Scott. »Damit habe ich natürlich nicht gerechnet. Du bringst mich mit Waffen ins Schwitzen, und mir wird ganz anders, wenn ich sehe, wie du mit scharfer Munition umgehst. Und dann zeige ich dir eine einfache Injektionsnadel, und dir werden die Knie weich. Was für einen Partner habe ich mir da an Land gezogen?«
Higgins' Kopf ruckte hoch. »Wenn du irgendwem ein Sterbenswörtchen erzählst, Scott Nolan, mach ich dich kalt.«

Gegen acht Uhr am gleichen Abend saßen Scott und Higgins gemütlich in einer verrauchten, lauten, vollen Kneipe auf Dublins Nordkai. Higgins hatte sich von seinem Ohnmachtsanfall erholt, aber es war deutlich zu sehen, dass es ihm noch immer peinlich war. Und Scott konnte nur mit Mühe ein Grinsen zurückhalten bei der Erinnerung an seinen schwitzenden, am Boden sitzenden Partner. Er bestellte ein Budweiser und trank einen Schluck, um sich abzulenken. Higgins hatte eine schäumende Halbe Guinness auf einen Zug zur Hälfte geleert, und Schaum war an seiner Oberlippe, als er schließlich sagte: »Ich habe eine erste Spur.«
Scott lehnte sich sofort vor, denn die Geräuschkulisse war so laut. Bestellungen wurden über die Menge hinweg gerufen, und das Personal hatte alle Hände voll zu tun. In einer Ecke flimmerte Golf aus Florida über die Mattscheibe, aber es schien niemanden auch nur im Geringsten zu interessieren. »Was?«
Higgins trank erneut von seinem Bier, und diesmal wischte er sich den Schaum vom Mund. Er sah sich um, und als er befriedigt erkannte, dass niemand lauschte, fuhr er fort: »Da ist ein junger Bursche aufgetaucht, der Kokain vertreibt. Einer unserer Beamten hat bei ihm gekauft, und es ist fast hundert Prozent rein.«
»Wenn also«, bekundete Scott sein Verständnis des Situation, »dieser neue Händler Spitzenware verkauft, muss er es von einem Spitzenlieferanten bekommen?«

»So ist es. Wir reden hier nur von einem Jungen, sozusagen Plankton in der Nahrungskette. Aber dein Plan besagt, dass wir ganz unten anfangen und dem Geld folgen. Und das werden wir tun. Der Junge ist noch nie zuvor auf den Straßen gesehen worden, ein unbeschriebenes Blatt bei der Polizei. Irgendwer weiter oben benutzt Kanonenfutter, um sein Zeug loszuwerden. Ich schlage vor, wir reden mit dem Straßenhändler und schauen, was dabei herauskommt. Higgins trank sein Bier aus, winkte einem Kellner und bestellte ein neues. »Du auch?« Er nickte Scott zu, der den Kopf schüttelte.

Sie wartete, bis das frische Glas am Tisch stand. Higgins saugte mit einem Bierdeckel den überfließenden Schaum auf. Dann trank er erneut, seufzte zufrieden und stellte das Guinness auf den Tisch zurück. Scott leerte sein Budweiser und fixierte Higgins. »Ich bin bereit. Wann schlagen wir zu?«

Higgins musterte seinen Schwager eine Minute vom geschorenen Kopf zu den Kinnstoppeln und hinunter zum schwarzen T-Shirt. »Schwer zu glauben, dass du derselbe Mann bist, der meine Schwester geheiratet hat. Du siehst aus wie ein Unterweltkiller. Ich kann dir sagen, ich wäre zu Tode erschrocken, wenn du plötzlich in der Dunkelheit auf mich zukämst.«

Scott grinste. »So ist es gedacht. Ich hielt es für besser, wenn sie nicht wissen, was für ein weiches Herz ich habe.«

»Und ich mag die neue Brille. Sie ist viel besser als die alte. Laura nannte sie deine Coca-Cola-Gläser.«

Scott lachte leicht. Die plötzliche Feststellung, dass seine verstorbene Frau sich hinter seinem Rücken über ihn amüsiert hatte, machte ihn traurig. Sie war so unberechenbar gewesen und so voller Leben.

»Wie kommst du mit deiner Unterkunft zurecht?« Seit seiner Rückkehr von Chicago wohnte er in einem Ein-Zimmer-Apartment eine Meile vom Stadtzentrum.

»Gut. Ist alles da, was ich brauche, aber allzu lange möchte ich dort nicht bleiben.«

»Schon klar«, stimmte Higgins zu, »und diese Operation wird

auch nicht länger laufen als unbedingt notwendig, das garantiere ich.«
Seine Antwort brachte Scott wieder zum Thema zurück. »Wann schnappen wir uns den Jungen?«
»Morgen. Dieses Gesindel ist mit den Vampiren verwandt. Es kommt erst aus seinen Löchern, wenn es dunkel ist. Wir werden uns wahrscheinlich eine Weile die Hacken in den Bauch stehen, aber sobald er sich blicken lässt, schnappen wir ihn.«

15

Der Junge war eine unbedeutende Nummer, selbst Nolan war das klar. Er ging auf die zwanzig zu, hatte einen Borstenschnitt, Ringe in beiden Ohren und Tätowierungen am Hals und an den Händen. Er stand an der Ecke der Talbot Street in Dublins Innenstadt und trat von einem Fuß auf den anderen. Es ging auf zehn zu an diesem Montagabend, und der Verkehr in den schmalen Straßen hatte sich beruhigt. Neonlichter und grelle Geschäftsfassaden spiegelten sich auf den nassen Gehsteigen, und die Passanten mussten auf der Hut sein, um von den vorbeifahrenden Wagen nicht voll gespritzt zu werden. Die Kneipen waren wie immer voll.
Mark Higgins und Scott saßen hundert Meter entfernt in einem marineblauen Lieferwagen mit Schiebetüren. Die Fenster waren getönt, die Nummernschilder falsch, und das Innere war mit einer Matratze und Narkotika ausgestattet. Scott war wieder ganz in Schwarz, Higgins trug Jeans und einen dicken wollenen Pullover. Beide Männer trugen Waffen am Körper.
Scott beobachtete den Jungen mit einem speziellen Nachtsichtfernglas und sah, dass seine Augen nervös hin und her wanderten. Seine Hände hatte er in die ausgebeulten Jeanstaschen gesteckt. In unregelmäßigen Abständen traten Einzelpersonen

oder Zweiergruppen, aber nie mehr auf einmal, an den Dealer heran. Sie waren hauptsächlich männlich, misstrauisch, heruntergekommen und nervös. Gelegentlich konnte Scott auch ein verwahrlostes, ausgemergeltes Mädchen unter diesen halben Leichen entdecken. Die Wortwechsel waren kurz, Hände bewegten sich schnell, als kleine Päckchen gegen Geldscheine ausgetauscht wurden. Innerhalb einer halben Stunde zählte Scott achtzehn Transaktionen, von denen keine länger als zwei Minuten dauerte, manche weniger als dreißig Sekunden.

»Siehst du den Wagen, der zehn Meter hinter ihm parkt?« Higgins richtete Scotts Fernglas auf die Stelle. Vorübergehend abgelenkt von einer Gruppe Feiernder, die aus einer Kneipe in der Nähe kam, hatte Scott den Wagen schließlich im Bild und holte ihn heran. »Das ist seine Schutztruppe, zwei Mann stark. Wenn jemand Ärger macht, greifen sie ein.«

Scott setzte seine Designerbrille wieder auf. »Wie schnappen wir ihn dann, ohne dass sie es merken?«

»Mit einer Ablenkung.« Higgins stieg aus und verschwand in der dunklen Gasse. Zehn Minuten später entdeckte ihn Scott weiter vorn, wo er sich scheinbar für ein Schaufenster interessierte. Er war einer von vielleicht zehn Leuten, die sich dort auf dem Gehsteig aufhielten. Jetzt war er nur einen Meter hinter dem Wagen der Helfer des Dealers, und Scott sah die Glut einer Zigarette und eine Hand, die eine kreisförmige Bewegung machte. Sekunden später schlenderte Higgins davon und glitt fünf Minuten später wieder in seinen Fahrersitz. Er schwitzte vor Anstrengung und murmelte Zahlen vor sich hin. Er zündete sich eine Zigarette an, blickte in den Rückspiegel, und zählte laut weiter. Als er bei fünfzig ankam, stieß er Scott in die Rippen. »Mach dich bereit.«

Bei sechzig begann plötzlich die Alarmanlage des Dealerfahrzeugs loszuheulen, und der durchdringende Lärm ließ jeden auf der Straße zusammenfahren. Köpfe drehten sich nach der Quelle des Höllenkrachs um. Higgins startete den Motor des Lieferwagens und legte den Gang ein. »Okay, los jetzt. Tu so, als ob du kaufen willst. Wenn ich hupe, hol ihn dir.«

Scott stieg aus; sein Herz schlug bis zum Hals. Dies war sein erster verdeckter Einsatz auf den dunklen nassen Straßen in Dublins Innenstadt. Das war etwas anderes als die weißen Kittel und Stethoskope und die sterile Umgebung des City Hospitals. Hier war er keine große Nummer, hier bewegte er sich mit Vorsicht, um keine Aufmerksamkeit zu erregen. Er hatte die Brille die Nase hochgeschoben und beide Hände in den Taschen, wo seine Rechte einen von Stan Roths militärischen Auto-Injektoren umklammerte. Schweiß bildete sich auf seiner Stirn, obgleich es nur etwa zehn Grad hatte.

Nun war er weniger als dreißig Sekunden von seinem Ziel entfernt, und in der Dunkelheit sah er, wie der Junge ihn fragend anstarrte, bevor er sich Hilfe suchend nach seiner Mannschaft umdrehte. Scott atmete heftig, und seine Beine waren wie Blei, als er herankam.

»Was zum Teufel willst du?« Der Junge blickte nervös und verunsichert auf den Mann in Schwarz, der auf ihn zukam. Er sah sich erneut Hilfe suchend um, doch ein Lieferwagen versperrte ihm die Sicht.

»Ich brauch 'nen Schuss. Gerry hat mir gesagt, dass ich bei dir kriege, was ich brauche.« Scott war überrascht, wie leicht ihm der Straßenjargon von den Lippen kam.

»Wer zum Teufel ist Gerry?« Scott war nun Schulter an Schulter und streckte ihm ein Bündel Zwanzig-Euro-Scheine entgegen. Das Geld lenkte ihn lange genug ab. Als er den Blick darauf richtete, hupte der Lieferwagen kurz. Scott zog instinktiv die schwarze Kappe vom Auto-Injektor und rammte das Plastikröhrchen gegen das Bein des Dealers. »Was zum Teufel ...« Scott spürte, wie die Nadel in Bewegung kam, und hielt die Spritze fest dagegen, bis die Beine des Jungen nachgaben, dann packte er ihn. Sekunden später war Higgins bei ihm, und zu zweit schafften sie ihre erste Zielperson durch die offene Schiebetür in den Lieferwagen und auf die Matratze. Scott sprang hinter ihm in den Wagen und schnürte den schlaffen Körper auf einer Seite fest.

Der Lieferwagen fuhr langsam die Straße entlang, an dem Helferfahrzeug vorbei. Durch die getönten Scheiben beobachtete Scott amüsiert, wie die Zwei-Mann-Truppe wie aufgescheuchte Hühner herumlief und nach ihrem Dealer suchte.

Gegen elf an diesem Abend war der Dealer in Scotts Praxis in der Polizeizentrale und lag gut festgeschnallt auf dem Narkosewagen. Die Leuchtstoffröhren verbreiteten grelles Licht, während Scott und Higgins auf und ab gingen und auf die erste Bewegung ihrer Beute warteten.

Während der ganzen Fahrt zurück war Higgins voll des Lobes für Scott und war höchst erfreut darüber, wie reibungslos die Entführung des Drogendealers unter den Augen seiner Helfer gelaufen war.

»Die werden verzweifeln«, rief er schadenfroh, während er durch die Gassen und Seitenstraßen der Innenstadt fuhr und ungeduldig hupte, wenn ihn der Verkehr behinderte. »In einer Minute steht er noch hier und kassiert viel Geld, in der anderen ist er fort. Wer immer hinter der Bande steckt, wird den beiden die Hölle heiß machen.«

Hinten ließ Scott den Gefangenen nicht aus den Augen und kontrollierte ständig die Atmung. Er war innerlich genauso erleichtert wie sein Partner, aber beunruhigt über das Mittel, das er injiziert hatte. Es war das erste Mal, dass eine von Stan Roths Substanzen eingesetzt worden war, und trotz aller Informationen über Wirkung und Nebenwirkungen war Dr. Scott als praktizierender Arzt nur zu gut mit unerwarteten Reaktionen vertraut. Das war der Albtraum jedes Arztes. Doch die Überführung von der Straße in die Zentrale war ohne Probleme verlaufen, und nun warteten die beiden Ermittler ungeduldig darauf, dass der Junge aufwachte.

Er öffnete um elf Uhr zwanzig die Augen, fünfzig Minuten, nachdem ihm die Injektion so unerwartet ins Bein verabreicht worden war. Higgins saß auf einem Stahlrohrsessel in einer Ecke und beobachtete genau, was vorging. Scott stand über den sommersprossigen Teenager gebeugt und kontrollierte Puls und Blutdruck, die innerhalb des normalen Bereiches lagen. Die Droge, halb muskellähmendes und halb Kurzzeitberuhigungsmittel, hatte keine Komplikationen verursacht, und Scott ging davon aus, dass der Dealer mit halbwegs klarem Kopf erwachen würde. Unter den Leuchtstoffröhren sahen die Sommersprossen wie Masern aus. Er blinzelte mehrmals, um seine Augen vor dem grellen Licht zu schützen. Dann versuchte er sich aufzurichten und musste erkennen, dass seine Hände und Füße festgebunden waren und er seinen Kopf nur um neunzig Grad drehen konnte. »Wo bin ich?«

Scott stand hinter seinem Kopf, wo er ihn nicht sehen konnte. »Du bist in der Hölle.«

Der Junge versuchte zu sehen, woher die Stimme kam, und zerrte vergeblich an seinen Gurten. »Du verdammtes Arschloch, lass mich raus hier, oder sie werden dir die Eier abschneiden.«

»Wer wird mir die Eier abschneiden?« Scotts Stimme war gleichmütig und verriet keinerlei Emotionen.

»Meine Begleiter, wirst schon sehn. Ich hab verkauft, und sie wollen ihren Teil der Einnahmen.«

»Du hattest zehn Päckchen Kokain und fast zweitausend Euros in bar dabei. Wenn ich dich der Polizei übergebe, landest du für Jahre in einer stinkenden Gefängniszelle.«

Der Junge überlegte keine dreißig Sekunden. »Ich warne dich, lass mich hier raus, oder deine Eier sind Hundefutter.« Er hatte einen innerstädtischen Straßenakzent, mit dem er sich besonders auf Drohen verstand.

»Ich lass dich raus, wenn ich mit dir fertig bin. Aber zuerst brauche ich Informationen.«

»Du kannst mich.«

»Ich bin weder an dir noch an deinem Namen noch an deiner Herkunft interessiert. Sag mir nur, wer dein Lieferant ist.«

»Leck mich.«

»Wer ist dein Lieferant?«

»Leck mich.«

»Wer ist dein Lieferant?«

»Leck mich.« Die Flüche hallten von den Wänden wider.

Scott kam in sein Blickfeld. In seiner Rechten hielt er eine Spritze mit Nadel, deren Metall im grellen Licht blitzte. Dann begann er aus einer Ampulle eine klare Flüssigkeit aufzuziehen. In der Ecke wandte Higgins den Blick ab und kaute wild an seinem Nikotingummi.
»Scheiße, was ist das?«
Scott zog die Flüssigkeit absichtlich langsam hoch und drückte dann einen kleinen Tropfen aus der Nadelspitze und ließ ihn auf den Boden fallen.
»Was ist in der Scheißspritze?« Panik.
Dann legte Scott eine Druckschlinge um den rechten Oberarm des Dealers und zog sie zu. Er wartete ein paar Sekunden, dann schlug er ein paar Mal auf die Innenseite des Ellenbogens, damit die Venen hervortraten. Gleich darauf zeigte sich bläulich ein Venenstrang, der sich wölbte wie eine reife Beere. »Gute Venen«, flüsterte Scott dem Jungen ins Ohr, »das erleichtert mir den Job beträchtlich.«
»Scheiße, Mann, was soll das? Lass mich hier raus.« Die Schreie waren jetzt die eines verängstigten Jungen, die Starke-Typ-Fassade war verschwunden.
»Wer ist dein Lieferant?«
»Wenn ich es dir sage, bringt er mich um.« Verzweiflung.
»Wer ist dein Lieferant?«
»Nimm das Geld, nimm das verdammte Koks, wenn du willst. Aber lass mich aus diesem Scheißloch.«
»Wer ist dein Lieferant?«
»Leck mich.«
Die Nadel stach leicht in die pralle Vene, trotz der panischen Schreie und nutzlosen Verrenkungen. Scott zog leicht am Kolben und brummte befriedigt, als hellrotes Blut in die Spritze drang. Sie saß genau richtig.
»Wer ist dein Lieferant?«
»Leck mich, du Wichser.« Unter der Hitze der Lampen begann Schweiß über das Gesicht des Gefangenen zu rinnen.
Scott drückte den Kolben langsam hinein, und fünf Milliliter der Flüssigkeit verschwanden im Arm des Jungen. Innerhalb

von ein paar Sekunden begann er zu gähnen, und seine Augen wurden glasig. »Was ist in der Spritze? Ich warne dich …« Seine Stimme verlor den festen Klang, die Wut erlosch. »Wer bist du?« Wieder ein herzhaftes Gähnen. »Was willst du eigentlich?« Scott achtete genau auf Reaktionen und überprüfte den Puls. Zufrieden nahm er drei der farbigen Strippen vom Monitor hinter dem Narkosewagen und schloss sie an.
Der Teenager versuchte den Kopf zu heben, um zu sehen, was vor sich ging, und die Augen hatten Mühe, zu fokussieren. »Was hast du jetzt vor? Wo zum Teufel bin ich?« Weitere fünf Milliliter strömten in sein Blut und lösten erneutes Gähnen aus. Scott beobachtete den blauen Schirm des Monitors und merkte sich die Werte. Dann nickte er Higgins zu. Er trat hinter den Gefangenen und flüsterte ihm ins linke Ohr: »Du hättest es mir sagen sollen. Ich bin kein gewalttätiger Mann, aber mein Freund hier schon.«
Jetzt beugte sich Higgins mit einem Smith-&-Wesson-Revolver in der Faust über den Narkosewagen. Er hatte dieses Modell statt seiner Neun-Millimeter-Walther gewählt, weil er seinen Anblick für einschüchternder hielt. Trotz seiner rollenden Augen und seines eingeschränkten Sehvermögens erkannte Sommersprosse, dass eine Waffe auf ihn gerichtet war. »Oh, Scheiße«, stöhnte er. »Oh, Scheiße, Scheiße, Scheiße.«
Scott beugte sich hinab und flüsterte in sein linkes Ohr: »Wer ist dein Lieferant?«
Der Junge schüttelte verzweifelt den Kopf hin und her, als könne er dem Albtraum entschlüpfen, in dem er sich befand. »Das sage ich nicht.«
Higgins drückte dem Dealer den Lauf an die Schläfe. »Dann nimm Abschied von dieser schönen Welt, Jungchen.« Er drückte ab. Klick. Der Hahn traf auf eine leere Kammer. »Oh, zss, zss, zss«, murmelte Higgins verärgert über seinen Fehler, »das war eine leere. Probieren wir es noch mal.«
Der Junge hatte vor Angst zu zittern begonnen, sein ganzer Körper war schweißgebadet. Er war halbwach, genug, um mitzukriegen, was um ihn vorging, doch in einer traumarti-

gen Entrücktheit, in der es ihm vorkam, als würde das alles jemand anderem passieren.
»Wer ist dein Lieferant?«
»Ist die Knarre echt?«
Higgins drückte erneut ab. Klick. Wieder eine leere Kammer. Zss, zss.
»Wer ist dein Lieferant?«
»Leck mich, du Wichser. Damit kannst meinem kleinen Bruder Angst machen.« Sein Mut kehrte zurück, und Scott nickte Higgins zu. Higgins drückte ihm die Mündung des Smith-&-Wesson-Revolvers direkt auf die Stirn, sodass die wild rollenden Augen darunter sehen konnten, was passierte. Trotz des glasigen Blickes war das Entsetzen unübersehbar.
»Na, mach schon«, spottete der halb betäubte Junge, »erschieß mich, du Stück Scheiße.«
Peng. Der Raum hallte vom Knall wider, und sogar Scott fuhr zusammen.
»Wer ist dein Lieferant?«
Sommersprosse hatte sich angepisst. Ein großer Urinfleck breitete sich auf seiner Hose aus. Seine Ohren dröhnten, seine Zähne klapperten, und seine Glieder zitterten. Higgins drehte die nächste Patrone in die Kammer und drückte ihm die Waffe auf der Stirn fest in die Haut. »Diesmal«, knurrte er, »ist scharfe Munition drin. Wer ist dein verdammter Lieferant?«
»Charlie Fegan, verdammte Scheiße, Mann, erschieß mich nicht. Es ist Charlie Fegan.«
Scott und Mark tauschten befriedigte Blicke. »Und wo finden wir diesen Mr Fegan?«, flüsterte Scott in sein linkes Ohr.
»Ich sage kein Wort mehr, ihr könnt mich …« PENG. Wieder wurde eine Platzpatrone abgeschossen, und der Knall echote von den Wänden. »Hör auf damit, ich scheiß mich eh schon an vor Angst, Mann.«
Higgins nahm eine Schachtel scharfe Munition und begann langsam die leeren Patronenhülsen aus dem Revolver zu nehmen und ihn ebenso langsam mit frischen Patronen zu laden. »Jetzt wird es ernst. Keine Platzer mehr, sondern Blei. Die

erste hinterlässt ein großes Loch in deinem Kopf. Nach der zweiten ist von deinem Gesicht nichts mehr übrig, und mit der dritten schieß ich dir die Eier ab. Also, wo finden wir Fegan?« Er spannte den Hahn und richtete die Waffe auf den Jungen, gerade als Scott weitere fünf Milliliter in seine Vene drückte.

Während der nächsten Stunde sang der verstockte Straßendealer wie eine Lerche. Während ein Tonbandgerät lief, verriet er alles über Charlie Fegan: wer er war, wo er wohnte, wie er vorging, wo er lieferte, wie viel er nach Einschätzung des Jungen nach allen Ausgaben verdiente. Charlie Fegan war also ebenfalls ein neues Gesicht in der Szene, nicht weit oben in der Nahrungskette, aber vermutlich mit einem Gewinn von dreihunderttausend Euro im Jahr. Nicht schlecht für einen fünfundzwanzigjährigen graduierten Chemiestudenten mit einem Abschluss vom Trinity College, Dublins ältester und angesehenster Universität.

»Ich wusste nicht, dass Drogenhandel zur fortgeschrittenen Bildung zählt.« Higgins reinigte seine Waffe, während Scott eine Sauerstoffmaske auf das Gesicht ihres Gefangenen hielt und auf sein Erwachen wartete. »Was hast du ihm eigentlich alles verabreicht?« Higgins redete überlaut, um das Dröhnen in seinen Ohren zu übertönen.

»Auf der Straße gab ich ihm eine der amerikanischen Muskelrelaxans- und Sedativ-Kombinationen«, erklärte Scott laut, während er die Pupillen seines unfreiwilligen Patienten kontrollierte. »Dann im Wagen gab ich ihm Maxolon zur raschen Magenentleerung, um ein Erbrechen zu verhindern.«

»Gute Idee. Hätte mir nicht gefallen, wenn der Mistkerl uns die Polsterung voll gekotzt hätte.«

Scott seufzte. »Es ging nicht darum, dass er nicht den Wagen beschmutzt, sondern Übelkeit zu verhindern und die Gefahr, dass Erbrochenes in seine Lunge gelangt. In dem Fall hätten wir nämlich ein großes Problem, weil Magensäure die Lungenschleimhaut zerstört, was zum langsamen, unaufhaltsamen Tod führt. Und wir haben uns bei unserer Operation auf Risikominimierung geeinigt. Das gilt für die Zielpersonen genauso wie für uns.«

Higgins überdachte das eine halbe Minute lang, während er die Smith-&-Wesson-Trommel drehte. »Wäre dem Kerl recht geschehen. Er ist Abschaum, der den Tod auf der Straße verkauft. Dass er an seinem eigenen Gift verreckt, erscheint mir irgendwie nur gerecht.«

Scott entschied sich, über die Bemerkung hinwegzusehen. Jetzt war nicht die Zeit, einen Streit anzufangen. »Als er auf dem Tisch festgeschnallt war, verwendete ich kleine Dosen von Pentothal, einem Narkosemittel. Man kann es fein dosieren bis an die Schwelle der Sedation, wo es die Hemmungen herabsetzt und wie ein Wahrheitsserum wirkt. Die meisten Menschen plaudern dann ihre intimsten Geheimnisse aus, nicht selten vor den Schwesternschülerinnen. Nach der Operation ist es ihnen dann furchtbar peinlich, wenn sie dasselbe Mädchen wieder sehen und sich erinnern, was sie alles gesagt haben.«

»Und wie halten wir ihn davon ab, herumzuerzählen, was ihm heute Nacht passiert ist?« Ihre Lautstärke näherte sich wieder der Normalität, als das Klingeln in den Ohren der beiden Männer nachließ.

»Da kommt das Xylorprozalamat ins Spiel, auch ein Wunderding aus meiner Trickkiste. Es löscht alles aus, was in den letzten vierundzwanzig Stunden geschehen ist. Sobald er zu sich kommt, kriegt er eine Dosis, und dann ab mit ihm in die Gosse.«

Higgins zog tief am Ende einer nicht angezündeten Zigarette. Seine Miene verriet Freude und Verwunderung. »Vielleicht hätte ich aufs College gehen und studieren sollen wie ihr gescheiten Kerle. Was glaubst du, was für ein Arzt wäre ich wohl geworden?«

Scott unterdrückte seine erste Antwort: eine Kreuzung zwischen Hannibal Lecter und Dschingis Khan. »Ein Psychiater, ja, ich glaube, als Psychiater wärst du eine Koryphäe.«

»Kein Scheiß, warum?«

»Wegen deiner gelassenen, zuhörenden, mitfühlenden Art. Das und dass du vermutlich jedem Patienten den Kopf abreißt, dem es nicht schnell genug besser geht. Ich wette, deine Erfolgsrate würde die Ärzteschaft verblüffen.«

Higgins richtete den Smith & Wesson auf Scott. »Wenn ich dir jetzt den Kopf wegpuste, das würde die verdammte Ärzteschaft verblüffen.«

Scott grinste, dann wandte er seine Aufmerksamkeit dem Patienten zu, der langsam das Bewusstsein wieder erlangte. »Zeit, ihn loszuwerden. Ich gebe ihm noch ein paar Minuten, bevor ich spritze.«

Higgins ging nach draußen, um zu rauchen, und überließ Scott seinen Gedanken. Er war erleichtert, dass ihr erster gemeinsamer Einsatz so problemlos und so erfolgreich verlaufen war. Die Zeit würde zeigen, ob sie der Name, den sie ihrem Opfer abgerungen hatten, ihrem endgültigen Ziel, Lauras Mörder, näher bringen würde.

Mindestens ebenso wichtig war die widerwillige Akzeptanz, die Scott bei Higgins spürte. Der Polizist verfolgte ihn nicht mehr bei jeder Gelegenheit mit seinem Hass, stattdessen hörte er aufmerksam zu und befolgte Anweisungen. Vielleicht werden wir doch noch ein Team, zwei einzelgängerische und grundverschiedene Fremde, die ein tragisches Geschick zusammengeführt hatte. Er sah auf den sommersprossigen Jungen hinab, der den Kopf hin und her warf, als er ins Bewusstsein zurückfand. Verstand und Muskeln, das kann eine sehr brauchbare Kombination sein. Dann injizierte er Stan Roths Amnesiemittel und rollte den Jungen auf die Seite. Zeit für den Abmarsch, du Stück Dreck!

Sommersprosses richtiger Name war Aaron Murphy, ein Neunzehnjähriger aus einem heruntergekommenen Wohnblock in der Innenstadt, der erst vor kurzem für den Drogenverkauf rekrutiert worden war. In der Morgendämmerung des 9. März fand man ihn in verwirrtem Zustand am Strand in der Nähe von Killeny, einem gehobenen Vorort im Süden Dub-

lins. Man brachte Murphy zuerst in die nächste Polizeistation und verhörte ihn, aber er hatte keine Erklärung für seinen Zustand und seinen Gedächtnisverlust. Bei der Durchsuchung fanden sich acht zerknitterte Fünf-Euro-Scheine, sonst nichts. Der verantwortliche Garda entdeckte die frischen Nadelspuren am rechten Arm und war sogleich überzeugt, dass der Junge ein Junkie war, der von seinem Trip herunterkam. Er ließ ihn in ein Krankenhaus einweisen, wo der verwirrte Teenager den Augen des uninteressierten Aufpassers entschlüpfte und mit einem Taxi abhaute.
Sein umnebelter Verstand erinnerte sich zumindest, wo er wohnte. Als er am Nachmittag vor der Haustür seiner Bleibe ankam, erwarteten ihn bereits seine beiden Aufpasser, die ihn in ihr Auto zerrten und mit ihm zu einem benachbarten Müllplatz fuhren. Dort durchsuchten und befragten sie ihn, dann zogen sie ihn aus und nahmen ihn mit Baseballschlägern in die Mangel, bis kaum noch Leben in ihm war.
Es waren schlimme vierundzwanzig Stunden für Aaron Murphy, den Dealerneuling in Irlands Nach-Harry-Powerscher Drogen-Ära.

16

Sie blieben Charlie Fegan eine Woche lang auf den Fersen. Mit zivilen Fahrzeugen und einer Hilfsmannschaft von fünf Beamten der Rauschgiftabteilung folgten Scott und Higgins dem Drogendealer von seiner Wohnung in Loughlinstown im Süden Dublins, wo er mit seinen alternden Eltern und einer jüngeren Schwester lebte. Das Haus war komfortabel und gepflegt und lag in einer Wohnsiedlung aus den späten Achtzigerjahren. Die meisten Bewohner waren in der mittleren Einkommensklasse oder im Ruhestand, aber es gab auch einen signifikanten Prozentsatz an Über-Zwanzigjährigen, die auf

Grund der hohen Mietpreise in Dublin und Umgebung das Elternhaus noch nicht verlassen hatte.

Das verdeckte Einsatzkommando erkannte bald, dass Fegan ein gründlicher und vorsichtiger Mensch war, dessen Bewegungen nach keinerlei erkennbarem Plan verliefen. Er pendelte täglich zum Trinity College, wo er an seinem Doktor in Biochemie arbeitete, war jedoch peinlich darauf bedacht, keine Routine aufkommen zu lassen. Manchmal nahm er ein öffentliches Verkehrsmittel, zu anderen Gelegenheiten verließ er das Haus, ging fünfhundert Meter, bis er außer Sichtweite war, und wurde von einem unbekannten Mann auf einem schweren Motorrad aufgelesen. Am vierten Tag chauffierte er ein rotes Mazda-Cabrio aus einer Garage, die eine Meile von seiner Wohnung entfernt war.

Am fünften Tag hatte Higgins Details über sechs verschiedene Bankkonten aufgetan, auf denen Fegan eine halbe Million Euro angesammelt hatte. Er besaß auch ein Apartment an den Kais mit spektakulärem Ausblick auf die Liffey. Higgins schätzte den gegenwärtigen Marktwert auf etwa sechshunderttausend Euro. Eine Überprüfung der Besitzurkunde ergab, dass die Immobilie durch keine Hypothek belastet war. »Dieser Typ«, meinte er zu Scott, als die beiden im Lieferwagen bei einer Mahlzeit saßen, die sie sich beim Inder geholt hatten, »hat mit fünfundzwanzig mehr Geld, als ich bis zur Pensionierung je haben werde. Ein emsiges Bürschchen.«

Dann begannen Informationen aus Quellen innerhalb der Universität durchzusickern, auf der Fegan studierte. Danach war er seit Jahren ein regelmäßiger Lieferant von weichen Drogen, doch nur im Bereich des Universitätsgeländes. Er dealte hauptsächlich mit Haschisch und Amphetaminen und ließ die Finger von Heroin und Kokain. Doch nach den drastischen Maßnahmen der irischen Regierung gegen den Drogenhandel stellte Fegan zunächst die Lieferungen ein und erklärte, dass er sich aus dem Geschäft zurückgezogen hätte. In Wahrheit verlagerte er seine Interessen aus der Universität hinaus auf die Straße. Er stellte zwei Schläger und fünf Dealer an. Die

Schläger beförderten und bewachten ihre jüngeren Schützlinge bei ihrer Arbeit in der Stadt und den Vororten. Es war eine straffe Operation, gut geschützt und unauffällig, mit gut ausgetüftelten Abtauchstrategien. Und Fegan verhielt sich nicht wie ein reicher Mann, sondern kleidete sich zwanglos, aß bei McDonald's und nahm sich jeden Tag belegte Brote und einen Softdrink mit ins College, angeblich, weil er sparen musste.
Higgins war beeindruckt, Scott angewidert. »Er ist ein gewiefter Bursche«, erklärte Higgins am Ende ihrer einwöchigen Überwachung. »Ich würde sagen, dass er seit wenigstens fünf Jahren in der Szene ist und es verstanden hat, unsichtbar zu bleiben. Er steht nicht auf unserer Dealerliste, und sein Lebenswandel lässt keinerlei Rückschlüsse zu. Er bunkert sein Geld oder legt es vernünftig an, und er vermeidet jedes Aufsehen. Schlaues Kerlchen.«
»Brutaler Kerl«, entgegnete Scott. »Prügelt den Jungen halb tot, den wir aufgefischt haben.«
Higgins quittierte das mit einer Miene gespielter Überraschung. »Notwendiges Geschäftsgebaren. Er schickte den Jungen auf die Straße, und der verschwand mit dem Geld und den Drogen. Kein Dealer, der etwas auf sich hält, kann einen seiner Zuträger damit davonkommen lassen. Das wäre eine fatale Schwäche, er würde sein Gesicht verlieren, und seine Kunden kämen auf den Gedanken, dass man mit ihm alles machen könne. Die Süchtigen würden das Zeug nehmen und abhauen, ohne zu bezahlen. Das ganze Geschäft basiert auf Drohungen, Furcht und Gewalt. Fegan ist Mittelständler, gebildet und intelligent. Typen wie er machen sich nicht selbst die Hände schmutzig. Dafür haben sie ihre Leute.«
Aber Scott entschied für sich, dass er die Charlie Fegans dieser Welt noch weniger mochte als die Fußsoldaten, die die Ware verkauften, und er überlegte sich eine spezielle Strategie, um den Dealer kleinzukriegen, wenn es so weit war.

Sie holten Fegan am Dienstag, den 23. März, von der Straße, als sie ihn das erste Mal in einer Erfolg versprechenden Situa-

tion entdeckten. Der Dealer war vor drei Tagen wie vom Erdboden verschwunden, und sie hatten befürchtet, er hätte sich abgesetzt oder das Land verlassen. Vierundzwanzig Stunden später war er wieder aufgetaucht und in einer Kneipe im Stadtzentrum entdeckt worden, wo er mit seinem Zwei-Mann-Kommando Kokain in verkaufsfertige Päckchen umfüllte.
Higgins war der Ansicht, dass Fegans plötzliches Wiederauftauchen nur bedeuten konnte, dass er Nachschub von einem Lieferanten ein Stück weiter oben in der Versorgungskette erhalten hatte. Er zog die unterstützende Mannschaft zurück und bereitete Scott auf den Einsatz vor.

»Hallo, ich habe mich verlaufen und gehofft, Sie könnten mir den Weg zum Merrion Square zeigen?« Scott stand auf dem Bürgersteig der Dawson Street in der Nähe des Trinity College, mit einem Stadtführer in der einen Hand und einer neun Millimeter Beretta in der anderen, allerdings tief in der Tasche seiner Windjacke vergraben. Er spielte den hoffnungslos verlorenen Touristen, wobei er seinen amerikanischen Akzent besonders hervorkehrte. Zwanzig Meter hinter ihm rollte der blaue Lieferwagen mit geöffneten Seitentüren langsam näher.
Aus nächster Nähe war Fegan ein gut aussehender Junge mit ordentlich gescheiteltem dunklen Haar und Designerstoppeln. Er war etwa eins achtzig in seinen abgetragenen Nike-Turnschuhen und trug Jeans, ein weißes T-Shirt und eine rote Fleecejacke. Er hatte den fast obligatorischen Ring im rechten Ohrläppchen, aber sonst weder Schmuck noch sichtbare Tätowierungen. Passanten mochten ihn für einen der vielen Studenten halten, die mit ihren Büchern im Ranzen auf dem Weg zur gediegensten Lehranstalt der Stadt waren.
Fegan war an der üblichen Haltestelle aus dem Bus gestiegen, und Higgins hatte sich gute Chancen fünfzig Meter weiter vorn ausgerechnet, wo in der breiten Einfahrt zu einem Büroparkplatz wenig Aktivität herrschte. Dawson Street war eine besonders verkehrsreiche Durchfahrtstraße mit guten Geschäften, Restaurants und streng überwachtem Verkehr. Wäh-

rend es auf den ersten Blick nicht der ideale Ort für eine Entführung vom Bürgersteig zu sein schien, rechnete Higgins damit, dass im geschäftigen Treiben niemand aufmerksam werden würde, wenn sie es geschickt anstellten. Das war auch der Grund, warum er Scott an die Front schickte, der nun an der windigen Ecke stand.

»Klar, Mann. Das ist keine fünfhundert Meter von hier.« Fegan war gefällig und höflich, sein Akzent Dubliner Mittelstand. Hochgestochen. »Suchen Sie etwas Bestimmtes dort?«

Scott lächelte und hielt ihm seinen Stadtführer hin. »Ja, ich suche die National Art Gallery. Sie ist auf meiner Liste empfohlener Sehenswürdigkeiten.« Aus dem Augenwinkel beobachtete er, wie der Lieferwagen mit einladend geöffneten Seitentüren neben ihnen hielt. Ein Windstoß fuhr in die Seiten seines Stadtführers, und er klemmte ihn unter die Achsel.

»Ja, Mann, sie ist wirklich gut. Lassen Sie sich den Caravaggio nicht entgehen, der ist absolute Klasse.«

Scott warf einen raschen Blick die Straße hinauf und hinab und sah, dass sich niemand für ihr Gespräch zu interessieren schien. Abgesehen von Lieferanten, die vor einem Buchladen ausluden, war im Moment fast niemand auf dem Gehsteig. Der blaue Lieferwagen blockierte die enge Durchfahrt zu einer T-Kreuzung, und verärgertes Hupen erklang. Scott sah sich mit gespielter Besorgnis um und Fegan folgte seinem verwirrten Blick. Mit einem heftigen Stoß mit der Schulter rammte Scott Fegan in den Wagen, sprang hinter ihm hinein und schloss die Türen. Higgins fuhr los und ließ die verärgert fluchenden und hupenden Verkehrsteilnehmer hinter sich.

Hinten richtete sich Fegan benommen inmitten seiner verstreuten Bücher in sitzende Position auf und sah, dass eine Beretta auf seine Brust gerichtet war. Scott zog seine Wollmütze vom Kopf und warf sie in die Ecke. »Eine Bewegung, und dein Kopf ist ein Sieb.« Er schob die Brille auf die Nase. Der Szenejargon kam mühelos von seinen Lippen.

Fegan hielt beide Arme hoch. »Ich rühre keinen Finger, Mann, ich bin kein Held.« Als sein Blick auf das beängstigende Umfeld aus Matratzen, Riemen und Narkosemittelampullen fiel, wechselte sein Mienenspiel von Verblüffung zu Überraschung und ernster Besorgnis. Der Wagen wackelte und holperte auf seiner Fahrt, und Scott musste sich mit einer Hand festhalten. Der Gefangene ließ kein Auge von ihm. »Wer sind Sie, Mann?«

Scott hielt die Pistole fest auf Fegans Brust gerichtet, obwohl er nicht sicher war, dass er sie benutzen würde, wenn der Student auf ihn losging. Er schob das Problem beiseite. Er warf hin und wieder einen Blick aus dem getönten Rückfenster, um zu sehen, wie weit sie schon waren. Aus der Schlange von Fahrzeugen und dem Lärm schloss er, dass sie sich in der Nähe der Temple Bar, südlich der Liffey befanden. Damit blieben weniger als zehn Minuten bis zur Polizeizentrale.

Fegan starrte auf einen imaginären Punkt, und Scott konnte fast sehen, wie sein Verstand eine Doppelschicht einlegte, um herauszufinden, was vor sich ging. »Verdammt, wer sind Sie? Was wollen Sie von mir?« Der höfliche Mittelstandsakzent hatte einen drohenden Ton angenommen.

Scott nahm die Beretta in die andere Hand und suchte in seiner Seitentasche nach dem Auto-Injektor. Mit dem Daumen schob er die schwarze Schutzkappe vom Röhrchen. »Halt's Maul«, knurrte er.

Kurz vor ihnen fuhr ein Sattelzug in die enge Kreuzung und hielt an, als der Fahrer merkte, dass er nicht genug Platz zum Abbiegen hatte. Higgins hupte wütend und stieg so hart auf die Bremse, dass sich seine Fahrgäste in die Arme fielen.

Fegan packte Scotts rechte Hand und drückte die Beretta zur Seite und rammte seinen Ellenbogen in Scotts Kehle, dass dem Arzt die Luft wegblieb. Während der Arzt einen Moment nach Atem rang, fasste der Student den Türgriff und riss sie auf. Sie war halb offen, und Fegan versuchte, hinauszuschlüpfen, aber Scott rammte ihm Stan Roths Spritze ins Bein. Fegan fiel fast auf die Straße, und nur Scotts Fäuste bewahrten den Studenten davor, auf die Fahrbahn und vor die Räder des nachfolgenden Verkehrs zu fallen.

Als er den zitternden Körper ins Innere zog, sah er, dass ihn Higgins vom Fahrersitz grinsend beobachtete. »Bist schon fast ein Profi, Doc.«
Fegan kam in der Praxis wieder zu sich. Seine Hände und Füße waren auf dem Narkosewagen festgeschnallt, und der Hals steckte in einer gepolsterten Manschette. Während der ersten Minuten blinzelte er mehrmals und machte sich mit seiner Umgebung vertraut, soweit er sie in seinem beschränkten Blickfeld wahrnehmen konnte: die grellen Leuchtröhren, die Narkosemaschine mit den Gasflaschen und farbigen Elektroden, eine Schachtel Spritzen und sterile Nadeln, eine Auswahl von Ampullen, die auf einer Edelstahlablage bereitgelegt worden waren. Und schließlich beugte sich Scott Nolan über ihn, wobei er seinen Hals massierte, wo ihn der Ellenbogen getroffen hatte.
Fegans Augen verengten sich. Die mörderische Wut war offensichtlich. »Wo bin ich?«
»Das spielt gar keine Rolle, Jungchen.« Auf seinem Lieblingssessel in der Ecke der Praxis war Higgins dabei, ein volles Magazin in seine Walther zu stecken. »Du könntest überall sein. Dublin, London, Paris, Rom, wen kümmert's? Was zählt, ist, du bist hier bei uns, und wir wollen mit dir reden.«
»Da könnt ihr euch ebenso gut verpissen. Ich bin nicht in Plauderstimmung.«
Higgins und Scott tauschten müde Blicke aus. Diesmal könnte es schwieriger werden als bei ihrem ersten Opfer.
»Du wirst unsere Gesellschaft genießen, bis wir mit dir fertig sind, und es ist mir egal, ob es einen Tag, eine Woche oder einen Monat dauert. Liegt alles bei dir. Erzähl uns, was wir wissen wollen, und du darfst heim zu Mum und Dad.«
Higgins stand nun über ihn gebeugt und fuhr mit der Pistole nur ein paar Zentimeter vor seinem Gesicht herum, und seine Stimme klang spöttisch.
Fegans Augen zuckten heftig hin und her. »Leck mich.«
Scott seufzte hörbar. »Das hat auch dein junger Freund Murphy immer gesagt. Er war verdammt tapfer, wenn ich so zu-

rückdenke. Er war eine harte Nuss, aber am Ende haben wir ihn doch geknackt. Und so wissen wir jetzt über deine Bankkonten Bescheid, dein Luxusapartment am Kai, deinen schicken Sportwagen. Allerhand unternehmerischer Geist, das muss man dir lassen.«
Fegan starrte mit wutverzerrtem Gesicht herausfordernd von seinem Lager hoch. »Ich weiß nicht, wer ihr Arschficker seid, aber aus mir kriegt ihr nichts heraus.«
Higgins drückte die Pistole an Fegans Stirn. »Wer ist dein Lieferant?«
»Verpisst euch.«
»Also noch einmal: Wer beliefert dich regelmäßig mit Koks?«
»Ihr könnt mir einen lutschen.«
»Charlie, das läuft gar nicht gut für dich. Du bist ein heller Junge, Akademiker, nicht wahr? Und siehst auch noch gut aus. Du möchtest doch nicht eine Kugel zwischen deine klugen grauen Zellen?«
»Meine grauen Zellen sind meine Sache, Arschficker. Wenn ich euch sage, wer mich beliefert, geht's mir nicht besser als hier. Niemand singt in diesem Geschäft, macht sich nicht gut in seiner Biografie.«
Scott wog die Chancen ab. Fegan war intelligent genug, sich nicht selbst die Finger schmutzig zu machen, er zog nur die Fäden. Und er wusste auch, dass sein junger Verkäufer überlebt hatte, was immer hier mit ihm geschehen war. Scott vermutete, dass hinter der herausfordernden Haltung ein klarer Verstand Chancen und Risiken abwog und dass Fegan wahrscheinlich auf stur schalten würde. Er konnte so und so nur verlieren. Wenn er redete, waren sein Imperium und sein Lieferant erledigt. Wenn er dichthielt, würde man ihn schlimmstenfalls zusammenschlagen, ihm vielleicht eine Kugel ins Bein jagen. Aber dann hatte er wenigstens seine Pfründe und Quellen geschützt.
»Ich frage dich jetzt noch einmal, Charlie.« Scott stand hinter Fegans Kopf. Es war eine verunsichernde Position, die das Gefühl des Ausgeliefertseins verstärkte. Scott juckte es bereits in

den Fingern, mit Fegan Ernst zu machen. Typen wie er waren verantwortlich dafür gewesen, dass Harry Powers Sohn kaufen konnte, was ihm den Tod brachte. »Wer ist dein Lieferant?«
»Fick dich selber.« Fegan wurde mutiger, vielleicht wirklich, vielleicht bluffte er. Seine ganze Haltung, so eingeschränkt sie auch war, verriet, dass er nicht leicht nachgeben würde.
Scott kam ins Blickfeld, sodass der Dealer genau sehen konnte, was er tat. »Hast du schon mal eine Narkose bekommen, Charlie? Hat man dir den Blinddarm oder die Mandeln herausgenommen?« Während er sprach, legte er ein Tourniquet um Fegans rechten Oberarm und zog die Schlinge zu. Bald trat eine Vene einladend hervor, und Scott setzte eine Schmetterlingsnadel und befestigte sie mit einem Heftpflaster. Jetzt hatte er Zugang zu Fegans Blutbahn und konnte ihm ohne Probleme spritzen, was er wollte.
»Wofür hältst du dich, Alter, für meinen Leibarzt?« Fegans Augen folgten Scotts Bewegungen. Die Aufsässigkeit war ein wenig am Schwinden. Scott zog eine Ampulle Maxolon auf und injizierte sie. Dann wartete er fünf Minuten. Das Medikament würde Fegans Magenentleerung beschleunigen, ohne irgendeine Wirkung auf sein Bewusst sein zu haben. Und das war es, was Scott wollte: den Dealer in falscher Sicherheit wiegen.
Higgins saß wieder hinten in seinem Sessel und inspizierte den Boden. Immer beim Einsatz von Nadeln zog sich der Polizist zurück und wandte die Augen vom Geschehen ab.
Scott sah auf die Uhr. Jetzt war der Augenblick zu handeln. »Letzte Chance, Charlie. Wer ist dein Lieferant?«
»Leck mich.«
Scott stand neben ihm mit einer Spritze voll klarer Flüssigkeit. »Ich kann dir verraten, du wirst es sehr bedauern, dass du nicht kooperativer warst.« Während die Flüssigkeit langsam in seine Vene gedrückt wurde, reckte er den Hals, um zu sehen, was vorging. »Ich schwör dir, ich bring dich um ... wenn ich dich je in die Finger kriege, ist dein beschissenes Leben

keinen ...« Plötzlich versiegten die Worte. Auf dem Wagen zuckte und zitterte Fegans Körper.
Higgins sah herüber, als weitere Drohungen ihres Gefangenen ausblieben. »Was ist mit ihm?«
»Unser Freund hier wird gelähmt«, erklärte Scott. »Aber ohne Betäubung. Sein Verstand ist ganz klar und wach. Er hört jedes Wort, das wir sagen. Aber er verliert langsamen alle Gewalt über sich, und er beginnt an Sauerstoffmangel zu leiden.«
Higgins schob sich ein wenig näher. Fast fürchtete er sich, hinzusehen. Auf dem Tisch zuckten Charlie Fegans Gesichtsmuskeln und Finger, und seine Beine zitterten. Seine Augen schrien um Hilfe, zur Reglosigkeit erstarrt. Ein blauer Farbton kam in seine Lippen und breitete sich rasch überall auf seiner sichtbaren Haut aus.
»Er kann nicht atmen«, erklärte Scott, während er scheinbar gleichmütig zusah, »das Verlangen, Luft zu holen, ist übermächtig, doch seine Muskeln arbeiten nicht, und er bekommt keine Luft in seine Lungen. Jedes Organ in seinem Körper schreit nach Sauerstoff, doch seine Brust ist unfähig, sich zu heben und zu senken, um einzuatmen. In drei Minuten wird er hirntot sein. In fünf Minuten werden seine inneren Organe an Sauerstoffmangel zu sterben beginnen, und in zehn Minuten wird Charlie eine Leiche sein.« Scott verfolgte die Zeit auf seiner Uhr. Zwei Minuten waren seit den ersten Zuckungen vergangen. In sechzig Sekunden würde jede Zelle seines Körpers zerfallen, wenn sie nicht Sauerstoff bekam.
Charlie Fegan war bereits überzeugt, dass er sterben würde. Er war vollkommen gelähmt, konnte nicht den kleinsten Fingermuskel bewegen, wie sehr er auch darum kämpfte. Der Raum um ihn, der so hell gewesen war, als er die Augen öffnete, wurde dunkler. Die Dunkelheit begann am Rand des Blickfeldes und füllte es bald ganz, während ein seltsamer summender Ton in seinen Ohren war. Er versuchte verzweifelt, die Augen zu schließen, um den beängstigenden Schatten zu entkommen, die in seine Sinne drangen, aber er konnte kein Lid bewegen. Der Lärm in seinen Ohren war nun wie der ei-

nes D-Zuges in einem Tunnel und wurde lauter und lauter. Der Raum war stockdunkel, seine erweiterten Pupillen sahen nichts mehr. Obgleich sein Bewusstsein dahinschwand, glaubte Fegan, in der Hölle zu sein. Hätte er seinen Mund öffnen und schreien können, wären seine Schreie meilenweit zu hören gewesen.

Higgins beobachtete es besorgt. Fegans Gesicht war jetzt vom Sauerstoffmangel fast schwarz, und seine Pupillen hatten eine ungesunde dunkle Farbe. Auf dem Monitor schrillten die Alarmtöne, als Puls und Blutdruck des Dealers in die Höhe schossen. »Verdammt, Scott.« Higgins packte ihn am Arm. »Weißt du auch genau, was du tust?« Er sah den ersten Todesfall ihrer Operation drohen und wusste nicht, wie er ihn verhindern konnte. Er stieg von einem Fuß auf den anderen, und sein besorgter Blick flog zwischen dem schwarzen Gesicht des Gefangenen und dem seines Partners hin und her.

Scott griff ruhig nach hinten zum Narkosegerät, öffnete die Sauerstoffflasche und regelte den Gasfluss auf Maximum. Er schob einen Oropharyngealtubus zwischen Fegans blaue Lippen und drehte ihn, bis er exakt saß. Dann drückte er eine Narkosemaske über Mund und Nase des Mannes und begann, ihn künstlich zu beatmen, indem er gezielt große Mengen Sauerstoff in die Lungen presste. Innerhalb von dreißig Sekunden verschwand die tödliche bläulich schwarze Farbe, und ein rosa Ton rötete sie.

»Siehst du«, sagte Scott ruhig, während er fortfuhr, den Gefangenen zu beatmen, »es ist ein feiner Unterschied, ob man einen Mann tötet oder nur zu Tode erschreckt. Die Wirkung des Mittels, das ich ihm gespritzt habe, wird in ein paar Minuten nachlassen. Dann wird er wieder selbst atmen können. Aber Charlie ist gerade an den Pforten der Hölle gewesen und weiß, wie sie aussehen.« Er beugte sich hinab und rief: »Stimmt's, Charlie? In die Dunkelheit möchtest du bestimmt nicht wieder zurückkehren, oder?« Das Muskelrelaxans war noch immer aktiv in Fegans System, und er konnte kein Glied bewegen, aber er verstand jedes Wort. Er spürte,

wie sich seine Blase entleerte und seine Beine warm und nass wurden.
»Verdammt, verdammt«, murmelte Higgins. Er zündete sich eine Zigarette an und inhalierte tief. Seine Nerven waren zum Zerreißen gespannt. »Das wächst mir über den Kopf.«
Während der Beatmung beobachtete Scott, wie die Pupillen des Patienten wieder normal wurden. Er checkte den Monitor. Die Alarmtöne waren verstummt, die Puls- und Blutdruckwerte wieder auf dem Weg zur Normalität.
»Ich tippe auf die Einkehr der Vernunft«, meinte Scott. »Wenn Charlie noch eine Spur von Grips hat, erzählt er uns jetzt, was wir wissen wollen, oder er kehrt in die Dunkelheit zurück, und diesmal gibt es vielleicht keine Rückkehr.«
Higgins zog tief an seiner Zigarette und öffnete ein Fenster. Er holte tief Luft, um sich von der stickigen und unerträglich gewordenen Atmosphäre im Raum zu erholen. »Großer Gott«, murmelte er immer wieder, »großer Gott, was für ein Monster habe ich nur geschaffen?« Draußen trommelte ein Platzregen auf das schwarze Pflaster, und in der Ferne rollte Donner durch die schweren Wolken. Als Higgins zum dunkel werdenden Himmel emporblickte, erhellte ein Blitz die Düsternis.
Charlie Fegan kaute am Plexiglas des Oropharyngealtubus und versuchte ihn auszuspucken. Scott stand hinter ihm und löste die Sauerstoffmaske von seinem Gesicht und wischte ihm Schleim und Speichel von den Lippen. Fegans Brust hob sich konvulsivisch, als sein Körper aus eigener Kraft Luft zu holen versuchte, und als die Wirkung des lähmenden Mittels nachließ, begannen sich auch die Augen des Drogendealers wieder zu bewegen. Scott hatte noch nie zuvor in seinem ganzen Leben solche Furcht gesehen.
Schließlich füllte Fegan mit einem krampfartigen Husten und einem heftigen Räuspern seine Lungen und hielt einen Moment inne, bevor er wieder ausatmete. Er rang nach mehr Luft und beherrschte seinen Drang nach Sauerstoff so weit, dass er in kurzen, keuchenden Zügen atmete. Ein paar Minuten spä-

ter kehrte die Gewalt über seine Gliedmaßen zurück, und er konnte die Finger und Zehen bewegen. Auch seine Zunge.
»Du verdammter Schweinehund.« Er keuchte und röchelte. »Du dreckiger Scheißkerl, du ...«
Aber Scott hielt eine Spritze hoch und schwenkte sie vor den jetzt blutunterlaufenen Augen des Dealers. »Möchtest du noch einmal in die Hölle hinunter?«
»O lieber Gott, nein.« Fegan brach völlig zusammen. »Nur das nicht mehr, verdammt, nur das nicht mehr.« Trotz seiner Schwäche hallte das Gebettel des Dealers von den Wänden der Praxis wider.

17

Charles James Patrick Fegan wurde am Nachmittag des 24. März in eine geschlossene Abteilung eines großen psychiatrischen Krankenhauses im Süden der Stadt eingewiesen. Davor hatte man ihn in einem verwirrten und geistig gestörten Zustand in der Innenstadt aufgegriffen. Der fünfundzwanzigjährige Student war völlig ungepflegt und konnte offenbar den Urin nicht halten. Seine Identität wurde an Hand des Studentenausweises festgestellt. Mit Hilfe der Universitätsunterlagen machte die Polizei seine Eltern ausfindig. Die sofort zu ihrem Sohn eilten. Aber Charlie erkannte seine Eltern nicht wieder, wusste nicht mehr, was er in den letzten vierundzwanzig Stunden getan hatte, und schien völlig verängstigt zu sein. Er murmelte wiederholt etwas über einen schwarzen Tunnel und Dunkelheit, und Fremde, die hinter ihm her wären. Schließlich stimmte sein verstörter Vater einer Einweisung ins Krankenhaus zu.
In der psychiatrischen Abteilung versuchte der Arzt, aus Charlies geistigem Zustand schlau zu werden. Den Angaben seiner Schwester nach hatte sich der Student am Vortag gut gelaunt

auf den Weg ins College gemacht. Er war völlig klar im Kopf gewesen, hatte Pläne für das kommende Wochenende gemacht und über sein Arbeitspensum in der Uni gestöhnt. Das waren die üblichen Gespräche im Haus der Fegans, es war kein ungewöhnliches Wort gefallen.

Doch dann verschwand Charlie vom Antlitz der Erde. Er antwortete nicht am Handy, er rief nicht an, und er kam am Abend nicht wie gewohnt nach Hause. Seine Eltern machten am nächsten Morgen, nach Stunden verzweifelter Telefonanrufe bei Freunden und Nachbarn und der Universitätsleitung, eine Vermisstenanzeige bei der Polizei. Diese meldete sich eine Stunde später mit der beruhigenden Nachricht, dass ihr Sohn am Leben sei. Aber als sie in der Polizeistation eintrafen, um ihn zu identifizieren, waren sie geschockt über seinen körperlichen und geistigen Zustand, und Charlie Fegan wurde daraufhin gegen vierzehn Uhr ins Krankenhaus eingeliefert.

Um fünfzehn Uhr hatte der mit dem Fall vertraute Psychiater, basierend auf den Nadelspuren am Arm des Patienten, seinem gemütskranken Zustand, seinen Wahnvorstellungen und seiner panischen Furcht, verfolgt zu werden, eine Arbeitsdiagnose: durch Drogen verursachte paranoide Schizophrenie. Der Arzt war jedoch besorgt, dass eine organische Ursache für den geistigen Verfall des Patienten verantwortlich sein könnte und ordnete eine Computertomografie des Gehirns an. Glücklicherweise war das Ergebnis negativ, und Charlie wurde auf Antipsychotika gesetzt und isoliert in einen Beobachtungsraum gebracht. Eine volle toxikologische Analyse zur Identifikation der verantwortlichen Substanz brachte kein Ergebnis, was Besorgnis erregend war.

Eine neue Droge muss auf den Markt gekommen sein, erklärte der Psychiater den Eltern. Eine wirkungsvolle Substanz, die unsere Standardtests noch nicht analysieren können. Der Arzt konnte keine Angaben über die Dauer der Wirkung machen. Es war völlig unbekanntes Terrain.

Überzeugt, dass ihr Sohn eine Droge genommen hatte, wandten sich die Eltern an die Leitung des Trinity College, wo ihr

geliebter Sohn studierte. Sie machten dem Rektor Vorwürfe, beschuldigten ihn, nichts gegen den steigenden Drogenmissbrauch an der Universität zu unternehmen, und schoben ihm die Schuld für den kritischen Zustand ihres Sohnes zu. Sie verließen die Universität nach einer Stunde heftiger Auseinandersetzung wütend und verbittert und drohten mit einer Klage.
Der Rektor, ein weiser Mann Mitte fünfzig, dem Geschichten wie diese nicht neu waren, lehnte sich in seinen Ledersessel zurück und grübelte eine Weile über die Welt und seine Rolle in ihr nach. Er hatte eine Menge Beschimpfungen von zwei wohlmeinenden, aber völlig irregeleiteten Eltern über sich ergehen lassen, die für ihren Sohn auf die Barrikaden gingen. Aber er wusste einiges über Charlie Fegan: wie lange er schon auf dem Universitätsgelände dealte, wie viel er verlangte und wie er sein illegales Geschäft schützte. Während er auf den gepflasterten Vorhof hinausblickte, über den Studenten von und zu den Vorlesungen schlenderten, schloss er, dass Fegan ein Opfer seiner eigenen Ware geworden war.
Vielleicht kommt jetzt das Erwachen, betete er stumm. Vielleicht wird er durch den Aufenthalt in dieser Anstalt endgültig aus dem Verkehr gezogen. Wenn nicht, werde ich es tun.

Am selben Abend trafen sich um zweiundzwanzig Uhr zum zweiten Mal vier Männer in den Tiefen des Regierungskomplexes im Stadtzentrum. Justizminister Harry Power und Polizeipräsident Peter Cunningham hatten sich eingefunden, um sich von ihrer verdeckten Zwei-Mann-Einheit über erste Ergebnisse informieren zu lassen. Sie saßen um denselben runden Tisch, an dem sie einen Monat zuvor über Scott Nolans Strategie diskutiert hatten.
Mark Higgins eröffnete die Zusammenkunft mit einem kurzen Überblick über ihre Einsätze und die neuesten Informationen. »Sein Name ist Nick Ferguson. Er ist eine große Nummer in der Liverpooler Unterwelt, die sich jetzt hier in der Szene einnistet. Er hat in den letzten neun Monaten zwei Gaststätten in der Innenstadt gekauft, die als Drogenadressen be-

kannt sind. Die Immobilienfirma sagt, dass er über zwanzig Millionen Euro bezahlt hat. Die Liverpooler Polizei hat uns einen Berg von Informationen zukommen lassen. Ich sprach vor einer Stunde mit einem ihrer Beamten. Ferguson ist ein rücksichtsloser Brutalo, der seit Jahren eine Kette von Nachtklubs mit Heroin, Kokain und Ecstasy versorgt. Er hat ein beträchtliches Imperium aufgebaut und operiert mit etwa zehn engeren Helfern, die die Ware absetzen. Es heißt, dass Ferguson wenigstens zwei Fußballspieler der Oberliga zu seinen Kunden zählt und Hinweise von Polizeiinformanten erhält. Er ist ungezählte Male verhaftet und verhört worden, doch keine Spur führt direkt zu ihm. Staatsanwälte haben sich wiederholt geweigert, auf Grund schwacher Beweislage Anklage zu erheben. Sie warten nur auf eine handfeste Chance.«

Cunningham seufzte. »Das erklärt vielleicht, warum er den Zuständigkeitsbereich wechselt. Vielleicht wird ihm das Pflaster in Liverpool zu heiß.«

»Das denke ich auch. Aber er kann nicht einfach an Land gehen, eine Kiste Kokain aufmachen und es auf der Straße verkaufen.«

Scott lauschte, während die Polizeibeamten die Informationen interpretierten, die sie mit seiner Hilfe erhalten hatten. Charlie Fegan hatte mehr Informationen geliefert, als Higgins oder er erwartet hatten. Er nannte Namen und Quellen und entsetzte beide Männer mit Geschichten über die zunehmende Brutalität am Markt seit Beginn von Harry Powers Antidrogenkampagne. Er erzählte vom Gerangel um Gebiete und Vormachtstellungen, als neue Dealer hereindrängten, um die Süchtigen zu bedienen. Und hinter den Kulissen gab es Mord und Totschlag, wenn kleine Gauner um ihre Existenz kämpften. Bereits fünf Leichen hatten im Betonfundament einer neuen Hafenanlage ihre letzte Ruhe gefunden, und wenigstens ein Dutzend Leute waren zusammengeschlagen, ins Knie geschossen oder bedroht worden. Die Dubliner Unterwelt war am Kochen.

»Ferguson bot Fegan billiges Kokain im Austausch für eine

Liste von Kontakten. Fegans Worten nach will Ferguson sein Imperium erweitern und das mit Hilfe wenigstens eines weiteren Spielers. Bedauerlicherweise wusste er weder den Namen noch sonst etwas über ihn.«

Power lehnte sich über den Tisch und warf einen breiten Schatten unter der Deckenbeleuchtung. »Glauben Sie, dass er es nur verschwiegen hat?«

Bei dieser Frage tauschten Higgins und Scott wissende Blicke. »Ganz sicher nicht«, erwiderte Scott, »ich habe noch nie zuvor jemanden so voll Furcht gesehen. Ich bin sicher, wir haben alles erfahren, was er wusste.«

Der Polizeipräsident musterte die beiden Männer eindringlich. »Womit haben Sie ihn zum Sprechen gebracht?«

Scott ließ die Frage gute zwanzig Sekunden lang in der Luft hängen, bevor er antwortete. »Ein narkotisches Muskelrelaxans mit Namen Scoline. Ich lähmte ihn so weit, dass er nicht mehr atmen konnte, und holte ihn durch Sauerstoffbeatmung von der Schwelle des Todes zurück.«

»Großer Gott«, murmelte Cunningham, »ich wollte, ich hätte nicht gefragt.«

»Aber es hat gewirkt.« Scott klang gekränkt, als würde seine Strategie erneut in Frage gestellt. »Fegan begann zu singen, und wir erfuhren in einer Stunde mehr als sonst in Monaten.«

»Okay, okay.« Der Polizeichef wollte offensichtlich keine weiteren Details über die zum Einsatz gebrachten Mittel hören. »Wie geht es weiter?«

Higgins richtete sich auf und wandte sich seinem Vorgesetzten zu. »Wir schnappen uns Ferguson. Wir müssen wissen, mit wem er sich zusammengetan hat. Diese Information allein eröffnet uns wahrscheinlich schon eine völlig neue Perspektive über die Drogenszene hier.«

»Wann?«

»Sobald wir einen brauchbaren Plan haben. Ihn aufzuspüren ist kein Problem, jetzt, da wir seine Gewohnheiten kennen. Aber es ist eine andere Sache, ihn zu schnappen, ohne gesehen oder erwischt zu werden.«

»Sind Sie sicher, dass Sie das schaffen, oder sollen wir den Kerl verhaften und verhören?« Powers Miene verriet seine Besorgnis.
»Nein«, sagte Scott mit Nachdruck. »Damit gewinnen wir gar nichts. Wenn Liverpool ihm nichts anhängen kann, glaube ich nicht, dass wir mit der üblichen Verfahrensweise mehr ausrichten. Ich sage, wir machen weiter wie geplant.« Higgins nickte neben ihm.
Cunningham hob eine Aktentasche auf den Tisch und öffnete die Schlösser. Er holte Schriftstücke und Schwarz-Weiß-Fotografien heraus. Er schob zwei über den Tisch, eine zu Scott, die andere zu Power. »Das sind Aufnahmen von einer Überwachungskamera am Bangkoker Flughafen«, erklärte er. »Am 5. März erhielten wir einen Bericht von der dortigen Polizei über die mögliche Identität eines Mannes, den wir im Zusammenhang mit den Anschlägen vom Februar verhören wollten.«
Über den Tisch hinweg starrten drei Augenpaare auf den Polizeichef.
»Ich bat um weitere Informationen, und unsere thailändischen Kollegen sandten ein zehn Seiten langes Fax mit potenziell wichtigen Details und schickten die Überwachungsbänder und Standfotos. Ein Mann, der der Beschreibung unseres Mörders entsprach, flog am 24. Februar nach Bangkok. Er wurde angehalten und befragt, aber nicht verhaftet.«
»Warum wurde er angehalten?« Scott lehnte sich weit über den Tisch. Seine Finger klammerten sich um die Kante, seine Miene war starr.
»Es ist ein internationaler Haftbefehl für unseren Verdächtigen in Umlauf, und in den meisten Ländern überprüfen die Grenzbeamten die Reisenden für uns, meist mit Stichkontrollen. In Bangkok fiel dem Zollbeamten dieser Mann auf. Er erschien nervös und unsicher. Und er hinkte.«
»Heilige Madonna!« Powers Ausruf hallte in den Gedanken aller wider.
»Er ließ den Mann passieren, notierte sich aber seinen Aufent-

haltsort und leitete die Information an die Polizeizentrale weiter. Am nächsten Tag nahm sich eine bewaffnete Truppe der CSD sein Hotelzimmer vor und durchsuchte sein Gepäck. Sie stellten fest, dass er mit falschem Pass reiste und falsche Geschäftspapiere benutzte. In der Folge erfuhren sie, dass er in der Gesellschaft eines bekannten Drogendealers mit Namen Toby Wurschanda gesehen worden war. Wurschanda besitzt eine Kette von Massagesalons, und es wird angenommen, dass er den größten Teil seines Drogengeldes dort wäscht. Danach hat niemand mehr unseren Mann gesehen, und er hat das Land sicher nicht mit dem Pass verlassen, mit dem er einreiste.«

Scott betrachtete das körnige Schwarz-Weiß-Bild auf dem Tisch, und Higgins verrenkte sich den Hals, um über seine Schulter einen Blick darauf zu erhaschen. Der Mann am Bangkoker Flughafen war fast kahlköpfig, während das Phantombild volles Haar und Pferdeschwanz zeigte. Aber das war bedeutungslos. Scott hatte selbst sein Aussehen auf ähnliche Art erfolgreich verändert. Es waren die Züge, die Scott nicht losließen, das schmale Gesicht und die schmalen Lippen. Er konnte die Augen nicht sehen und musste den vollen Körper in seiner Vorstellung ergänzen, aber das, worauf er starrte, kam dem Mann verdammt nahe, den er so verzweifelt suchte.

»Wenn sie ihn durch den Zoll ließen, warum waren sie dann doch hinter ihm her?« Powers Hände zitterten, seine Augen wanderten vom Foto zum Polizeichef.

Cunningham schaukelte auf seinem Stuhl vor und zurück. Seine Hände waren gefaltet, seine Lippen gespitzt. »Der Beamte hat ihn kontrolliert, aber weder die Antworten noch die Papiere gaben Anlass zur Beanstandung. Er war ein einunddreißigjähriger weißer männlicher irischer Bürger mit Namen Ronald O'Leary, der ins Land gekommen war, um Teakholzmöbel bei einem angesehenen Händler der Stadt zu kaufen. Angesprochen auf sein Hinken vermochte sich der Verdächtige ohne offensichtliche Behinderung zu bewegen. Als man allerdings später die Kamerabänder an der Gepäckkontrolle sichtete, zog der Mann deutlich sein linkes Bein nach.«

»Das linke Bein?« Scotts Stimme war schrill, und sein Herz hämmerte, als das Puzzle der Story des Polizeichefs Gestalt annahm.

»Ja, wie der Mann, der Ihre Frau erschossen hat.«

Power wischte sich den Schweiß von der Stirn. »Heilige Madonna«, murmelte er wieder.

»Also, vielleicht zähle ich zwei und zwei zusammen«, fuhr Cunningham fort, »und habe das Rechnen verlernt, aber da ist zu vieles, was mich hellhörig macht. Die Bangkoker Polizei sagt, dass Toby Wurschanda nur mit den Topnummern im internationalen Drogengeschäft dealt. Wir wissen jetzt, dass jemand, der der Beschreibung unseres Hauptverdächtigen entspricht, vor einem Monat bei ihm auftauchte und wieder verschwand, als die Polizei ihm zu nahe kam. Dieser Mann hatte zudem einen gefälschten Pass und gefälschte Papiere. Das lässt darauf schließen, dass Wurschanda seine schützende Hand über ihn hielt und ihn außer Landes brachte. Das lässt weiter darauf schließen, dass sie etwas planten, möglicherweise einen Drogentransport von Thailand nach Europa. Und jetzt höre ich von Ihnen über neue und wichtige Figuren in der hiesigen Szene und billig angebotenes Kokain, das auf den Markt drängt.« Cunningham hielt mit dem Schaukeln inne und blickte auf seine gespannten Zuhörer. »Zu viele lose Enden passen hier zusammen, und ich kann mich des Gefühls nicht erwehren, dass die Angriffe im Februar weder ein Akt der Rache noch der Einschüchterung waren. Ich glaube vielmehr, der Killer hat uns benutzt, um die Konkurrenz auszuschalten. Wenn es stimmt, dann hatte er einen durchschlagenden Erfolg. Und ich spüre es in den Knochen, dass er jetzt zurückkommt, um die Früchte seines schlauen Plans zu ernten.«

In Amsterdam lag Sean Kennedy in seinem Oberstock-Apartment, rauchte einen Joint und schlürfte Bier. Und dachte nach. Geld floss in großen Mengen von Land zu Land. Derek McCann und sein neuer Liverpooler Geschäftspartner, Nick Ferguson, hatten Vorauszahlungen von einer Reihe von Dealern

kassiert, und alle warteten auf die bevorstehende große Drogenlieferung. Tage später überwiesen McCann und Ferguson zehn Millionen Dollar von einer Anzahl von Auslandskonten auf eine Treuhandbank in der Schweiz, über die Kennedy und Jay Davis ihre Geschäfte abwickelten. Gelder von dessen Konto wiederum wurden nach Bangkok, Miami, Liechtenstein und den Cayman-Inseln transferiert.
Diskrete Anrufe um den Erdball bestätigten, dass eine große Ladung Kokain aus Südafrika auf dem Weg nach Rotterdam war. Dazu befand sich eine Ladung Heroin und Amphetamine in Teakholzmöbeln verborgen auf der Durchreise durch Laos und Kambodscha, bereit für eine weitere Verschiffung nach Holland. Unter Berücksichtigung des Wetters und der Liefertermine würden beide Lieferungen am 6. April entladen werden.
Der Plan, an dem Kennedy und Davis so sorgfältig und so lange gearbeitet hatten, kam endlich zum Abschluss.

In Marbella im Süden Spaniens dachte Jay Davis an die Zukunft. Er saß in einem Hafencafé im Küstendorf Puerto Banus, dreißig Meilen von Marbella, und blickte hinaus auf den bedeckten Himmel. Er trank einen Espresso und beobachtete eine junge Blondine, die sich keine zehn Meter entfernt über eine Brüstung lehnte. Je mehr sie sich hinauslehnte, desto höher glitt ihr kurzer Rock hinten, und Davis hoffte auf ein oder zwei weitere Zentimeter.
»Noch einen Kaffee?«
Davis ignorierte den Kellner und ließ die Augen nicht von dem Mädchen. Zwischen den anregenden Bildern überlegte er, was er mit seinem Gewinnanteil unternehmen würde, sobald die Ladung da war. Aber der Blick auf ein Stück schwarzen Spitzenslip war zu viel, und Davis legte einen Zehn-Euro-Schein unter die Tasse und drängte sich zwischen Besuchern hindurch, um nach draußen zu gelangen.
»Sie sollten vorsichtig sein«, warnte er, als er eine Hand leicht auf den rechten Arm der Blonden legte, »Taschendiebe hätten

Ihnen die Geldbörse klauen können, während Sie mit dem Ausblick beschäftigt waren.«

Die junge Frau überprüfte rasch ihre Schultertasche und seufzte erleichtert, als sie sah, dass noch alles da war.

Davis deutete auf eine der Luxusjachten am Kai. »Die ist heute Nacht eingetroffen. Es heißt, dass Justin Timberlake mit ihr kam.«

Die Augen des Mädchens weiteten sich vor Überraschung und Ehrfurcht. »Wirklich? Haben Sie ihn gesehen?«

Davis schüttelte den Kopf und fuhr sich mit der Hand durch seine Locken. Er nahm die junge Frau am Arm und lenkte sie zum Kai hinab. »Hier gibt es viel Geheimnisvolles und Faszinierendes. Zum Beispiel das Ausflugsschiff dort ...«

Seine freie Hand strich flüchtig über den Hintern der Blonden, und in Gedanken war er bereits dabei, ihr den schwarzen Slip langsam hinunterzuziehen.

18

Es war ungewöhnlich warm an der irischen Ostküste am 26. März. Die Temperaturen erreichten achtzehn Grad Celsius, wie die Dubliner Wetterwarte meldete. Auf einmal war auch der Himmel klar, nur flauschige Wattewolken zogen langsam vom Süden her über das Land, abgetrieben von kontinentalen Luftströmungen. Narzissen blühten. Ihre kräftige Farbe machte den sonnigen Morgen noch heller und hob jedermanns Stimmung. Wochenlang von Wind und Regen gepeitschte Krokusse schüttelten die Nässe ab und prangten, als wollten sie verkünden: Der Winter ist vorbei, lasst den Frühling beginnen. Das Stimmungsbarometer schlug überall hoch, und die Einwohner Dublins schlenderten entspannt durch die Parks und Fußgängerpassagen.

Es waren unangenehme Monate seit Weihnachten gewesen.

Bittere Kälte und wechselhaftes Wetter hatte länger als üblich gedauert. Aber jetzt wurden die dunklen Abende kürzer und die Tage länger und das Wetter besser. Einige Berichte verkündeten, dass man jetzt sogar nachts auf den Straßen sicher wäre, aber wenige waren optimistisch genug, das zu testen. Irgendwann vielleicht, aber jetzt noch nicht.
Vielleicht wenn der Sommer endlich kam.

»Es ist ein idealer Ort. Man kann ihn von der Straße aus durch diese Bäume nicht sehen, und man muss wissen, wo die Zufahrt ist, um hereinzufinden. Keiner stolpert hier irrtümlich herein.« Derek McCann zeigte seinem Liverpooler Geschäftspartner, Nick Ferguson, das abgelegene Lagerhaus, das er gemietet hatte.
Ferguson sah sich stirnrunzelnd auf der Lichtung um. »Wo sind wir überhaupt?« Er sprach tiefsten Liverpooler Akzent.
McCann deutete nach Süden. »Die Autobahn nach Dublin ist etwa zwei Meilen in dieser Richtung. Die Ausfahrt, die wir genommen haben, führt nach Clonart, einem Ort etwa fünf Meilen von hier, der aus nicht viel mehr als einer Kneipe, einem Postamt und ein paar Häusern besteht. Dies ist wahrscheinlich das abgelegenste und verlassenste Stück Land im ganzen County Meath.« McCann lächelte. Ein zu enger Pullover spannte sich über seinen Bauch. Er hatte eine Stirnglatze, und sein Haar war glatt nach hinten geklatscht.
Es war halb drei am Nachmittag, und abgesehen vom Rauschen einer leichten Brise im umgebenden Wald war es auf der Lichtung still und friedlich. Das heruntergekommene CLONART-DÜNGEMITTEL-Lagerhaus nannte sich jetzt IRISCHE TEAKHOLZMÖBEL. Die alten Tore waren durch neue ersetzt und diese mit starken Schlössern und Riegeln versehen worden. An den Enden sechs Meter langer Ketten schienen es zwei scharfe und hungrig aussehende Schäferhunde kaum erwarten zu können, einen Eindringling zwischen die Kiefer zu bekommen. »Sie sind an längeren Ketten, wenn niemand hier ist«, erklärte McCann, der sah, wie Ferguson auf den nö-

tigen Abstand bedacht war. »Ich lass sie ordentlich hungern und verpass jedem eine Speed-Tablette in den Futternapf. Da werden sie wild wie die Teufel, haben Schaum vorm Maul, rennen im Kreis und versuchen sich selber in den Arsch zu beißen. Möchte nicht dabei sein, wenn sie in dem Zustand über jemanden herfallen.«

Ferguson hatte dieselbe Größe wie McCann, nicht ganz eins achtzig. Beide gingen auf die sechzig zu. Aber im Vergleich mit dem übergewichtigen Iren war Ferguson eine Bohnenstange. Er trug eine blaue Cordsamthose und ein weißes, am Kragen offenes, langärmeliges Hemd. Er hatte eine Lederjacke über eine Schulter geworfen. Eine Sonnenbrille lugte aus einer Seitentasche. Der Liverpooler Gangster hatte ein hageres, hohlwangiges Gesicht mit tiefen Pockennarben und einer v-förmigen Narbe links von der Stirn. Mit seinem kahlen Schädel, der krummen Nase und der Halstätowierung war er in der Tat so Furcht einflößend wie sein Ruf.

Er hielt sich außer Reichweite der Hunde und inspizierte die Schlösser und die großen Holztore, zerrte und rüttelte daran und nickte schließlich befriedigt. Dann trat er zurück und starrte auf das Dach und die Wände und verschwand an der Seite des Gebäudes. Eine Minute später kam er zurück. »Es gibt kein einziges Fenster.«

»Und wir machen auch keine rein.« McCann fixierte Ferguson, als ob er nicht ganz dicht wäre. »Wozu brauchst du Fenster? Sind nur ein gefundenes Fressen für Einbrecher.«

»Ja, das weiß ich auch. Aber wie kannst du drinnen was sehen? Uns steht ein Haufen Arbeit bevor. Wir müssen die Möbel zerlegen und die Waren in kleinere Portionen umpacken. Ist ein Scheißjob, im Scheinwerferlicht zu arbeiten, ich hasse es.«

McCann verkniff sich die Bemerkung: Dann verpiss dich wieder nach Liverpool und hol dir einen runter. Er brauchte den Liverpooler Drogenkönig, seine Macht und sein Geld. Die bevorstehende Lieferung war viel größer als alles, was er bisher abgewickelt hatte. Mit Ferguson an der Seite konnte er doppelt sicher sein, in der sich rasch verändernden Dubliner Unterwelt nicht an Boden zu verlieren. Und mit seinem Geld verteilte sich das Risiko auf mehrere Schultern.

»Wie auch immer, es ist zu spät für solche Umbauten.« Er wandte sich ab und schluckte seinen Ärger. »Es bleiben nur drei Wochen bis zur Lieferung. Ein paar Tage fürs Verbrennen der Möbel und Beseitigen der Spuren eingerechnet, würde ich sagen, dass wir in einem Monat hier wieder verschwunden sind. Es ist mir zu riskant, wenn jetzt hier Handwerker herumhängen und Fenster einbauen. Zu viele Fragen und zu viel Kneipengerede.«

Ferguson ließ sich das durch den Kopf gehen. »Ja, wahrscheinlich hast du Recht. Lassen wir es.« Plötzlich sprang einer der Schäferhunde und wurde von der Kette am Hals zurückgerissen. Das wutschäumende Knurren ging in ein Jaulen über, und Ferguson stolperte fast und schwang seine Lederjacke wie einen Schild vor dem schnappenden Rachen. Seine Sonnenbrille fiel auf den Boden. Eine geifernde Schnauze packte sie, biss kurz darauf herum und spuckte sie wieder aus. »Dieser Hundsfott«, fluchte Ferguson, »die Brille hat mich einen Hunderter gekostet. Ich mach den Kerl kalt, ich schwör es dir.«

McCanns Pupillen drehten sich himmelwärts. Was für ein Wichser. »Beruhige dich, Nick. Wir sollten fahren, bevor der Stoßverkehr einsetzt.«

Die Schäferhunde hetzten knurrend und bellend auf und ab und Speichel tropfte von ihren Reißzähnen. Sie stemmten sich in ihre Ketten. McCann und Ferguson machten, dass sie aus dem Weg kamen, und sprangen in den neuen 500er-Silbermetallic-Mercedes des Iren. Er fuhr vorsichtig über die schmale, von Schlaglöchern übersäte Zufahrt bis zur Straße. Dann blickte er zurück. »Verdammt gute Lage, der Schuppen, oder?«

Ferguson fummelte mit seinem Gurt und fluchte noch immer über den Verlust seiner Sonnenbrille. »Füttere lieber die verdammten Hunde, Derek. Ich mach nicht jedes Mal einen Spießrutenlauf da hinein.«

McCann rammte den Fuß aufs Pedal, und der kraftvolle Wagen schoss vorwärts, als die Hinterräder im Kies griffen. »Du kannst sie erschießen, wenn wir fertig sind.«

Ferguson sah ihn an. Sein hässliches Gesicht verzog sich zu einem Grinsen. »Gute Idee, Derek, mein Freund. Liebend gern. Kann's kaum erwarten.«

Während der nächsten Stunde waren die beiden im frühabendlichen Berufsverkehr nach Dublin unterwegs und redeten über ihre Geschäfte, ihre Kunden, und die beiden Männer, denen sie den bevorstehenden Reichtum verdankten. Ferguson erwähnte, dass einer seiner Mittelsmänner, Charlie Fegan, offenbar den Verstand verloren hatte, aber das Thema wurde nicht vertieft. Mittelsmänner waren ersetzbar.

In der Nähe des Stadtzentrums stattete Ferguson seinem Neuerwerb, dem Green Man Pub, einem für Drogengeschäfte und Schlägereien berüchtigten Unterweltlokal, einen Besuch ab. Nach einem kurzen Einnahmencheck war er wieder in McCanns silbernem Mercedes. Beiden fiel der blaue Lieferwagen nicht auf, der hinter einem gelben Container hervorkam und ihnen folgte. Der Mercedes jagte über zwei gelbe Kreuzungen und eine rote, bevor McCann in westliche Richtung abbog.

»Wer ist der Typ an Davis' Seite?« Ferguson hatte den Knopf für die Lehnenverstellung gefunden und rauchte einen Stumpen, während er die Dachverkleidung studierte.

McCann hatte sich vor dieser Frage gefürchtet und es ganz vermieden, Sean Kennedy zu erwähnen. Seit er sich klar darüber geworden war, dass Kennedy in der Tat für den Anschlag auf Harry Power verantwortlich war, ahnte er auch, wie gefährlich der junge Dubliner war. In McCanns Augen war Kennedy eine Kanone mit brennender Lunte und ein Psychopath dazu. Das war eine so explosive Kombination, dass er es für am besten hielt, so wenig wie möglich über ihn zu wissen. Auf die Weise würden sie beide am Leben bleiben.

»Ich weiß seinen wirklichen Namen nicht«, log er. »Und ich würde mir nicht zu viele Gedanken über die falschen machen, die er im Lauf der Jahre verwendet hat. Er ist ein Einzelgänger, der im Verborgenen bleibt und niemanden an sich ran-

lässt. Man weiß erst, dass er seine Finger im Spiel hatte, wenn es vorbei ist und das Geld und die Leichen gezählt werden.«
Neben ihm zog Ferguson die Brauen hoch. »Harter Bursche, heh?«
McCann überholte einen Lkw und kam an einer Ansammlung von Menschen an einem Wartehäuschen vorbei. Vor den Kneipentüren genoss durstige Kundschaft mit ihren Drinks in den Händen das warme Wetter und sah dem vorüberrollenden Verkehr zu.
»Einer, mit dem man sich besser nicht anlegt, Nick. Er ist das eine Glied in der Kette, über das ich nicht so glücklich bin. Der schreckt nicht davor zurück, den dritten Weltkrieg anzufangen, wenn er sauer ist. Aber wenn wir die Ware haben und er sein Geld, sind wir den Kerl los.«
Sie hielten an einer roten Ampel im Westen der Stadt. McCann wartete ungeduldig mit dem Fuß auf der Bremse. Die Schatten wurden länger, und die Straßenlaternen flackerten und begannen zu leuchten. McCanns Blick ruhte auf dem leuchtenden Armaturenbrett seines neuen Wagens. Er bewunderte das cockpitähnliche Aussehen. Ferguson fing an, ihn zu beunruhigen, und er wollte ihn so schnell wie möglich absetzen.
Ein blauer Lieferwagen mit getönten Fenstern war direkt hinter ihm, aber er konnte weder ins Innere der Fahrer-, noch der Beifahrerseite sehen, und einen Moment lang fragte er sich, wozu ein Lieferwagen getönte Fenster brauchte. Die Ampel sprang um, und er fuhr los. Der Lieferwagen blieb in derselben Spur, aber ein gutes Stück weiter hinten.
»Was passiert, wenn wir die zweite Rate nicht bezahlen?« Ferguson blickte mit nachdenklichem Gesicht aus dem Seitenfenster.
McCann fuhr fast auf den Vordermann auf. »Was? Hast du den Verstand verloren? Du weißt anscheinend nicht, womit du es hier zu tun hast. Der Kerl ist übel. Er hat Spaß daran, Leute umzubringen. Wahrscheinlich ist es sein verdammtes Hinken, das ihn so verrückt macht.«
Ferguson sah hoch, und Stumpenrauch drang ihm in die Au-

gen. »Er hinkt also? Schwaches Bein bedeutet schwacher Verstand. Wäre vielleicht an der Zeit, das herauszufinden, Derek, mein Freund.«
Scheiße, Nick, mein Freund, dachte McCann, als er vor einer Bordellkneipe am Stadtrand von Blackcastle hielt. Der blaue Lieferwagen fuhr so dicht vorbei, dass er den Außenspiegel des Mercedes streifte, doch McCann achtete gar nicht darauf. Er fing an, zu bereuen, dass er sich mit seinem Liverpooler Geschäftspartner eingelassen hatte. Sean Kennedy aufs Kreuz legen? Das kannst du allein versuchen, Nick.
Er ließ Ferguson am Bordelleingang aussteigen und sah ihm nach, wie er in offensichtlicher Eile die Treppe hochlief.

»Wie lange glaubst du, wird er da drinnen bleiben?« Scott schlürfte einen McDonald's-Erdbeermilchshake und lugte durch einen schmalen Spalt seines Seitenfensters.
Higgins' Mund war voll Hamburger, und seine Oberlippe voll Ketchup. Er fuhr volle drei Minuten lang fort zu kauen, schluckte hinunter und griff nach seinem großen Pepsi. Er saugte geräuschvoll an seinem Strohhalm, als die Flüssigkeit zur Neige ging. »Wie soll ich das wissen?«, brummte er. »Wie lange braucht man für eine Nummer? Hängt wahrscheinlich von seiner Stimmung ab. Ist es eine auf die Schnelle und danach eine Halbe und eine Packung Kartoffelchips und das Fußballspiel unten? Oder vielleicht steht er auf Peitschen und Ketten, dann werden wir zum Frühstück noch in unserer Kiste sitzen.«
Scott sah sich angewidert in der Fahrerkabine um. Seit der Lieferwagen ihr Haupttransportmittel und Beobachtungsposten war, nahmen sie dort auch die meisten Mahlzeiten und Snacks zu sich. Am Boden lagen zahllose leere Chipstüten, Schokoriegelverpackungen, Getränkekartons und übrig gebliebene Fritten. Hinten, wo ihre Gefangenen transportiert wurden, sah es nicht besser aus. Bierdosen, große fettfleckige braune Takeaway-Beutel vom Inder und Chinesen und Pappbecher lagen überall verstreut. »Es beginnt langsam zu stinken. Ich glaube

nicht, dass ich eine ganze Nacht hier drin durchstehe, ohne dass mir schlecht wird.«

Higgins stocherte mit dem hinteren Ende eines Streichholzes zwischen seinen Zähnen. »So sind verdeckte Ermittlungen nun mal, Doc. Man hält den Kopf unten und beißt die Zähne zusammen, bis der richtige Augenblick da ist. Und bei Ferguson dürfen wir kein Risiko eingehen. Er ist zu gefährlich. Wenn wir zu früh zuschlagen, weil wir das Warten satt haben, geht er uns wahrscheinlich nicht nur durch die Lappen, sondern es könnte sein, dass wir mit einer Kugel im Kopf enden.« Er schaltete sein Handy ein und rief die Zentrale und gab die Autonummer des Mercedes durch und bat um eine Halterfeststellung.

Scott lauschte dem Gespräch mit halbem Ohr; seine Aufmerksamkeit galt mehr der Kneipe und dem ersten Stock. Sie standen in der dunkelsten Ecke eines großen Parkplatzes, umgeben von Fahrzeugen aller Marken, von teuren blitzblanken BMWs bis zu schlammbespritzten Hiace-Trucks. Das Blackcastle Arms, wie die Kneipe hieß, war ein beliebtes Wasserloch in Westdublin mit drei Salons mit Oberliga-Fußballspielen auf Widescreen-Fernsehern und zwei kleinen Nebenzimmern mit traditionellen Mahagonitheken. Über einem separaten Seiteneingang verkündete ein Schild Westside Night Club, und dort erwartete den Besucher am Ende mehrerer wackliger Treppen eine Mitternachts-Tanzbar. Doch hinter der Fassade einer spärlich möblierten Cocktailbar befand sich das ebenso bekannte, aber unbeschilderte Westsidebordell, eine Reihe von Kabinen und schmalen Betten, in denen junge Frauen, gewöhnlich aus Osteuropa, verschiedenste sexuelle Gefälligkeiten zu einem erschwinglichen Preis offerierten. Der erste Stock war rund um die Uhr geöffnet und erzielte fast ebenso viel Gewinn wie das Säuferparadies unten.

»Einschläfernd, nicht?« Higgins folgte Scotts Blick und blinzelte im grellen Licht der Sicherheitsbeleuchtung. Er schob eine CD in den Player und fummelte an den Tasten.

Scotts Laune sank. »Ist das wieder eine deiner Country-and-

Western-Scheiben?«, stöhnte er. »Ich glaube nicht, dass ich den Mist länger als eine Sekunde aushalte.« Seine Proteste wurden übertönt von Willie Nelsons heiserem Klagegesang um eine verlorene Liebe irgendwo im mittleren Westen. Higgins drehte ein wenig lauter und grinste übers ganze Gesicht. Er trommelte mit den Fingern aufs Lenkrad und fiel dann in den Refrain ein wie eine Katze, der jemand auf den Schwanz tritt. Scott schlug die Hände vors Gesicht und hoffte, dass die Nacht bald vorüber war.

Plötzlich brach die Musik ab, und Scott blickte auf und sah, dass ihn Higgins anstarrte. »Was magst du eigentlich für Musik, Doc? Welche Filme schaust du dir an? Was für ein Leben führst du außerhalb des Krankenhauses?« Er ließ sich in den Fahrersitz zurücksinken, eine Schulter an die Tür gelehnt, sodass er einen guten Ausblick auf die Kneipe und das Bordell im ersten Stock hatte. Zwei kräftige Rausschmeißer ganz in Schwarz bewachten jetzt den schmalen Eingang, hielten jeden Kunden an und überprüften ihn. Bis jetzt waren nur drei, inklusive Nick Ferguson, eingelassen worden. »Erzähl mir mehr von dir. Ich möchte verdammt gern wissen, was sie an dir gefunden hat.«

Scott setzte sich bequemer zurecht und stemmte seine Knie gegen das Armaturenbrett. Worauf will er hinaus? Seit wann interessiert er sich plötzlich für mich? Ich bin sicher, er benutzt mich nur und lässt mich fallen wie eine heiße Kartoffel, wenn ich ihm alle Informationen beschafft habe. Scott beschloss, mitzuspielen. »Bruce Springsteen, die Beatles, Frank Sinatra«, begann er.

»Frank Sinatra!« Seinem Schwager schien der Kragen zu platzen. »Du meine Güte, wie alt bist du eigentlich?«

»Er ist ein Klassiker, eine Legende, und zehnmal besser als der Mist, mit dem du mich hier folterst.«

»Okay, stellen wir fest, dass wir verschiedener Meinung über Frankie-Boy sind. Wie ist es mit Filmen? Was war der letzte, den du gesehen hast?« Higgins wischte sich das Ketchup von den Lippen und inspizierte das Taschentuch.

Scott überlegte eine Minute und versuchte sich verzweifelt an den letzten Kinobesuch zu erinnern. Dann fiel es ihm ein. Mit Laura zusammen war er in einem Multiplex in Dublins Innenstadt gewesen, etwa eine Woche bevor sie ermordet wurde. »Laura liebte romantische Filme, historische Dramen mit verschwenderischen Kostümen und in denen das Englisch so gesprochen wurde, wie sie es für richtig hielt. Sie mochte Jane Austen und Emily Brontë und las ihre Romane immer wieder. Der letzte Film, den ich sah, war eine moderne Version von Sturmhöhe. Ich hab die Hälfte der Zeit geschlafen, aber sie war völlig gefesselt und verbrauchte eine ganze Packung Taschentücher.«

Higgins gab einen Laut von sich, der eine Mischung aus Grunzen und Stöhnen war. »Ja, kein Zweifel, das war meine Laura. Sie kam mir immer vor, als lebte sie im falschen Jahrhundert. Sie ließ mich nicht fluchen und nörgelte dauernd an meinen schlechten Angewohnheiten herum.« Das Grunzenstöhnen erklang erneut. »Aber verdammt, sie fehlt mir so.«

Der Gefühlsausbruch seines raubeinigen Schwagers überraschte Scott, doch er ließ sich nichts anmerken. Er schluckte und fummelte mit dem Fenster, um von seinen eigenen feuchten Augen abzulenken.

»Weißt du, warum sie sich in dich verliebt hat?« Higgins starrte in der Dunkelheit zu ihm herüber.

Scott brachte sich in eine bequemere Lage, indem er sich halb gegen die Tür lehnte, aber er wich dem Blick seines Partners aus. Welches Gift wird er jetzt über mich ausgießen? Es kann nichts Positives sein. »Nein, du?«

Plötzlich entdeckte Higgins, dass ein Wagen in der Nähe des Seiteneinganges des Westside Night Clubs den Parkplatz verließ, und startete den Motor. Während er langsam zu dem leeren Platz rollte, setzte er das Gespräch aus dem Mundwinkel fort. »Ihr beide hattet eine große Verabredung. Sie wollte dich in eine Ausstellung irgendeines französischen Malers mitnehmen ...«

»Monet.« Scott erinnerte sich sofort.

»Was?« Der Lieferwagen erreichte die Parklücke und Higgins setzte zurück. Beim ersten Versuch kam er zu weit auf eine Seite und setzte fluchend erneut an.
»Monet. So hieß der Maler. Ein Impressionist.«
»Möglich«, stimmte Higgins zu und parkte den Wagen ein, dass genug Platz auf beiden Seiten war. »Impressionist, Expressionist, Depressionist. Was versteh ich schon davon? Das ist nicht mein Gebiet. Aber sie mochte ihn und wollte dir die schönen Künste näher bringen.«
Die Erinnerungen überfluteten ihn. Es war eine vierzehntägige Ausstellung über Monets Jahre in Giverny gewesen, und Laura hatte darauf bestanden, dass Scott sie begleitete, obgleich er an seiner mangelnden Begeisterung keinen Zweifel ließ. Im Krankenhaus wuchs ihm die Arbeit fast über den Kopf, und die wenige Freizeit verbrachte er in der Regel bei einem Fußballspiel oder mit seinen Kollegen in einer Kneipe um die Ecke. Aber im Geheimen wollte Laura herausfinden, ob er auch anderen Dingen zugänglich war. Gab es ein Leben jenseits von Leberschäden, Transplantationen, Röntgenbildern und Krankenberichten? Konnte sie sein Gesprächsniveau über die Medizin hinausheben? Es war ihre dritte Begegnung, und er war bereits vernarrt in diese junge irische Frau, auch wenn er nicht wusste, ob er ihrem Temperament gewachsen war. Ihre Natürlichkeit und ihre hinreißende Schönheit zogen ihn in ihren Bann, aber ihre Erziehungsversuche führten zu ersten Reibereien.
Laura schleppte ihn ins Theater (langweilig), in Kunstgalerien (der Platz an den Wänden hätte besser genutzt werden können) und kaufte ihm sogar Bücher – Hemingway, Fitzgerald, Joyce –, um seine Aufmerksamkeit auf Höheres zu lenken (ungelesen ins Regal gestellt). Er war Arzt, und die Medizin füllte alles aus, selbst seine Freizeit. Wenn er die Stationen verließ, konnte er die Bilder von den Kindern in seiner Obhut, ihren Krankheiten und Besserungen und Verschlechterungen nicht abschütteln; sie begleiteten ihn überallhin. Gelegentlich geschah es während einer Mahlzeit oder eines Drinks, dass er

mit einer fadenscheinigen Entschuldigung verschwand, um anzurufen und nachzufragen oder eine Behandlung zu ändern. So begann Laura Higgins nach und nach zu begreifen, wie das Leben als Partner eines Arztes mit Leib und Seele sein mochte, und sie war nicht gerade begeistert von dieser Vorstellung.

Higgins stellte den Motor ab und öffnete das Seitenfenster und zündete sich die sechste Zigarette in einer Stunde an. Scott drehte sein Fenster ganz herunter, um dem Rauch zu entgehen. Seine Kleidung stank bereits danach, und wenn er sich abends duschte, konnte er fast den Geschmack von Tabak auf der Zunge spüren, da selbst das Shampoo danach schmeckte.

»Na ja, sie wartete auf dich in irgendeinem Café gegenüber dem Krankenhaus.«

»In einem Starbucks.«

»Schon möglich. Laura saß dort und trank etwa sechs Tassen Kaffee und las die Zeitung von vorn nach hinten und von hinten nach vorn und hielt dabei nach ihrer Verabredung Ausschau. Nach einer Stunde beschloss sie, dass es ihr reichte. Sie hatte die Nase voll von dir, aber sie war nicht die Art von Mädchen, das man sitzen ließ. Die meisten Männer wären auf Knien gerutscht nur für die Chance, Hallo zu sagen. Deshalb nahm sie deine Verspätung auch als persönliche Beleidigung.«

Scott unterbrach ihn nicht. Er konnte sich Laura vorstellen, wie sie am Fenster des Cafés saß und wütend auf den Krankenhauseingang gegenüber starrte und ihn herbeiwünschte. Und da er ihr feuriges Temperament kannte, wusste er, dass sie ihm den Kopf gewaschen hätte, wenn er gekommen wäre, mit welcher Entschuldigung auch immer.

»Also stapfte sie über die Straße, rief das Schwesternzimmer an und verlangte zu wissen, wo du warst. Die Dienst habende Schwester erklärte ihr augenscheinlich, dass du noch auf der Station seiest und nicht gestört werden dürftest. Aber das hat unsere Laura nicht gebremst, o nein. Sie dachte wohl, du hättest ein Techtelmechtel mit einem der Mädels oder du wärst vielleicht sogar mit einer auf einen Schnellschuss hinter die Vorhänge gehüpft.«

Scott stöhnte und Higgins lachte sich eins bei dieser Enthüllung. Aber die Aufmerksamkeit des Polizisten war auch auf die Eingangstür des Westside Night Clubs gerichtet. Die Rausschmeißer hatten sich getrennt. Einer überprüfte den Parkplatz und checkte die Autonummern und machte sich Notizen, während der andere weiter den Eingang bewachte. Nach Ferguson war niemand mehr eingelassen worden.

»Sie schaffte es an den Wachtposten in jedem Stockwerk vorbei, bis sie die Abteilung erreichte, in der du noch am Arbeiten warst. So wie Laura es erzählte, hast du am Bett eines schwerkranken Mädchens gesessen, ihre Hand gehalten und leise mit ihr geredet, ohne zu merken, dass deine Freundin zusah.«

»Die Eltern des Kindes waren auch da«, murmelte Scott, als die Erinnerungen zurückkehrten. »Sie feierte ihren zwölften Geburtstag auf ihrem Totenbett, und ich konnte nichts tun, um ihr Leben zu retten.«

»Laura sah aus der Ferne zu. Eine der Schwestern gab ihr sogar einen Kittel und eine Maske, sodass sie nicht auffiel. Sie hat erzählt, dass du zwei Stunden bei der Familie geblieben bist, auf sie eingeredet und versucht hast, der Kleinen die letzten Stunden so angenehm wie möglich zu machen. Als du schließlich aufgestanden und gegangen bist, warst du drei Stunden zu spät für deine Verabredung und hast ausgesehen wie ein nasser Lappen.«

»Und Laura erwartete mich draußen, als ich endlich fertig war. Wir sind dann zu ihr gefahren ...«

»Den Rest will ich gar nicht wissen«, schnappte Higgins. »Schließlich reden wir hier über meine Schwester.«

»Nichts ist passiert. Das ist der Punkt. Sie hat eine Flasche Wein gekauft, mir ein Essen gekocht, mir ein Bad eingelassen und mich ins Bett geschickt. Ich wachte am nächsten Morgen sehr früh auf, da schlief sie noch immer fest auf der Couch. Ich setzte mich neben sie und schaute sie stundenlang an und dachte nur, wie schön sie war.«

»Na ja, diese Episode hat sie schwer beeindruckt, Doc. Laura sagte mir, sie hätte noch nie einen Mann gesehen, der sich so um Kinder sorgte wie du. Sicher, du warst kein Filmstar und hast die meiste Zeit wie eine Vogelscheuche ausgesehen, aber du hattest etwas Grundlegendes, was ihr wichtig war. Sie war der Meinung, du wärst ein guter Mann, und sie wollte ihre Kinder von dir und sonst niemandem. Und sie hätte jeden haben können, Obermacker mit einem Haufen Geld und großen Häusern und teuren Autos.« Er hielt kurz inne und spähte aus dem Seitenfenster. »Für mich klingt das alles nach einem großen Weichei.«

Es folgte ein gedrücktes Schweigen, als beide Männer ihre Gefühle wieder unter Kontrolle zu bringen trachteten. Dann öffnete Higgins plötzlich die Fahrertür und stieg vorsichtig aus. »Schluss mit der Herzschmerzstory. In ein paar Minuten kracht es hier in der Nähe ordentlich, weil ich auf dem Parkplatz einen Wagen anzünden werde. Sobald das passiert, rennst du auf den Eingang zu. Ich werde knapp hinter dir sein. Ich schätze, dass wir höchstens fünf Minuten haben werden, um Ferguson aus dem Puff zu schaffen, bevor seine Schläger merken, was vor sich geht.« Er schob die Seitentür auf und tastete in seiner Sporttasche, bis er fand, was er brauchte. »Pack dein Schießeisen aus und mach dich bereit. Ob du nun ein Geschenk des Himmels für Frauen und Kinder bist oder nicht, spielt keine Rolle mehr, wenn wir uns den Liverpooler holen.«

19

In weniger als fünf Sekunden hatte Higgins den Tankdeckel eines schicken Audi-Kabrios mit Stoffverdeck offen, das ihm fünfzig Meter rechts aufgefallen war. Mit einem aufgedrehten Drahtkleiderbügel stopfte er ein Stück Stoff in den Stutzen, bis er spürte, dass er im Tank war. Ein kurzer Blick zur Sei-

te zeigte ihm die massige Gestalt des patrouillierenden Rausschmeißers kaum drei Meter entfernt in den Anblick eines schnittigen roten Porsche versunken. In der Dunkelheit war nicht viel mehr zu erkennen als ein Raubvogelgesicht und ein Haufen Ohrenstifte.
Higgins schob sich eine Zigarette zwischen die Lippen, öffnete das Feuerzeug und zündete sie an, während er sich gegen den Kofferraum des Audi lehnte, wie einer, der sich eine entspannende Rauchpause gönnt. Er machte zwei tiefe Züge, dann hielt er die Glut an den durchtränkten Stoff. Sofort loderte eine Stichflamme auf, dann wurde es zwei Sekunden dunkel, als sie im Stutzen hinabbrannte. Higgins war bereits auf dem Boden und rollte sich mit aller Kraft weg, als der Audi in einem Feuerball explodierte.
Der Parkplatz des Blackcastle Arms war grell erleuchtet und der Lack begann knisternd von den Fahrzeugen zu springen, die dicht am Brandherd standen. Innerhalb von Minuten leckten Feuerzungen an den Reifen eines Taxis, und eine zweite dunkle Rauchsäule stieg auf. Dann wurde die Kraftstoffleitung des Taxis zu heiß, und ein neuer Brand brach aus. Der dunkle Parkplatz leuchtete hell auf, und Higgins war regelrecht begeistert von dem Anblick.
Aber er gönnte sich nur einen kurzen Blick auf das Feuerwerk. Voraus sah er die geduckte Gestalt Scott Nolans durch den schmalen Eingang des Westside Night Clubs rennen. Der eine Wachtposten redete aufgeregt in sein Handy und blickte sich Hilfe suchend nach der anderen Seite um. Higgins rannte, was seine vom Zigarettenrauch beißenden Lungen hergaben. In einer Minute war er halb die wackligen Treppen hoch, hatte die Wollmütze übers Gesicht gezogen und die Pistole in der Faust. Hinter sich hörte er weitere gedämpfte Explosionen, begleitet von lauter werdenden, aufgeregt durcheinander rufenden Stimmen.

Die kleine Cocktailbar des Westside Night Clubs war deutlich als das zu erkennen, was sie in Wirklichkeit war: das Vor-

zimmer zu einem Bordell. Zwei tiefe halbrunde rote Samtcouches standen an den Wänden mit Blick auf den Bar-Bereich, der aus nicht viel mehr als einer schmalen Theke vor einem hinterspiegelten Flaschenregal bestand. Wandspiegel reflektierten das gedämpfte Licht und vergrößerten den kleinen Raum nur unmerklich. Leise Musik kam aus einer Ecke, und der Geruch von Haschisch und Räucherwerk erfüllte die Luft.
Zwei Männer mittleren Alters in Anzügen lagen auf den Couches. Einer nippte an einer Sektflöte und zog tief an einem Joint, während der andere am Ohr einer dunkelhaarigen Schönheit knabberte, deren schwarzer Netzbody ihre beträchtlichen Rundungen mit Mühe im Zaum hielt. Hinter der Theke rauchte eine gelangweilte vollbusige Blondine eine Zigarette und blickte mit schlecht verhohlener Verachtung auf das Szenario.
Für diese kleine Gruppe brach die Hölle los, als Scott hereinstürmte. In seiner komplett schwarzen Aufmachung und der tief in die Stirn gezogenen Schimütze sah er in der Tat zum Fürchten aus. Aber vor allem war es die Beretta in seiner Faust, auf die jeder starrte. Er feuerte einen Schuss in die Decke, dass der Putz herabregnete und einen der Anzugtypen veranlasste, in Deckung zu hechten.
»Keiner rührt sich von seinem Platz!«, brüllte Scott und fuchtelte mit der Pistole hin und her auf der Suche nach der Zielperson. »Eine falsche Bewegung, und ihr habt eine Ladung Blei im Kopf.«
Sein Herz hämmerte, und sein Mund war trocken trotz seiner drohenden Worte, und er hatte Mühe, das Zittern seiner Hände zu unterdrücken. Aus einem Augenwinkel sah er das Mädchen an der Bar nach dem Telefon greifen. Er feuerte über ihren Kopf. Die Kugel zerschmetterte das Glas hinter ihr.
Scherben und Splitter flogen von der Wand, als Higgins in den Raum stürmte und die Waffe auf das erste Gesicht richtete, das er sah. Sein Blick flog durch das Chaos. »Er ist nicht hier. Hinten hinaus, geh hinten hinaus«, rief er und feuerte zwei weitere Schüsse ab, bevor sich die Panik im Raum legen konn-

te. Die schwarz benetzte Schönheit kauerte jetzt in einer Ecke und rief etwas Unverständliches, während ihr Freier mit ausgebreiteten Armen und dem Gesicht nach unten auf den Boden lag. Der zweite Anzugtyp saß zitternd und mit weißem Gesicht auf der Couch, mit Mörtelstaub wie Schuppen auf Kopf und Schultern. Die Kleine an der Bar war hinter der Theke verschwunden, und der schummrige Barraum glich einem Schlachtfeld mit zerschmettertem Glas und Einschusslöchern an Decke und Wänden. Von draußen waren Sirenengeheul, hektische Rufe und gedämpfte Explosionen zu hören.

Nick Ferguson bekam gar nicht mit, was um ihn herum geschah. Der Liverpooler Gangster hatte beide Nasenlöcher voller Kokain und schwebte noch im Orgasmushimmel, als der schwarze Schatten Scott Nolans auf ihn fiel. Ferguson lag nackt unter einer roten Seidendecke. Seine Kleider lagen verstreut auf einer Seite der Kabine, in der er mit einer braunhäutigen Asiatin lag, die genauso voll gedröhnt war wie er. Sie stöhnte und gurrte und spielte mit ihrem Haar und war dem Chaos um sie herum völlig entrückt.

Ferguson lag auf dem Rücken, hatte die Beine weit geöffnet und den Kopf auf weichen Kissen liegen und ein Stück zerknitterter Silberfolie mit Pulverrückständen zwischen zwei Fingern. Trotz des Tumultes starrte er unverwandt an die Decke, und seine blutunterlaufenen Augen rollten hin und her.

»Was ist denn los, Meister?« Die undeutliche Aussprache verstärkte den Liverpooler Akzent noch. »Gibt jemand eine Party?«

Er sah den Auto-Injektor in Scotts Hand nicht und spürte auch nicht, wie die Nadel in seinen knochigen Hintern drang, aber innerhalb von Sekunden begann sein Körper zu zittern, seine Muskeln zuckten, und er verlor alle Kontrolle darüber.

Scotts Ohren dröhnten, als einen Meter hinter ihm ein weiterer Schuss abgefeuert wurde. Er drehte sich um und sah Higgins von einem Fuß auf den anderen tänzeln. »Mach schon, verdammt. Schaff ihn hier raus.«

Higgins' Stimme war schrill. Scott wurde plötzlich klar, wie gefährdet sie hier im ersten Stock waren. Die wackligen Treppen waren der einzige Fluchtweg. Zum ersten Mal hörte er den Lärm vom Parkplatz, und der beflügelte ihn. »Du bist stärker«, rief er. »Wickle ihn in die Decke und trag ihn. Ich geh voraus und puste jedem den Schädel weg, der sich in den Weg stellt.«
Selbst in der Dunkelheit spürte Scott Higgins' Unsicherheit, aber dann packte der Polizist die rote Seidendecke und wickelte den schlaffen Körper Nick Fergusons doppelt ein. Das Mädchen rollte sich in eine nackte Kugel zusammen, entrückt in eine andere Welt, die ihr drogendurchweichtes Gehirn ihr vorgaukelte.
Ächzend und fluchend vor Anstrengung gelang es Higgins, den schlaffen Körper Fergusons auf seine linke Schulter zu manövrieren und damit in die Cocktailbar zurückzustolpern. Sie war leer, und es war still bis auf die hastigen Schritte auf der Treppe zum Erdgeschoss hinab. »Geh, geh«, schrie er, und Scott kickte mit dem Fuß Hindernisse aus dem Weg. Hinter ihm kämpfte Higgins mit seiner Last und rang keuchend nach Luft. »Verdammte Scheiße«, schnaubte er, »schneller, schneller.«
Sie erreichten die schmale Treppe und sahen, dass ihnen die breitschultrige Gestalt eines der Rausschmeißer auf halber Höhe den Weg versperrte. Im Licht konnten sie deutlich sein Gesicht sehen: stoppelkurzes rotblondes Haar, Knollennase, pockennarbige Haut und einen erstaunten Gesichtsausdruck, als ihm plötzlich klar wurde, was auf ihn zukam. Scott sah, wie er in seine Seitentasche greifen wollte, und richtete seine Beretta auf ihn. »Geh zurück, ich sag's nur einmal. Mach schon. Wenn du dich von mir wegdrehst, bist du eine Leiche.« Er spürte Higgins hinter sich und wechselte die Beretta von der linken in die rechte Hand, als der Schläger zögerte.
»Schieß ihn über den Haufen«, brüllte Higgins, und Scott feuerte einen Schuss in die rissige und schlecht gestrichene Decke. Der Rausschmeißer fiel fast die restlichen Stiegen hinab, als er sich in Sicherheit zu bringen versuchte.
Sie hielten im Erdgeschoss nur ein paar Sekunden an, gerade

lange genug, dass Scott um beide Ecken spähen und erkennen konnte, ob sich ihnen jemand in den Weg stellte. Aber alle Aktivität beschränkte sich auf den Parkplatz, wo die Gäste des Etablissements versuchten, ihre Autos aus dem Inferno am einen Ende in Sicherheit zu bringen. Schwarze Rauchwolken trieben über das Gelände und versperrten die Sicht und erhöhten das Chaos. In der Ferne sah Scott die Blinklichter der Feuerwehr und hörte die Sirenen.

»Vorwärts«, rief er über die Schulter und trat mit der Waffe in der Hand zur Seite, um Higgins vorbeizulassen.

Dreißig Sekunden später glitt eine Seitentür des Lieferwagens auf, und Higgins warf sich auf die Matratze und zog den schlaffen Körper Fergusons neben sich. Scott war bereits im Fahrersitz und startete den Motor.

Während sich die verwirrten Gäste des Blackcastle Arms gegenseitig rammten und schoben, um dem Chaos zu entkommen, versuchte Scott eine Abzweigung, die jedoch durch stehen gebliebene Fahrzeuge blockiert war. Hupen plärrten, und Flüche erfüllten die Luft, als Fahrer ausstiegen, um einen Weg um das Hindernis zu finden. Einen Moment lang wusste Scott nicht, was er tun sollte. Dann tauchte einer der Rausschmeißer schimpfend und mit wutverzerrtem Gesicht an seinem Seitenfenster auf und riss am Türgriff.

Sekunden später erschien das Raubvogelgesicht auf der anderen Seite und riss die Tür auf. »Du verdammter Bastard ...« Plötzlich spürte er Higgins' neun Millimeter Walther in seinem Mund, fiel nach hinten auf die Straße und rollte über den Boden, um Abstand zur Waffe zu gewinnen. Sofort fuhr Higgins herum, zielte sorgfältig auf die Fahrerseite und feuerte einen Schuss durch das Sicherheitsglas.

Jetzt war der Lieferwagen frei, und die Wagen vor ihnen wurden rasch weniger, als Scott absichtlich jeden rammte, bis der Weg frei war. Schließlich suchte er sich eine behelfsmäßige Ausfahrt über Blumenbeete und durch einen Lattenzaun. Dann war der Lieferwagen auf einem angrenzenden Spielfeld und holperte auf eine Nebenstraße zu in Sicherheit.

Aber nicht weit hinter ihnen beobachtete sie ein dunkelhäutiger Mann in Ledermontur und Schutzhelm. Er ließ den Motor seiner schweren Maschine aufheulen und jagte hinter ihnen her.
Sie nahmen die Hauptstraße nach Osten, von Blackcastle in die Dubliner Innenstadt. Der Pendlerverkehr verlief in die Gegenrichtung, und so kamen sie gut voran. Scott wechselte die Fahrspur und überholte auf der Innenspur, ohne sich um das verärgerte Hupkonzert hinter ihm zu kümmern. Er schätzte, dass sie noch etwa dreißig Minuten bis zur Polizeizentrale und dem Verhörraum brauchten. Nick Ferguson war bereits völlig weggetreten. Er war auch wesentlich älter als die ersten beiden Dealer, die sie von der Straße geholt hatten, deshalb war die Gefahr einer eskalierenden Nebenwirkung des Medikamentes groß. Wenn es zu einer Katastrophe kam, brachen sie damit nicht nur die Versprechungen, die sie dem Justizminister und dem Polizeipräsidenten gegeben hatten, sie verloren auch die Informationen, die Ferguson haben mochte.
»Wie geht es ihm?«, rief Scott. Draußen bot die zweispurige Straße genügend Raum, und der Lieferwagen kam mit gelegentlichem strategischen Fahrbahnwechsel gut voran.
»Er ist völlig hinüber.« Higgins war auf den Knien und beobachtete den Verkehr hinter ihnen.
»Atmet er? Ist er auch nicht blau oder hat Schaum vor dem Mund?«
Higgins drehte den reglosen Drogendealer auf den Rücken und inspizierte kurz den nackten Körper. »Ich bin kein Arzt, aber er sieht nicht gut aus. Er fängt an, scheußlich grau zu werden.«
»Verdammt«, murmelte Scott und trat das Gaspedal durch. Er wechselte die Spur, überholte auf der falschen Seite und löste ein neues, wütendes Hupkonzert aus. »Wir müssen die Plätze tauschen. Du fährst, und ich kümmere mich um Ferguson. Wir dürfen ihn nicht verlieren.« Er warf einen Blick in den linken Spiegel und sah den Scheinwerfer eines Motorrades, das sich durch den Verkehr schlängelte. Das Licht verschwand

kurz und erschien dann wieder auf der Innenspur. Es kam näher, und die aggressive Art des Fahrers beunruhigte Scott. »Ich glaube, wir werden verfolgt.«

Higgins hatte sich über die reglose Gestalt Nick Fergusons gebeugt, um sich klar darüber zu werden, ob der Dealer noch lebte oder nicht. Der Brustkorb hob und senkte sich nicht so kräftig, wie es seiner Meinung nach sein sollte. Auch sonst war kaum eine Bewegung zu erkennen. Nach Scotts Worten wandte er seine Aufmerksamkeit alarmiert dem hinteren Fenster zu. »Wo?«

Plötzlich wurde die Seite des Lieferwagens von Schüssen durchlöchert, und Kugeln peitschten durch die Verkleidung.

»Duck dich, duck dich!«, schrie Higgins, während er auf dem Bauch nach vorn kroch.

Scott kurvte wild über die Straße, rammte einen Kleinlaster und schob ihn gegen die Mittelleitplanke. Funken sprühten, als Metall über Metall kreischte. Panisches Hupen begann ringsum, und die Fahrer vor ihnen machten, dass sie aus dem Weg des Wahnsinnigen kamen, den sie in ihren Rückspiegeln sahen.

Eine weitere Salve zerschmetterte das Beifahrerseitenfenster und durchsiebte das Dach der Fahrerkabine und zwang Higgins zurück. Er zog seine Pistole und öffnete die Seitentür nur ein paar Zentimeter, gerade weit genug, dass er hinaussehen konnte. Das Motorrad schwang zwischen den Fahrzeugen hin und her. Der Fahrer war darauf bedacht, kein leichtes Ziel zu bieten. Higgins sah Metall aufblitzen und rollte sich über den Boden, als eine erneute Automatiksalve den Rahmen durchlöcherte.

Scott versuchte gleichzeitig die Straße vor sich und den einzelnen Scheinwerfer hinter ihnen im Auge zu behalten. Er sah ein Wohnwagengespann voraus, dessen Fahrer offenbar noch nichts von der Schießerei direkt hinter ihm mitbekommen hatte. Scott schwenkte abrupt auf die Innenspur und drängte einen Volkswagen von der Straße auf das Grasbankett, dann beschleunigte er, bis er knapp vor dem Wohnwagengespann war. Ohne Vorwarnung scherte er aus und zwang den Fahrer zur

Vollbremsung. Der Wohnwagen schlenkerte gefährlich über beide Fahrspuren und blockierte den gesamten Verkehr. In seinem Seitenspiegel sah Scott, dass der Motorradfahrer durch eine ganze Reihe von Ausweichmanövern abgelenkt war. »Jetzt«, schrie er. »Er kommt auf der anderen Seite.«
Higgins rollte sich durch den Wagen, wobei er Ferguson mit einem Fuß unabsichtlich ins Gesicht trat. Er öffnete die rechte Schiebetür und hielt sich am Rahmen fest. Etwa sechs Meter hinter ihnen versuchte der Motorradfahrer erneut die Spur zu wechseln, und Higgins sah, während er zielte, dass er fast ins Schleudern kam. Higgins zielte sorgfältig und gab drei Schüsse ab. Er sah Funken fliegen, als einer das Rad traf, dann geriet die Maschine ins Schleudern und rutschte auf der Seite über die Fahrbahn, wobei der Fahrer auf den Mittelstreifen flog.
Higgins schob die Tür zu und sank erschöpft auf die Matratze. Er saß schwitzend und keuchend da und wischte sich mit seinem Ärmel über die Stirn. »Scott«, rief er über den Verkehrslärm, »nimm die nächste Ausfahrt und such einen Parkplatz. Wir können nicht zur Zentrale zurück. Jedes Einsatzfahrzeug der Stadt muss inzwischen auf der Suche nach uns sein.« Er sah sich im zerschossenen Lieferwagen um. »Wenn wir zur Praxis zurückfahren, platzt unsere Tarnung.«

Schließlich bogen sie in eine ruhige Seitenstraße am Kai im Süden der Stadt neben einer großen Baustelle ein. Die Gegend war verlassen. Straßenlaternen warfen Schatten über tief gefurchte Wege. Hohe Kräne überragten den halb fertigen Rohbau, in dessen Mauern eine einzelne Öllampe brannte. Betonmischer und gelbe Bulldozer standen hinter einem hohen Zaun, und ein Schild warnte vor Wachhunden.
Higgins sprang durch die Hintertür aus dem Wagen. Er zündete sich eine Zigarette an und machte ein paar tiefe Züge, während er die Schäden am Lieferwagen inspizierte.
Scott überprüfte drinnen Fergusons Zustand. Selbst in der schwachen Innenbeleuchtung konnte er deutlich genug erkennen, dass der Dealer fast am Ende war. Er atmete flach und

war nicht bei Bewusstsein. Scott starrte in der Dunkelheit auf seine Uhr und versuchte sich verzweifelt darüber klar zu werden, was in dem Mann ablief. Das injizierte Medikament hätte Fergusons Magen leeren sollen, und er hätte inzwischen zu sich kommen müssen wie die anderen beiden. Aber sein mühsames Atmen und das Fehlen jeglicher Reaktion ließen erkennen, dass er sich in einer Art Koma befand.

»Wie steht es?« Higgins sah ihm besorgt über die Schulter.

»Ich weiß es nicht. Davon steht nichts in meinem militärischen Handbuch, aber ich würde sagen, dass ihm die Injektion das Gehirn gesprengt hat.«

Higgins blickte an der Baustelle auf und ab. Abgesehen vom Flattern von Plastikfolie regte sich nichts. In der Ferne waren Polizeisirenen und Ambulanzen zu vernehmen. »Hier können wir nicht bleiben. Früher oder später wird jemand misstrauisch und ruft die Polizei.«

Scott hockte grübelnd neben Ferguson. Der Bewusstseinsstillstand musste vom Zusammenspiel mehrerer Drogen herrühren: Kokain, wahrscheinlich Alkohol und Haschisch, schätzte er. Vielleicht, betete Scott verzweifelt, vielleicht ist er nur high, und es dauert eine Weile, bis er den Drogencocktail wieder aus dem Blut hat. Er kramte hastig in einer kleinen Ledertasche im hinteren Ende des Wagens und kam mit einer Spritze und Nadel und Phiole zurück. Wenn das nicht wirkt, sitzen wir in der Scheiße.

»Ich verschwinde«, murmelte Higgins, als er mit einem Seitenblick auf die Nadel in der Dunkelheit verschwand und sich eine neue Zigarette anzündete.

Scott schob seine Brille entschlossen die Nase hoch und versuchte die Anweisung auf der Ampulle zu lesen. Die Innenbeleuchtung gab kaum genug Helligkeit, aber nach drei Minuten war er sicher, dass er im Wesentlichen Bescheid wusste. Er köpfte rasch die Ampulle und zog die klare Flüssigkeit auf, dann injizierte er sie in Nick Fergusons hervortretende Vene im linken Arm.

»Was verpasst du ihm?«, rief Higgins aus respektvoller Entfer-

nung. Von seinem Standort in der Dunkelheit konnte er im Wagen gerade noch Bewegungen erkennen. Er wollte zwar wissen, was vor sich ging, aber es nicht unbedingt sehen.
»Narcostate. Wird bei künstlichem Koma angewendet.« Scott schlug Ferguson hart ins Gesicht und fuhr mit den Fingerknöcheln über sein Brustbein. Es gab keine Reaktion. Danach untersuchte er die Augen des Dealers, aber die Pupillen waren starr und geweitet, ein Anzeichen für einen möglichen Gehirntod. Scotts Herz schlug bis zum Hals. Er fluchte laut. Zum ersten Mal fürchtete er, dass ihr verdeckter Einsatz platzen könnte.
Higgins beugte sich in den Wagen. »Kommt er nicht zu sich?«
Scott schüttelte den Kopf. Schweiß lief ihm übers Gesicht, und die Schimütze juckte auf seinem Kopf. Er nahm sie ab und kratzte sich heftig und entdeckte frisches Blut in den Haaren. »Das hab ich gar nicht gespürt.« Er deutete auf die Fleischwunde, zwei Zentimeter aufgerissene Haut am Scheitel. Er drehte die Schimütze nach allen Seiten, bis er das Einschussloch fand. »Heiliger Strohsack, das war knapp.«
Aber Higgins hörte gar nicht zu. Er starrte unbewegt auf den reglosen Körper Nick Fergusons unter der roten Seidendecke. »Scott, geh frische Luft schnappen, das macht den Kopf wieder klar. Solche Situationen sind schwer zu beherrschen, wenn man nicht gelernt hat, damit umzugehen.«
Scott versuchte in der Dunkelheit in Higgins' Augen zu lesen, aber der Polizist wandte den Blick ab. Etwas warnte ihn, auszusteigen. Seine berufliche Erfahrung sagte ihm, dass sich Ferguson in einem kritischen Stadium befand und dringend medizinische Versorgung brauchte. Aber wie sollten sie ihn in ihrem zerschossenen Lieferwagen durch die Stadt transportieren, ohne aufgehalten und verhört zu werden? Es wäre das sofortige Ende ihrer Tarnung und das Ende ihres Undercovereinsatzes.
Er drehte den Kopf, um die Wunde im Seitenspiegel genauer in Augenschein zu nehmen, als im Wagen ein Schuss erklang und Fergusons Kopf wie eine reife Melone platzte.

20

Was meinst du mit tot?

»Jemand hat ihn erschossen. Man fand ihn in der Nähe einer Baustelle am Kai mit einer Kugel im Kopf.« Derek McCann brachte Jay Davis auf den neuesten Stand.

Großer Gott. Davis' Stimme war ungläubig.

»Hier herrscht Chaos. Banden rotten sich zusammen, auf der Straße schießen sie den Kids in die Kniescheiben, Dealer rennen um ihr Leben. Es ist ein Albtraum.«

Großer Gott.

»Würdest du damit aufhören und stattdessen etwas Vernünftiges sagen?«

Was willst du von mir, Derek? Dublin ist deine Spielwiese. Ich beschaffe nur die Waren. Du hast genug Helfershelfer, um dich zu behaupten. Erschieß zwei oder drei zur Warnung und mach ein paar Häuser platt, damit sie wissen, wer das Sagen hat.

»Bin schon dabei. Zwei meiner Jungs haben einen Club in der Innenstadt abgefackelt. Neue Leute waren dort dabei, in meinem Revier zu wildern. Ich brauchte nur einen Vorwand, um sie mir vorzunehmen.«

Guter Zug. Lass dir von niemandem auf der Nase herumtanzen.

Pause.

»Bist du noch da?«

Ich denke nach.

»Dann beeil dich. Ich bin in einer Telefonzelle, und mir friert der Arsch ab.«

Ich mach mir Sorgen wegen Sean Kennedy. Er ist ein abgefuckter mörderischer Bastard, und ich will mir gar nicht vorstellen, was ihm einfällt, wenn er hört, dass hier was schief läuft. Bist du sicher, dass die Polizei nicht dahinter steckt?

»Ich hab mich gründlich umgehört. Ich hab einen Kontaktmann im Rauschgiftdezernat, der weiß von nichts. Er sagte, der beim Überfall benutzte Lieferwagen sei eine Meile weiter völlig ausgebrannt gefunden worden.«

Zahl ihm das Doppelte für nächsten Monat. Dafür soll er dranbleiben und die Augen offen halten. Du musst die Sache im Griff behalten, bis das Geschäft abgewickelt ist.

»Läuft alles nach Plan?«

Alles geht klar. Meine Fracht wird verladen, und Kennedys Bangkok-Ware ist auf dem Weg. Bleib wachsam, und wir werden beide in Geld schwimmen.

»Verdammt gutes Gefühl.«

Klick.

In dem fensterlosen Raum im Keller des Regierungsgebäudes wurde es still. Dies war das zweite Mal, dass das Band abgespielt wurde, und jeder der vier Anwesenden hatte eine Abschrift vor sich liegen.

Schließlich ergriff Polizeipräsident Cunningham das Wort: »Wir konnten Nick Fergusons Beifahrer vor drei Tagen identifizieren und ließen ihn beschatten. Sein Name ist Derek McCann, ebenfalls ein unbekanntes Blatt in der Szene. Wir haben sein Haustelefon und seine Firmenapparate abgehört. Aber eines unserer Überwachungsteams beobachtete ihn in einer öffentlichen Telefonzelle, und wir konnten auch diese anzapfen, bevor er den Anruf machte. Außerdem kauft McCann gestohlene Handys und benutzt sie für interne Anrufe. Wir rüsten gerade einige mit einem Computerchip aus, mit dem wir sie abhören und den wir orten können. Gegenwärtig suchen wir noch nach einer Möglichkeit, sie ihm unterzujubeln, ohne Verdacht zu erregen.« Er richtete den Blick plötzlich auf Mark Higgins. »Warum haben Sie Ferguson getötet?«

»Er war bereits hirntot und nicht mehr wiederzubeleben.« Higgins begegnete dem Blick mit stahlharten Augen. »Scott wollte ihn im nächsten Krankenhaus abliefern, aber ich sah keinen Sinn darin. Mit einer Kugel im Hinterkopf sah es nach einer Bandenabrechnung aus. Alles andere hätte nur das Ende unserer Tarnung bedeutet.«

Es wurde wieder still im Raum. Zu seiner Linken bewegte sich Scott unruhig auf seinem Stuhl. Über den Tisch hinweg starrten ihn zwei Gesichter verblüfft und empört an.
Cunningham wandte sich an Scott. »Und was haben Sie dabei gemacht? Seinen Blutdruck gemessen?«
Scott öffnete den Mund, um zu antworten, doch Higgins unterbrach ihn. »Er ist tot. Ende der Geschichte. Wir wissen jetzt, wer der Hauptdrahtzieher der Drogenszene ist, und wir wissen, dass eine große Lieferung erwartet wird. Und was noch wichtiger ist, wir wissen, dass er mit jemandem Geschäfte macht, der Sean Kennedy heißt, ein mörderischer Bastard ist und einen großen Deal in Bangkok abgeschlossen hat. Jemand mit einem verletzten Bein. Den Hinweis erhielten wir von der dortigen Polizei. Das muss der Mann sein, der meine Schwester ermordet und Mr Power zu töten versucht hat. Ich finde, diese Informationen sind das Leben eines Stück Drecks wie Ferguson allemal wert.«
Der Polizeichef stellte beide Ellenbogen auf den Tisch und stützte das Kinn auf die Fäuste. Sein grimmiger Blick richtete sich erneut auf Higgins. »Bewusstlosen Männer ein Loch in den Kopf zu schießen stand nicht in Ihrem Polizeihandbuch, oder?«
»Ich habe in letzter Zeit meinen Horizont erweitert, Commissioner. Sie wären überrascht, wenn Sie wüssten, wozu ich fähig bin. Scott hat mir bereits erzählt, was in unseren Totenscheinen steht. Das bringt mich zu dem Schluss, dass wir beide nicht viel mehr als Kanonenfutter in der ganzen Aktion sind. Wenn alles gut geht, wunderbar. Wenn nicht, wird der Staat dafür sorgen, dass die Wahrheit nicht ans Licht kommt.«
Harry Power und der Polizeichef tauschten einen flüchtigen Blick aus, während Scott sich seinem Schwager zugewandt hatte. Seine Miene verriet volle Unterstützung. Ich stehe hundertprozentig hinter dir, du verrückter Hund. Die Krise war unerwartet gekommen, aber er und Higgins hatten sich bereits auf eine Strategie zur Schadensbegrenzung geeinigt.
Er stieß in dasselbe Horn, entschlossen, nicht einen Zentime-

ter zurückzustecken: »Wir sind uns von Anfang an klar darüber gewesen, dass dieser Einsatz nicht leicht werden würde. Wegen der Risiken und Gefahren versuchten Sie ihn mir auszureden. Wir hatten Glück bei den ersten beiden Dealern. Alles verlief nach Plan, und wir bekamen einen Haufen wichtiger Informationen. Aber ich glaube, jeder von uns wusste, dass es nicht ohne Blessuren abgehen würde. Wir haben Charlie Fegan in einer psychiatrischen Anstalt und einen toten Nick Ferguson. Er war das Debakel, das früher oder später kommen musste. Aber unser größter Fang wartet bereits auf uns. Der Mann, der Laura und zwei Ihrer Kollegen erschossen hat, steht am Ende der Spur, die wir haben, und selbst seine Geschäftspartner misstrauen ihm. Wenn wir auch noch nicht wissen, wo er sich gegenwärtig aufhält, sind wir ihm doch ein ganz schönes Stück dichter auf den Fersen als vor sechs Wochen.«
Cunningham warf einen Blick auf den Justizminister, doch Power verfolgte das Gespräch wie ein Zuschauer bei einem Tennismatch. Sein Blick wanderte von einem Sprecher zum anderen.
»Dr. Nolan, möglicherweise hat Ihr persönlicher Schmerz Ihr Urteilsvermögen getrübt.« Cunninghams Blick durchbohrte Scott wie ein glühendes Eisen. »Einen unbewaffneten und hilflosen Mann zu erschießen ist Mord. Ganz gleich was für ein Strafregister Ferguson hatte, er hatte immer noch ein Recht auf medizinische Versorgung und einen fairen Prozess, falls er überlebte.«
Scott schüttelte den Kopf. Er war nicht gewillt, die hart erkämpften Erfolge klein reden zu lassen. Er und Higgins waren tief in die Dubliner Rauschgiftszene vorgedrungen und hatten wichtige Informationen über die neuen Drogenbarone und ihre Machtkämpfe aufgetan. Und obgleich er noch immer geschockt über Higgins' Tat vor drei Tagen war, hatte auch er sich der Logik hinter der Entscheidung, Fergusons Hirn wegzupusten, nicht verschließen können. Klar, Higgins hatte wie ein gewöhnlicher Killer gehandelt, wie die Art von brutalen

Mördern, die er immer verabscheut hatte. Aber sie arbeiteten nicht unter normalen Bedingungen und führten definitiv kein normales Leben. Sie waren Undercoveragenten in verdecktem Einsatz im Verbrechermilieu, wo alles möglich ist.

»Bei allem Respekt, Commissioner, Higgins und ich haben Ferguson unter Einsatz unseres Lebens dingfest gemacht. Man hat auf uns geschossen, und ich habe einen Streifschuss am Kopf abbekommen. Unser Lieferwagen hat ausgesehen wie ein Sieb, als wir schließlich entkamen. Wenn Sie mir jetzt Schuldgefühle einreden wollen, weil ein Liverpooler Drogendealer statt mir auf dem Autopsietisch liegt, haben Sie schlechte Karten. Bevor ich Chicago verließ, sagte mir mein Kontaktmann von der Army: ›Wenn die Kugeln fliegen, ducken sich manche Menschen nicht rasch genug.‹ Diesmal ging es gut, aber das nächste Mal bin ich vielleicht nicht schnell genug. Ferguson zu erschießen war eine brutale, aber notwendige taktische Entscheidung. Die wirkliche Schlacht beginnt jetzt erst. Wer immer Sean Kennedy ist, er ist ein verdammt skrupelloser und gewalttätiger Mann. Wir sollten uns daher besser auf mögliche weitere Verluste einstellen, bevor wir ihn kriegen.«

Dann nahm Higgins die Chance wahr, seine Seite des Debakels zu erklären. Er war ruhig, aber ebenso entschlossen, als er sich an den höchsten Gesetzesvertreter des Landes wandte. »Bei allem Respekt, wir haben das alles schon durchgekaut. Ich erinnere mich an einen heftigen Streit hier in diesem Raum, als ich gegen Scott wetterte. Ich glaubte nicht, dass er den Mumm für solch einen Einsatz hätte, und ich hatte nicht vor, das Kindermädchen zu spielen. Aber wir haben uns darauf geeinigt, in die Kanalisation hinabzusteigen, um die Ratten zu beobachten. Und wenn man so tief unten ist, muss man manchmal das Handbuch vergessen, um wieder nach oben zu kommen.«

Dann wandte er sich an Power, und seine Stimme wurde härter: »Sie haben uns erzählt, dass Ihr Leben ruiniert ist, dass sich Ihre Familie ständig bedroht fühlt, und dass Sie in diesem Land kaum eine Zukunft hätten. Und Sie haben diesem verdeckten Einsatz zugestimmt, an dem Scott und ich seither arbeiten. Aber Sie haben keinem von uns von Ihrer Für-alle-Fälle-Strategie erzählt, mit der die Regierung den Hals aus der Schlinge zieht, wenn alles schief geht. Ich will Ihnen etwas sagen, Sir, von Mann zu Mann: Wir sind so nah dran, den Kerl zu kassieren, der Sie töten wollte. Alles, was wir brauchen, ist noch ein wenig Zeit und ein bisschen Glück. Aber wenn Ihnen unsere Taktik nicht passt, dann sollten wir vielleicht aussteigen und das Feld anderen überlassen. Ich hoffe nur, sie fürchten weder Tod noch Teufel, denn dieser Kennedy wird uns nicht mit erhobenen Händen entgegenkommen.«

Die Männer schwiegen. Cunnigham starrte auf den Tisch, während Power in seinem Stuhl zusammensank. Sein einst so kräftiger Körper war nur noch ein Schatten seiner selbst. Tiefe Sorgenfalten kerbten sein Gesicht. Er überflog die Abschrift des Telefongesprächs und blätterte rasch durch die Seiten. »Was ist mit dem Kontaktmann im Drogendezernat, von dem hier die Rede ist. Irgendeine Ahnung, wer es sein könnte?«

»Noch nicht, aber er hat nichts zu lachen, wenn ich es herausfinde«, sagte Cunnigham. »Im Augenblick habe ich zehn erfahrene und verlässliche Beamte im Umfeld der Operation im Einsatz. Sie sind verärgert darüber, dass ich sie in Punkto Informationen so kurz halte, aber ich habe ihnen gesagt, dass wir demnächst zuschlagen. Sie werden noch eine Weile stillhalten.«

Power seufzte tief, wobei sich seine großen Hände ruhelos öffneten und schlossen. »Gibt es Anhaltspunkte, wer dieser Jay ist und woher sein Anruf kam?«

»Der Anruf wurde bis zu einem Handy in Südspanien zurückverfolgt. Danach verliert sich die Spur. Ich habe keine Ahnung, wer Jay ist.«

»Was ist also der nächste Schritt?«

Higgins ergriff rasch das Wort. »Der erste Teil der Operation ist abgeschlossen. Es würde nichts bringen, weitere Dealer von der Straße zu holen und unter Drogen zu befragen. Wir wissen jetzt den Namen des Mannes, der die Anschläge vor sechs Wochen verübte. Was wir nicht wissen, ist, wo er und sein Partner ihre Operationsbasis haben. Deshalb können wir auch noch nicht zuschlagen. Wenn wir die spanischen Behörden einschalten, könnten wir die beiden vielleicht erwischen, wenn ihre Fracht entladen wird. Aber mein Gefühl sagt mir, das gibt nur Ärger. Es gibt zu viele Mitwisser und mögliche undichte Stellen. Und wir wären am hinteren Ende des ganzen Konsortiums. Die spanischen Behörden würden den Schurken zuerst den Prozess machen wollen und würden unsere Auslieferungsansuchen verschleppen. Ich schlage vor, wir lassen sie ihr Zeug an Land schaffen und schnappen uns die feinen Geschäftsleute beim Auspacken.«

Powers fragender Blick richtete sich auf den Polizeipräsidenten.

Cunningham spielte mit dem Ausdruck vor ihm, um seine Hände zu beschäftigen. Dann öffnete er den obersten Knopf an seinem Hemd und zog mit der Hand den Kragen auseinander. Seine Miene war noch immer besorgt. Die Enthüllungen des Abends machten ihm offenbar stark zu schaffen.

Scott beobachtete ihn mit klopfendem Herzen, als er auf die entscheidenden Worte wartete. Zum zweiten Mal lege ich mein Leben auf Eis und in die Hände dieses Polizisten. Und mir stinkt seine Haltung bis obenhin. Ich frage mich, wie sich die Witwen und Familien der ermordeten Leibwächter jetzt fühlen? Was wäre, wenn sie jetzt hier zuhören könnten? Was würden sie wollen? Ich wette, sie wären auf Blut aus. Und sie würden nicht im Handbuch nachschlagen, um sich die Mistkerle zu holen. Wie ich würden sie nicht davor zurückschrecken, sie kaltzumachen.

Schließlich sagte Cunningham mit fester, entschlossener Stimme: »Ich werde im Passamt eine Suche nach jedem registrierten Sean Kennedy anordnen. Das bringt uns vielleicht auf eine Spur, denn wir haben es ohne Frage mit einer irischen Clique zu tun, die vom Ausland aus operiert. Ich bin sicher, er hat ein Dutzend verschiedene Reise- und Geschäftspapiere, aber vielleicht hat er irgendwann hier unter seinem eigenen Namen einen Antrag gestellt. Ich stimme auch Higgins zu. Wir könnten die ganze Operation gefährden, wenn wir andere Organisationen einschalten. Bleiben wir dicht an McCann dran. Abhören und Beschatten, aber kein Eingreifen. Die Fracht muss an irgendeinem Hafen ins Land gelangen und von dort abgeholt werden. Dann greifen wir zu.« Er wandte sich mit kaum verhohlenem Ärger an Higgins. »Und ich will keine Schießerei mehr. Sie sind nicht der Einzige, der eine Rechnung offen hat.«

Beim Weggehen zog Peter Cunningham im Korridor Harry Power auf die Seite. »Die Sache ist außer Kontrolle geraten.«
Power verzog das Gesicht. »Ich weiß. Mir war klar, dass beide bereit waren, bis zum Äußersten zu gehen, aber ich dachte nicht, dass sie wirklich anfangen würden, Gefangene zu erschießen.«
»Wenn es jemand rausfindet, sind wir erledigt. Was Higgins getan hat, ist eine eklatante Verletzung der Grundrechte.«
Power lehnte sich an die Wand und winkelte ein Knie leicht ab. Der Bereich war verlassen und still, nur da und dort brannte ein Licht. »Was können wir tun?«
»Was auch passiert, wir müssen verhindern, dass diese Alleingänger die Regierung in Schwierigkeiten bringen. Nolans Rolle ist zu Ende, er ist nicht länger von Nutzen. Ich werde mir was einfallen lassen, um ihn aus der Schusslinie zu bringen. Higgins ist ein ganz anderes Problem. Er weiß zu viel und steckt bis zum Hals in der Sache. Überlassen Sie es mir. Ich werde mir was ausdenken, um die beiden vor sich selbst zu schützen.«

21

Sean Kennedy trank sein drittes Heineken, als Jay Davis die Hoost Bar im Jordaan-Bezirk von Amsterdam betrat. Es war eine kleine, intime Kneipe mit dunklem Holzboden, dunkler Theke und Hockern sowie alten Kirchenbänken, die so angeordnet waren, dass die Gäste sich gegenübersitzen konnten. Im Lauf der Jahre waren mit Taschenmessern Initialen und Herzen und Schlangen und Dolche eingeritzt worden, und es gehörte zum Reiz des Lokals, dass man die Namen und Daten lesen und darüber sinnieren konnte, was aus den Künstlern wohl geworden war. Es gab ein öffentliches Telefon am Ende der Theke, und diese Leitung war es, über die Kennedy und Davis kommunizierten. Es war abgemacht, dass Kennedy jeden zweiten Tag um drei auf ein Bier herkam und bis halb vier wartete. Wenn Davis Kontakt herstellen wollte, rief er um Viertel nach drei an, und das kurze Gespräch verlief etwa so: Wir müssen uns treffen. Wo und wann? Bis dann.

Das Hoost war auch ein praktischer Treffpunkt mit nur einem Vordereingang und einem Hinterausgang in eine Seitenstraße, den man auf dem Weg zu den Toiletten erreichte. Kennedy mochte die Kneipe besonders, weil er die Gäste und ihre Absichten studieren konnte. Kamen sie auf einen schnellen Drink oder vielleicht, um selbst zu beobachten? Wie Davis war er mehr und mehr auf seine persönliche Sicherheit bedacht. Es waren nur noch sechs Tage, bis ihre Fracht in Rotterdam einlief.

Kennedy las die aktuelle Ausgabe der Londoner Times. Er ignorierte das Geturtel eines jungen Pärchens zwei Tische weiter. Von ihnen abgesehen war die Kneipe leer. Das einzige Geräusch kam von einem rauschenden und knackenden Radio, das ein Fußballspiel übertrug. Der stiernackige Wirt hing mit einer Zigarette im Mundwinkel an dem Gerät. Er hustete mehrfach, räusperte sich und spuckte in ein Tuch, mit dem er sich gleich darauf den Schweiß von der Stirn wischte. Wenn

die Störungen zu stark wurden, fummelte er an der Sendereinstellung, brachte aber keinen besseren Empfang zu Stande. Kennedy kannte ihn von früher. Wenn Ajax spielte, griff der Dubliner oft selbst über die Theke nach einer Flasche Heineken und warf eine Hand voll Euromünzen in eine Schale neben dem Glasregal.
Im Augenblick galt Kennedys Aufmerksamkeit einem Artikel auf Seite drei über Gewalt auf den Straßen Dublins. Dem Times-Bericht nach verzeichnete die irische Hauptstadt einen Anstieg der Drogenkriminalität, nachdem diese nach dem Anschlag auf den Justizminister kurzzeitig zurückgegangen war. NEUE GANGSTER FÜLLEN DIE LÜCKEN lautete die dazugehörige Überschrift. Kennedy las den Artikel fertig, leerte sein Glas und massierte sein steif gewordenes Bein. Aus dem Augenwinkel beobachtete er, wie Davis einen scheinbar interessierten Blick in die Kneipe warf, die Achseln zuckte, und wieder nach draußen verschwand.

Jordaan hatte seinen eigenen unverwechselbaren Charme, den Kennedy mochte – enge Straßen, lauschige Hinterhöfe, Bücherläden, Secondhand-Geschäfte, Boutiquen und Bäckereien. Er verbrachte oft Stunden damit, durch die gepflasterten Gassen und Gässchen zu schlendern und sich auszumalen, was er alles kaufen würde, wenn er reich war.
An diesem Tag hatte er keine Zeit für solche Ablenkungen. Fünf Minuten später saßen Davis und er auf einer Bank am Ufer der Prinsengracht, beobachteten den Verkehr und bewunderten die hübschen jungen Dinger, die vorüberradelten. Es war der 4. April und in der holländischen Hauptstadt war es warm und sonnig. Die Pracht des Frühlings in Form von Frühlingsblumen in Kästen an den Giebelfenstern und den Hausbooten am Flussufer hatte die Trostlosigkeit des Winters hinweggefegt. Davis zerteilte ein Brötchen, um die Tauben zu füttern, während er die größeren Brocken einer Schar Enten zuwarf, die sich quakend in der Nähe eines festgemachten Kahns tummelten.

»In Dublin ist die Hölle los.« Davis blickte geradeaus, als wäre der Mann neben ihm ein Fremder.
»Habe ich gelesen.« Kennedy lehnte sich zurück und streckte seine Beine weit aus. Eine Taube interessierte sich für einen seiner Füße, und er verscheuchte sie. »Ich schätze, dass neue Köpfe aufgetaucht sind, die sich um den Kuchen streiten.«
Davis' Blick folgte einem besonders kurvigen dunkelhaarigen Mädchen in Hüftjeans und kurzem Top. Sie hatte tiefrot bemalte volle Lippen und große silberne Ohrringe, die bei jedem Schritt schlenkerten. Er schwieg, bis diese Ablenkung nicht mehr zu sehen war. »Nein, da geht noch etwas anderes vor, und was ich höre, gefällt mir nicht.«
Jetzt drehte sich Kennedy Davis zu. Seine Augen verengten sich zu schmalen Schlitzen. »Was?«
Davis blickte weiter geradeaus. »Ich bin mir nicht sicher, ob mir McCann alles sagt oder ob er es größer redet, als es ist, um sich wichtig zu machen.«
»Und?«
»Ein paar Drogenkids sind von der Straße verschwunden und wurden später total high und ohne ihre Ohrringe aufgefunden.«
Kennedy studierte wieder die Straßenszenerie. Ein Briefträger in blauer Hose und grauer Uniformjacke stellte Post auf einem Hausboot zu, und Kennedys Blick folgte ihm. Der Briefträger unterhielt sich mit dem Eigentümer des Bootes, einem alten grauhaarigen Mann, der an einer Staffelei am Bug arbeitete. Das Gemälde wurde in Augenschein genommen, dann gestikulierte der alte Mann mit ausholenden Handbewegungen, und der Kunstkritiker nickte ernst, als sähe er nun alles zum ersten Mal. Minuten später war er wieder auf dem Weg und verschwand zwischen den geparkten Autos am Kanalufer. »Klingt noch immer nach einem Bandenkrieg für mich.«
Davis rieb die Hände aneinander, um die letzten Brösel auf den Boden zu streuen. Die Tauben merkten, dass ihre Mahlzeit zu Ende war, und machten sich auf den Weg zu ertragrei-

cheren Gefilden. Dann hupte in der Nähe ein großer Lastwagen, und der Schwarm flog auf. »Ich weiß nicht. Jemand hat Nick Ferguson eine Kugel verpasst.«
Kennedy fiel fast über Davis her. »Eine Kugel? Du meinst, er ist tot?«
»Kalt und steif. Ich hab mit McCann gesprochen, und er sagt, Ferguson wurde betäubt und aus einem Bordell entführt. Stunden später fand man ihn mit 'ner Kugel im Kopf.«
Die Neuigkeit beunruhigte Kennedy. »Wie kriegt McCann dann das Geld für den Deal zusammen? War nicht Ferguson einer der Käufer?«
»Das Geld ist kein Problem. Halb Liverpool ist scharf auf die Lieferung. McCann könnte sogar die Preise noch hochschrauben und sich ein bisschen Extrageld in die Taschen stopfen. Nein, es ist nicht das Geld, es ist der verdammte Krieg, der da ausgebrochen ist. Ich werd den Verdacht nicht los, dass jemand kräftig daran rührt.«
»Wer? Die meisten großen Fische sind im Knast oder untergetaucht. Ich dachte, wir hätten die Konkurrenz aus dem Weg geräumt.«
»Das haben wir. Und wie ich höre, gibt es keinen einzelnen großen Fisch, der es mit McCann aufnehmen könnte, nur einen Arsch voll kleiner Möchtegernhaie, die den Anschluss nicht verpassen wollen. Aber wo Nachfrage herrscht, gibt es immer auch Lieferanten.«
Kennedy schirmte seine Augen vor dem Sonnenlicht ab, das sich gegenüber in einer Fensterscheibe spiegelte. Eine Wolke schob sich vor die Sonne, und das gleißende Licht verschwand. »Das ist im Grunde nicht unser Problem, Jay. Es ist unser Risiko, die Ware auf den Markt zu bringen. Für die Auslieferung ist er zuständig. Ich will nur meinen Anteil, dann verschwinde ich, und mich sieht hier lange Zeit niemand mehr. Es sind jetzt zu viele darin verwickelt, zu viele Mäuler mit losen Zungen. Überall in Europa haben sie ein Kopfgeld auf mich ausgesetzt, und ich gehe kein Risiko mehr ein. Wenn Derek McCann Probleme in Dublin hat, dann soll er sie auch selber

lösen. Wenn er obenauf bleiben will, wird er ein paar Schädel einschlagen müssen. Ich werde es nicht für ihn tun.«

Davis beobachtete den Verkehr auf den schmalen Straßen entlang des Kanals. Man konnte fast auf die unauffällige Bewegung warten, die es ihm erlaubte, einen Blick seitwärts und hinter sich zu werfen. Kennedy beobachtete die Paranoia seines Partners amüsiert aus dem Augenwinkel. Je früher ich den Kerl wieder los bin, desto besser, dachte er, während Davis aufstand und sich streckte und einen Dreihundertsechziggradcheck durchführte. Scheinbar zufrieden setzte er sich wieder.

»Wir müssen unsere Interessen schützen.«

»Auf welche Weise?«

»Änderung des Plans.«

»Auf welche Weise?«

»Wir liefern an anderer Stelle. Wir werden McCann nicht informieren, sodass er die Lieferung wie abgesprochen an den Docks erwartet. Wenn es eine Falle gibt, wird sie dort zuschnappen.«

Kennedy überdachte das eine Minute, während er die Häuser auf der anderen Seite beobachtete. Aus einem offenen Fenster unter einem verzierten Giebel drang Klavierspiel schwach über den Verkehrslärm. Die beruhigenden Klänge standen in starkem Kontrast zu den aufgewühlten Gedanken des Iren. Versuchte ihn Davis über den Tisch zu ziehen, oder war er ernstlich besorgt? Gewiss, der Zeitungsartikel ließ keinen Zweifel daran, dass in Dublin einiges los war. McCann mochte es ganz nach oben geschafft haben, aber konnte er seine Position halten? Wie auch immer, dachte er, das ist sein Problem. Oder drehten er und Davis irgendetwas hinter seinem Rücken?

Ihm wurde plötzlich klar, dass er genauso paranoid zu werden begann wie der Mann neben ihm auf der Bank. Großer Gott, je schneller dieser Deal über die Bühne geht, desto besser. Bevor meine Nerven mit mir durchgehen.

»Vielleicht hast du Recht«, erwiderte er schließlich. »Wer immer Nick Ferguson umgelegt hat, wird auch McCann nicht fürchten. Jemand hat vermutlich den Mund nicht gehalten, und jetzt weiß wahrscheinlich jeder, dass McCann eine große Lieferung erwartet.«

»Ja, das glaube ich auch«, sagte Davis. »Was ich fürchte, ist ein Undercover-Polizeieinsatz. McCann schwört Stein und Bein, dass das nicht der Fall ist, aber das Risiko ist mir einfach zu groß. Wir könnten die Ware zurückhalten, bis wir absolut sicher sind, dass er die Sache im Griff hat.«

Kennedy schüttelte entschieden den Kopf. »Ein paar sehr unfreundliche Leute erwarten hohe Geldüberweisungen, sobald wir ihre Ware ausladen. Wenn wir stillhalten, werden wir nicht bezahlt, und wenn wir kein Geld kriegen, können wir mit unseren Lieferanten nicht abrechnen. Ich fliege nicht nach Bangkok zurück und erzähle Toby Wurschanda, dass er auf seinen Teil vom Kuchen warten muss. Wenn er vierundzwanzig Stunden nach Eintreffen der Ware in Rotterdam nicht die erwartete Summe auf seinem Konto findet, wird er uns suchen. Und er ist der Typ, der erst zulangt und dann Fragen stellt. Zu viel hängt von der Einhaltung des Zeitplans ab, Jay.«

Davis scharrte tief in Gedanken mit seinen blank geputzten Lederschuhen über den Boden. Eine Weile waren beide Männer in ihre Umgebung vertieft, bis ein kalter Wind aufkam. Kennedy beobachtete, wie der Maler Pinsel und Staffelei zusammenzupacken begann.

Die Partnerschaft mit Davis belastete ihn mehr und mehr. Er misstraute dem Mann so sehr, dass er seine Gegenwart kaum noch ertragen konnte. Aber er wusste, dass sein Bündnis mit dem Ex-Bullen bis zur erfolgreichen Abwicklung des Deals unkündbar war. Keiner konnte die gesamte Fracht bewegen ohne den anderen. Davis hatte die Miami-Connection und Kennedy seinen alten Kumpel Toby Wurschanda am Hals. Bis McCann sie beide bezahlt hatte, mussten sie wohl miteinander leben.

»Ich habe McCann bereits informiert, dass der Container am Morgen des achten April im Dubliner Hafen sein wird«, erklärte Davis. »Und ich habe ihn vorgewarnt, dass es möglicherweise ein oder zwei Tage Verzögerung geben könnte. Ich habe andere Pläne, aber das weiß er nicht. Am zehnten wird alles über die Bühne gehen.«

In der Zwischenzeit stand im nasskalten Wetter Dublins der Kriminalbeamte Alan Daly fluchend im vornehmen Ambiente des Fitzroy Square, nahe dem Stadtzentrum. Er bewunderte nicht ganz neidlos die großartigen roten Ziegelhäuser mit ihren gepflegten Vorgärten hinter schwarzen schmiedeeisernen Gitterzäunen. Er schritt über das Gras und sah die Reihe von teuren Autos innerhalb der weißen Parkbegrenzungen für Anwohner: Daimler, BMWs, Audis, Saabs, das neueste Lexusmodell, schwarz und glänzend trotz der Regentropfen, die über seinen gewachsten Lack spritzten. Kein Zweifel, dachte Daly wütend, die Reichen leben in einer anderen Welt, und für mich mit meiner Einkommensklasse führt da kein Weg jemals hin.

Daly war Anfang dreißig und seit zehn Jahren Polizist und so weit aufgestiegen, wie es in der Zeit möglich war. Aber er war jung und ehrgeizig und alles andere als angetan von den langsamen und spärlichen Aufstiegsmöglichkeiten. Und an diesem Tag erschien ihm sein Einsatz als weit unter seinen Fähigkeiten, als Anfängerjob. Er und wenigstens dreißig seiner Kollegen waren mit der nicht beneidenswerten Aufgabe betraut worden, alle Sean oder John Kennedys im Alter zwischen fünfundzwanzig und vierzig zu überprüfen, die in den vergangenen zwanzig Jahren einen Reisepass beantragt hatten. Eine weitere Gruppe durchforstete Unterlagen über Anträge, die von ausländischen Botschaften gekommen waren. Daly hatte genau einhundert Akten zugeteilt bekommen, von denen er einen Großteil telefonisch abarbeiten konnte. Langsam und mit wachsendem Frust sonderte er all die Seans und Johns aus, die nicht der Beschreibung des einen Sean Kennedy entsprachen, nach dem er Ausschau halten sollte. Einige waren ausgewandert und lebten jetzt in Australien, Neuseeland, Nordamerika, Kanada, Großbritannien oder irgendeinem anderen Zipfel

der Welt, auf dem sich die irische Diaspora niedergelassen hatte. Diese würden die jeweiligen örtlichen Behörden überprüfen.
Im Augenblick galt Dalys Hauptaugenmerk dem Sean oder John Kennedy im Alter zwischen Ende zwanzig oder Anfang dreißig, der möglicherweise noch im Land war oder über dessen Verbleib seine Angehörigen Auskunft geben konnten. Er hatte ein Phantombild und eine Beschreibung des Mannes, und er wusste, dass der Gesuchte wahrscheinlich der Attentäter war, der den Anschlag auf Justizminister Power begangen hatte. So war Daly zwar durch seine bisherige erfolglose Suche nicht gerade optimistisch gestimmt und verfluchte den ganzen Einsatz in Grund und Boden, aber es mangelte ihm nicht an Beharrlichkeit, denn ein Erfolg würde ihm beträchtliches Ansehen bei seinen Kollegen verschaffen.
Während der vergangenen achtundvierzig Stunden hatte Daly telefoniert, Adressen abgeklappert, örtliche Polizeiinformationen eingeholt und Nachbarn befragt. Er hatte wenigstens zwölf Personen gefunden, die dem Suchprofil entsprachen, konnte aber einen nach dem anderen streichen oder wenigstens ihren Verdächtigkeitsgrad reduzieren, bis nur noch acht übrig waren. Einer von diesen war ein Sean Kennedy, dessen Reisepassdaten besagten, dass er einst im Fitzroy Square gewohnt hatte. Und darum stand Daly nun vor Nummer vierunddreißig und studierte das dreistöckige rote Ziegelhaus hinter dem Eisenzaun. Leben die Kennedys noch hier?
Es war zwei Uhr nachmittags. Graue Wolken entluden sich in Abständen mit Regenschauern, hinter denen die Dubliner Skyline unsichtbar wurde. Seit neun Uhr morgens hatte es immer wieder geregnet, dann war die Wolkendecke eine Stunde lang aufgerissen, und der eine oder andere blaue Fleck war zu sehen gewesen. Gegen Mittag allerdings zog neuer Regen von Westen heran, der mit fast ununterbrochenen Schauern die Abflüsse überforderte und Gehsteige unter Wasser setzte.
Daly, ein großer, schlanker Mann mit dichten Locken bis über die Ohren, stand mit einem Regenschirm vor dem Haus und

studierte es mit professionellem Blick. Besonders beeindruckte ihn die Steintreppe, die von der Haustür zu dem schmalen Gartentor herabführte, das auf die Straße mündete. Am schwarzen Schmiedeeisen war ein neues Schloss angebracht, dessen glänzendes Messing nicht zum Zaun passte. Das Schloss war wuchtig und klobig. Daly dachte, wie lächerlich das war, denn jeder Eindringling konnte das niedrige Gitter leicht überklettern.

Der Polizist ging daraufhin zwanzig Schritte zurück und um einen Honda-CRV-Geländewagen herum, dem er einen verärgerten Tritt gegen die Reifen versetzte. Er musterte das Haus erneut. Dabei fielen ihm zum ersten Mal die Überwachungskameras auf, die das gesamte Gelände im Blickfeld hatten. An den Seitenwänden waren automatische Halogenleuchten montiert, deren Halterungen noch ganz neu waren. Er notierte sich die Sicherheitsfirma, deren Alarmanlage unter dem Dachgesims angebracht war. Dann marschierte er die Straße auf und ab, um zu sehen, wie viele andere Häuser noch so aufwändige Sicherheitsvorkehrungen getroffen hatten.

Fünfzig Minuten später hatte er die vier Häuserzeilen überprüft und war zu der Erkenntnis gelangt, dass nur Nummer vierunddreißig so viel Wert auf Sicherheit legte. Und während seiner Überprüfung setzte er sich mit der Zentrale in Verbindung und fragte, ob von den Bewohnern Einbrüche oder Überfälle gemeldet worden waren. Am Ende seines Rundganges hatte er den verblüffenden Bericht, dass es keinerlei Klagen gegeben hätte. Fitzroy war eine ruhige und exklusive Gegend, für deren Sicherheit ein effektives Nachbarschaftsüberwachungsprogramm sorgte. Die Bewohner kommunizierten regelmäßig mit den örtlichen Polizeibehörden, Fitzroy Square galt als einer der sichersten Orte in Dublin, eine Oase der Ruhe in einer häufig von Gewalt heimgesuchten Stadt.

Das machte Alan Daly neugierig. Trotz des Hungers, der nach einem hastig verzehrten Imbiss am Mittag in seinen Eingeweiden zu nagen begann, spazierte er in die Parkanlage und beobachtete von dort aus weiter die Nummer vierunddreißig.

Einmal sah er, wie sich im ersten Stock kurz ein Vorhang bewegte, und glaubte ziemlich sicher ein Gesicht gesehen zu haben, das herausblickte und sich rasch wieder zurückzog.
Er rief in der Zentrale an und fragte nach einer Telefonnummer. Die Nummer war geheim. Er musste seine Berechtigung erzwingen, bevor man sie ihm gab. Er wählte, aber niemand hob ab. Die Sache fing an, lächerlich zu werden. Fluchend stieg er unter akuter Gefährdung seiner Männlichkeit über das Eisengitter und sprang in den Vorgarten. Er stieg die Steintreppe hinauf und läutete. Niemand öffnete. Er klopfte höflich an die Tür. Noch immer keine Reaktion. Dann trommelte er mit den Fäusten dagegen, um sicher zu sein, dass man ihn auch in den oberen Stockwerken hören konnte. Doch niemand meldete sich. Und es regnete in Strömen und durchnässte seine Schuhe und seine Hosenbeine. Dalys Gereiztheit wuchs.
Das hat nichts mehr mit Sicherheitsbewusstsein zu tun. Wer immer da oben haust, will nichts mit mir zu tun haben! Und ich habe keine Lust, noch einmal herzukommen, also mach die verdammte Tür auf.
Er war eben dabei, die Seitenfenster in Augenschein zu nehmen, als ihm ein schwarzer Jaguar auffiel, der vier Häuser weiter einparkte. Der Wagen war das klassische schnittige Modell mit den altmodischen Kurven und Linien. Daly verliebte sich sofort in den Wagen, interessierte sich jedoch noch mehr für den älteren Herrn, der langsam und mühsam ausstieg, die Tür zuwarf und sorgfältig abschloss. Dann schlurfte er, so schnell es seine vom Alter geschwächten Beine gestatteten, auf sein Domizil zu. Der Polizist kletterte wieder über den Zaun und lief hinterher.

Der Fahrer des Jaguars war Mitte siebzig. Sein silbergraues Haar war sorgfältig gescheitelt und gekämmt. Er trug eine frisch gebügelte Hose und einen cremefarbigen Rollkragenpullover, und feuchte, aber feste Schuhe. Das Haus, in dem er wohnte, mit seinen Antiquitäten und kostbaren Vasen und Seefahrergemälden, offenbarte wie er selbst alten Geldadel.

»Mein Name ist Mr Harvey Rowe«, begann er, »aber ich bin jetzt in Ruhestand.«
Daly saß in seinem vorderen Wohnzimmer, wo er die Straße im Blickfeld hatte, für den Fall, dass sich in Nummer vierunddreißig etwas tat.
»Ich habe als Herzchirurg gearbeitet, bevor die Parkinson'sche Krankheit meine Karriere beendete. Ein Chirurg, der mit zitternden Händen am Herzmuskel schnippelt, ist natürlich nicht akzeptabel, nicht wahr?«
Allerdings, stimmte Daly sofort zu und schauderte bei der Vorstellung. Er sah sich im Zimmer um, als Rowe in die Küche ging, um Tee zu machen. In einer Ecke standen auf einem schwarzen Konzertflügel eine Anzahl Fotografien in silbernen Rahmen. Weitere sah er auf dem Sims eines Adam-Kamins, zu dessen beiden Seiten Scheite aufgeschichtet waren. Überall an den Wänden hingen Seestücke in Öl und Aquarell, doch abgesehen vom Pfeifen eines Wasserkessels herrschte Totenstille im Haus.
Zuerst war Rowe misstrauisch gewesen, als Daly ihm vor der Haustür entgegentrat. Der pensionierte Chirurg verlangte die Polizeimarke zu sehen, um die Identität durch die örtliche Polizeistation überprüfen zu lassen. Als er zufrieden gestellt war, schwand seine misstrauische Abwehr, und er bat den Besucher freundlich in sein Haus. Daly nahm an, dass Rowe allein lebte und ganz dankbar war, mit jemandem ein wenig reden zu können. Und die Arbeit der Polizei faszinierte gewöhnlich die Unschuldigen, was dazu führte, dass Beamte nicht selten von übereifrigen Bürgern mit Informationen überschwemmt wurden.
Als Daly auf einem klumpigen und muffig riechenden Sofa Platz nahm, versuchte er sich ein paar Fragen zurechtzulegen. Er wollte den Doktor nicht vor den Kopf stoßen und fragte sich, ob die Bewohner von Fitzroy zusammenhielten und eine verschworene Gemeinschaft waren. Vielleicht missfällt ihm meine Neugier und er jagt mich zum Teufel.
Aber da irrte er. Harvey Rowe war außerordentlich hilfsbe-

reit. »Norman ist ein komischer Kauz.« Der pensionierte Chirurg hatte eine traurig, fast deprimiert klingende Stimme, als wäre er sich nur allzu bewusst, dass sich sein Leben dem Ende zuneigte, und sähe nicht mehr viel Sinn darin. »Kann nicht sagen, dass wir viel miteinander zu tun hatten. Er lebt recht zurückgezogen. Soweit ich weiß, wohnt seine einzige Tochter noch hier.« Rowes Blick wanderte kurz an die Decke. »Anna heißt sie. Sie muss jetzt Anfang dreißig sein, denn sie war so alt wie eine meiner Töchter, und die ist jetzt zweiunddreißig.« Eine schlaffe und zitternde Hand griff an sein Kinn, und seine Augen blickten ins Leere. »Oder vielleicht dreiunddreißig. Was soll's, tut mir Leid. Sie interessieren sich ja nicht für meine Familie.«

Daly lächelte schwach und nippte an seinem ebenso schwachen Tee. »Gibt es nicht auch einen Sohn? Sean oder John?« Daly stellte die Frage so gleichmütig, als fragte er nur nach dem Namen eines Hundes.

Rowe nippte nachdenklich an seinem Tee, und jetzt fiel Daly erst auf, dass sie aus feinen Porzellantassen mit exquisitem Blumenmuster tranken. Er stellte die Tasse vorsichtig ab, bemüht, es ohne Geklapper zu schaffen.

»Es gibt in der Tat einen Jungen mit Namen Sean. Oder vielmehr, es gab ihn.« Rowe schien zu zögern, als enthülle er ein Familiengeheimnis. »Aber er verließ das Haus, als seine Mutter starb.«

»Oh? Was ist passiert?« Daly spürte, wie seine Füße feucht wurden, und er ballte mehrfach die Zehen in seinen Schuhen, um sie warm zu bekommen.

»Das war sehr traurig. Die arme Frau wurde tot am Fuß der Treppe gefunden. Der Junge fand ihre Leiche, was ein sehr traumatisches Erlebnis für ihn gewesen sein muss. Es heißt, dass sie getrunken und Pillen geschluckt hat, und man ging davon aus, dass sie das Gleichgewicht verloren hat und hinuntergestürzt ist. Dieses Haus ist ebenso gebaut, und wenn Sie hinausgehen, werden Sie sehen, wie steil und hoch die Treppe ist. Ich war damals nicht hier und hörte erst eine Woche spä-

ter davon. Meine inzwischen verstorbene Frau sagte mir damals, dass sich die arme Frau das Genick gebrochen hätte.«
»Das tut mir Leid.« Daly fühlte sich bemüßigt, ein paar Anteil nehmende Worte zu murmeln, sowohl für die verstorbene Mrs Kennedy, als auch für die Frau des Arztes. »Das muss ein harter Schlag für die Familie gewesen sein.«
»Ein sehr harter«, stimmte Rowe zu. »Vor allem, da Sean jedem erzählte, dass seine Mutter keine Pillen genommen und außer einem gelegentlichen Glas Sherry kaum etwas getrunken hatte. Er war noch nicht alt damals, vielleicht fünfzehn oder sechzehn. Aber er war voller Zorn. Meine Frau sagte, dass er Norman die Schuld am Tod seiner Mutter gab. Er hat nie gesagt, warum, aber ich erinnere mich an ein paar ziemlich unerfreuliche Drohungen und Vorwürfe.«
Daly riskierte noch einen Schluck Tee. Diesmal hielt er die Tasse mit beiden Händen und stellte sie ganz vorsichtig auf die Untertasse zurück. Draußen wurde es dunkel, und große Regentropfen trommelten gegen die Fenster. Die Sirene eines Krankenwagens ertönte ganz in der Nähe und verklang in der Ferne, und Rowe lauschte mit einem wehmütigen Blick, als sehnte er sich danach, wieder zu operieren. »Dann verschwand er einfach.«
»Was? Verließ er das Land?«
»Ja. Und soweit ich weiß, ist er nie zurückgekehrt. Ich traf Norman eines Sonntags nach der Kirche.« Rowe verzog das Gesicht. »Er ist Katechet und heiliger als der Papst. Mir ist diese übertriebene Frömmigkeit zuwider, Ihnen nicht?«
Daly stimmte mit Nachdruck zu. »Sie wollten gerade etwas dazu sagen, dass Sie ihn getroffen hatten. Hat er etwas über Sean erzählt.«
Rowe stellte seine Tasse vorsichtig ab und wischte sich einen Tropfen von der Nase. Seine alten Augen waren blutunterlaufen und müde, und Daly fragte sich, ob die Befragung noch viel bringen würde. »Ja. Er erzählte, Sean wäre im Baugewerbe und hätte mehr oder weniger seine eigene Firma. Verdiente sich eine goldene Nase. Der Angeber.« Das Taschentuch ver-

schwand in der Hosentasche. »War natürlich alles gelogen. Eine Woche vorher hatte er jemand anderem erzählt, Sean wäre in Australien auf einer Schaffarm. Ich weiß nicht, was in dem Haus geschehen ist, als Mrs Kennedy starb, aber es muss etwas Entscheidendes gewesen sein, dass es einen so jungen Burschen aus dem Haus und aus dem Land treibt und dass sein Vater Lügengeschichten über ihn erzählt. Wenn Sie mich fragen« – seine Stimme sank zu einem Flüstern und drohte ganz zu versagen, und Daly hing an seinen Lippen –, »ich würde sagen, er hat sich umgebracht, und Norman schämt sich zu sehr, es zuzugeben. Wäre kein gutes Thema in der Kirchengemeinde. Selbstmord ist noch immer eine Todsünde in den Augen unserer fundamentalistisch orientierten Katholiken.«

Daly war sich nicht sicher, ob sein Puls vor Hunger oder vor Aufregung über eine mögliche wichtige Entdeckung schneller schlug. Aber er setzte das Gespräch fort, ohne sich etwas anmerken zu lassen. »Sie wissen nicht zufällig, warum er so eine teure und aufwändige Alarmanlage installiert hat? Ich habe mir die anderen Häuser am Square angesehen und nirgendwo etwas Ähnliches gefunden.«

Rowe setzte seine Tasse ab und goss sich einen weiteren Schluck ein. Daly lehnte ab, um das Gespräch nicht durch unnötige Höflichkeiten in die Länge zu ziehen. Der Arzt nahm einen Schluck, verzog das Gesicht und gab einen gestrichenen Teelöffel Zucker dazu. Er rührte um und schien versunken in die wirbelnde Flüssigkeit zu sein. Plötzlich hielt er inne und blickte Daly mit einer Härte an, die diesen fast zusammenfahren ließ. »Weil er ein elender Bastard ist« – die Worte waren wie der Biss einer Kobra –, »und ich würde mich nicht wundern, wenn es jemand auf ihn abgesehen hätte. Anna, das ist seine Tochter, sie mag Hunde gern. Kleine Rassen wie Pekinesen und Terrier und dergleichen. Klein und handlich. Also, es ist einen Monat her, da hat jemand dem Tier, das sie gerade hatte, den Kopf abgeschnitten.«

»Heilige Madonna!«, entfuhr es Daly überrascht.

»Das sagte ich auch, als ich davon erfuhr. Und wer immer es

getan hat, hat den Kopf auf das Geländer vor dem Eingang gespießt. Ein Albtraum für das Mädchen. Sie war tagelang mit den Nerven fertig. Wer, in Gottes Namen, macht so etwas?« Daly schüttelte hilflos den Kopf.
Rowe lehnte sich in seinem Stuhl vor, seine Stimme nahm einen verschwörerischen Ton an. »Jemand, der mit Norman abrechnen wollte, davon bin ich überzeugt. Die Anna ist ein einfaches, freundliches Mädchen, das keiner Fliege was zu Leide tut. Kann mir nicht vorstellen, dass sie viele Feinde hat. Aber der Norman, der ist ein ganz anderes Kaliber. Meine Frau hat ihn nie gemocht, und sie war eine gute Menschenkennerin. Wenn sich Norman Kennedy hinter Überwachungskameras und Alarmanlagen verkriecht, dann bedeutet das nur eines: Er hat Angst vor jemandem.«

Eine halbe Stunde später wurde die Haustür von Nummer vierunddreißig vorsichtig geöffnet. Alan Daly hatte fast zehn Minuten mit der Faust getrommelt, mit dem Klopfer gehämmert und geläutet, bevor Norman Kennedy endlich die Riegel öffnete. »Ja? Was wollen Sie?« Der Ton war alles andere denn einladend und ärgerte den Polizisten.
»Ich möchte mit Ihnen über Ihren Sohn Sean sprechen.« Und an dem plötzlichen Ausdruck von Furcht im Gesicht des alten Mannes erkannte Daly, dass er einen Volltreffer gelandet hatte.

22

Derek McCann inspizierte die acht Männer, die sich ihm gegenüber auf den Stühlen fläzten, und konnte sich einer Gänsehaut nicht erwehren. Vier waren seine eigenen Leute, und er wusste, dass sie gefährliche, rücksichtslose Burschen waren, die mit allem fertig wurden. Deshalb zahlte er ihnen Toplöhne und versorgte sie mit Waffen und Alibis. Er besuchte auch ihre Familien, sprach mit den Ehefrauen und Freundinnen, steckte ihnen oft Geld zu und sorgte dafür, dass es den Kindern an nichts mangelte. Sie waren seine Männer, und er hielt seine Hand über sie. Er wusste aber auch, dass sie tranken und spielten und dass trotz der beträchtlichen Summen, die er ihnen zahlte, vermutlich keiner mehr nach einer Woche einen Euro in der Tasche hatte. Aber das war ihre Sache, und er war klug genug, sich nicht einzumischen.

McCann führte ein strenges Regiment mit nur einer Hand voll sorgfältig ausgesuchter und verlässlicher Helfer, um aus dem Weg zu räumen, was seine Geschäfte behinderte. Wenn er anordnet, den neuen Straßendealer auf der Nordseite zu beseitigen, dann wurde das schnell und mit der nötigen Brutalität ausgeführt, üblicherweise durch einen Kopfschuss und Deponie der Leiche auf irgend einer einsamen Straße am Stadtrand. Es war unmissverständlicher und effektiver Terror, der ihm den Platz an der Spitze garantierte.

Sein Quartett nannte er vertraulich bei den Vornamen, Paddy, Dekko, Anto und Luke. Paddy hatte den Club in der Innenstadt abgefackelt, der McCann vor ein paar Tagen ein Dorn im Auge gewesen war. Dekko hatte in letzter Zeit wenigstens drei Leute umgelegt. Anto und Luke arbeiteten als Team, drohten und brachen Beine, wenn Drohungen und Beinebrechen Erfolg versprachen. Gute junge Burschen, überlegte McCann. Man wusste, woran man mit ihnen war.

Dann musterte er die vier unbekannten Typen aus Liverpool, die ihm von Billy, dem Bruder des verstorbenen Nick Ferguson, aufgedrängt worden waren. Billy Ferguson war nun offiziell die Liverpooler Schiene des bevorstehenden Drogendeals. Er war auch auf der Suche nach den Mördern seines Bruders. Was McCann Sorge bereitete, war der Umstand, dass Billy, eine fettere und gemeinere Ausgabe von Nick, beträchtlich weniger im Hirn hatte, aber wesentlich aggressiver und unberechenbarer war. Das war genau das, was er nicht brauchte. Auf der anderen Seite begann er nützlich zu werden, nun

da die Dubliner Unterwelt mehr und mehr einem Kriegsschauplatz zu gleichen begann.
Doch als McCanns Männer sich auf die Suche nach den beiden Killern gemacht hatten, die Nick Ferguson entführt und getötet hatten, waren diese offensichtlichen Neulinge in der Szene von der Bildfläche verschwunden und blieben auch weiterhin in Deckung.
McCann war nicht zimperlich in der Wahl seiner Mittel, der Möchtegern-Konkurrenz klar zu machen, wer den Drogenhandel in Irland kontrollierte. Und der Liverpool-Connection hatte er noch eine andere, genauso wichtige Rolle zugedacht.
Mehr als alles andere fürchtete McCann Sean Kennedy. Mit Jay Davis konnte er arbeiten. Davis sprach zumindest die gleiche Sprache und war kalkulierbar. Er war ein Geschäftsmann mit einem gewissen Niveau. Aber Kennedy war ein brutaler Psychopath, der oft impulsiv mordete. McCann war dabei, ein außerordentlich reicher Mann zu werden, aber trotz der kleinen Armee von Handlangern, mit der er sich umgeben hatte, fühlte er sich nicht sicher.
Deshalb erzählte er Billy Ferguson, dass es Sean Kennedy gewesen war, der seinen Bruder umgelegt hatte. »Ich bin nicht hundertprozentig sicher, Billy«, vertraute er ihm bei einem Bier im Green Man an, einer der zwei Kneipen, die dem dahingeschiedenen und wenig vermissten Nick Ferguson gehört hatten. »Aber ich habe gründliche Nachforschungen angestellt. Leute, denen ich traue, sagen mir, Kennedy hätte gehört, Nick wolle nicht zahlen, und hätte ihn kaltgemacht.«
Billy Ferguson studierte das Gesicht seines Gegenübers mit grimmiger Miene. »Ich habe noch immer eine verdammte Wut im Bauch über Nicks Tod. Er war mein einziger Bruder. Sag mir, wann, und ich nehme diesen Hundsfott mit meinen bloßen Händen auseinander.« Er unterstrich seine Worte, indem er zwei schaufelgroße Hände hob, deren Narben verrieten, dass sie es gewohnt waren, zuzulangen.
»Es ist noch zu früh«, sagte der gewiefte McCann. »Rede mit niemandem darüber. Es gibt zu viele Ohren, mit denen Ken-

nedy hört. Aber wenn ich sage, jetzt, dann sei bereit. Und sei schnell und vorsichtig, denn du hast es mit dem brutalsten und hinterhältigsten Typ zu tun, den ich kenne.«
Billy lächelte und entblößte außerordentlich hässliche Zähne. »Er ist noch nicht in Liverpool gewesen, oder? Wenn er es brutal haben will, braucht er sich nur mit einem von uns anzulegen.«
Liverpool, dachte McCann in dem Augenblick, ist Disneyworld, verglichen mit Dublin.
Als er jetzt die acht Männer musterte, die in Kürze zu einem neuen Mord- und Droheinsatz aufbrechen würden, schwand McCanns Besorgnis ein wenig. Er hatte sie im Lagerhaus eines seiner Supermärkte zusammengerufen, und die Bandenmitglieder lehnten und hockten zwischen Paletten von Coca-Cola, Pepsi und Red Bull.
Die große Lagerhalle war kalt. Halogenscheinwerfer warfen Schatten über die Transportgänge. Rundum waren verschweißte Lebensmittel, Obstkonserven und Süßigkeiten bis zur Decke gestapelt. Einer aus der Liverpool-Mannschaft hatte bereits sechs KitKat-Riegel und eine Dose Fanta aus den Verpackungen gerissen. McCann sah darüber hinweg. Was waren ein paar Euros für einen zukünftigen Multimillionär?
Das ist die gefährlichste Bande, die ich je hatte, dachte er. Wenn der Tag um ist, wird man da draußen wissen, wer diese Stadt kontrolliert.
Er lauschte mit warnend erhobener Hand, als ein schwerer Lastzug näher kam und hielt. Dann, als er auf einen entfernten Parkplatz rollte und wieder alles ruhig war, reichte er jedem seiner Männer ein Handy, zusammen mit einem Zettel, auf dem die PIN-Nummer stand. »Die sind sauber«, erklärte er, »ich habe sie letzte Nacht bekommen. Haltet Kontakt und informiert mich, was passiert. Verwendet sie nur heute und lasst sie dann verschwinden. Für den nächsten Einsatz hab ich wieder neue.«
Fünf Minuten später hörte er das laute Aufheulen von schweren Motorradmotoren und kreischende Reifen, als seine Todes-

engel losbrausten. McCann wartete, bis der Lärm der Maschinen verklungen war, dann schlich er sich in ein Nebenbüro und goss sich einen Schnaps ein. Mann, oh Mann, diesmal wird eine Menge Blut fließen. Er nahm eines der requirierten Handys und rief zu Hause an und erkundigte sich, wie es seiner Frau und den Kindern ging. Dann sandte er eine SMS mit seiner neuen Handynummer an Jay Davis.
Etwa drei Meilen entfernt, in der Polizeizentrale, wurde von einer Rund-um-die-Uhr-Überwachungseinheit jedes Wort gehört und aufgezeichnet.

In Amsterdam bereitete Sean Kennedy seine Abreise vor. Während er seine wenigen Sachen in einen Koffer packte, kränkte es den Iren besonders, dass Candy, seine deutsche Geliebte, den Rotlichtbezirk verlassen hatte – ohne den geringsten Hinweis auf ihr Vorhaben, ohne eine Nachricht für ihren Beschützer und ohne irgendwelche Angaben, wo er sie später wieder finden könnte. Er wandte sich an ihren Vermieter, Even von Bronken, aber der glatzköpfige holländische Zuhälter wusste auch nicht mehr, außer dass sie vor drei Nächten verschwunden war und ihm noch zwei Monatsmieten schuldete. Kennedy nahm es dem holländischen Windhund nicht ab, aber so kurz vor Eintreffen der Lieferung wollte er keinen Ärger provozieren, also stopfte er ihm den erforderlichen Betrag in Fünfzig-Euro-Scheinen in die Jackentasche. »Halten Sie ihr das Zimmer noch eine Woche frei, okay? Sie kommt vielleicht zurück.«
Von Bronken lächelte verlogen. »Klar. Bleibt reserviert, solange es geht. Aber die Nachfrage ist groß, und gute Mieter sind rar.«
Zwei Tage später wackelte ein großes marokkanisches Mädchen ihren schwarzen Hintern im Fenster, in dem einst Candys hübscher Arsch zu bewundern gewesen war. Für Kennedy war das der endgültige Verrat, die ultimative Beleidigung. Sie war eh nur eine Hure, die ihren Körper an jeden verkaufte. Jetzt bist du ganz allein, Sean. Und so ist es auch besser. Traue niemandem.

»Wann kann ich mit Papa sprechen?«
»Später, Anna. Er spricht noch mit unseren Beamten.«
Anna Kennedy seufzte laut, zog einen Schmollmund und sank zurück auf den harten Stuhl aus Plastik und Metall, auf dem sie nun seit einer Stunde saß. Es war halb fünf am Nachmittag des 5. April. Anna und ihr Vater Norman waren vergangene Nacht festgenommen worden, als dem Beamten Alan Daly der wichtigste Durchbruch bei der Suche nach dem Attentäter gelungen war. Erst das Eintreffen der angeforderten Verstärkung hatte Norman Kennedy schließlich bewogen, die Tür zu öffnen. »Machen Sie bitte kein Aufsehen«, bat der ältere Herr und begann Ketten und Sicherheitsschlösser zu öffnen. »Das ist eine angenehme Gegend, und ich möchte nicht, dass die Nachbarn glauben, wir hätten etwas verbrochen.«
Aber zwei Stunden später stapfte Higgins durch die Räume des dreistöckigen Hauses und begutachtete die aufwändige Verkabelung von inneren Überwachungssensoren. Man hatte ihm bereits die Außenanlage gezeigt, und er stimmte mit seinem Kollegen überein, dass der Aufwand, der hier betrieben wurde, höchst ungewöhnlich für solch eine sichere Gegend war. Und während Norman Kennedy weiterhin verstockt blieb, fand Higgins schließlich, was er suchte, nach einem mitfühlenden Gespräch mit der sechsunddreißigjährigen Anna, die das einzige andere Familienmitglied war, das in dem Haus wohnte.
In einem ruhigen Zimmer, in dem große Erkerfenster Ausblick auf den nächtlichen Park boten, legte Anna Kennedy viele ihrer Erinnerungen offen. Die handfesten Streitereien zwischen Vater und Sohn, die zunehmend vergeblichen Versuche ihrer Mutter, zu schlichten, die endgültige Entfremdung zwischen Norman und Sean. Dann der tragische Sturz und wie Sean ihre Mutter am Fuß der Treppe fand. Sie erinnerte sich, als ob es gestern gewesen wäre, an die Schreie und den Schmerz ihres jüngeren Bruders, und sie erzählte, dass sie zu ihm gehen und ihn trösten wollte. Aber Norman ließ sie nicht. Er sagte, dass der Junge zu verstört sei und pro-

fessionelle Hilfe brauchte. Deshalb ging Anna wieder in ihr Zimmer und verbrachte die Nacht verfolgt von Polizei- und Krankenwagensirenen und den Geräuschen von schweren Schritten im Haus und davor und der Haustür, die mehrfach auf- und zugemacht wurde. Und viel später war der arme Sean zurückgekommen wie ein schluchzendes Häufchen Elend. Und als er in sein Bett sank, blieb er allein in seinem Schmerz.

Jetzt betrat eine Beamtin das Verhörzimmer und lächelte Anna kurz zu, bevor sie sich ihr gegenüber an den wackligen Tisch setzte. Der Bewacher ging hinaus in einen Beobachtungsraum, in dem Higgins und Polizeipräsident Peter Cunningham bereits warteten. Durch getarntes Glas konnte die Gruppe Anna Kennedys Gesicht und Bewegungen sehen und ihre Stimme hören. Das Verhör wurde aufgezeichnet.

»Anna, ich heiße Sheila. Ich bin Polizeibeamtin.« Sheila hatte sich bewusst leger für das Interview angezogen. Sie trug eine blaue Trainingshose, Adidas-Turnschuhe und ein himmelblaues T-Shirt. Sie hatte kurzes rötlich blondes Haar und kein Make-up. Sie spielte eine mitfühlende Freundin, der Anna ihre Geheimnisse anvertrauen konnte.

»Hallo, Sheila.«

Sheila lächelte aufmunternd über den Tisch. »Ich habe mit Ihrem Vater gesprochen«, log sie, »und er hat mir alles erzählt.«

»Alles?« Annas Stimme wurde schrill.

Sheila verzog kurz das Gesicht. »Ja, er war nicht mehr zu halten.«

»Hat er Ihnen gesagt, dass ihn Sean erwürgt hätte, wenn ich ihm nicht ein Messer ins Bein gestoßen hätte, um ihn aufzuhalten? Hat er gesagt, warum Sean so wütend war? Ich meine, hat er nichts ausgelassen?«

»Nein, gar nichts.« Sheila war eine gekonnte Lügnerin.

Anna schien in ihrem Stuhl zusammenzusacken. Ihre Verlegenheit war offensichtlich. Sie war groß, etwa eins achtundsiebzig. Sie trug ein einfaches Leinenkleid mit flachen Schuhen und sah attraktiv darin aus. Wäre sie nicht in einem Verhörzimmer der Polizei gewesen, hätte man glauben können, dass sie auf dem Weg zu einer Verabredung war. Ihr dunkles Haar war gefärbt, um ein paar frühe graue Strähnen zu verbergen, und zu einem langen Strang mit einer Klammer an der Seite ihres Halses zusammengefasst. Sie sah hübsch aus, aber so verängstigt, dass ihr fast die Stimme versagte.

»Anna.« Sheilas Stimme wurde ein wenig sanfter, und sie lehnte sich über den Tisch. »Haben Sie gewusst, dass es Sean war, der im Februar versucht hat, den Justizminister zu töten?«

Annas Kopf ruckte hoch, und ihre Miene veränderte sich schlagartig. Sie sah aus wie ein aufgescheuchtes Kaninchen. »Oh nein, das würde Sean niemals tun. Er würde bestimmt meinen Vater umbringen, wenn er die Chance hätte, aber ich kann nicht glauben, dass er den Justizminister ... mein Gott, wie können Sie nur so etwas glauben?«

»Wie läuft alles?«

Perfekt. Wir verladen die Container morgen früh in Rotterdam.

»Verdammt gut zu hören.«

Müsste alles in vier Tagen bei euch sein.

»Gute Arbeit, Jay. Mache jederzeit wieder Geschäfte mit dir.«

Und wie sieht's bei dir aus, Derek? Im Fernsehen reden sie vom Kriegsschauplatz Dublin.

»Gehört alles zum Geschäft. Ich befolge nur deinen Rat. Hab ein paar Schädel eingeschlagen und ein paar Beine gebrochen und die eine oder andere Hütte abgefackelt.«

Schadet nie. Da wissen die Leute, wo's langgeht. Was Neues über Nick Ferguson?

»Nein. Aber du solltest die Typen sehen, die von Liverpool herüberkommen.«

Harte Burschen?

»Hart? Jay, die kommen frisch aus der Anstalt. Die halten uns für harmlose Idioten, die sie über den Tisch ziehen können. Sie machen die halbe Stadt kalt, damit jeder weiß, dass sie da sind.«

Gönn ihnen den Spaß. Wenn du die Ware hast, tanzen sie entweder nach deiner Pfeife oder schlucken Blei.
»Ja, darauf wird es hinauslaufen. Es wird noch einiges Blut fließen müssen, um reinen Tisch zu machen.«
Mach reinen Tisch, Derek. Du trägst das Risiko. Du stehst für das Geld ein. Das ist deine Operation. Sie hängen nur an deinen Rockschößen.
»Genau.«
In ein paar Tagen kannst du im ganzen Land ausliefern und kassieren. Du wirst ein reicher Mann sein.
»Scheißgutes Gefühl, Mann.«
Gibt es sonst irgendwelche Probleme?
»Nichts, womit ich nicht fertig werde.«
Gut.
»Oh, eine Frage, Jay. Kommst du mit Kennedy?«
Pause.
Warum fragst du?
»Dachte nur. Ich komm ihm nicht gern in die Quere, wenn er ausrastet.«
Vergiss Kennedy, Derek. Ja, er kommt mit. Aber ich denke, dass er zu jung für den Umgang mit all dem vielen Geld ist, was meinst du?
»Könnte ihm zu Kopf steigen.«
Genau. Und das wäre verdammt schlecht. Er hat nicht den besten Ruf, wie wir wissen.
»Dann behalten wir ihn beide besser im Auge.«
Um sicherzugehen, Derek. Nur um sicherzugehen.

Mark Higgins und Scott Nolan hörten in der Garda-Zentrale die Bänder ab. Bei ihnen befand sich ein erschöpft aussehender Peter Cunningham und ein merklich auflebender Harry Power. Der Polizeichef informierte alle über die eskalierenden Entwicklungen der letzten vierundzwanzig Stunden, inklusive der Einzelheiten über Fitzroy Square Nummer vierunddreißig. Dann erläuterte er die nächste Stufe der polizeilichen Schlinge, die sich um Sean Kennedy, seinen Partner Jay Davis

und die McCann-Bande zusammenzog. Alle stimmten überein, dass man es wahrscheinlich mit der größten Lieferung zu tun hatte, die je nach Irland geschmuggelt wurde.
Power ergriff als Erster das Wort. »Was bedeutet das Band im Klartext?«
Cunningham las aus einem Fax, das vor ihm lag: »Während der letzten vierundzwanzig Stunden gab es acht Bandenmorde, neun Meldungen von gewaltsamen Übergriffen auf kleine Straßendealer und achtzehn Brandanschläge in Dublin und Umgebung. In verschiedenen Provinzstädten kam es zu weiteren sieben Brandanschlägen. Mit größter Wahrscheinlichkeit gehen sie alle auf das Konto von McCann und seiner Bande.«
Scott Nolan lehnte sich in seinem Stuhl zurück. Sein Herz schlug heftig und seine Hände schwitzten. »Jetzt ist es bald so weit, nicht wahr?«
Eine Minute lang sagte niemand ein Wort, dann sprach Mark Higgins aus, was alle dachten. »Ja. Und es scheint, dass wir nicht die Einzigen sind, die es auf unseren Freund Kennedy abgesehen haben.«

23

Am 7. April um drei Uhr morgens plante Scott Nolan das Finale seiner Rache.
Das Dublin, in das er gezogen war, hatte sich zu einer großen europäischen Metropole entwickelt, und Irland mit seiner gebildeten und aufstrebenden Bevölkerung erfuhr ein wirtschaftliches Wachstum, auf das andere Länder nur neidvoll blicken konnten. Es hatte auch die repressiven Ketten der jahrhundertelangen römisch-katholischen Herrschaft abgeschüttelt, doch wo einst ein Teil des Einkommens in den Kirchensäckel floss, wurde nun Konsum die neue Religion. Daimler, BMWs und Porsches weckten nun begehrliche Blicke. Die neuen Trends

waren Zweitdomizile, Auslandskapitalanlagen und Vorzeigeweibchen. Und so unabänderlich wie die Nacht auf den Tag folgt, war mit dem plötzlichen Reichtum die Korruption gekommen, gefolgt von den Drogenhändlern, den Männern und Frauen, die bewusstseinsverändernde Mittel für alle erreichbar machten, die auf solche Erfahrungen aus waren.
Heroin hatte die Stadt in den Achtzigerjahren heimgesucht, war jedoch auf die Innenstadt und die Gebiete mit niedrigem Einkommen beschränkt geblieben. Jetzt gab es Betäubungsmittel für jedes Alter und jede Einkommensgruppe. Kokain für die, die zu viel Geld hatten, Amphetamine für die Kids und noch immer viel Heroin für die wirklich Süchtigen. Die Lieferanten hatten beinharte Organisationen, mit deren Hilfe sie ihre Einkünfte sicherten und jedem, der ihnen im Weg war oder zu nahe kam, eine Kugel in den Kopf jagten. Deshalb waren auch Scotts persönliche und moralische Werte in Schieflage geraten. Er hatte sich geheimer amerikanischer Armeedrogen bedient, um Informationen zu erlangen, und war an drei Entführungen beteiligt gewesen, von denen eine mit einer Hinrichtung geendet hatte.
Als er jetzt in seinem Bett in der kleinen Innenstadtwohnung lag, wurde ihm bewusst, dass ihn das alles kalt ließ. Nichts, was passiert war, seit er sein Stethoskop für eine Beretta eingetauscht hatte, weckte sein Gewissen. Er wollte den Mörder seiner Frau erledigen und schämte sich dieses Wunsches nicht. Er wusste, dass er nicht der Einzige war, der Sean Kennedy das Lebenslicht ausblasen wollte, aber er war entschlossen, der Erste zu sein.
Er fuhr sich mit der Hand durch seinen Dreitagebart und durch seine Haarstoppeln und spürte das Knistern statischer Elektrizität. Die Entladung war wie die Energie in seinem Körper – die kleinste Berührung konnte einen mörderischen Blitz auslösen.

Zur selben Zeit saß fünf Meilen entfernt Mark Higgins in seiner Wohnung am Küchentisch und war bei seinem fünften Glas Jameson-Whisky angelangt. Es gab noch immer keine Information vom Polizeipräsidenten über den Aufenthalt der Zielperson. Oben schliefen seine Frau und seine Kinder friedlich, ohne zu wissen, dass er an ihrem gemeinsamen Frühstückstisch gerade dabei war, seine Walther-Pistole und die Uzi-Maschinenpistole zu überprüfen und zu ölen. Er hatte vier Schachteln scharfe Munition, die er auf leichter transportierbare und einsetzbare Ladestreifen verteilte. Er zündete sich eine Silk Cut an und rauchte sie bis zum Filter, bevor er sie im Aschenbecher ausdrückte.

Cunningham hat es auf mich abgesehen, dachte er. Nick Ferguson zu töten war notwendig, aber er sieht es anders. Wenn dieser Einsatz vorbei ist, wird er mich aus dem aktiven Dienst nehmen und an einen Schreibtisch setzen.

Er schüttelte die Packung, bis ihm klar wurde, dass sie leer war, dann zerknüllte er sie mit der rechten Hand und hielt sie, bis ihn die Finger schmerzten.

Aber so leicht werdet ihr mich nicht los, schwor er sich, ich weiß zu viel. Und ich werde nicht gehen, bis ich Sean Kennedys Blut auf der Straße gesehen habe. Rache, oh süße Rache.

In dem reichen Vorort im Süden Dublins, wo Mord und Chaos ihren Ausgang genommen hatten, wälzte sich Harry Power unruhig in seinem Bett.

»Was ist los?« Seine Frau Jane sah ihn in der Dunkelheit an.

»Nichts«, log er.

»Du lügst.«

»Es ist wirklich nichts. Schlaf weiter.«

Jane streckte die Hand nach ihm aus und zwang ihn, sie anzusehen. In der Dunkelheit konnte sie gerade noch seine Züge erkennen. »Harry, ich kenne dich wie meine Westentasche. Etwas ist los, und du sagst es mir jetzt.«

Power sank seufzend auf den Rücken und starrte an die Decke. Fast zwei Minuten lang schwieg er, und es war wie die Stille vor dem Sturm. »Wir kennen seinen Namen.«

»Wessen Namen? Wovon redest du?« Jane rutschte näher, bis

sie ihrem Mann ins Gesicht sehen konnte. Ihre Stimme überschlug sich fast vor Besorgnis.
»Den Namen des Attentäters. Wir wissen, wer er ist und woher er kommt. Aber wir tappen noch im Dunklen über seinen Aufenthaltsort.«
»O mein Gott.« Jane Power sank auf ihr Bett zurück. Sie zitterte so heftig, dass ihr Mann sie beruhigend in die Arme nahm.
»Und er kommt zurück.«
»Was?« Jane befreite sich aus seinen Armen und setzte sich kerzengerade auf. Mit einer Hand griff sie sich an den Hals, als spürte sie dort den eisigen Griff einer Faust.
So berichtete ihr Power von den neuesten Entwicklungen: wie sie Sean Kennedys Identität herausgefunden hatten, über die Telefongespräche zwischen Dublin und Spanien, die Drogenlieferung, auf die viele Leute bereits warteten, inklusive der Polizei. »Wir haben einen Plan. Dieses Mal wird er uns nicht mehr entwischen.«
»Wie kannst du so sicher sein? Himmel, ich muss die Kinder aus der Stadt bringen.« Ihre Stimme verriet nur Zweifel und Verzweiflung.
»Weil ihn seine eigenen Leute fertig machen werden, wenn wir ihn nicht erwischen. Kennedy hat sich viele Feinde gemacht, die alte Rechnungen begleichen wollen. Sie reißen sich darum, ihn in die Finger zu kriegen.«

Derek McCann beobachtete aus seinem neuen Mercedes die Morgendämmerung über der Dubliner Skyline. Er parkte an der Uferpromenade in der Nähe von Ringsend und hatte einen guten Ausblick über die Liffey und den Dubliner Hafen. Es war ein heller, frischer Morgen mit wolkenlosem Himmel und einem großartigen glühenden Sonnenaufgang. Unten am Fluss herrschte reger Verkehr. Große P&O-Containerschiffe glitten vorsichtig an den Kai, um festgemacht und entladen zu werden. Kleine Schiffe ankerten in sicherer Entfernung von den Durchfahrtsrouten der großen. Ihre hellen Segel und Flaggen flatterten im leichten Wind. Möwen flogen kreischend und schnappten nach allem Essbaren in den Fluten. Die ersten Lieferwagen und Containerlaster rollten über die noch leeren Straßen, nur gelegentlich war ein PKW oder ein Taxi dazwischen. McCann drehte die Heizung höher, als er fröstelte und um das Beschlagen der Windschutzscheibe zu verhindern. Ein paar hundert Meter entfernt würde an einem der Piers, die er nun deutlich sehen konnte, eine Ladung Rauschgift eintreffen. Seine Ladung, die ihn ein Vermögen kosten und die ihn schließlich zu einem reichen Mann machen würde. Alles schien genau nach Plan zu laufen.

Ich möchte wissen, wer Nick Ferguson kaltgemacht hat, dachte er. Eine Reihe übler Typen geisterten als Kandidaten durch seinen Kopf, und er hakte einen nach dem anderen ab. Er hatte keinen Hauptverdächtigen, aber er hatte einen, dem er es mit großer Genugtuung anhängen konnte.

Er schaltete das Radio ein, hörte uninteressiert einen Moment den Frühnachrichten zu und schaltete wieder aus. Ein Milchwagen rollte in schnellerem Schritttempo vorbei, und ein junger Bursche in weißem Overall rannte nebenher. Wenn der Wagen anhielt, holte der Junge die Literpackungen von der Ladefläche und stellte sie vor den Haustüren ab.

McCann startete den Motor und fuhr langsam stadteinwärts. Auf der Eastlink-Brücke, der östlichsten Verbindung zwischen dem Norden und Süden der Stadt, warf er wieder einen Blick hinab auf den Hafen.

24

Am 7. April um zehn Uhr vormittags entdeckte Jay Davis die Gypsy. Sie war ein vierzig Meter breiter Fischtrawler. Er starrte vor Antennen und Navigations- und Kommunikationsgeräten und hatte eine große Winde am Heck, an der endlose Meter von Netz aufgewickelt waren. Am Steuerhaus mit einem kaputten Fenster waren Halogenscheinwerfer angebracht, die einen Dreißig-Meter-Umkreis taghell beleuchten konnten. Der Rumpf war blau und rot, aber die Farben waren verblasst und blätterten ab, und Rost fraß an der Reling und den Deckaufbauten. Eine verblasste und zerrissene irische Trikolore verriet sein Herkunftsland, und die Buchstaben HOWTH verkündeten, aus welchem Hafen er kam.

Die bergige Halbinsel Howth war durch einen schmalen Küstenstreifen mit Dublin verbunden. Auf ihrer Nordseite befand sich der Hafen. Das Dorf schmiegte sich an den Hang. Malerische Häuserzeilen säumten schmale Straßen, in denen schon ein schlecht geparktes Fahrzeug den Verkehr zum Erliegen bringen konnte. Es gab eine erkleckliche Anzahl von Kneipen und Restaurants und ein paar erwähnenswerte Hotels, aber die Hauptattraktion war der Hafen, der einer kleinen Flotte das ganze Jahr über geschützten Ankerplatz bot.

Das Dorf war eine enge Gemeinschaft, deren Menschen seit Generationen aufs Meer hinausgefahren waren, um ihren Lebensunterhalt zu verdienen. Am Ufer lagen zwischen den traditionellen Fischereifahrzeugen auch teure Jachten jener reichen Hochsee-Enthusiasten, die jede Gelegenheit nutzten, um sich mit den Elementen zu messen.

Davis sah sofort die Möglichkeiten, die die Gypsy bot. Das Schiff hatte am Kai von Bergen's Boat Repairs angelegt, einer Rotterdamer Werkstatt, die sich auf Trawlerwartung spezialisiert hatte. Zwei junge Männer mit Stoffmützen saßen müßig auf dem Deck und blickten in die Ferne und gelegentlich zum Kai hinüber, wo ein großer rothaariger und rotbärtiger Mann in einem zu kleinen Strickpullover ein wütendes Gespräch führte. Davis beobachtete es aus einiger Entfernung, wobei seine Aufmerksamkeit scheinbar auf eine schnittige, kostspielige Jacht gerichtet war, die fünfzig Meter entfernt im tiefen Wasser ankerte. Auf ihr war ein einzelner Matrose mit Reinigungsarbeiten beschäftigt, wobei er falsch vor sich hin pfiff.

Der rothaarige Mann stapfte davon und schaltete sein Handy ein und redete hitzig in die Leitung. Dann schaltete er aus, und das Warten begann. Der Rothaarige sprang auf die Gypsy hinab, und er und seine Partner rotteten sich zusammen und warfen hin und wieder mordlustige Blicke zum Kai hinüber. Der Werkstattbesitzer, ein großer, hagerer Mann mit Stirnglatze und Namen Dijken, saß völlig unbeeindruckt von der Verärgerung um ihn her auf einem Bierfass.

Dijken hatte kurze Zeit zuvor Davis von Problemen erzählt, die er mit einem irischen Schiff hatte. Der Drogenhändler schlenderte weiter und zündete sich eine Zigarre an und nahm langsam einen Zug, während er die Situation abschätzte. Dann hörte er ein Handy läuten und riskierte einen Blick auf die Gypsy und verfolgte die hitzige und zunehmend verzweifelte Gestik des rothaarigen Kapitäns. Die Luft war plötzlich erfüllt von einer Reihe von Flüchen, die Davis deutlich verstehen konnte.

Dijken stand auf und rief etwas, aber der Lärm von Schweißgeräten und Nietmaschinen übertönte die Worte, sodass Davis nicht hören konnte, was gesagt wurde. Minuten später stand die irische Mannschaft allein, als der Werkstattbesitzer in einem Bürocontainer fünfzig Meter weiter links verschwand. Sein Gesicht erschien plötzlich an einem Fenster mit einem Handy am Ohr, und ein längeres Gespräch fand statt, während er die Umgebung im Auge behielt. Seine Miene wechselte von verbittert zu ernst, zu verärgert und wieder zu verbittert. Trotz der fünfhundert Euro aus Davis' Tasche war es offensichtlich, dass ihm die Auseinandersetzung zuwider war. Davis wartete etwa zehn Minuten und beobachtete beide Seiten. Schließlich hielt er den Augenblick für gekommen.

»Hallo. Kann ich mit Ihnen reden?« Er stand am Rand der Anlegestelle und war froh, dass er zwanglose Kleidung trug, Jeans, Pullover und Nike-Turnschuhe. Für dieses Gespräch wollte er nicht wie ein herausgeputzter Drogendealer aussehen.

Der Rothaarige starrte mit blutunterlaufenen Augen abschätzend zu ihm hoch. »Was wollen Sie?« Der Ton war streitlus-

tig und herausfordernd: wer bist du und warum steckst du deine Nase nicht woanders hin?
»Nur kurz mit Ihnen reden. Wird nicht lange dauern.«
Der Rothaarige warf einen Blick zu seiner Mannschaft, aber die zuckten die Schultern und ließen sich wieder auf Deck nieder, als säßen sie die nächsten hundert Jahre hier fest.

»Haben Sie Probleme?«, fragte Davis, nachdem er erfahren hatte, dass er Dan Patterson, Kapitän und Eigner der Gypsy, vor sich hatte.
Nachdem sie sich bekannt gemacht hatten, entspannte sich Patterson ein wenig, als er erkannte, dass er es mit einem Landsmann zu tun hatte. »Kann man wohl sagen.« Seine Stimme war ein heiseres Krächzen, und jetzt sah Davis die verwitterten Züge, die dick hervortretenden Venen, die blaue Nase und aufgerissenen Lippen des Fischers. Seine Finger öffneten und schlossen sich um das Handy, und er nahm es von einer in die andere Hand.
»Was ist passiert?« Sie waren am Kai, doch weit genug entfernt von zufälligen Lauschern.
»Die verdammte Maschine hat uns dreißig Meilen vor Waddeneilanden im Stich gelassen. Wir waren weit vom Kurs auf der Suche nach Schollen und Seezungen, aber das Meer ist so überfischt, dass man immer weiter raus muss, um wenigstens einigermaßen was in die Netze zu kriegen. Ein Sturm zog auf, und wir saßen fest. Musste mich in den Hafen schleppen lassen. Dann stellen wir fest, dass die Maschine beim Teufel ist und ausgetauscht werden muss.«
»Klingt teuer.« Davis hatte keine Ahnung vom Fischen oder von Bootsreparaturen, aber er fühlte sich genötigt, eine passende Bemerkung zu machen.
»Verdammt teuer. Zwanzigtausend für den Schlepp und noch mal sechzigtausend für den Einbau der neuen Maschine. Achtzigtausend und dazu zwei Männer verloren, die mich vor zwei Tagen verlassen haben.«
»Das ist in der Tat ein Batzen Geld.« Davis studierte den ande-

ren und versuchte abzuschätzen, wie verzweifelt er war. Ein durchdringender Geruch nach Diesel und Fischöl haftete seiner Kleidung an, und Davis musste sich abwenden. »Aber Sie haben doch das Schiff als Sicherheit. Es muss ein Vermögen wert sein.«
»Diese Hundsfötte lassen mich erst ablegen, wenn ich bezahle«, schnappte Patterson. Er blickte mordlustig in die Runde, als wollte er beim kleinsten Anlass dem Nächsten an die Kehle fahren. »Und der Bankdirektor gibt mir keinen Überziehungskredit. Seit drei Tagen versuche ich ihn umzustimmen, aber er sagt, ich hätte zu viele Schulden. Das Risiko wäre zu groß. Wenn er zahlt, will er das Schiff als Sicherheit.«
»Was will er denn mit einem Schiff anfangen?« Davis begann beide Seiten des Problems zu sehen und hatte einen städtischen Bilanzbuchhalter vor Augen, der die Finanzierungen kalkulierte. Vermutlich war er um die dreißig, ging regelmäßig zum Essen aus und fragte sich wohl nicht ein einziges Mal, wie der Fisch auf seinen Teller kam. Ein Pfennigfuchser, dessen Verstand kaum einer Vorstellung über die Endsummen seiner Bilanzen hinaus fähig war. Wenn die Summen nicht aufgingen, gab es keinen rettenden Kredit.
Ebenso wusste Davis, dass für die irische Fischerei durch Überfischung und Konkurrenz von Flotten aus Spanien und Skandinavien magere Zeiten angebrochen waren. Es wurde immer schwieriger, vom Fischfang zu leben oder gar größeren Profit zu machen. Mehr und mehr gaben das Geschäft auf, was zu einem Überangebot an Trawlern geführt hatte. Die Gypsy zu beschlagnahmen war nicht gerade eine kluge Entscheidung der Bank. Umgekehrt würde es noch weniger Sinn machen, gutes Geld in eine verlorene Sache zu stecken. Es war in der Tat, dachte Davis zufrieden, eine rundum schwierige Situation.
Patterson spuckte auf den Boden. Es war ein Akt der Verzweiflung und der Wut. Er fing an, eine Nummer zu wählen, ließ es aber mit einem tiefen Seufzen wieder sein. Er fluchte wütend in seinen Bart und begann zurück zu seinem rostigen Schiff zu stapfen.

»Vielleicht kann ich Ihnen helfen.«
Die Worte ließen Patterson mitten im Schritt innehalten. Er wandte sich langsam um und kniff die Augen misstrauisch zusammen.
»Wie?«
»Machen wir einen kleinen Spaziergang.« Davis nickte in die andere Richtung, weg von der Gypsy und den Augen der Mannschaft. »Ich möchte Ihnen einen Vorschlag machen und es ist besser, wenn er unter uns bleibt.«
Er warf einen Blick auf seine Uhr. Es war fast Mittag. Er wusste, dass Sean Kennedy um diese Zeit in einer abgelegenen Industrieanlage etwa acht Meilen südlich von Rotterdam das Entladen der beiden Möbelcontainer überwachte. Einer kam über Miami aus Kolumbien, der zweite über Laos und Kambodscha aus Thailand. Bis zum späten Nachmittag würden die Drogen vom Holz getrennt und für eine separate Verschiffung bereit sein. Beide Möbellieferungen würden dann in einen Zwölf-Meter-Stahlcontainer umgepackt und zur Verschiffung am nächsten Morgen bereit sein und am 10. April im Dubliner Hafen eintreffen.
Der Zeitfaktor wurde nun kritisch, für Fehler blieb kaum noch Luft. McCann stand bereit, die Ladung in Empfang zu nehmen. Sobald er sie hatte, würden beträchtliche Gelder fließen, die wiederum Davis und Kennedy gestatten würden, ihre Lieferanten zu bezahlen und sich mit dem Gewinn abzusetzen. Aber sie mussten erst noch die Drogen zu McCann schaffen – wenn auch auf einem anderen Weg, als dieser erwartete.
Davis und Patterson gingen eine Weile, ohne zu reden. Der Fischer murmelte immer noch Flüche in seinen struppigen Bart. Um sie herum wurden Schiffe repariert. Arbeiter in grünen Werksoveralls kletterten über Jachten, Trawler und Schlepper. Verrottendes Holz wurde entfernt, Stahlstreben verstärkt, Segel repariert. Die schwache Sonne spiegelte sich im stillen Wasser des Hafens. In der Ferne probierte jemand ein Nebelhorn aus. Der tiefe Ton klang seltsam in der klaren Luft. Sie hatten das Ende des Piers erreicht, als Davis sein Angebot machte.

»Ich könnte die Werkstatt bezahlen. Ich könnte innerhalb einer Stunde achtzigtausend überweisen.«
Patterson stand erstarrt. Er hörte die Worte, doch verzog das Gesicht, als hätte er in etwas Bitteres gebissen. Davis sah, dass der Mann wusste, was nun kam.
»Und ich kann Ihnen einhunderttausend Euro in bar geben. Damit können Sie Ihre Männer bezahlen, und es bleibt noch immer was für die hohe Kante.«
»Und was muss ich dafür tun?«
Davis legte einen Arm um die Schultern des Kapitäns und zog ihn näher. »Eine Ladung für mich liefern.«

Am 7. April um elf Uhr nachts wurde ein gelber P&O-Container mit Teakmöbeln am Rotterdamer ECT-Maasvlakke-Pier an Bord gehievt. Zwei Stunden später wurden dreihundert Kilogramm Drogen in Zehn-Gallonen-Fässer verpackt, in denen üblicherweise frisch gefangener Fisch transportiert wurde. Die Drogen waren in vier Schichten Plastik gewickelt und mit Eis bedeckt, dass man denken konnte, das Schiff kehrte von einem erfolgreichen Fischfang in der Nordsee zurück.
Sean Kennedy zwängte sich in eine Ecke im Maschinenraum und zog eine Decke über sich. Links von ihm lagen Sicherheitslampen, Rettungswesten und Seilrollen. Aus seiner Position konnte er alles auf und unter Deck sehen. Im Bund seiner Jeans steckten zwei geladene Pistolen und Reservemagazine. Er hatte sein Haar wieder lang wachsen lassen und mit einem dicken Gummiband zu einem Pferdeschwanz gebunden.

»Lassen Sie sich nicht zu einer Dummheit hinreißen, Dan«, warnte Jay Davis, als sie abfahrtbereit waren. Die beiden Männer standen am Liegeplatz im hellen Schein der Hafen-Flutlichter. »Mein Freund Sean hat einen gefährlichen Ruf. Lassen Sie ihn in Ruhe, dann haben Sie nichts zu befürchten. Aber wenn es Ärger gibt, ist er unberechenbar.«
Patterson starrte durch das blendende Licht auf Davis. »Ich werde kein Wort zu ihm sagen.«

»Dazu kann ich nur raten.«
»Und wo werden Sie sein?«
»Ich werde im Hafen von Howth auf Sie warten. Ich fliege mit der ersten Maschine morgen Früh. Bis Sie angelegt haben, werde ich mit einem Lastwagen da sein, und wenn Sie und Ihre Männer rasch arbeiten, haben Sie uns in einer Stunde vom Hals. Auf die Art retten Sie Ihr Boot und haben einiges Geld übrig. Ich kann Ihnen versprechen, dass Sie nie mehr von uns hören werden.«
»Das hoffe ich auch.« Patterson sprang auf die Gypsy hinab und rutschte ein wenig auf dem Deck. Er richtete sich auf und warf einen flüchtigen Blick auf Davis, bevor er im Ruderhaus verschwand.
Davis verfolgte die Lichter des Trawlers auf dem Weg zur Hafenausfahrt. Er hörte den Motor dröhnen, als er im tiefen Wasser Geschwindigkeit aufnahm.

25

Für das verdeckte Team, das die Hauptagierenden in dem erwarteten großen Drogenschmuggel abfangen und verhaften sollte, waren der 8. und 9. April angespannte Tage. Scott Nolan und Mark Higgins waren die meiste Zeit zusammen. Beide fürchteten, vom Polizeipräsidenten im letzten Augenblick auf Eis gelegt zu werden. Sie trafen sich am Nachmittag des 9. am Parkplatz des Berkley-Court-Hotels in Dublins viertem Bezirk, von wo aus sie sofort losstürmen konnten, wenn sich etwas Entscheidendes ergab. Alle Informationen liefen in der Gardazentrale zusammen, wo ein Vier-Mann-Team die irische Seite der Operation abhörte. Higgins rauchte wie ein Schlot, und Scott bestand darauf, jedes Fenster ihres zivilen Fahrzeuges herunterzukurbeln, um keine Rauchvergiftung zu erleiden.

»Tut sich was? Irgendwie komme ich mir wie ein Zuschauer vor.« Scott polierte seine Brillengläser mit einem Zipfel eines seiner schwarzen T-Shirts. Er trug wieder sein Bestattungsunternehmer-Outfit, das in starkem Kontrast zu den gut gekleideten Herrschaften stand, die in dem Fünf-Sterne-Hotel ein und aus gingen. Wohl genährte Bilanzbuchhalter trafen sich mit wohlhabenden Kunden mit viel Händeschütteln und Schulterklopfen. Das waren die Erfolgreichen der florierenden irischen Wirtschaft, während die beiden Männer in dem qualmenden Saab Randfiguren der Gesellschaft waren, einzelgängerische Hüter des Rechts.
»Sehr wenig. McCann wird rund um die Uhr überwacht und abgehört. Aber er ist sehr vorsichtig. Er telefoniert nicht. Seine Schläger halten sich fern. Es passiert nichts Ungewöhnliches. Er verbrachte gestern den größten Teil des Tages damit, einen Lagerschuppen bei einem seiner Supermärkte auszuräumen. Könnte natürlich sein, dass er normale Handelsware erwartet.«
»Oder?«
»Oder er riskiert alles und lässt sich die Lieferung direkt vor die Haustür bringen. Wenn wir ihn mit der Ware auf dem Gelände erwischen, kann er sich kaum auf eine falsche Lieferung herausreden.«
»Was ist mit seinem Lagerhaus draußen auf dem Land?« Das Clonart-Gelände war aufgestöbert worden, wenige Tage nachdem man McCann als Nick Fergusons Partner identifiziert hatte.
»Es wird Tag und Nacht von einer bewaffneten Einheit überwacht. Ich glaube immer noch, dass die Ware dorthin geschafft wird. Es ist abgelegen genug und sicher und nah an der Autobahn. Er könnte die Lieferung aufteilen und innerhalb zwölf Stunden im ganzen Land verteilen.«
Ein schicker silberner Lexus SUV fuhr vor, und eine Gruppe von Geschäftsleuten stieg aus, zwei Weiße und zwei Orientalen. Es herrschte eine kurze Uneinigkeit über die Etikette, aber die Gruppe fand rasch einen Kompromiss und bewegte

sich langsam auf den Hoteleingang zu, wobei man sich mit Handzeichen und gebrochenem Englisch zu verständigen versuchte.
Es war ein ungewöhnlich warmer Frühlingstag mit einem wolkenlosen Himmel und genug Sonnenwärme, um in Hemdsärmeln draußen zu sein. Während Scott das normale Leben um sich herum beobachtete, wünschte er sich auch wieder in ein normales, angenehmes, entspanntes Dasein zurück. Aber er saß hier angespannt und nervös und gewaltbereit. Und der Druck der Beretta im Hosenbund erinnerte ihn jede Sekunde an die Gefahren, die noch vor ihm lagen. »Was schlägst du also vor?«
Higgins zündete sich eine neue Silk Cut an der Glut des Stummels an. Er wusste, er durfte interne Informationen nicht an Scott weitergeben, denn offiziell war ihre Arbeit beendet. Aber sie waren zusammen Risiken eingegangen und hatten einiges gemeinsam durchgemacht. Daher bereitete es ihm jetzt ein heimliches Vergnügen, seinem Chef eins auszuwischen.
»Wir bleiben, wo wir sind, und warten.« Er nahm einen tiefen Zug und ein Krümel Tabak klebte an seiner Zunge, als er sich seinem Partner zuwandte. Als er fortfuhr, war Scott erschrocken über den Hass und die unverhohlene Aggression in seinem Blick. »Sehr bald, Scott, werden du und ich Sean Kennedy gegenüberstehen. Wenn du noch irgendwelche Bedenken hast, dann werd sie los, bevor die Kugeln fliegen.«
Plötzlich bereitete Scott der Druck der Beretta sehr viel weniger Unbehagen.

Drei Meilen entfernt erteilte Derek McCann letzte Anweisungen an seine regulären Supermarkt-Angestellten. In mehreren Schichten hatten sie in den letzten vierundzwanzig Stunden für ihn geschuftet und Paletten mit Nahrungsmitteln, Getränken, Süßigkeiten, Obst und Gemüse aus dem Schuppen geschafft. Jetzt, kurz nach drei Uhr nachmittags, gab ihr Boss jedem zweihundert Euro Zulage für ihre Überstunden. Sie dankten ihm höflich und verschwanden in den Straßen der Umgebung, um ihren unerwarteten Reichtum zu verprassen,

und diskutierten darüber, wozu wohl so viel Extraplatz gebraucht wurde. Wusste einer von ihnen von einer neuen Warenlieferung? Nein, es war nichts angekündigt. Aber das Geld fühlte sich gut an in der Tasche, und bald interessierten keinen mehr McCanns Lagerprobleme.
McCann war inzwischen in Gedanken mit dem Zerlegen der Möbel und der Lagerung der Drogen beschäftigt. Er wollte sie nicht länger als unbedingt nötig auf seinem Gelände haben und hatte bereits mit einer Reihe von Kurieren einen Übergabetermin am nächsten Tag nach Mitternacht vereinbart. Aber im Augenblick war er zufrieden. Für eine Ablenkung war gesorgt.
Wenn uns jemand auflauert, wird er sich die Finger verbrennen. Billy Ferguson wird das übernehmen. Er und seine harten Kerle aus Liverpool waren einsatzbereit. Und zum ersten Mal in seiner kriminellen Laufbahn trug McCann selbst eine Schusswaffe. Wenn Jay Davis Kennedy nicht fertig macht, wird es Billy Ferguson tun. Und wenn beide versagen, puste ich dem Kerl das Hirn aus dem Schädel. Und jedem anderen, der mir in die Quere kommt. Jetzt geht es hart auf hart, und ich schieß mir den Weg frei. Es hängt zu viel an diesem Deal.

Jay Davis' Maschine aus Amsterdam traf um fünf an diesem Nachmittag am Dubliner Flughafen ein. Er reiste mit einem falschen Pass und hatte falsche Papiere und einen dazu passenden Führerschein dabei. Er checkte in einem Hotel in der Nähe ein und hängte sich ans Telefon, um einen Laster mit offener Ladefläche zu mieten, den er am nächsten Morgen um sieben abholen und gegen Abend zurückbringen würde. Er akzeptierte die überhöhte Gebühr und nahm ein Taxi zu der Leasingfirma, bezahlte den erfreuten Eigentümer in bar und hinterlegte eine größere Summe als Sicherheit. Es war ein Baumaschinendepot, das alle möglichen Geräte vermietete, von Betonmischern und kleinen Baggern bis zu Leitern und Aufzügen. Und sie hatten eine gute Auswahl an Lastern und Anhängern, alle verbeult und dreckig und unauffällig.

Davis war höchst zufrieden mit dem Wagen, den man für ihn ausgesucht hatte. Er hatte einen Ganghebel und ein Minimum an Instrumenten und würde keine Probleme mit der Last haben, die Davis bei der Verladung auf die Gypsy im Rotterdamer Hafen gesehen hatte. Er sah aus, als wäre er seit Jahren nicht mehr gereinigt worden. Lehm- und Betonreste klebten überall, zum Teil so dick, das sie blaue Farbe gar nicht mehr zu erkennen war. Perfekt, dachte er.

Er kehrte in sein Hotel zurück und bestellte einen Tisch am Fenster zum Abendessen. Er aß gut, trank aber keinen Alkohol, um einen klaren Kopf zu behalten. In der Nacht schlief er kaum und wälzte sich herum, zu angespannt, nun, da der Augenblick der Entscheidung da war, auf den sie seit Monaten hingearbeitet hatten. Wenn er eindöste, schwelgte er in Bildern von aus den Nähten platzenden Brieftaschen, einem palastartigen Wohnsitz im Süden Spaniens mit Marmorböden, weichen kostbaren Sofas und teuren Gemälden. Dann kehrten seine Fantasien in vertrautere Gefilde zurück, zu guten Weinen, in Eichenfässern gereiften Brandys und spärlich bekleideten jungen Frauen, wobei er sogar der perversen Vorstellung nachhing, eine von ihnen zu seinen Ex-Polizeikollegen aufs Revier zu schicken.

Auf der Irischen See bei der Einfahrt in den St. George's Channel machte die Gypsy gute Fahrt bei ruhigem Wetter. Es gab eine leichte Dünung, aber damit kam der reparierte Trawler gut zurecht. Dan Patterson hatte sich am Steuer von einem seiner Männer ablösen lassen und sich hingelegt. Seit ihrer Abfahrt aus Rotterdam hatten die drei Männer sich von ihrem Passagier ferngehalten und kaum ein Wort mit ihm geredet. Sean Kennedy war ohnehin nicht zum Reden zumute. Das war seine letzte Heimfahrt, und seine vorherrschenden Gefühle waren Erregung und Ungeduld. Er verbrachte die Zeit damit, sich jeden Schritt zurechtzulegen.

26

10. April, 10 Uhr

Im Abhörraum der Garda-Zentrale war es still. Vier Beamte, zwei Frauen und zwei Männer, saßen auf Drehstühlen und unterhielten sich leise. Jeder hatte ein Headset aus Kopfhörern und Mikro auf und war in eine Batterie von Abhörgeräten eingestöpselt und mit Undercoverbeamten im Dubliner Hafen und vor McCanns Warenhaus verbunden. Im entlegenen Lagerhaus in Clonart lag eine weitere schwer bewaffnete Anti-Terror-Einheit im Wald verborgen. Sie beobachtete und wartete und meldete sich alle fünfzehn Minuten, und den Meldungen war mehr und mehr zu entnehmen, dass die sechs Leute dort sich ziemlich langweilten.

An der Wand hing eine große Karte von Dublin und Umgebung, auf der mit farbigen Nadeln die möglichen Einsatzorte abgesteckt waren. In einer Ecke des Raums saßen Mark Higgins, Harry Power und Peter Cunningham. Scott Nolan war bewusst aus diesem Stadium der Operation ausgeklammert worden, da der Polizeichef ihn mehr für ein Risiko als eine Hilfe hielt. Während sich also das Geschehen auf die Zentrale konzentrierte, hockte Scott in seiner Innenstadtwohnung und wartete verzweifelt auf einen Anruf seines Schwagers.

Cunningham war angespannt und ruhelos, und sein Zustand spiegelte die Gefühle der anderen beiden wider. Sie wussten, dass es einen Maulwurf bei der Polizei gab, und wenn jetzt etwas durchsickerte, war die ganze Operation gefährdet.

Jetzt, da die Stunde der Wahrheit nah war, war jeder sich des Risikos der nächsten Schritte bewusst. Hatte McCann vielleicht seine Pläne geändert? Würde Sean Kennedy, den sie unter allen Umständen verhaften wollten, auch wirklich dabei sein, oder würde ihnen der Attentäter ein Schnippchen schlagen? Schließlich war er der Mann, der fast den Justizmi-

nister ermordet hatte und dem Fahndungsnetz entschlüpft war.
Kennedy war das eigentliche Ziel, danach kamen die Drogenlieferung und der Rest der Bande, der in den Import und die Verteilung verwickelt war. Wenn alles nach Plan verlief, würde es ein entscheidender Schlag gegen den Drogenhandel und ein gewaltiger moralischer Auftrieb sein. Auch das organisierte Verbrechen in der Stadt und außerhalb würde sich von einem solchen Schlag nicht so schnell erholen. Wenn es allerdings schief ging, mochten die Konsequenzen fürchterlich sein.
Higgins war gezwungen, an einem Fenster im oberen Korridor zu rauchen, und schoss hin und her und fragte jedes Mal ungeduldig die Zuhörer: »Was Neues?« Vier Köpfe wurden geschüttelt, und Higgins ertrug es fünf Minuten im Kreis der sorgenvollen Gesichter, bevor er einen neuen Krebsstängel riskierte. Power versuchte eine belanglose Unterhaltung, aber jeder war zum Zerreißen gespannt, sodass er es nach ein paar Versuchen wieder aufgab und beschwörend auf die Wandlautsprecher starrte. Cunningham verschwand in regelmäßigen Abständen, um sich um andere wichtige Angelegenheiten zu kümmern, rief aber während seiner unfreiwilligen Abwesenheit immer wieder an. Und endlich wurde die Stille gebrochen.

»Bist du das, Derek?«
Ja.
»Kontrollanruf.«
Wo bist du, Billy?
»Im P&O-Terminal. Der Fahrer lädt gerade den Container auf.«
Wie sieht er aus?
»Was heißt, wie sieht er aus? Es ist ein großer gelber Stahlcontainer mit allen möglichen Aufschriften an der Rückseite. Gewicht und Größe und all der Mist. Sieht einer aus wie der andere.«

Ist aber nicht einer wie der andere, Billy. Du willst mir doch nicht den falschen bringen, oder? Sieh mal hinten an der rechten unteren Ecke nach. Da müssten sechs Nummern sein, die frisch aufgespritzt aussehen.
Pause.
»Ja, hast Recht. Acht, null, vier, zwo, zwo, neun.«
Ja, das ist sie, Billy. Ihr habt den richtigen. Bis später.
»Okay. Bis dann.«

Cunningham sprach sofort mit einer Zwei-Mann-Einheit am Hafen und befahl ihnen, Ferguson zu folgen. Dann vergewisserte er sich mit Hilfe der Hafenpolizei, die ein Schnellboot in der Nähe des Frachtpiers liegen hatte. Sie konnten genaue Angaben über den Container machen, bei dem sich der Liverpooler Dealer herumtrieb. Dreißig Minuten später bestätigte eine verzerrte Stimme, dass der Container von einem Sattelzug mit der Firmenaufschrift »Rads Haulage« auf der Zugmaschine abtransportiert wurde. Diese Information wurde an ein ziviles Einsatzfahrzeug und einen Polizeihubschrauber weitergeleitet, der über der Stadt kreiste.
Higgins checkte sofort die Wandkarte. »Wo ist McCann jetzt?« Es erfolgte eine rasche Nachfrage bei den Beobachtern, und jeder im Raum hörte die Antwort. McCann war in seinem eigenen Lagerschuppen zwei Meilen südlich der Liffey, also genau dort, wohin Billy Ferguson auf dem Weg war. Dann erwachten die Wandlautsprecher wieder zum Leben.

»Derek?«
Bist du das, Jay?
»Ja.«
Ah, Mann, das ist genial. Wo bist du?
»Nah genug.«
Kommst du her?
»Nicht sofort. Ist dein Container angekommen?«
Ist auf dem Weg.
»Probleme?«

Bis jetzt nicht. Ich hab zwei Männer am Hafen, die alles im Blick haben. Bis jetzt läuft alles. Ich war besorgt, dass uns dort jemand ins Handwerk pfuscht.
»Ruf mich an, wenn der Container da ist.«
Okay.

Der Einsatzraum erwachte zu hektischem Leben. Higgins war bereits halb aus der Tür. »Sie treffen sich in McCanns Lagerhaus. Deshalb hat er es geräumt. Er will die Ware dort lagern.« Higgins tätschelte die Pistole an seiner Seite. »Gehen wir.«
Aber Cunningham ließ ihn mitten in der Bewegung innehalten. »Bleiben Sie stehen. Sie gehen nirgendwo hin.«
Higgins Kinnlade fiel herab. »Was zum Teufel meinen Sie damit?«
Power vergrub sein Gesicht in seinen Händen, während die vier Abhörbeamten geradeaus blickten.
»Ich werde kein Blutbad riskieren, weil Sie eine persönliche Rechnung begleichen wollen.« Cunningham richtete sich zu voller Größe auf und fixierte seinen Untergebenen. »Ich habe bewaffnete und erfahrene Beamte an jedem möglichen Konfrontationspunkt. Ich will diese Männer lebend haben und vor Gericht stellen. Ich riskiere keine Schießerei mit Ihnen.«
Higgins stand betroffen in der Tür. Seine angespannten Züge hatte der Schock in eine blutleere Maske verwandelt. Dann sah er Power an. »Sie haben davon gewusst, nicht wahr? Seit Wochen habt ihr mich an der kurzen Leine gehalten.« Er versuchte ihm ins abgewandte Gesicht zu sehen. »Oder?«
Power verzog das Gesicht und verließ den Raum.

11 Uhr 55

Die Gypsy glitt in Sichtweite des Hafens von Howth durch die ruhige See an einem hellen und wolkenlosen Tag. Die Sonne stand zur Linken und hatte ihren höchsten Punkt noch nicht erreicht. Die Luft war warm, selbst das Wasser strahlte Wärme aus. Ein Ausflugsschiff fuhr vorbei. Menschen winkten, und Rufe schallten herüber zum Trawler, erhielten aber kaum Antwort. Dan Patterson und seine Mannschaft hatten ihre ganze Aufmerksamkeit auf die Steinmauern der schmalen Bucht gerichtet.

Die Reise war ereignislos gewesen. Sean Kennedy hielt sich bedeckt, und die Männer ihrerseits vermieden es, den unwillkommenen Passagier zu stören. Aber Patterson und seine Männer wussten, dass die nächste Stunde der gefährlichste Teil der Reise sein würde. Wenn sie die Ladung an Land schaffen konnten, ohne Verdacht zu erregen, und wenn Kennedy und sein Partner auf ihrem Weg waren, konnten sie aufatmen und ihr altes Leben wieder aufnehmen. Dann hatten sie wieder ein seetüchtiges Schiff, keine Schulden mehr und ein paar Extra-Euro dazu. Es war ein riskantes Geschäft, aber der Gewinn war zu verlockend, um ihn auszuschlagen.

Kennedy verließ schließlich die Dunkelheit unter Deck und stand neben dem Steuerhaus und genoss die Aussicht. Rechts sah er Ireland's Eye, ein unbewohntes Eiland, auf dessen grünen Hügeln ein paar Schafe weideten. Links lagen die Vororte von Süd-Dublin und hinter ihnen die sanften Berge der Wicklow Mountains. Auf dem Wasser tuckerten andere Trawler seewärts und bliesen ihre Nebelhörner als Gruß an die hereinkommende Gypsy. Patterson ließ es selbst hin und wieder ertönen, um so unverdächtig wie möglich zu erscheinen.

Sie waren jetzt weniger als dreihundert Meter vom Nordpier entfernt, und Kennedy konnte eine einzelne Gestalt am Ende des Kais ausmachen. Er borgte sich ein Fernglas, und nachdem er es scharf gestellt und sich an die schaukelnde Bewegung gewöhnt hatte, sah er Jay Davis, der offenbar grünes Ölzeug trug. Und neben ihm stand ein offener Lastwagen.

12 Uhr 30

Higgins platzte fast vor Wut. Er saß zitternd und mit weißem Gesicht auf seinem Stuhl in der Ecke des Abhörraumes. Eine Hand fasste nach der Pistole, aber hielt im letzten Augenblick inne. Er verfluchte sich selbst, dass er Cunningham und Power vertraut hatte. Diese Kerle wollten Scott und mich nur für die Drecksarbeit! Als sie die Informationen hatten, waren wir abgeschrieben. Er suchte in seiner Tasche nach einer Zigarette, fand aber nur eine zerknüllte leere Schachtel. Er fluchte heftig und warf sie in eine Ecke. Dann nahm er sein Handy und tippte wütend auf die Tasten.

12 Uhr 45

Die Gypsy wurde am Ende des Nordpiers an die Steinmauer gezogen. Davis grinste übers ganze Gesicht, als er Kennedy sah. »Na, seekrank geworden?«

Kennedy schüttelte den Kopf. »Ich stinke nach Fisch, aber davon abgesehen ist alles in Ordnung.«

Plötzlich beugte sich Dan Patterson aus dem Steuerhaus. »Hier können wir nicht entladen.«

Davis sah sich rasch um, als drohe eine unbekannte Gefahr, die ihm entgangen war. Aber der Kai war verlassen. Das nächste Lebenszeichen kam von der Hauptstraße des Dorfes fünfhundert Meter entfernt.

»Diese Einfahrt bleibt immer frei«, rief Patterson. »Der mittlere Hafen ist für die Jachten und kleineren Boote. Die Fischtrawler legen am Westpier an und laden dort aus. Hier machen wir uns zu verdächtig, deshalb bringe ich sie auf die andere Seite.« Eine fleischige Hand deutete in die ungefähre Richtung. Als Davis und Kennedy über das Wasser blickten, begriffen sie sofort, was Patterson vorschlug. Die Nordbucht war leer bis auf ein paar Boote am Kai. Der mittlere Pier war gerammelt voll mit Jachten und Schnellbooten. Ihre Segel flatterten

im schwachen Wind. Jenseits einer mächtigen Trennmauer war der Westpier, und dort war der größte Teil von Howths Fischereiflotte festgemacht. Ihre hohen Masten und dicken Rümpfe bildeten einen starken Kontrast zu den schlanken Ausflugsbooten dazwischen. »Fahren Sie ganz ans Ende des Kais«, rief Patterson, als er das Boot vorsichtig von der Mauer weg bewegte, »wir treffen uns dort in zehn Minuten.«
Davis stieg sofort in seinen Laster und war eine Minute später auf dem Weg zur Hauptstraße. Kennedy sah ihm nach und hielt sich an dem Seil fest, das vom Mast zum Bug verlief, als der Motor der Gypsy wieder auf Touren kam.

In der Mitte des Westpiers beobachtete Kevin Quinn, der Direktor und Eigentümer der Quinn-Fischverarbeitungsfirma jede Bewegung des Schiffes. Der fünfzigjährige Quinn hatte die Erdgeschossfenster seiner Büros weit geöffnet, um den strahlenden Tag und den Ausblick zu genießen. Das Sonnenlicht funkelte auf dem fast völlig glatten Wasser, und eine Atmosphäre entspannter Trägheit lag über dem Hafen.
Wenige Schiffe waren an diesem Morgen hinausgefahren. Die meisten lagen noch an, keine zwanzig Meter von seinem Gelände. Quinns Firma war eine von vieren, die direkt mit den Fischern handelten, die Fänge beim Entladen übernahmen und sie an die großen Supermärkte, Läden und Restaurants in Dublin verkauften. Er war seit über zwanzig Jahren in diesem Geschäft und kannte die meisten der Trawlerskipper und ihre Schiffe. Er hatte von den Schwierigkeiten der Gypsy gehört, als einer der Mannschaft vor zwei Tagen von Rotterdam zurückkam. Der Mann erzählte ihm vom Maschinenschaden, vom Schlepp in den Hafen und vom Streit wegen des Geldes. Deshalb war Quinn nun verwundert, die Gypsy wieder in Howth zu sehen. Dan Patterson war einer der zwielichtigeren Gestalten im Geschäft, und es gab kaum einen, den es nicht brennend interessieren würde, wie er es bei seinen kärglichen Finanzen nach Hause geschafft hatte.
Die salzige Luft und der Sonnenschein lockten, und Quinn

beschloss, eine Pause zu machen und die anlegende Gypsy genauer in Augenschein zu nehmen. Er steckte sein Handy ein und stellte die Festnetzapparate auf Anrufbeantworter. Unten erklärte er seinen drei Angestellten, die Bestellungen entgegennahmen und Lieferungen vereinbarten, dass er für etwa zwanzig Minuten aus dem Haus sein würde.

12 Uhr 55

Scott Nolan ging wie ein gefangener Tiger in seinem Apartment auf und ab.

Mark Higgins hatte ihn informiert, wie die Dinge sich zuspitzten und dass sie beide endgültig vom Finale der Operation ausgeschlossen waren. »Sie wollen uns nicht dabeihaben, Scott. Für sie sind wir nicht mehr als gefährliche Einzelgänger.«

Über Higgins' eingeschaltetes Handy lauschte Scott in seiner Wohnung der Kommunikation im Einsatzraum. Ein gelber Zwölf-Meter-Stahlcontainer stand nun vor Derek McCanns Laden, und seine Helfer waren bereits dabei, Paletten mit Möbeln auszuladen.

McCann wusste nicht, dass diese Aktivitäten von vier Beamten in einem nahen Hochhaus mit Teleobjektiven gefilmt wurden. Weitere zehn bewaffnete Polizisten mit schusssicheren Westen wurden um den Tatort zusammengezogen. Im Augenblick war jeder überzeugt, dass der Container die Drogenlieferung enthielt. Ebenso wurde allgemein angenommen, dass Davis und Kennedy nicht weit sein konnten und nur auf die Bestätigung der erfolgreichen Übernahme warteten, bevor sie auftauchten.

Im oberen Korridor konnte ein aufgeregter Higgins es nicht länger ertragen und rief in die Sprechmuschel: »Komm sofort her, Scott. Wir treffen uns vor dem Tor.« Er nahm einen hastigen Zug an seiner dreißigsten Zigarette an diesem Tag. »Und komm bewaffnet und einsatzbereit.«

13 Uhr 10

Kevin Quinn war verwirrt. Er stand über der Gypsy am letzten Zipfel des Westpiers. Der Trawler lag tief im Wasser, was den Schluss zuließ, dass sich eine kleine Ladung unter Deck befand – kein großer Fang, aber den Wasserstandsmarkierungen nach war definitiv mehr an Bord als die Mannschaft. Und Dan Patterson ignorierte ihn völlig, obgleich Quinn mehrmals versuchte, mit ihm ins Gespräch zu kommen. Der Skipper hantierte mit den Seilen und Rollen und befahl seinen Leuten all die unwichtigen Arbeiten, die man üblicherweise an flauen Tagen erledigte, wenn auf See nichts los war. Solange Quinn ihn kannte, hatte er noch nie so herumgetrödelt, wenn er von einer langen Fahrt kam. Gewöhnlich war der rothaarige Skipper sofort auf dem Kai, fluchend und jedermann herumkommandierend, mit Schimpftiraden auf jeden, der ihm nicht schnell genug war.

Doch was immer sich nun an Bord der Gypsy befand, hatte es wohl nicht eilig, abtransportiert zu werden. Und noch etwas beunruhigte Quinn. Neben dem Steuerhaus stand ein großer blonder Mann Ende zwanzig oder Anfang dreißig. Er starrte direkt auf Quinn, und sein Blick war drohend und beunruhigend. Quinn hatte ihn am Trawler beobachtet und gleich erkannt, wie fehl am Platz er dort war. Seine Hände waren ohne Schwielen, sein Gesicht war blass und nicht von Wind und Wetter gezeichnet. Und er interessierte sich nicht für die Wartungsarbeiten um ihn herum. Das ist kein Fischer, schloss Quinn.

»Verzieh dich, Quinn«, schnappte Patterson schließlich aus einer Luke in der Nähe des Maschinenraums. »Hast du nichts zu arbeiten?«

Quinn drehte sich um und stapfte tief in Gedanken zu seinem Büro zurück. Dann sah er den Baulaster, der mit laufendem Motor in der Nähe parkte und dessen Fahrer ihn beobachtete.

»Seit wann verlädt Dan Patterson seinen Fang auf einen Toyota-Laster?«, fragte er eine seiner Angestellten, als er wieder im Büro war, und erntete nur ein verwirrtes Stirnrunzeln.

13 Uhr 25

McCann war ein korpulenter Mann mit beträchtlichem Körperumfang und Stirnglatze. Sein körperliches Training beschränkte sich auf das Eingießen von Whisky und das Zählen der Einnahmen am Abend. Er stand neben dem Container, während Paddy, Dekko, Anto und Luke schufteten, um die empfindlichen und kunstvoll geschnitzten Teakholzmöbel auszuladen.

Da waren Garnituren von Esstischen und Stühlen, Außenmöbel wie Lehnstühle und Markisen. Auf mehreren Paletten kamen stabile Betten mit passenden Nachtkästchen. Alle waren von hoher Qualität mit fein gearbeiteten Schnitzereien und Beschlägen. McCann schätzte, dass er die Ladung an einen Händler, den er kannte, für hunderttausend Euros verkaufen konnte. Nicht, dass er das Geld brauchte, denn in der Tiefe des gelben Containers würde sich in einer großen Nische seine Drogenlieferung befinden. Und die brachte Millionen. Mit einem halben Grinsen verfolgte er die Lagerung der Holzpaletten in einer Ecke des Schuppens. Dann hörte er einen Ausruf tief aus dem Inneren des Containers und spähte in die Dunkelheit.

»Hast du es gefunden?« Seine Stimme hallte von den Metallwänden wieder.

»Ja«, antwortete Anto, ein dünner Bursche, der durch die engsten Spalten kam. »Verdammt großes Loch zwischen zwei Stapeln Möbel. Man muss schon ziemlich genau schauen, dass man es findet.«

»Genial.« McCann war so aufgeregt, dass er begeistert in die Hände klatschte.

»Warte mal, Boss.« Antos Stimme klang alles andere denn begeistert. »Da ist nur Mist drin.«

13 Uhr 40

»Hallo, ist dort die Gardastation?« Kevin Quinn war überzeugt, dass hier vor seinen Augen ein krummes Ding lief. »Hören Sie, vielleicht verschwende ich nur Ihre Zeit, aber ...« Er berichtete von den Vorgängen bei der Ankunft der Gypsy, beschrieb den ungewöhnlich aussehenden Fischer und den anderen verdächtig aussehenden Mann mit dem Laster. »Ich meine«, schloss er, »hier hat noch nie jemand in einem so verdreckten Laster frischen Fisch abtransportiert.«

Dann legte er auf und war überzeugt, das Richtige getan zu haben, und überlegte sich bereits, wie er Dan Patterson seine berechtigte Sorge begreiflich machen konnte, wenn sich alles als harmlos herausstellte. Er beschäftigte sich mit Unterlagen, bevor er sich daranmachte, ein paar Kunden anzurufen, Bestellungen entgegenzunehmen und Liefertermine zu besprechen. Ein starker Geruch nach Fisch ließ ihn innehalten, und als er sich umwandte, blickte er direkt in Sean Kennedys Augen.

»Mit wem haben Sie geredet?«

Der Hörer entglitt Quinns Fingern und krachte auf den Tisch. Sein Mund war plötzlich trocken, und seine Knie wurden weich. Der Mann vor ihm erschreckte ihn zu Tode mit seinen schmalen Augen und dem kalten, gnadenlosen Gesicht.

»N-nur mit ... Kunden«, stammelte er.

»Sonst niemand?« Die Stimme war so drohend wie der Blick.

»N-n-nein. Niemand. Ich habe mit meinen Kunden geredet, ich gebe Ihnen mein Wort.«

»Gut. Das ist sehr klug.« Dann hallte ein einzelner Schuss im Raum wider, und Kevin Quinns linkes Auge verschwand in einer blutigen Masse aus Fleisch und Knochen.

27

13 Uhr 45

Mark Higgins wollte eben den Einsatzraum verlassen, als ein neues Gespräch über die Lautsprecher kam.

»Wo ist die Lieferung, Jay?«
Ich bringe sie direkt zu dir.
»Verarsch mich nicht, Jay. Ich steh hier vor einem großen leeren Container, der vor einer halben Stunde noch voller Möbel war. Und ich habe keine Möbel bestellt, Jay. Wenn ich Möbel will, kaufe ich sie hier in der Gegend. Wo ist die verdammte Lieferung?«
Sie ist auf einem Laster. Mir hat nicht gefallen, was ich über die Vorgänge in Dublin hörte, daher haben wir beschlossen, den Plan zu ändern. Wenn bei dir alles klar ist, können wir in einer Stunde da sein.
»Wo bist du?«
Howth.
»Was, zum Teufel, machst du in Howth?«
Du stellst zu viele Fragen, Derek. Alles ist gerade verladen worden. Während wir hier reden, kann ich Sean sehen, der noch einmal alles überprüft. Also, wo willst du das Zeug haben?
»Bringt es zu meinem Supermarkt.«
Ist es dort sicher?
»Billy Ferguson steht neben mir und hört mit. Ich habe meine vier Männer hier, und da sind noch vier von ihm. Das sind genug Leute für einen kleinen Krieg, wenn es sein muss, also mach dir keine Sorgen über die Sicherheit, sondern komm so schnell wie möglich her, bevor einige Leute die Geduld verlieren.«
Gib mir eine Stunde.
»Die Uhr läuft.«
Wir werden rechtzeitig da sein.

»Mit Kennedy?«

Mit Kennedy.

»Hast du das gehört, Billy? Dein Freund Kennedy macht uns seine Aufwartung.«

Klick. Die Leitung war tot.

Higgins lauschte dem Gespräch mit offenem Mund. Verdammt viel konnte in einer Stunde passieren. Wenn jemand einen falschen Zug machte oder wenn Billy Ferguson und McCann eine Schießerei anfingen, konnten die Hauptakteure leicht wieder untertauchen. Drei Straßen führten aus der Halbinsel, und wenn diese rechtzeitig blockiert werden konnten, saßen ihre Hauptzielpersonen wie Ratten in der Falle. Er schnappte ein Telefon und sprach gleich darauf mit dem Dienst habenden Leiter der Polizeistation in Howth.

Fünfzehn Minuten später zog er Scott Nolan auf den Beifahrersitz seines Saab und startete den Motor. »Der Polizeipräsident soll seinen Spaß mit McCann und Ferguson haben«, knurrte er, während er eine Kurve halb auf dem Gehsteig nahm. »Was uns beide angeht, so ist die Jagdsaison auf die anderen beiden eröffnet.«

14 Uhr

Sean Kennedy und Jay Davis wählten den direktesten Weg nach Dublin, auf der Straße, auf der Davis zuvor den Laster nach Howth gebracht hatte. Während der Fahrt konnten sie beide kaum ihre Begeisterung unterdrücken. Wie gewöhnliche Arbeiter gekleidet fuhren sie in einem dreckigen Lastwagen mit der größten illegalen Drogenlieferung, die je nach Irland gelangt war. Sie hatten es tatsächlich geschafft. Durch monatelange Planungen und Kontaktpflege mit Topleuten der Drogenszene war eine millionenschwere Ladung zusammengekommen. Und sie befand sich nur wenige Meter hinter ihnen unter einem dicken Segeltuch. Sie lachten und gratulierten einander, als sie um eine Kurve kamen und im Stau steckten. In der Ferne sahen sie einen Polizisten am Anfang der Fahrzeugschlange, der sich zum Fahrerfenster eines Wagens hinabbeugte.

»Wahrscheinlich nur eine Routinekontrolle«, meinte Davis, und seine Finger trommelten auf dem Lenkrad. »Sicher weiß er gar nicht, was für ein großer Fisch ihm in ein paar Minuten durch die Lappen geht.«

Er grinste selbstgefällig zu Kennedy hinüber und sah überrascht, dass sein Partner die Stirn runzelte. »Da oben stehen drei Einsatzwagen. Das Risiko ist zu groß. Wir nehmen besser eine andere Straße.«

Davis reagierte sofort und drehte um. »Nehmen wir die landschaftlich schönere Straße«, sagte er mit einem unterdrückten Lachen, »und genießen die Aussicht.«

Aber Kennedys Erleichterung schwand rasch. Warum standen da drei Einsatzwagen? »Steig aufs Gas«, schnappte er. »Wenn wir nicht in einer Stunde bei McCann sind, bricht die Hölle los.«

Davis beschleunigte, bis sie vierzig Meilen in einer Zwanzigerzone fuhren. Das Zentrum des Dorfes tauchte vor ihnen auf.

14 Uhr 35

Mark Higgins missachtete jede rote Ampel, überholte auf der falschen Seite und riskierte zweimal einen Frontalzusammenstoß, als er in nicht einsehbaren Kurven überholte. Mit Blinklicht und heulender Sirene verschaffte er sich freie Bahn durch die Innenstadt. Und Scott Nolan hielt die Uzi-Maschinenpistole hoch, sodass jeder sehen konnte, dass dies kein gewöhnlicher Einsatz war.

Sie ignorierten die hektischen Rufe des Polizeichefs über Funk, sich herauszuhalten, während sie sich im Zickzack durch eine Fahrzeugkolonne schlängelten. Im Küstenvorort Clontarf, der auf halbem Weg lag, verlor Higgins kurz die Kontrolle über den Wagen. Der Saab schleuderte etwa zwanzig Meter, bevor er wieder in der Spur lag. Er hielt nicht länger als zwanzig Sekunden, um sich zu beruhigen, bevor er wieder losbrauste und der Tacho auf achtzig Meilen in der Stunde kletterte. Aus seinem Seitenfenster konnte Scott schemenhaft Leute sehen, die stehen geblieben waren und mit den Fingern deuteten und die Köpfe zusammensteckten.

Dann hatte der Wagen die Stadtgrenze erreicht und weniger belebtes Gebiet vor sich, und über die Verbindung zur Zentrale erfuhren sie, dass die Polizei in Howth das Dorf abgeriegelt hatte. Außerdem hatten sie den Toyota-Laster entdeckt. Und ja, sie wussten, dass die Verdächtigen bewaffnet und gefährlich waren.

14 Uhr 55

Außer dem Dorf und dem Hafen auf der Nordseite besaß Howth auch einen herausragenden Berg mit einem Leuchtturm und überwältigender Aussicht auf die Dublin Bay und die Irische See. Ein unübersichtliches Straßengewirr durchzog den Ort, aber nur drei Straßen führten aus der Halbinsel heraus, und die landschaftlich schönere, wie Jay Davis die schmalste scherzhaft genannt hatte, war blockiert.

Sean Kennedy lehnte sich aus der Beifahrertür und musterte die Situation besorgt. Vor ihnen versperrte ein großer gelber Bulldozer die Durchfahrt, und mehrere wütende PKW-Fahrer standen rufend und gestikulierend neben ihren Wagen, als könnten Flüche allein das Monstrum aus dem Weg schaffen.

»Fahr durchs Dorf«, rief Kennedy und versuchte, seiner zunehmenden Unsicherheit Herr zu werden.

»Was, zum Teufel, ist denn los?« Davis stand halb im Führerhaus, um an der Baumaschine vorbeizusehen.

»Keine Ahnung, aber wir haben keine Zeit, es rauszufinden. Dreh um.«

Davis brauchte auf der schmalen Straße fast fünf Minuten dazu.

15 Uhr 05

Ein Polizeihelikopter schwebte nun über dem Gebiet. Die beiden Besatzungsmitglieder nahmen sofort Kurs auf Howth, als die Information durchkam, dass eine Schiffsladung Drogen an Land gebracht worden war. Von ihrer Position aus beobachteten sie Higgins' Saab, der eben den höchsten Punkt der bergigen Halbinsel erreichte und die schmale kurvige Straße zum Ortzentrum hinabjagte. Der Pilot behielt ihn im Blick, bis der Wagen bei der mehrköpfigen Polizeitruppe an der Straßensperre zum Halten kam.
Drei Einsatzwagen blockierten die Straße in Abständen, um einen gewaltsamen Durchbruchversuch zu verhindern. Er konnte Beamte in gelben kugelsicheren Westen an allen strategischen Stellen kauern sehen, von denen sie jede Bewegung vom Dorf her überblicken konnten. Zufrieden drehte der Pilot nach links ab und flog auf das Hafengebiet zu.

15 Uhr 10

Bill Ferguson starrte auf seine Uhr und war inzwischen überzeugt, dass Derek McCann ihn linken wollte. Die Ein-Stunden-Frist, die Jay Davis versprochen hatte, war abgelaufen, und noch immer warteten sie vergeblich auf den großen Deal, in den er sich eingeklinkt hatte, seit sein Bruder tot war. »Wo ist dein Freund, Derek? Er hat gesagt, eine Stunde, und die ist längst um.«
McCann holte sein Handy aus der Tasche und wählte die Nummer. Neben Davis' Verspätung begann er auch Fergusons hässliche Fratze und ständige Drohungen satt zu kriegen. Die Nummer läutete dreimal und blieb stumm. McCann runzelte die Stirn. Er wählte erneut, wobei er den Liverpooler im Auge behielt und mit der anderen Hand nach seiner Pistole tastete. Wieder meldete sich niemand.
»Und?« Fergusons drohende und verzerrte Fratze tanzte

dicht vor seinem Gesicht. Er versetzte McCann einen Stoß in den Bauch. »Wo ist dein verdammter Freund?«
In dem Augenblick riss McCann die Geduld und er hielt Ferguson das Handy hin. »Die Verbindung steht.« Ferguson trat verwirrt einen Schritt zurück, um das kleine Display besser sehen zu können. »Du bist ein verdammter Lüg...« Das war die letzte Beleidigung, zu der Ferguson ansetzte, denn McCann schoss ihm sechs Kugeln in die Brust.
Sein impulsiver Angriff war das Signal für die bewaffnete Spezialeinheit, einzugreifen, und die resultierende Schießerei dauerte fast zehn Minuten.

15 Uhr 25

Sean Kennedy entdeckte die Straßensperre zuerst. Er lehnte sich aus dem Beifahrerfenster, und sein Pferdeschwanz flog im Wind, während er verzweifelt nach einem Ausweg suchte. Jay Davis jagte den Motor hoch, aber es gab kein Weiterkommen, denn der Laster saß erneut in einer Fahrzeugschlange fest.
»Was zum Teufel ist da los?« Davis' Stimme war schrill und gereizt, und zum ersten Mal hatte Kennedy den Eindruck, dass sein Partner kurz davor stand durchzudrehen.
Er stieg aus und hinkte ein paar Meter nach vorn, um mehr sehen zu können. Er hörte einen Helikopter und sah sich um, konnte aber ihn nicht entdecken, und beschloss, sich an den Fahrzeugen entlang ein Stück vorzuarbeiten, um einen Blick auf die Sperre zu werfen. Er war noch etwa fünfzig Meter entfernt, als er deutlich das bewaffnete Polizeiaufgebot sehen konnte.
Er eilte zurück und stieg in den Wagen. »Dreh die verdammte Karre um«, schrie er und zog seine Pistole.
Davis begann am ganzen Leib zu zittern. »Was ist los?«
Kennedy starrte geradeaus, während er ein frisches Magazin in seine Heckler & Koch schob. »Sie haben es auf uns abgesehen. Dreh um, oder wir sind erledigt.«

In seiner Panik stieß Davis so weit zurück, dass der Laster einen grünen Ford Focus rammte, und hinten erklang eine Reihe von Flüchen. Davis schoss nach vorn und bekam genug Platz. Er kurvte auf die Gegenfahrbahn und rollte in Richtung des Dorfes.

Das wütende Gesicht einer jungen Frau erschien plötzlich an Kennedys Seitenfenster. Ihre Hände klammerten sich an den Rahmen. »Halten Sie sofort an!«, schrie sie verärgert. Kennedy schlug ihr mit voller Wicht den Griff der Pistole auf die Finger. Sie schrie vor Schmerz auf und ließ los.

Die Straße ins Dorf zurück war schmal und kurvig, und Davis hatte Schwierigkeiten, das Lenkrad festzuhalten. Er schaltete hektisch, dass der Laster einen Sprung wie ein Känguru machte und Kennedys Kopf gegen das Dach knallte. »Fahr das verdammte Ding ordentlich«, brüllte Kennedy, aber er sah gleich, dass Davis fertig war. Seine Hände zitterten, und Schweiß lief ihm über die Stirn.

Der Laster kam an eine enge Kurve, und Davis versuchte herunterzuschalten, um ihn in der Spur zu halten, schaffte es aber nur, den Motor abzuwürgen. »Verdammt, verdammt«, schrie er und schlug auf das Armaturenbrett. Der Wagen steckte in der Kurve fest und wollte nicht wieder starten.

»Geh raus und schieb!«

Davis war verzweifelt und suchte fieberhaft den zweiten Gang. Er warf einen Seitenblick auf Kennedy und starrte auf eine Heckler & Koch, die auf ihn gerichtet war, und es fiel kein Wort mehr, bis Kennedy auf den Abzug drückte.

15 Uhr 45

Scott Nolan und Mark Higgins waren die Einzigen der bewaffneten Einheit, die die Straßensperre hinter sich ließen und auf den festsitzenden Laster zuliefen. Sie konnten die Schreie und verängstigten Rufe der Fahrer und Insassen in der Fahrzeugschlange hören, sahen manche aus ihren Fahrzeugen springen

und in Deckung kriechen. »Du nimmst die linke Seite, ich die rechte«, rief Higgins, und die beiden teilten sich sofort.
Wie auf einen Wink tauchte der Polizeihubschrauber über ihnen auf, und seine dröhnenden Rotoren machten jede verbale Kommunikation unmöglich. Scott sah Higgins in eine Richtung deuten und dass der Laster sein Ziel war. Er sah auch, dass Higgins die Maschinenpistole bei sich hatte.

15 Uhr 55

Die einzigen Gedanken in Sean Kennedys Kopf wirbelten um Überleben und Untertauchen. Er war noch jung, und wenn er auch über die Jahre für den frühen Tod vieler verantwortlich war, hatte er nicht die Absicht, ihr Schicksal zu teilen. Keinesfalls würde er zulassen, dass sie ihn vor ein Gericht zerrten und für den Rest seines Lebens in einen stinkenden irischen Knast steckten. Die Furcht davor trieb ihn nun durch die engen und unübersichtlichen Seitenstraßen des Dorfes Howth.
Er steckte die Pistole in den Bund seiner Jeans, zog das T-Shirt darüber und hinkte, so schnell es sein lädiertes Bein erlaubte, durch die Straßen. Die Sonne stand bereits tief im Westen und warf lange Schatten über die fast verlassenen Straßen und Gassen. Nur gelegentlich war jemand unterwegs und ging seinen Geschäften nach, ohne zu ahnen, welches dramatische Geschehen sich in seiner unmittelbaren Umgebung abspielte.
Kennedy erreichte die oberste Straße und hielt kurz inne. Wo die Straßen in das Hafengebiet mündeten, konnte er größere Menschenmengen ausmachen, die von Polizisten in gelben Westen am Weitergehen gehindert wurden. Da kann ich nicht hinunter, dachte er. Es gibt nur eine Möglichkeit, und zwar auf dem Waldweg am Ortsrand. Erinnerungen aus Kindertagen, als er den beliebten Ausflugsort erkundet hatte, überkamen ihn, und er versuchte verzweifelt, einen klaren Gedanken zu fassen.
Er hörte ein Scharren hinter sich und ließ sich fallen. Er rollte

herum und kam mit der Waffe in der Faust wieder auf die Beine. Aber es war nur ein Hund, der sich an einem Müllsack zu schaffen machte.
Kennedys Herz schlug so heftig, dass er den Pulsschlag tief in den Ohren hören konnte. Es war kühl geworden, nun da die Sonne keine Wärme mehr gab, doch der Killer schwitzte, und sein Gesicht war gerötet vor Anstrengung. Sein Pferdeschwanz war nass, und Strähnen klebten ihm im Gesicht, die seine Sicht behinderten.
Nicht stehen bleiben, weitergehen ...

16 Uhr 05

Scott Nolan hatte völlig die Orientierung verloren. Er war noch nie in Howth gewesen und kannte sich nicht aus. Er hatte sich etwa fünfzig Meter vor dem Laster von Mark Higgins getrennt und rannte nun die höchste Straße des Dorfes entlang, um einen guten Blick auf das Gewirr unter ihm zu haben. Es war fast unglaublich, doch da schlenderten Leute herum, als wäre nichts geschehen, während andere an ihren Haustüren standen und verwirrt und besorgt auf und ab blickten. Das Dröhnen des Helikopters über dem Gebiet war nicht alltäglich, und ein paar legten den Kopf in den Nacken und blickten hoch. Scott rannte um mehrere Biegungen, über steile Treppen und durch gepflasterte Gassen. Er hatte die Pistole in der Hand, und er sehnte sich danach, sie zu benutzen.
Ich weiß, du bist hier irgendwo, Kennedy, ich kann dich fast riechen. Komm heraus und zeig dein Gesicht.
Aber er kam ins Schwitzen, und seine Gläser liefen an. Er musste anhalten und seine Brille mit seinem schwarzen T-Shirt putzen. Er hielt kurz inne und lauschte. Dabei spürte er den Schweiß, der ihm über Stirn und Brust lief. Rasch zog er sein Shirt aus der Hose und wischte sich das Gesicht ab. Als er seine Brille wieder aufsetzte, lag die Straße verlassen da.

Die junge Frau bekam nicht mit, was ihr geschah. Kennedy entdeckte sie mit einem Kinderwagen und einem schlafenden Kleinen auf der oberen Straße und folgte ihr. Sie war Ende zwanzig, schätzte er. Mit dem kurzen roten Haar und den Sommersprossen war sie der klassische keltische Typ. Sie trug eine Cordsamthose und einen weißen Rollkragenpulli und war ganz und gar mit ihrem Baby beschäftigt. Alle paar Minuten sah sie in den Wagen nach dem kleinen Ding, bevor sie eilig den Weg fortsetzte. In einem Seitenkorb am Gestänge befanden sich Lebensmittel, und Kennedy schätzte, dass sie etwas leicht Verderbliches eingekauft hatte und schnell nach Hause kommen wollte.

Die Frau bog schließlich in eine Reihe pseudogeorgianischer Häuser ein und hielt vor dem letzten. Sie öffnete die Haustür und schob den Kinderwagen hinein, als Kennedy handelte.

Ein Schrei blieb ihr in der Kehle stecken, als seine rechte Faust sie mit solcher Wucht auf die linke Wange traf, dass sie wie ein Stein zu Boden fiel. Das Kind wachte in dem Tumult gar nicht auf.

Kennedy war nun im Haus, der Kinderwagen im Korridor, sein Opfer hatte er in eines der vorderen Zimmer geschleift. Aus dem Küchenfenster auf der Hinterseite hatte er einen imposanten Ausblick auf den Hafen und die Küste und konnte sogar erkennen, dass die Zahl der Menschen da unten zugenommen hatte. Durch den Mob war eine Flucht unmöglich. Dann spähte er seitwärts und sah den Polizeihubschrauber im Tiefflug über den oberen Ortsrand kommen. Seine Motoren waren so laut, dass sich das Baby im Wagen bewegte, gähnte, einen Finger in den Mund steckte – und wieder einschlief.

Kennedy atmete erleichtert auf. Er verfolgte den Helikopter, als er über dem Gebiet kreiste, und dabei so tief ging, dass die Leitungsdrähte im dem Wind der Rotoren schwankten. Ich muss hier weg. Sie werden bald die Häuser durchsuchen. Er

versuchte einen klaren Kopf zu bekommen und Antworten auf die dringenden Fragen zu finden. Wo bin ich? Am oberen Ortsende. Wo ist der Waldweg? Am oberen Ende. Aber wo am oberen Ende? Er versuchte sich ins Gedächtnis zurückzurufen, wie er und Anna das letzte Mal in diesen Gassen Fangen gespielt hatten. Sie war plötzlich verschwunden, und er hatte sie nicht finden können. Schließlich war sie eine Meile außerhalb des Ortes wieder aufgetaucht. Wo war sie hin? Denk nach, Mann. Welchen Weg war sie gelaufen?
Er stieg über die bewusstlose Frau und spähte aus dem Fenster. Rechts gab es nur Neubauten, und die verwirrten ihn. Links glaubte er entlang der Straße, auf der er gekommen war, eine Reihe von Steinstufen zu erkennen, die auf einen grasbewachsenen Hang hinab führten. Das ist es, schrie er fast. Das ist der Weg.

16 Uhr 30

Mark Higgins bekam keine Luft mehr. Er keuchte und schwitzte und verfluchte seine Raucherei. Er war durch Seitenstraßen gerannt, hatte an Türen geklopft und sich in Kneipen und Hotels umgesehen. Keine Spur von Kennedy. Im Laster hatte er die Leiche von Davis gesehen, allerdings war das Gesicht des Toten nicht mehr zu erkennen gewesen. Jetzt sorgte er sich um seinen Schwager. Wenn Scott auf Kennedy traf, war ihm klar, wer von beiden die Schießerei überleben würde. Er beugte sich in einen Einsatzwagen mit eingeschalteter Funksprechanlage und Verbindung zur Zentrale und zum Helikopter. Innerhalb einer Minute wusste er, dass noch kein Sichtkontakt zum Verdächtigen bestand und dass Scott sich am höchsten Punkt des Dorfes befand. Da viele der nach oben führenden Straßen zu schmal für Fahrzeuge waren, machte sich Higgins zu Fuß auf den Weg.

16 Uhr 35

Kennedy war fieberhaft dabei, mit einer Küchenschere seinen Pferdeschwanz abzuschneiden und sein Haar rundum zu kürzen. In einem Kleiderschrank im Obergeschoß fand er eine blaue Baskenmütze, ein frisches weißes Hemd und einen beigen Pullover mit V-Ausschnitt. Als er schließlich, den Kinderwagen vor sich herschiebend, das Haus verließ, sah er wie ein stolzer Vater aus, der mit seinem Kleinen einen Spaziergang machte. Seine Heckler & Koch lag unter einer Windeltasche im Seitenkorb verborgen. Voraus sah er die Steinstufen, seinen Weg in die Freiheit. Sein Bein schmerzte, aber der Adrenalinschub verlieh ihm neue Kraft.

Halte einfach den Kopf hoch und schau gelegentlich nach dem Baby, wie es seine Mutter getan hat. Fang nicht zu rennen an. Du machst einen Spaziergang mit deinem Sohn. Wenn du das andere Ende des Waldwegs erreichst, liegen die Straßensperren hinter dir. Dann geh mit dem Kinderwagen noch ein paar hundert Meter und schnapp dir den ersten Wagen, den du siehst. Bis diese Kerle herausgefunden haben, was passiert ist, bist du schon meilenweit weg.

Er war nur noch etwa zwanzig Schritte von den Stufen entfernt, als ein großer, ziemlich hagerer Mann aus einer Seitenstraße auftauchte. Alles okay. Entspann dich, es ist kein Verbrechen, mit deinem Kind spazieren zu gehen. Er warf einen Blick nach links und sah eine Treppe, die wenigstens dreißig Meter hangabwärts führte.

16 Uhr 37

Scott Nolan wusste nicht, was er tun sollte. Er hatte keinerlei Verbindung zu irgendjemandem und keine Ahnung, ob Kennedy vielleicht schon festgenommen worden war. Aber dass der Helikopter noch immer über dem Dorf kreiste, legte nahe, dass die Jagd noch nicht vorüber war. So fuhr er fort, jede

Gasse und Seitenstraße am oberen Ortsende zu durchsuchen. Seine Beretta steckte im Gürtel, damit er die Hände frei hatte, aber die vergebliche Suche nach dem Mann, dem er so verzweifelt mit der Waffe gegenüberstehen wollte, war entmutigend. Er war fast am Ende der Gasse, nach der er es aufgeben wollte. Er ging im Schatten, und ein paar Meter weiter vorn lockte helles Licht. Er hielt inne, um zu verschnaufen, und war sicher, dass er Schritte hörte.

Er trat in die obere Straße und sah einen jungen Mann, Ende zwanzig, Anfang dreißig, der einen Kinderwagen schob. Durch seine angelaufenen Gläser konnte er die Gestalt nur verschwommen sehen: Sie war schlank, mit schmalem Gesicht, schmalen Lippen und überschatteten Augen. Aber er sah nicht aus wie ein Mann, der auf der Flucht war, sondern wie jeder andere Vater, der sein Kind im Wagen ausführte.

16 Uhr 38

Sean Kennedy hatte Scott Nolan wochenlang beobachtet, als er seine Ziele für die Angriffe am 10. Februar wählte. Er kannte jede Falte im Gesicht des Arztes, jedes Haar auf seinem struppigen Kopf. Den Medienberichten nach war Nolan Anfang März nach Chicago zurückgekehrt. Doch da war etwas bestürzend Vertrautes an dem Mann, der ihm entgegenblickte. Seine Frisur war unbeschreiblich, aber anders als das ungebändigte Chaos, das er so oft gesehen hatte. Und der Doktor war wohl genährt gewesen, während die Gestalt vor ihm fast magersüchtig aussah. Aber da war diese leicht gebeugte Haltung, die Art, wie er mit seiner Brille fummelte, wie er sich bewegte. Und dann sah Kennedy die Wölbung einer Pistole im Gürtel des Fremden. Seine Rechte glitt in den Korb, bis er das beruhigende Metall der Heckler & Koch in den Fingern spürte.

16 Uhr 39

Ihre Blicke trafen sich. In diesem Sekundenbruchteil wusste Scott Nolan, dass er Sean Kennedy gefunden hatte. Er griff nach seiner Beretta.

Verdammt, er ist es. Kennedy hatte seine Waffe gezogen und zielte auf Scott. Ein amüsiertes Lächeln war auf seinen Lippen, als er dem Doktor beim verzweifelten Entsichern der Waffe zusah. Er nahm den Wagen und stieß ihn heftig auf die lange, steile gewundene Treppe zu. Das Kind wachte auf, und schrille Angstschreie erfüllten die Luft, als der Wagen über die Pflastersteine holperte. Drinnen hatte sich der Kleine hochgerappelt und war fast dabei, aus dem Wagen zu fallen. Nicht mehr als eine Radumdrehung fehlte, und er würde kopfüber auf die Steinstufen hinab in den Tod stürzen.

16 Uhr 40

Instinktiv sprang Scott nach rechts und bekam eines der Räder zu fassen. Der Wagen war am Kippen, als der Kleine um sich schlug. Scott rollte sich über den Boden, um ihn mit beiden Händen zu fassen. Als er das Kind an sich riss, spürte er einen Stich in der rechten Schulter und vernahm den unmissverständlichen Laut von mehreren Kugeln, die Zentimeter neben ihm in das Pflaster schlugen.

Er drückte den strampelnden Jungen dichter an seinen Körper und rollte wieder über den Boden, um ihn zu schützen. Dann hallte die Gasse erneut von Schüssen wider, und Scott schloss die Augen und betete.

16 Uhr 42

Er war nicht tot. Seine rechte Schulter brannte wie Feuer und fühlte sich nass und klebrig an, und als das Kind strampelte und schrie, raubte ihm der Schmerz einen Moment lang den Atem. Aber er ließ es nicht los, es war zu gefährlich.

Er riskierte einen Blick hinter sich und sah Mark Higgins mit der Uzi in der Hand über einem leblosen und blutüberströmten Körper stehen. Dann zielte er erneut, und die Luft hallte wider von einer Salve aus der Automatikwaffe.

Higgins eilte zu Scott und zog ihm das stumm gewordene Kind aus den Armen. Die kleinen Hände fuchtelten hilflos, und das Gesicht des Kleinen war bleich vor Schock und Furcht. Scott rollte sich auf den Rücken und stöhnte vor Schmerz. Es wurde seltsam dunkel um ihn. Er sah undeutlich, wie sich Higgins neben ihm niederkniete.

»Du konntest einfach nicht aufhören, den Doktor zu spielen, was? Du bist vielleicht ein verrückter Hund.«

Aus der Ferne näherte sich das willkommene Heulen von Polizei- und Krankenwagensirenen. Scott brachte es trotz seiner Schmerzen fertig, den Kopf zu drehen und auf die Straße zu blicken. »Es war Kennedy, oder?«

Higgins zog seinen Pullover aus, rollte ihn rasch zusammen und schob ihn unter Scotts Kopf. »Ja, hundertprozentig.«

Scott fühlte sich kalt und klamm und kraftlos. Er wollte nur noch schlafen. »Wir haben ihn endlich erwischt, nicht wahr?« Seine Stimme war nur noch ein Flüstern.

»Sei still und spar deine Kräfte.«

Hastige Schritte näherten sich, wütende Rufe, Schreie und beruhigendere Stimmen, die knappe Befehle gaben. Als er in die Schwärze sank, fragte sich Scott, ob das die letzten Laute waren, die er je hören würde.

Er öffnete die Augen, aber die Welt war verschwommen.

28

Ein Jahr später

Scott Nolan saß auf einem Hocker an der Bar des Brehon Pub im Near North Bezirk von Chicago. Das Brehon war die letzte traditionelle Eckkneipe in der Stadt, die Touristen wie Einheimische zu seiner Kundschaft zählte, und Scott trank sein zweites Bier vom Fass aus einem der berühmten Mattglasgläser des Lokals.

Seine Aufmerksamkeit galt halb der neuesten *Tribune* und halb der Eingangstür. Die ersten beiden Seiten des Blattes waren voll mit den neuesten Hiobsbotschaften aus Stadt und Land, Schüsse aus einem vorbeifahrenden Fahrzeug in der Southside, Korruption in der City Hall, Sexskandal in Washington. Als Scott die Schlagzeilen überflog, hatte er das Gefühl, dass sich an diesen Reportagen über die Jahre nichts geändert hatte. Chicago hatte noch immer die höchste Mordrate der Vereinigten Staaten, City Hall schien ein Händchen für Beamte zu haben, die sich schmieren ließen, und in Washington konnten die Politiker einfach nicht die Finger von ihren hübschen inneren Angelegenheiten lassen.

Es ging auf fünf Uhr nachmittags zu. Die Außentemperatur blieb seit dem Morgen unverändert auf minus zwei Grad. Es war ein langer Winter im mittleren Westen gewesen, mit schweren Schneestürmen während des gesamten Januars und Februars. Der Schnee war Anfang März zu Matsch geworden, aber ein neuerlicher Kälteeinbruch Anfang April hatte zu einem Verkehrschaos und Behinderungen in ganz Illinois geführt.

Scott hatte von der Universität ein Taxi hierher genommen, war aber durch Staus und Umleitungen mit fast einer Stunde Verspätung angekommen. Trotzdem hatte er bei seiner Ankunft seinen Gast in der Kneipe nicht vorgefunden und sich mit einem Bier getröstet. Eine Wanduhr schlug fünf, und er war in einen Artikel auf Seite drei vertieft, als sich eine vertraute Stimme neben ihm beklagte:

»Himmel, diese Stadt ist ein Eisschrank. Wie kann jemand hier bloß leben?«
Scott sah zu Mark Higgins hoch und grinste, als er die blaue Nase und die geröteten Wangen sah. Seine Augenbrauen und Wimpern waren vereist, selbst der Mantelkragen und die Handschuhe waren weiß.
»Ich freu mich auch, dich zu sehen«, sagte er mit heimlicher Belustigung über Higgins' Klagen. »Möchtest du ein schönes kühles Bier?«
Higgins verdrehte die Augen. »Mir ist so kalt, dass mich nur noch eine Wärmflasche retten kann.«
Scott schüttelte in gespieltem Bedauern den Kopf. »Tut mir Leid, die gibt's hier nicht. Wirkliche Männer lassen sich in unseren Breiten auch nicht durch ein wenig Schneegestöber von einem Drink abhalten.«
»Schneegestöber, meine Fresse«, grollte Higgins und mühte sich aus Mantel und Schal und seiner dicken Wollmütze. Er strich sich mit den Fingern durchs Haar und schob einen Barhocker heran, während er die Reihe der Flaschen hinter der Theke studierte. Dann winkte er dem Barkeeper. »Ich denke, ich nehm einen Whisky, um mich aufzuwärmen.«
Sie warteten schweigend, bis das Glas vor ihm stand. Higgins nahm einen Schluck der bernsteinfarbenen Flüssigkeit und umspülte seine Zunge damit, bevor er sie schluckte. Er seufzte zufrieden und sah sich rasch im Raum um. Außer ihm und Scott waren drei Gruppen an verschiedenen Tischen in der Kneipe, und ihre Unterhaltung und ihr gelegentliches Lachen übertönte erfreulicherweise die TV-Übertragung einer politischen Debatte.
Die beiden schüttelten einander die Hände, und Scott fiel Higgins' fester Druck auf, von dem Wärme und Kameradschaft ausging.
»Wie geht's der Schulter?« Mark Higgins' schwarzes Haar war ziemlich grau geworden, seit Scott ihn zum letzten Mal gesehen hatte. Das war am Fußende seines Bettes in einem Militärkrankenhaus zwei Wochen nach der Schießerei in Howth

gewesen. Am Tag darauf war er auf einer Trage in einer Militärmaschine in ein Armeekrankenhaus außerhalb Washingtons transportiert worden. Dort verbrachte er einen weiteren Monat, während sich Ärzte und Physiotherapeuten um seine rechte Schulter bemühten. Aber Sean Kennedy hatte Scott fürs Leben gezeichnet. Als er schließlich entlassen wurde, blieb die Bewegungsfähigkeit des Gelenkes auf fünfzig Prozent beschränkt. Seither hatten Higgins und er keine Verbindung miteinander gehabt, obgleich Scott oft versucht hatte, ihn zu erreichen.

»Steif und schmerzhaft, besonders in dem Wetter. Aber es ist nichts verglichen mit ...« Er ließ den Satz unvollendet. »Wie sieht es in Dublin aus?«

Higgins zuckte die Achseln und nippte an seinem Whisky. »Kalt und nass wie immer. Die fetten Katzen werden noch fetter, während unsereins so über die Runden kommt.«

Scott fiedelte auf einer unsichtbaren Geige. »Mir kommen gleich die Tränen.«

Higgins grinste und bestellte eine neue Runde und setzte sich bequemer auf seinem Hocker zurecht. Dann musterte er seinen einstigen Partner eingehender. »Freut mich, dass du zugenommen hast. Ordentlicher frisiert bist du auch. Und die schicke Brille. So könntest glatt auf die Straße gehen, ohne dass man gleich nach dem Sheriff ruft. Was treibst du denn jetzt so?«

Scott ignorierte die Frage. »Ich hab versucht, dich anzurufen.«

Higgins schob dem Barkeeper einen Zehn-Dollar-Schein entgegen, als die Drinks kamen. »Ich weiß.«

»Warum hast du dich nicht gemeldet?«

»Konnte nicht. Ich stand praktisch unter Hausarrest nach deinem Abtransport. Jeder Kontakt war mir untersagt. Das Telefon in meiner Wohnung war angezapft, mein Handy wurde überwacht, und man beschattete mich überall. Nicht mal auf dem Klo war ich sicher. Cunningham verordnete mir sechs Monate bezahlten Urlaub, bis er über mein künftiges Schicksal entschieden hatte.«

Scott nahm Higgins' Gesicht genauer in Augenschein. Da waren Falten, an die er sich nicht erinnerte, und tiefere Krähenfüße und eine Verkniffenheit um den Mund herum, die darauf schließen ließ, dass der Mann großen Druck und Frust zu ertragen hatte. Selbst seine muskulöse Gestalt schien schlaffer geworden zu sein. »Das war sicher nicht leicht für dich.«
»Es dauerte sechs Wochen.«
»Und dann?«
»Holte er mich zurück. Die spanische Polizei gab uns einen Hinweis auf eine irische Bande, die von Alicante aus operierte und Kokain über den Dubliner Flughafen einführen wollte.« Er nahm einen weiteren Schluck Whisky, verzog das Gesicht und wandte sich wieder Scott zu. Er lächelte, und die Falten verschwanden einen Moment lang. »Also ging ich wieder Undercover.«
Scott schüttelte den Kopf. »Du bist vielleicht ein verrückter Hund.«
Higgins lachte so laut auf, dass sich die anderen Gäste nach ihm umdrehten. »Die Bemerkung kenn ich doch von irgendwoher.«
Scott runzelte die Stirn, als er sich erinnerte. Higgins hatte dieselben Worte zu ihm gesagt, als er verwundet auf der Dorfstraße in Howth lag. Zehn Meter entfernt hatte der von Kugeln durchlöcherte Körper Sean Kennedys gelegen, des Mannes, der so viele Leben zerstört hatte. War das wirklich schon so lange her?
Higgins sah ihm direkt ins Gesicht. »Ich habe gehört, du hast jetzt irgendeinen akademischen Job. Warum hast du nicht als richtiger Arzt weitergemacht?«
Scott dachte darüber nach. Er nahm einen tiefen Schluck Bier und suchte nach einer passenden Formulierung für seine Antwort. In den vergangenen sieben Monaten hatte er in der Forschungsabteilung des medizinischen Zentrums der Chicagoer Universität gearbeitet. »Ich bin nicht mehr derselbe Mann, Mark. Was in Irland passiert ist, hat mich tief erschüttert. Ich wusste nicht, dass ich solch intensiven Hasses und solcher

Rachsucht fähig war, dass ich sogar zur Waffe greifen würde. Es lag nicht in meiner Natur und war das Gegenteil von allem, was ich als Arzt gelernt hatte. Ich soll die Kranken heilen, nicht ihnen ein Loch in den Kopf schießen. Aber Kennedy weckte eine Seite in mir, die ich nicht kannte und nicht mochte. Deshalb ging ich in die Forschung. Auf die Weise kann ich in ein halbwegs normales Leben zurückfinden, ohne täglich dem emotionalen Stress ausgesetzt zu sein, den die Behandlung von Kindern mit sich bringt.«

Higgins' Miene verriet seine Verwunderung. »Aber du warst so eine Kapazität, dass Laura ständig prahlte.« Er veränderte seine Stimme, als er sie nachmachte. »›Scott ist einer der Top-Spezialisten für pädiatrische Leber-Erkrankungen auf der Welt. Er hätte eine Stellung in den besten Häusern haben können, aber er kam mit mir nach Dublin.‹«

Als Lauras Name fiel, wandte sich Scott ab. Er hatte gehofft, Higgins würde sie nicht ins Gespräch bringen, aber er sah ein, was für ein dummer Gedanke das war. Lauras Tod war der Auslöser für alles gewesen, was nachher geschah. »Ja, aber vielleicht hatte Laura eine falsche Vorstellung von mir.«

Higgins lehnte sich zur Seite und fixierte Scott. »Nein, das glaub ich nicht. Sicher, ich hab dich in Grund und Boden verdammt und eine lange Zeit gebraucht, um über ihren Tod hinwegzukommen. Aber du hast dein Leben und deine Karriere aufs Spiel gesetzt, um ihren Mörder zu finden. Die meisten wären einfach mit dem nächsten Flugzeug verschwunden. Und vielleicht glaubst du auch, dass du kein Held bist mit deinem ruhigen Forschungsposten, aber als wir Kennedy erledigten, haben wir wahrscheinlich eine Menge Leben gerettet. Was alles auf sein Konto geht, hat selbst mir noch die Sprache verschlagen.«

Scott wechselte das Thema. Die alten Erinnerungen waren noch immer zu schmerzhaft. »Was führt dich nach Chicago?«

Higgins vergewisserte sich, dass ihn niemand hören konnte. »Die irische Regierung hat einen der berüchtigtsten Gangster dieser Stadt ausgeliefert. Er war die letzten zwei Jahre in

Dublin untergetaucht. Zu viert haben wir ihn per erster Klasse über den großen Teich eskortiert und ihn bei der örtlichen Polizei abgeliefert. Es war wirklich das einzige Mal, dass ich miterlebte, dass so viele Männer kostenlose Drinks ablehnten. Das Schlimme ist, dass wir Touristenklasse zurückfliegen müssen.« Higgins leerte sein Glas und sah auf die Uhr. Es ging auf sechs zu. »Hast du lang hierher gebraucht?«
»Über eine Stunde. Der Verkehr ist schlimmer als in Dublin, und das will was heißen.«
Higgins begann seinen Mantel wieder anzuziehen. »Ich mach mich besser auf den Weg. Wir haben um sieben eine Besprechung, und so wie die Straßen aussehen, wird das eine längere Fahrt.« Er wickelte den Schal um seinen Hals und zog seine Mütze über die Ohren und sah Scotts enttäuschten Blick. »Wie steht's mit Mädchen?«, fragte er. »Gesellschaftliche Verpflichtungen?«
Scott zuckte die Achseln und schwenkte sein Bier im Glas. »Ich war ein paar Monate mit jemandem zusammen.«
»Das klingt so verdammt entschuldigend«, brummte Higgins. »Das Leben geht weiter. Letzten Oktober ist Harry Power als Leiter eines EU-Sonderkommandos zur Bekämpfung der organisierten Kriminalität nach Brüssel gegangen. Und im Januar ging mein viel geliebter Polizeichef an einem Freitag in Ruhestand und eröffnete am Montag seine eigene Sicherheitsfirma. Das Leben geht weiter.«
»Und wie sieht's bei dir aus?«
»Bei mir? Ich bin Überlebenskünstler. Schlag mich zu Boden, und ich hüpfe wieder auf die Beine. Und das musst du auch tun, sonst hätte ich ebenso gut zulassen können, dass Kennedy dich fertig macht. Du bist der Arzt, du solltest wissen, wann Trauer und Schmerz zum Problem werden.«
Scott schüttelte in gespieltem Unglauben den Kopf. »Höre ich richtig? Du therapierst mich?«
Higgins zog seinen Schal enger um den Hals und grinste breit. »Wir haben einiges hinter uns, Scott. Vor zwölf Monaten hätte ich dir den Kopf abgerissen, wenn ich die Chance gehabt

hätte, und jetzt kauf ich dir ein Bier in deiner eigenen Heimatstadt. Das Leben ist verrückt, was denkst du?«
Beide Männer standen und blickten einander an. Tausend unausgesprochene Worte waren in Scotts Kopf. Er streckte halb die Hand aus und drehte sich, um seine Schulter zu schützen.
»Pass auf dich auf«, murmelte er. »Und melde dich diesmal. Ich möchte gern wissen, was sich in Dublin so tut.«
Mark Higgins holte tief Luft, hielt den Atem an und atmete langsam aus. Scott konnte sehen, dass sein einstiger Partner auf sein Image als harter Bursche bedacht war. Aber langsam erschienen die Falten, und die Krähenfüße wurden tiefer um die Augen. Er stampfte mit den Füßen und schlug ein paar Mal die Arme um sich. »Ein Fremder könnte sich hier verdammt leicht verirren, meinst du nicht auch?« Seine Stimme war voll übertriebener Sorge.
»Keine Frage.«
»Vor allem in dem Wetter.«
»Es ist eisig und stockfinster draußen«, bestätigte Scott und drehte sich zum Barkeeper, um eine neue Runde zu bestellen.
»Und diese Besprechung, zu der ich noch hin muss, ist wahrscheinlich nur eine Vergeudung von Zeit.« Higgins begann seinen Mantel und Schal wieder abzulegen.
»Ich würde keine Minute dort verplempern, wenn ich du wäre.« Scott sah ihm zu, wie er den Mantel beiseite legte. »So ein Wiedersehen hat man nicht alle Tage.«
»Da hast du verdammt Recht.« Higgins schob seinen Hocker näher heran und stützte sich grinsend auf einen Ellenbogen.
»Hab ich dir je gezeigt, wie man mit einer Sterling-Maschinenpistole umgeht?«
Scott stöhnte laut. Die Drinks kamen und ein weiterer Zehn-Dollar-Schein wechselte den Besitzer. »Auf uns.« Die Gläser klangen.
Scott nahm einen raschen Schluck und räusperte sich. »Hab ich dir eigentlich je gezeigt, wie man eine Injektion verabreicht, ohne eine Spur auf der Haut zu hinterlassen?«
Higgins verschluckte sich so heftig, dass er sich den Whisky

vom Kinn wischen musste. »Ich will verdammt sein, wenn du das hast.«
Scotts Gesicht verzog sich in gespielter Überraschung. »Wirklich? Jeder Undercoveragent sollte den Trick kennen.«
»Ich will es nicht hören.« Higgins presste beide Hände über die Ohren.
Scott winkte dem Barkeeper. »Könnten wir die Karte haben, bitte? Ich glaube, das wird eine lange Nacht.«